漱石研究

soseki kenkyu 2000 no.13

十三号

翰林書房

JN327584

❖特集
漱石山脈

第十三号
研究

漱石 

soseki kenkyu

2000 no.13

CONTENTS

●表紙・目次・扉・本文デザイン／石原　亮

夏目漱石事典

「別冊國文學」雑誌版　二一〇〇円
同　改装書籍版（上製函入）　三六七五円

◇三好行雄編

漱石伝記事典　漱石作品事典　漱石作中人物事典
漱石作家論事典　漱石イメージ辞典
漱石比較文学事典　「漱石山脈」事典
漱石生活風俗事典　漱石ことば辞典　研究事典
＊
本文批判の問題　テクストとしての漱石文学
海外の漱石文学　年譜

万葉集事典

「別冊國文學」雑誌版　二一〇〇円
同　改装書籍版（上製函入）　三六七五円

◇稲岡耕二編

万葉びと四季事典　万葉集名歌事典
万葉集歌ことば辞典　万葉集全作者事典
万葉集表現事典（枕詞・被枕詞事典／序詞事典／対句事典／比喩事典）
万葉集比較文学事典　万葉集歴史事典
＊
万葉集の巻々・諸本・注釈　万葉地図

太宰治事典

「別冊國文學」雑誌版　一七八四円
同　改装書籍版（上製函入）　三〇五九円

◇東郷克美編

太宰治伝記事典　太宰治全作品事典
作中人物・モデル事典　太宰治キーワード事典
太宰治語彙辞典　太宰治引用事典　名言事典
太宰治書簡事典　太宰治文学地理事典　書誌事典
＊
昭和文学史の中の太宰治　人間太宰治の空白
太宰治参考文献分類目録　年譜

源氏物語事典

「別冊國文學」雑誌版　二一〇〇円
同　改装書籍版（上製函入）　三五七〇円

◇秋山　虔編

源氏物語巻々事典　年中行事事典　生活事典
歳時事典　要語辞典　表現・発想事典
作中人物事典　紫式部事典　古注釈書事典
注釈・研究書事典
＊
源氏物語の古写本　海外の源氏物語
年譜・系図　梗概

〒169 東京都新宿区西早稲田3-5　**學燈社**　（定価は税込）電話03(5272)2055〈営業〉

漱石研究

soseki kenkyu

二十世紀クオ・ヴァディス

高橋英夫
Takahashi Hideo

夏目漱石と二十世紀のかかわりということでは、私は昨年にも一文を草した。それは『はじめのおわり――私説・二十世紀と文学』として「新潮」の二〇〇〇年一月号に掲載されている。日本の文学者が「世紀」なるものをじかに経験した最初が、西暦一九〇一（明治三四）年の、十九世紀から二十世紀への転換であったところに着目し、正岡子規（東京根岸）と夏目漱石（ロンドン）がそれぞれの場所でいかに二十世紀の戸口をくぐったかを、二人の作品のなかに見ることからはじめて、二十世紀とは文学にとって何であったのかを考えようとしたものだった。

重い脊髄カリエスを病んだ子規は、寒川鼠骨から「二十世紀の年玉」といって贈られた小型の地球儀を手にしながらわずかに病苦を散じ、同年一月半ばから開始された『墨汁一滴』の初回にこの地球儀について書いた。一方漱石はロンドンぐらしのあれこれを、長文の手紙として子規に書き送った（『倫敦消息』）そのなかに、何とも苦い笑いと諷刺をこめて、二十世紀の人間の抜け目なさを語った。今日全集に載っている限りにおいて、それが用語「二十世紀」を漱石が使用した最初だったと見られる。

以上のようなことを導入部で述べてから、次に私は、漱石が二十世紀経験ともいうべきものを文学的にどのように取り扱ったかの一端を辿っていった。しかしそのときは、時間の制約などの事情もあって、充分に活用しきれなかった材料が残った。もう一つか二つ、思考過程における中間項を設けるなどして、このテーマは再考してみたいという気持になっていた。今回は、その再考の試みである。

人が新しい世紀を迎える姿勢や意向はさまざまであろうが、

大別すれば、二十世紀の肯定的な受容・歓迎と、否定的な白眼視・非難・拒否の二つに分けられる。実情は、個人によってさらに微差のニュアンスが入り乱れていたし、肯定とも否定ともつかぬ曖昧な態度や無関心、無知もあった。庶民の大半は無関心よりも無知に傾いていただろう。

そこで時代の見取図として、二十世紀出発時の肯定派から二例、否定派から二例を簡単に挙げてみよう。

すでに言ったように、病床での無作為的な肯定派だったのが正岡子規である。本来政治青年の素地を有し、お山の大将の気分の濃厚であった子規は、重篤な病に打ちひしがれていなかったら、二十世紀という歴史の節目を政治的・文明論的に滔々と論じて、手玉に取っていた可能性もあった。その場合のニュアンスが肯定となったか否定かは、想像しきれない感じがする。しかし病者の現実は、取り捌きが面倒で軀につらい議論や手続はとりあえずカッコに括っておき、わずかに心身のやすらぎを得られる方向に向うことを余儀なくされるものだ。この意味で、病者子規は結果として二十世紀を拒まずに受けとめていた。

それよりもずっと積極的な肯定・歓迎派の代表として、福沢諭吉を中心とした三田・慶応義塾の面々が挙げられる。これについては安岡章太郎氏の『大世紀末サーカス』（朝日新聞社・一九八四年）の大尾に叙述されている「世紀送迎会」の情景から、紹介と引用とを以てしたい。

――明治三十三年十二月三一日、三田の大広間にあまた塾員学生集うなか、病後の福沢に代って少壮の外交史家林毅陸が「逝けよ十九世紀」なる祝辞演説をした。曰く、「多謝す、好漢ナポレオン、光輝ある十九世紀の序幕は汝によって開かれき。……晴朗なる十九世紀の天地を開きたるは、実に〝革命〟の力にてありき……」しかし一転、林は十九世紀の暗黒面に言及し、「肉肥えて心いよいよ飢え、智すすみて不平ますます燃ゆ。知らず、二十世紀はいかにこれを解釈せんとするか……」。林毅陸の演説はまだ続くが、帰する所は、前世紀の「余弊遺物」はなお尠しとしないものの、二十世紀の「前途は洋々たり」と、前進的・向日的な明治インテリ青年の気宇を漲らせての演説となった。やがて時計の針が深夜零時をさすのに合せて、夜空に「20センチュリー」という大文字を仕掛けた花火が打ち上げられる。と、どよめく一同は「バンザイ」を叫んだ――

以上が安岡氏『大世紀末サーカス』の伝える、文明論的な新世紀歓迎の一幕である。

これに対して、新世紀なるものを疑惑や嫌悪の眼で睨んでいた例として、政治的・思想的な幸徳秋水と、人間凝視的な夏目漱石を挙げることができよう。ただ幸徳秋水については、一九〇一年にその最初の著作『二十世紀之怪物帝国主義』が公刊されたことを言うにとどめたい。政治、社会、歴史、制度等々とはかかわりなしに、人間がいかなる変質変化を蒙ったかという一点に思いを集中させて、時の流れを観察し、あるいはきびしく凝視し、あるいは表情を歪めて顔を逸らしもしたのが漱石であったというところに、しだいに話を集約させてゆきたい。漱石は、人間の二十世紀を問おうとしていた。人間の二十世紀を考え続け、凝視し続けるうちに、しだいにその表情に翳りがさしてきた。これが漱石に他ならなかった。

『吾輩は猫である』（一九〇四年～一九〇六年にかけて執筆）は、中でも用語「二十世紀」が頻用されているのが目につく作品である。ただしその多くは、何もことさら「二十世紀」を持出さずともよさそうな個所に、わざわざそれを言い出している観もある。漱石は、自分が気にくわない人間や事象、嫌焉の情を催した事柄、諷刺的にちくりちくりと攻めずにいられなかった何かを、強引に「二十世紀」と結びつけてゆくといった傾向を見せていた。実例を示そう。

三章に、苦沙弥と迷亭が金満家金田の妻鼻子の容貌を、言いたい放題こきおろす個所がある。「気に喰はん顔だ」「鼻が顔の中央に陣取って乙に構へて居るなあ」「然も曲って居らあ」「猫脊の鼻は、ちと奇抜過ぎる」という具合で、次第に昂進してゆき、そのあげく迷亭はこんなことを言う。

「十九世紀で売れ残って、二十世紀で店曝しに逢ふと云ふ相だ」

言ってみれば、軽蔑ないし侮辱ないし嗤笑の極限が「二十世紀」という新奇なキャッチフレーズによって、くるくると捲きとられ搦め捕られてしまったかのようである。漱石は蓄財でふくれあがった新興成金への不快感を発散させるのに、「二十世紀」という呪詞を活用したのだ。

顔貌ばかりではない、それ以上に人間の品性がどんどんと下落していっている、この実感にたえず襲われていた漱石は、『猫』の八章では、主人公苦沙弥が隣の敷地にある落雲館中学の悪餓鬼どもに悩まされる場面を描いた。この個所で「二十世紀」と結びつけてさんざんやっつけられ、嫌味を言われるのは、彼ら中学生どもの品性下等な言葉づかいである。

「……已を得ず書斎から飛び出して行って、こゝは君等の這入る所ではない、出給へと云つて、二三度追ひ出した様だ。所が教育のある君子の事だから、こんな事で大人しく聞く訳がない。追ひ出されればすぐ這入る。這入れば活潑なる歌をうたふ。高声に談話をする。而も君子の談話だから一風違って、おめえだの知らねえのと云ふ。そんな言葉は御維新前は折助と雲助と三助の専門的知識に属して居たさうだが、二十世紀になってから教育ある君子の学ぶ唯一の言語であるさうだ。」

言語だけに止まらない。言葉となって外に出てくる以前、二十世紀の人間が心中に秘めてもっているものといえば、相手に対する酷薄きわまりない感情なのである。少し後の作品『それから』の九章から引用する。

「代助は人類の一人として、互ひを腹の中で侮辱する事なしには、互に接触を敢てし得ぬ、現代の社会を、二十世紀の堕落と呼んでゐた。さうして、これを、近来急に膨脹した生活慾の高圧力が道義慾の崩壊を促がしたものと解釈してゐた。」

社会全体の道義心の甚しい下落、これも明らかではある。しかしその根本に、漱石が制度とか政治とか以前の根本問題として、人間の頽廃を認めていたのは否めぬところである。『二百十日』の圭さんと碌さんのやりとりの中には、こんな一節までぽんと飛び出してくる。

「桀紂と云えば古来から悪人として通り者だが、二十世紀は此桀紂で充満して居るんだぜ。しかも文明の皮を厚く被つてるから小憎らしい。」

こんな風にいろいろ実例を出してゆくと、漱石という人物は、これでもかこれでもかと「二十世紀」を罵っていた感じもしてくるのだが、しかしその中には辛辣のあまり思わず人を苦笑させずにはおかない諷刺と滑稽の要素も浮き出してくるようだ。彼自身の容貌についての自虐的なねじこみもある。そうした個所を見つけると、いささかほっとするのも確かである。

「吾輩は主人の顔を見る度に考へる。まあ何の因果でこんな妙な顔をして臆面なく二十世紀の空気を呼吸して居るのだらう。昔なら少しは幅も利いたか知らんが、あらゆるあばたが二の腕へ立ち退きを命ぜられた昨今、依然として鼻の頭や頬の上へ陣取つて頑として動かないのは……」（『猫』九章）

またこれらとは別に、社会事象の捕捉、歴史的変化の感知という面でも、今日なお充分に肯定しうるような的確な観察が「二十世紀」と結びつけられて語られる。たとえば交通の増大、宴会の流行、運動（スポーツ）の流行を、まさに「二十世紀」的なものと断じた最初の一人が漱石だったことは、たぶん間違いあるまい。

「愈現実世界へ引きずり出された。汽車の見える所を現実世界と云ふ。汽車程二十世紀の文明を代表するものはあるまい。何百と云ふ人間を同じ箱へ詰めて轟と通る。情け容赦はない。」（『草枕』十三章）

「廿世紀の今日交通の頻繁、宴会の増加は申す迄もなく、軍国多事征露の第二年とも相成候折柄、吾人戦勝国の国民は、是非共羅馬人に倣つて此入浴嘔吐の術を研究せざるべからざる機会に到着致し候事と……」（『猫』二章）

「どうも二十世紀の今日運動せんのは如何にも貧民の様で人聞きがわるい」（『猫』七章）

人類の文化や社会を遠近法を活かして展望してみると、個人と社会、願望・意欲と制度・組織とは、いつでも相関的な関係の中にあり、そのあいだの距離は増大したり減少したりをくりかえしながら、また時間に先行したり遅れをとったりをくりかえしながら、持続し変様してきている。その全体的視界の確保と、持続・変様の的確な把握・叙述こそが歴史記述というものだろう。この意味では、漱石の「二十世紀」は、いかにも辛辣であり、時に意表を衝く鋭さを示して流石は漱石と感じさせはしたが、歴史としての「二十世紀」の探知・取り出しとはなっていなかった、と私は思う。

それは「歴史」ではなくて、どこまでも基本は人間の事柄、個人の事柄であった。人間がこの新しい時代の中で何を露呈し、何を演じる結果となったのかを、執拗にとらえ、語る、これが恒に変らない漱石の「二十世紀」の特徴であった。彼が最初から「二十世紀」に疑いの眼を向けたのは、歴史とか時代とかいうものを問題視したのではなく、歴史に捲きこまれ続ける人間というものの剝き出しの様相が、他のいかなるものよりも強く彼の心を圧迫したからだっただろう。漱石の心の中で渦を巻いていたもろもろの中で、一番深くかつ熱かったもの、ほとんど解明・解決の不可能の感じを与えていたものが「人間」存在であっただろう、という気がする。それゆえの漱石の「二十世紀」であったのだ。

ところで「二十世紀」の用例中、他とは違った特異な印象を与える個所として、『倫敦塔』の一節を挙げたい。漱石は一九〇〇年プロイセン号で横浜を出発し、ジュノヴァに到着後、パリ経由でロンドンに達した。パリでは折からの万国博を見物してエッフェル塔にも上り、ロンドンに来てからはロンドン塔、ウェストミンスター大寺院、大英博物館を訪れた。中でも作品『倫敦塔』から察せられるように、この十一世紀建設の古い城塞は、心に強く刻みつけられた。その強烈さの中で、現代を超越し、「二十世紀」などをまるで寄せつけないと感得された塔が、漱石の心の中に重々しいイメージと認識を生み出した。

「倫敦塔の歴史は英国の歴史を煎じ詰めたものである。過去と云ふ怪しき物を蔽へる戸帳が自づと裂けて龕中の幽光を二十世紀の上に反射するものは倫敦塔である。」

「塔橋の欄干のあたりには白き影がちら〳〵する。大方鷗であらう。見渡した処凡ての物が静かである。物憂げに見える、眠つて居る、皆過去の感じである。さうして其中に冷然と二十世紀を軽蔑する様に立つて居るのが倫敦塔である。汽車も走れ、電車も走れ、苟も歴史の有ん限りは我のみは斯くてあるべしと云はぬ許りに立つて居る。」

この塔もかつて創建当初には、面妖にも暗鬱な英国史のなまなましい所産であった筈だが、数百年をはるかに超える歳月を黙然と佇ちつくしたはてに、いま、二十世紀の市街と人間を厳然と見下してゆらぎもしない。すべてを突き放して見下すこと、ただそれに尽きている塔の実在である。文章の調子と勢いからすると、漱石はほとんど念裡の不可能性さえも突破して、二十世紀の「人間」を白眼に刺し貫くこの己れを倫敦塔に同一化したかったのではないか、そんな空想さえ湧いてくる。きっとそういう同一化の幾瞬間かは漱石の脳裡において成就していたのであろう。これが「二十世紀」をめぐる漱石のパッションとして、私には見えてくる、いや、聞えてくるものに他ならない。

けれどもそれは所詮、幻影の塔だったかもしれない。幻聴の古鐘のひびきだったかもしれない。漱石は、生身の日本人としての我が身に限りなく覚醒しつづけるのを余儀なくされた、一介のロンドン留学生であった。この現実はロンドンに身を置くかぎり、果てしなく彼を訪れ、彼を襲うだろう。彼が倫敦塔などではあり得なかったことは、明瞭であった。

そこから自ずと生じた切実な問題はこうではなかったか。以下は私の想像であるが——もし許されるならば、この己れも塔の顰みに倣って、街といわず人といわず、殺到し縺れあい、雑音と塵をまき散らすすべてを、すべてとしての「二十世紀」をはるかに見下してやりたい、こうではなかっただろうか。しかし、すでに言った通り、それは所詮不可能なことである。いかに凝然と聳え続けたいと願望したところで、この身は、彼があらん限りの批判と軽蔑と嫌悪を叩きつけたい二十世紀の人間たちの中の、小さな一人の人間に他ならないではないか。まさしく漱石その人も、かく見下しかく嫌悪してきた二十世紀人の中に紛れこんで、決してそこから脱出はできないのである。理の当然のようでいて、しかし人間はいたって単純明快な論理的判断・了解が、えんえんたる迷妄と道草食いのあと、やっと訪れてくるということの珍しくはない存在なのだ。この意味で、漱石は「二十世紀」と二十世紀の「人間」をさんざん槍玉にあげたはてに、ようやくにして己が内なる「二十世紀」に気がついた、そういうふうにしか推測しえないほとんど無意識の思考・経験回路が、彼の内部にはあったにちがいない。

　では、それから先はどうなったのか、ということである。漱石はいつの頃からか、「二十世紀」という言葉を用いなくなっていった。全集のなかなか念入りに作られている語句・事項索引をあたってみると、そのことがかなりはっきりと感得される。作品名をあげて示せば、最も多く「二十世紀」を語ったのは『吾輩は猫である』であり、それと時期的に近い初期の中・短篇諸作にもたびたびこの語は現れていた、と知れる。それが明治四一（一九〇八）年、朝日新聞に『虞美人草』を連載しだしたあたりから、少なくなってゆく。同年後半の『三四郎』ではさらに少なくなり、翌年の『それから』におけるわずか二例が、作品中に現れる二十世紀の最後となる。もとより、書簡・日記・断章等々での用例も多く見られはするのだが、全体としてそれらをも含めて、後半の作家人生において「二十世紀」はかげを潜めてしまった。『門』『彼岸過迄』『行人』『心』『道草』『明暗』では、それは言葉としてどこにも見当らない。これは何であったのか、と言わねばならない。

　『それから』にわずか二例あった、と書いたが、そのうちの一つはすでに引用しているので、残り一個所を次に挙げてみよう。（二章）

「二十世紀の日本に生息する彼は、三十になるか、ならないのに既にnil admirariの域に達して仕舞つた。彼の思想は、人間の暗黒面に出逢つて喫驚する程の山出しではなかつた。彼の神経は斯様に陳腐な秘密を嗅いで嬉しがる様に退屈を感じてはゐなかつた。否、是より幾倍か快よい刺激でさへ、感受するを甘んぜざる位、一面から云えば、困憊してゐた。」

　これは作中の代助のことを述べているのであって、それを直ちに作者漱石の精神的状況と見るのは適切でない。しかしここからは、「二十世紀」に内面まで喰い破られてしまった二十世紀の「人間」のあらわな像が感じとれるといってもおかしくはない。その意味では、時代の「暗黒」にもすれっからしとなり、「快よい刺激」にさえ「困憊」を覚えた「ニル・アドミラリ」の二十世紀人は、作者漱石の内部にも間違いなく分割され、潜入していたのである。自分の内部に食いこんできた「二十世紀」、それは言葉であってすでに言葉でなく、何ともいえない不可解・不愉快な内部感覚だった。感覚である以上、感覚の束としての人間そのものがこの感覚にひたされることも避けられない。「二十世紀」という人間を内にかかえて生きてゆくこと、内にかかえて、そのかかえこんだものを小説家の眼でとらえ、表現すること、これが「二十世紀」という言葉を外に出さなくなってからの漱石の二十世紀的な歩みであった、そう言いうると思う。

一般に新年、新学期、新開場、新世紀等々が人の心を湧きたたせるのは限られた期間だけである。新年の「祝祭性」は三日ぐらいしか持続しないし、新世紀を人々が口にしたり、何か企画・催しが成り立つのも、現在では新世紀に入ってから一年ぐらいのものかと想像される。百年前、二十世紀の入口に立って、人々の心が燃えた時間は、もう少し長いあいだだったろうと見えるが、それでも『猫』が一九〇四〜〇六年、『それから』が一九〇九年だったのは、よくそこまで「二十世紀」という言葉が生きていたと感心もするし、同時にやはりそのへんが限界だったか、と思いもする。

こうした人性自然の理にも添って、漱石は「二十世紀」という言葉をいつか手放した。手放した言葉の代りに、作品の中に「二十世紀」の重苦しい実質はどこまでも執拗に残留しつづけてやまない。

漱石の人間観を一般的な表現で取り出せば、それは、人間は人間同士、決して分りあえぬ存在であると言い表せる。もしくは、分ったと感じていた人間でさえもが突如として理解不能な存在に一変してしまう、と言い表せる。人間とは何かについて悩みつづけ、それを解ききることなしに去っていった人物、こう漱石のことを思いえがきたい。

この人間観は、作品の中で倫理的に構想され語られることが多かった。つまり人間の転落としてそれは語られた。『心』の「先生と私」の二八章から。

「……悪い人間といふ一種の人間が世の中にあると君は思つてゐるんですか。そんな鋳型に入れたやうな悪人は世の中にある筈がありませんよ。平生はみんな善人なんです。少なくともみんな普通の人間なんです。それがいざといふ間際に、急に悪人に変わるんだから恐ろしいのです。だから油断が出来ないんです。」

こう言っている「先生」はまた「先生と遺書」の二章では、「私の暗いといふのは、固より倫理的に暗いのです。私は倫理的に生れた男です」と記すのだが、この暗さの根には、漱石がかつて「二十世紀」を人間の堕落として見出した二十世紀経験があったように私は読む。その読みを導くために「二十世紀」を検討してきた。以上の読みからすると、漱石の人間観（ひいてはその小説）に特有なあの感触・雰囲気は、ペシミスティックなのではなくて、「二十世紀」的なものである。これが今回私が手にしえた一つの想念である。とはいえ、それを漱石自身が「倫理的に暗い」と考えたことについては、別に異を唱える必要はない、そうも私は思っている。

於・山の上ホテル

❖特集
漱石山脈

【鼎談】

関口安義 *Sekiguchi Yasuyoshi*
小森陽一 *Komori Yōichi*
石原千秋 *Ishihara Chiaki*

漱石を生きる人々

三つのグループ

石原 今日は、漱石山脈の特集ということで、漱石の晩年の高弟である芥川龍之介研究の第一人者でいらっしゃる関口先生においでいただきまして、漱石山脈に連なる人々について話していきたいと思っています。

今回漱石山脈ということで考えましたのは、安倍能成、寺田寅彦、野上豊一郎、弥生子、鈴木三重吉、岩波茂雄、内田百閒、小宮豊隆、和辻哲郎、松根東洋城、高浜虚子、森田草平、中勘助、阿部次郎、そして津田青楓、橋口五葉などの作家たちに、芥川龍之介、『新思潮』の人たち、このあたりです。漱石山脈とはどのくらいの人たちのことをいうのかは、はっきり区切れるわけでもないとは思いますけども、だいたいこのくらいのところで最大公約数的なところかなと考えました。

漱石山脈という言葉自体は、よく知られているように本多顕彰の本によっているようです。『孤独の文学者』（八雲書店、昭和二十三年五月）が初版の書名で、それが改装版になったのか再版になったのか、現物を見ても私にははっきりはわからないのですが、『漱石山脈』（同、昭和二十三年十月）という書名になって、それで一般には流布するようになった言葉だと思うんです。これはなかなかしゃれている言い方だし、実態をよく表しているような言い方でもあると思うんです。

一つは、漱石山脈は、後の大正教養派といわれるような、いわゆる文化人を輩出しているということです。二つは、一般的な評価として、これは関口先生などは異論がおありだろうと思いますけども、あくまで漱石を頂点とした山脈になっていて、いろいろな形で漱石を部分的に継承してはいるけれども、全体として漱石を超える人は出なかったとも思うんです。その意味でも、漱石山脈という言い方は象徴的なのかなと感じるんです。

関口 そうですね。まさに命名の妙を極めているといいますか。千葉亀雄の「新感覚派」とか、小田切秀雄の「内向の世代」とかいう言い方などと並んで、実にうまく表現したものだと思うんです。私が今回見た範囲では漱石伝統を、漱石山脈というようなことでまとめをしているのは、本多さんのほかに奥野健男さんがおり、それから近年では相原和邦さんが『夏目漱石事典』という學燈社の別冊国文学で書いていました。

ちょっと紹介しますと、奥野健男さんは漱石山脈を三つのグループに分けているんです。これはうまい分け方だと思いますが、第一グループというのは、要するに松山中学や熊本の五高の教え子たちで、真鍋嘉一郎とか、寺田寅彦とか、野間真綱だとか、それに坂本雪鳥や野村伝四らが相当します。第二グループは東大での教え子で、中川芳太郎だの、森田草平・小宮豊隆・野上豊一郎、その奥さんの弥生子さん。それに安倍能成・阿部次郎・鈴木三重吉などですね。

そして第三グループというのが芥川なんかなんですけれども、そこに行くにいたるまでにまだ内田百閒とか、赤木桁平・江口渙・中勘助らがおり、こういう人たちを経て、やがて芥川や久米正雄や、松岡譲や、菊池寛、それに成瀬正一らが続くのです。今の時点で考えますと、そうした漱石の系譜というのは一種のリベラリズムの系譜といいましょうか。そして今名前を出した人たちというのは、漱石と直接かかわった人たちなんですけれども、同時代でなくてもその後、漱石から大きな影響を受けた人というのは、いくらでもいます。例えば今ここにいらっしゃる『世紀末の予言者・夏目漱石』の小森さんや『漱石の記号学』の石原さんだって、漱石山脈に連なる位置におられるのではないでしょうか。

前に杉森久英さんという徳田球一の評伝などを書いて知られた方が、どこかに書いていましたが、自分は松岡譲に師事したので、松岡先生が漱石のお弟子さんなら、自分は孫弟子だというような表現をしていましたけれども、そういうふうに考えていきますと、漱石山脈というのは厖大な山並を成しているのではないかなと思いますが、いかがでしょうか。

石原　確かにそういう感じはしますね。小森さんや私はともかく、例えば戦後文学に限定しても、大江健三郎は、自分を漱石の系譜の中に位置付けているようなところがあるのかなと思います。

小森　大岡昇平さんもそうです。

石原　もちろん大岡さんもそうです。世界文学を視野に入れて、世界を相手にしていこうと思っている作家たちは、どこか漱石に連なる山脈に自分を位置付けるような自意識を持っている気がします。それから、島田雅彦さんなども『彼岸先生』というような、明らかに漱石を意識した小説を書いています。もう十年ちょっと前になりますが、そのほかにも、あのころ漱石を意識した若手の作家が随分出たような気がするんです。そういう意味でも、漱石の水脈というんでしょうか、山脈というんでしょうか、それが続いているような気がします。

関口　それも単なる純文学のみならず、例えば鈴木三重吉のように、児童文学の世界にもひろがるのです。それから江口渙のように、プロレタリア文学のほうで活躍した人もいます。それから小説ばかりじゃなくて、俳人たちの系譜にもみられるのです。これも結構いるわけでありまして、さらに寺田寅彦のような自然科学者、それからお医者さんにも、かなりいます。漱石の教えを受けた真鍋嘉一郎などは、その一人ですけど。
　さっき紹介しました奥野健男さんの分類での第二グループの中には、哲学者が多いですね。また私がいま打ち込んで評伝を書いている恒藤恭という人がいますが、この人は若き日に、文学を志していた人ですから、中学時代から浪人時代にかけて漱石の作品をよく読んでいる。つまり、戦前の京都大学事件で気骨あるところを示し、戦後には憲法擁護や平和運動推進の立場に立った優れた法哲学者も漱石山脈の一角を形成するということです。漱石という存在がいかに大きいかということだと思うんです。

石原　ちょっと私事になりますけれども、大学時代に教わった高田瑞穂という先生がいらして、高田先生も東京芸大に非常勤にいらしたときの学長が小宮豊隆だったというんです。私も小宮豊隆、高田瑞穂経由で漱石の話を伺ったこともあります。
　それから、今おっしゃったように漱石山脈の直接のお弟子さんの中にも、哲学科出身の人がかなり多いわけです。今お話しした高田先生も学部は国文科だけども、大学院は哲学科に籍を置いたんだということをおっしゃってました。お医者さんその他も含めて、文化全体への広がりがあったと思います。漱石自身に文学を社会学や哲学の方面から考えようという非常に強烈な意識があったということもあるでしょうけれども、漱石の弟子たちの中に哲学科出身の人たちがあれだけいたのも面白いなと、今回改めて感じたことなんです。

関口　そうですね。それは第三グループの芥川世代においても、言えることです。例えば、松岡譲は哲学科でしたし、漱石からは「越後の哲学者」というニックネームをもらっていました。また、藤岡蔵六という人がいますけれども、大学は哲学科です。この人は愛媛の宇和島の隣の津島町の出身で、一高時代は芥川なんかと同期で、同じクラスでした。そして漱石を非常によく読んでいるんです。芥川にこの藤岡に理解を示した文章がありますが、ドイツ留学後に東北大学に就職できるはずだったのができなかったという不遇な学者なんです。彼は結局当時新設の甲南高校の先生で終わってしまいますが、この方の自伝のようなものが近年出まして、それを読みますと、やはり漱石の影響を非常に強く受けているんですね。
　結局、漱石という存在は、提起した問題がエゴイズムの問題であったり、倫理観の問題であったり、それに罪の問題であったり、人生上の重い課題を扱っている。それが哲学者たちをも引き付けていくのじゃないでしょうか。

今井　これまでの漱石山脈というテーマのお話の中で、一度も名前が出てこないのは、ちょっとさびしかったので、補足させていただくと、林原耕三がいますね。漱石の朝日新聞の連載のときに校正を担当していました。疑問があるといちいち漱石にその疑問を提して、それの返事をもらったのを一つにまとめて「漱石文法稿本」という形で残っています。最晩年の林原先生は家庭的に淋しい方でしたね。

関口　私も林原さんには、生前一度だけお会いしたことがありますが、品のいいご老人という感じでした。漱石に愛された弟子ですよね。林原さんがご自分で『漱石山房の人々』などにも書いていますけれども、一高を受けたときに、体のほうで失敗をするんじゃないかと回りの人々に言っていたら、第一部丁類にトップで合格するわけです。漱石は『官報』を見て、その合格を知り、「定めて嬉しからう」と日記に書いてます。林原さんは一人で思い込むようなところがありまして、漱石先生に自分の息子になってくれと言われた、つまり筆子さんの婿に擬せられたというようなことを書いています。それが鏡子夫人の怒りをかって駄目になっちゃったんだと言うのですね。林原さんは、相当筆子さんに熱を入れていた。このことを晩年の筆子さんに伺ったんですが、そんなことはなかったとのことです。松岡姓になった筆子さんに、戦後になっても、「夏目筆子様と書いてくるんですよ」と筆子さんは迷惑気味に話していました（笑）。

それで筆子さんは「林原さんは嘘ばかりお書きになって」と言うんです。つまり自分が夏目家の婿に擬せられたというのは、林原さんにとっては大きな事件だったのですが、客観的にはそんなことは全くなかったということです。

林原さんはお名前の耕三の耕を二つに分けて、来井（らいせい）という俳号を考え、桜楓社から……。

今井　『一朶（いちだ）の藤』という名前の句集を出してます。

関口　はい。ほかにもいくつかの句集と俳句に関する本があります。俳句の方では多少名を成しましたが、専門の英文学ではさしたる仕事はしていません。あとはそう、江藤淳さんに漱石評伝を書くための情報を提供したとか、そういうことで終わってしまいましたけれども……。

今井　ちょっと印象的だったのは、荒正人さんが『漱石研究年表』を書くときに、『坊っちゃん』で坊っちゃんが、「右の手の親指の甲を」ナイフで切るということが書いてあって、漱石も左利きだというふうに思い込んでいたみたいで、左利きと右利きは脳の機能が違うので、当然執筆にもそれが表れてくるはずだと。林原先生は自分も左利きなんだけれども、漱石先生が左利きだったということを感じたことは一度もなかったけれども、とにかく荒さんはそうに違いないと思い込んでいて、随分しつこく聞かれたというようなことを言われてますよね。

関口　ただこの人は、芥川と久米を漱石山房に連れて行った人として、忘れることができない。文学史はこの一件で、彼の名を書き留めるのです。

今井　岡田耕三ということで。

関口　そうです。岡田耕三です、福井県出身で、当初はフランス文学専攻です。

小森　松岡が書いてるOというのは。

石原　岡田さんですね。

今井　やっぱりそういう意味では、大きい存在ですよね。

小森　そうか。そういう関係があるから、こういう書き方になったんですね。「私を初めて漱石先生のところに連れて行ったのは久米だった。久米はその前に一、二度同じ英文科にいて、始終夏目家に出入りしていたOくんというのに連れられて、芥川と一緒にお伺いしたことがある」。

関口　そうですね。岡田耕三は、綿抜瓢一郎（わたぬきひょういちろう）というペンネームを持っているんです。芥川の「漱石山房の冬」には、ちょっと出てきますけれども。若い時はなかなか優秀な人だったらしくて、『中学世界』に受験体験記が出ます。トップで合格したことも書いていています。第一部丁類は、豊島与志雄を抑えて彼が一番です。豊島与志雄とは仲がよかったですね。それでいて豊島与志雄との間に恋の三角関係を生むわけですけれども……。

小森　皆、漱石の世界を生きちゃうんだね（笑）。

弱さと強さ

石原　少し話が戻りますが、漱石山脈の人たちが、エゴイズムの問題、罪の問題、そういうものを受け取った、引き受けていった。それには一体どういう文化的な土壌があったんでしょうか。

関口　私に言わせますと、特にこの第三グループの芥川世代、芥川や松岡譲や成瀬正一や、それから今言いました藤岡蔵六とか、恒藤恭。これらの人たちに共通した一つの傾向は、キリスト教です。漱石もまたキリスト教の問題というのを、素通りしていません。『三四郎』では、「迷へる子（ストレイシープ）」ということばや『旧約聖書』詩篇の「われは我が愆（とが）を知る。我が罪は常に我が前にあり」の句をヒロインに言わせている。中期から後期の作品には、キリスト教に重なる深い罪意識が見られ、罪の問題というのを強く問題提起している。それが続く世代を引き付けていくんじゃないかなという気がします。

石原　それは文化の土壌として、いわゆる大正教養派までつながっていくことだと思うんです。そこで私がちょっと思うのは、哲学科にしろ英文学科にしろ、そういう西洋文化というか、キリスト教的な文化の中で罪の問題を受け取っていることはよく分かるんですが、それは日本的な風土の中ではある種の葛藤を引き起こさざるを得ないようなところがあると思うんです。

　例えば芥川で言えば、そういう西洋文化の中で受け取った罪を、彼自身の中で血肉化していくと言いましょうか、そういうプロセスはどういう形で行なわれたんでしょうか。

関口　芥川の場合について言いますと、例えば仮に彼の地獄意識一つ取りあげましても、仏教的、東洋的な地獄意識を持っていると同時に、非常にキリスト教の終末論に近いものをもっているのです。彼はダンテの「神曲」とか、ストリンドベルクの「地獄」などの影響も受けています。そのように東と西の問題を抱えながら、最終的には西のキリスト教の問題というのを自分の生涯の生きる問題として受けとめ、格闘していくわけです。

　そこのところはまた漱石も同じように、日本的土壌の中で過ごしながら、英国留学を経て中・後期の作品でかなりキリスト教の罪の問題、オリジナルシン（原罪）の問題にまで近づいていくというのは、今石原さんが言われたように明治から大正にかけての、そうした時代的な雰囲気そのものがかかわっていたとも考えられます。大正教養主義とキリスト教とのかかわりは、濃厚です。けれども、そのような時代的な問題を突き抜ける形で、人間の生きる問題を罪の問題と重ね合わせながら考えていったところがすごい。それは現在私たちが漱石山脈に連なる人々を考えるというとき一番に問題にしたいことです。とにかく私たちのいかに生きるかという問題と、漱石の提起した問題というのは重なってくるのではないでしょうか。

関口安義氏

石原　そこで私がちょっとぼんやりと感じ

ていますのは、その大正教養派、大正リベラリズムというようなものが持っている西洋的な文化の中でたとえば自由の思想が育って行きます。私が今勤めている成城学園も大正リベラリズムの中でできた学園の一つだろうと思うんです。しかし、大正リベラリズムが育てた個人とか自由といったものを重視する思想が、その後の日本の近代の歩みの中で十分に力を発揮できなかったのではないか。ある種のひ弱さみたいなものをちょっと感じないわけでもないんです。

今回は特集に組み込んではいませんけれども、漱石山脈で言えば、最後に白樺派の人たちが出てくるわけです。彼らが持っていた資質というものもあって、白樺派の人たちは、大きく見れば大正教養派の中に入るんでしょうけれども、しかし、大正教養派とは少し違った、もう少し自己主張が強いというか、自我を素直に信じた人たちだろうという気がするんです。有島武郎はちょっと別ですけども、そういう白樺派の人たちの、ある種の強さと言いましょうか鈍感さと言いましょうか、そういうものと比べて、どこかちょっとひ弱なところを感じないわけでもないんです。

芥川などキリスト教的な思想の中で、自分を追い詰めていくようなところがある。そこに弱さみたいなことを感じないわけでもないんです。そこの辺りは、関口先生はどういうふうにお考えになってますか。

関口　弱さというのを、芥川の場合はむしろそれを逆手に取っているようなところがあります。『新約聖書』のパウロの言葉に「わたしは弱いときにこそ強い」というのがありますけれども、芥川はやはりそういうことを、実は「おぎん」とか、「おしの」といったようなキリシタン物の中で突き詰めて書いているんです。弱い人間が実際はいかに強いのかというような問題を。漱石の場合も、そういうようなところに目を付けている。それがいろいろな作品に見られると思うんですけれども……。

『虞美人草』の衝撃

関口　成瀬正一（せいいち）という芥川と一高・東大が同期の男がいますが、彼は非常な漱石ファンで、菊池寛に言わせますと、「『新思潮』の仲間の中では、最も漱石に傾いていた男」と言うことになります。その成瀬の日記というのが出てきました。それを読んでいますと、いま石原さんの話題にした白樺派の人たちにも通じるような側面があるんです。お坊っちゃんの理想主義者であって、仲間が吉原なんかに行って女を買っているのに、彼はそれができない。そして山田ハナという フランス語を習っていた少女に恋をし、それで非常に悩む。そうしたときに、『虞美人草』を読むわけです。

その感想を彼は日記に書いているのです。

ちょっと読んでみますと、「夏目さんの『虞美人草』を読んだ。／私は夏目さんはどんなことがあつても日本一 のGreatest figureだと思ふ。外国へ出しても決して一流中の一、二を下るものでないと思ふ。私は自分が日本に生まれたことを常に呪つて居る。併し私は夏目さんの本をよんで、「夏目さんの本がよめることだけで、日本に生れたことを感謝する価値がある」と思つた。本当に私は読了した巻をとぢて、何度も〳〵讃嘆の叫びをあげた。私がだん〳〵読んで行つて、後の方になり、甲野が父の額をとり下ろすあたりから、熱狂に〳〵を重ねてよんで行つた。そして甲野の家に宗近と小野と糸子と小夜子が来て愈々悲劇が起こる所なんぞ大奔流。――それは絶えざる生の叫のする生きた流れの様に感じた。私は甲野の心持に何とも云へない敬虔な心地がする。彼が額を下してゐる時の態度なんぞたまらない。私は甲野と宗近の語る「真面目」を大変ありがたく思つた。そして宗近が小野さんに「君は常に不安にばかり駆られていて、真面目になることが出来ないのではないか」と言つた言葉に、私はギクッとした。」そしてこの自分が山田ハナ、――日記にはHというイニシャルを用いていますが、彼女を恋したのも、「小野が藤尾を恋した様なところがありはせぬかと思ふと確かにあると思つた」などと書いているのです。

成瀬正一が漱石に魅せられるのは、さまざまな側面であるわけですけれども、そうした人間の生きる問題と重ねて、自分が当時うまくいかなかった恋愛問題、それを漱石の作品と絡み合わせて考えているところが、非常に面白いんです。成瀬の場合は、それればかりじゃなくて、ほかに漱石の評論も非常によく読んでいましたし、『虞美人草』を読んだ翌日から『社会と自分』という講演集を読み出したと言いまして、中身と形式だの、文芸と道徳なんかの感想を書き付けています、そして『それから』を初めとして、ほとんどの漱石の著作をある一時期に読み終えてしまうんです。自身、漱石の文学論で習ったような「創作における個人性と文芸批評」というような論文を『新思潮』にも書いていますけれども……。こうした純粋で白樺の連中とも重なるような人が、漱石に引かれていくというのも、さっき言ったような理由でよく分かるわけです。

小森　私は成瀬さんの日記についての話は今日初めて聞きます。面白かったのは日本に生まれたことを常に呪っていたところが漱石を読むことをとおして、日本に生まれたことを感謝するようになる心の構造が、すごくよく分かります。それは多分、私などにもそういうところがあるからです。日本を呪いながら、でも自分は日本人だというときに、じゃあどこで支えるかというときに、漱石を選ぶという構造。非常に似た精神構造だなと、お聞きしながら思っていたんですけれども……。

ではなぜそういう位置に、漱石が入り込んでくるのかということを考えてみます。なぜ日本人、特に知識人は日本人であることを呪うのか、それはどこかで日本語をも呪っているところとつながっています。一言で言うと近代日本の植民地的無意識の問題と非常に深くかかわっています。

幕末に欧米列強から不平等条約を怒涛のように認めさせられて、それをいかにして撤回させるのかというところで明治維新が行われた。しかし長らく不平等条約を改正できないんです。しかし、欧米列強が日本に押し付けてきた論理でアジアを支配していく。それは征韓論から、江華島事件にいたる中で朝鮮にいち早く不平等条約を押し付ける。でも結局、欧米列強と対等にはなれない。ぎりぎり日清戦争直前にイギリスと不平等条約を改正した、その勢いで清国に開戦をする。帝国主義戦争のできる「普通の国」になったわけです。

日清戦争の時から「普通の国」になりたいという欲望が一貫してあり、それが現在でも小沢一郎的政治スローガンになっている。それは明治の日本の願望が反復しているわけです。

つまり常に欧米列強の、しかも最もヘゲモニー的な国家を一つのモデルにして、そこに追い付きたいが絶対に追い付けない。でもアジアに対しては、周辺隣国に対しては「おれたちはもう文明国なんだ」というふうに強弁しなきゃいけない。この矛盾を植民地的無意識でおおいかくしてきた。しかし実際に日本の社会の現実についていろいろ考えてしまった漱石のような知識人にとっては恥ずかしいことばかりが見えてしまう。

そういうあたりが今の成瀬さんの日記の中にあらわれています。『虞美人草』を読んだというのが、僕は当たりだなと思うんです。『虞美人草』の甲野の父は外交官です。そしてパリで客死しています。『虞美人草』が書かれた時期を振り返ってみると、彼は日露戦争後の講和条約を巡って、いろいろ奮闘した人に違いない。宗近君はそのあとを継ぐわけです。漱石の小説には最初から国家と権力をめぐる問題がはっきり、確信犯的に現れています。『虞美人草』のテーマは、男たちのホモソーシャルな権力社会を維持していくために女を利用するというところにある。権力の頂点のパワーエリートとして外交官の地位が甲野父から宗近一に、譲渡される。その証として、宗近の嫁として甲野家の女である藤尾が渡されていくという、ホモソーシャリティを支えるための典型的な女の譲渡というテーマが、最初から出ています。

漱石がイギリスで出会った、安定したキリスト教的な愛・結婚・幸せな家庭というビクトリア朝小説の三位一体の構造を、自分の小説の中で解体している。そこを、すごくきちんと読んでしまったのが成瀬さんではないかという感じがしましたけど。

関口　『虞美人草』についていま少し言いますと、芥川のグループは実によく読んでいるんですね。芥川の親友となる恒藤恭もその一人です。当時彼は井川恭といいましたが、松江の図書館で『虞美人草』を『大阪毎日新聞』の連載で読んでいたわけです。毎日毎日楽しみながら読んでいるのです。近年日記が出てきまして、そのことがわかったのです。井川日記をちょっと見ますと、「虞美人草」の最終回は、一九〇七（明治四〇）年の十月二十八日なのですが、これを翌日松江の県立図書館で見まして、「「虞美人草」は甲野さんの日記でたう〳〵終つた。面白かつた。藤尾の死がや、突飛な感がある」という感想を書いてるんです。そのほかその年の新年号の『ホトトギス』に載った「野分」を、井川恭はこれまた図書館で読んでいます。「中々の長編である。大体の筋は白井道也という文学士が道の為人格の為貧に窮するのも平然と己を持し、嘗てその生徒であった高柳といふ新文学士が貧に苦しみ病にもだえ、一人ぼつちに淋しく世を送り、最後に旧師に清らかな情宜をさゝげるといふので、それに中野といふ同窓の財産家の息子の文学士とその恋を点じてある。至る所人生、社会に対する議論があつて実に面白くみなよみつくして四時半にかへつた」なんていうようなことを、一月十八日に書いてるんです。

石原　いい人生を送っていますね（笑）。うらやましい。読み尽くしたのか。そうやってかき立てるものがあったんですね。

関口　引きつけ、かきたてるものがあったんですね、漱石には。当時の若い世代に。

石原　すごいです、この読み方は。『虞美人草』は、正宗白鳥の厚化粧というような批評があり、漱石自身も晩年はあまり気に入らなかったとかいう評もあって、一般的にはちょっと読みにくい小説という印象はあるんですけれども、そこまで感動するって面白いですね。

「野分」も小説としては失敗作だと思うし、結末などもいかにも作りごとという感じがするんですけれどね。

関口　連載されているときはまた違った受容がされたんでしょうね。

石原　されたんですね。

関口　それをつくづく感じますね、この日記なんか読んでますと。

石原　その同時代的な熱狂ぶりというんでしょうか、三越から『虞美人草』浴衣が出たとか何とかというのとは全く違うレベルでの受容の仕方は面白いですね。「野分」の方も、当時の高学歴を持つ青年の心証と波長がピッタリ一致していたんですね。

漱石の二面性

石原　先の成瀬日記で、関口先生は、芥川が木曜会に最初に参加した日を確定なさったのでした（『芥川龍之介とその時代』筑摩書房、平成十一年三月）。

関口　そうですね。成瀬日記のほうから、アプローチしたのです。今までは荒正人さんの『漱石研究年表』はじめ、すべて「大正四年十二月」というふうに書いていたんですけれども、それが成瀬日記から手掛かりを得まして、大正四（一九一五）年十一月十八日、木曜日ということが分かりました。そのときには久米と芥川の二人で行ったわけです。その三度目に松岡を誘う。これが十二月二日。成瀬や菊池はこのとき出てない。菊池はもちろん、当時、京都大学にいましたから無理なんですけれども。成瀬はそのときに関西に旅行していたというのが分かりました。菊池と成瀬がはじめて漱石山房を訪れるのは、大正五（一九一六）年七月下旬です。

石原　もう本当の最晩年ですね。

関口　そう、最晩年ですね。でも成瀬は漱石には『新思潮』の創刊号に載せた「骨晒し」という小説を認めてもらえませんでした。ナイーブな理想主義者の一面が出た作品だったのですが……。その後『新思潮』に「航海」という小説を載せますが、これは漱石に「あなたの独探の話（航海中の）は新思潮で読みました。面白いです」と手紙でほめられ、面目を施します。とにかく熱烈な漱石ファンが、実はこの第三グループの成瀬正一であったということが、日記が出て来たことでよく分かるんです。「成瀬日記」は、いま高松の菊池寛記念館が保管しています。

ところで、芥川は当初漱石を恐れていたようです。最初に行ったときに万歳ということが話題になり、芥川が「言葉の響きが出にくいから」と言い張ったら、先生が嫌な顔をされたという回想もありますが、それ以後芥川は漱石をむしろ敬遠していた、恐れていたんじゃないでしょうか。どの道最初のころは決していい感じは持ってはいなかったと思うんです。それが「鼻」をほめられまして、漱石のイメージは若干変わります。けれども、漱石が亡くなったときには、「或阿呆の一生」にも出てきますけども、解放の喜びのようなものを感じているのです。

石原　芥川自身も漱石山房の話で、漱石がたばこを取ってくれと言って、芥川がちょっと迷ったら、顎を猛烈にそっちへ振って、非常に怖いイメージがあったというようなことを、ちらっと書いてます。やっぱり芥川にとって漱石は、小説家としてというより、人間としてちょっと怖いという雰囲気があったんでしょうね。

関口　ええ、あったと思います。

石原　それともう一つ、芥川と漱石のことで言えば、それが幸せだったのかどうだったのか非常に微妙なところだなと思うのは、今おっしゃった「鼻」についての漱石の手紙です。あれは高校の教科書なんかにもよく取られていたものだったと思いますけれども、その中で漱石が「鼻」を激賞するわけですよね。上品で、ユーモアもあって、題材も面白い。ああいうものを二十、三十並べてごらんなさい、文壇で類のない作家になるでしょうと、最大の褒め言葉を与える。芥川にとっては、あれが作家として立つ一つの大きな後押しになったんだろうと思います。

一方で、ああいう漱石の芥川に対する評価が、ある意味で芥川にとって重荷にならなかっただろうかと思うんです。漱石ほどの人物に評価されてしまったといいましょうか、そのことで、ある種の十字架を背負ってしまったということになりはしなかったでしょうか。それからもう一つは、今昔物語に取材した「鼻」という小説を評価されたということが、芥川のその後の作家生活の中で、ある種の足かせみたいなことになってなかったのか。そういうことを、ちょっと思ったりもするんですけれども、いかがでしょうか。

関口　そうですね。今言われたような意味でのマイナス面はあるでしょう。それともう一つは、漱石に褒められたということが、周りのやっかみも買いました。そして出る杭は打たれる式で、芥川は田山花袋をはじめとする自然主義の人々や匿名批評によって、以後の「手巾」やその他の作品が、「芋粥」も含めて、ぼろくそに言われるわけです。

でもそういうふうに批判されたときに、私が芥川を研究していて学んだことは、彼はストレートには反論しないという態度を持ち続けているのですね。彼は神経の細やかな男ですから、有名な文壇雑誌や、それから今まで自分が在籍していた東京大学の『帝国文学』なんかでも、「滑稽な作」とか「何処が面白いのか」とあげつらわれるわけですから参ってしまう。『文章世界』なんかはだれもが読む雑誌ですからね。そこでぼろくそに言われては、ずいぶん神経にこたえたことでしょう。が、彼はそういう批判に対して、ストレートに反駁しないで、自分の中で記憶し、反芻しながら、それをエネルギーとして、次のいい仕事に向かったのです。これは物書きとして、小森さんにしても石原さんにしても思い当たることがあると思うんですね。自分が精いっぱいやったことに対して、無理解な批判、為にする批判をされますと嫌になりますが、一方、それが起爆力を生む源泉になることを……。

芥川の場合は反論をしないで、別の次元でもって応えている。「MENSURA

ZOILI」なんていうのは、まさにそうであって、やり切れない気持ちを大ひねりにひねって、そこに表現しているわけです。それから次の作品で勝負だということで、批判されることをエネルギーとしてジャンプするのです。これは漱石なんかにもあったのではないでしょうか、どうでしょうか。

石原　漱石の場合はどうだったでしょうね。

関口　日常生活のやりきれない思いを創作という世界に転位して描く。それが虚構の中での自己表現です。これはヨーロッパの作家などでは、当たり前のことなのでしょう。例えばゲーテなんかも『若きヴェルテルの悩み』を書いて失恋の危機を乗り越えたとされていますね。つまり実生活であったことを、小説の中に大ひねりにひねって表現する、そういう中で危機を乗り越えているのです。これは本当に私たちが学ばなければならないことじゃないかというふうに思いますが、どうでしょうか。お二人に伺いたいところですけれども。

石原千秋氏

石原　昔、大学でゲーテの『ファウスト』を習ったときに、岩波文庫の注訳なんかを見たり、授業を受けたりすると、あらゆるフレイズがその当時の文壇やら、社会やらに対する皮肉やあてこすりなんだということを知って、これはやり切れないなと思って読んだことがあるんです。たしかに、漱石の初期の小説には、それがかなり色濃く出ているような感じがありますね。

関口　そうなんです。それと近年はそういうことを読み解く人がいろいろ出てきましたけれども、兄嫁の問題や、徴兵忌避やその他家をめぐるトラブルとかいろいろありますね。つまりそういうようなことも、漱石山脈に連なる人たちは学んでいったのではないかという気がしますけれども、どうでしょう。

石原　文学に高めていくことで、自分自身の作品の質を上げていく。そしてそのプロセスで、自分の実生活と文学とのある種のつながりを見い出していく。

関口　それは、漱石が芥川と久米正雄の二人に宛てた「牛になれ」という二通の手紙ともかかわります。「決して相手を拵(こし)らへてそれを押しちや不可せん」と漱石は言っていますね。つまり批判をする人たちは次から次へと出てくるが、牛のように超然として本質的なところで仕事をしなさいというような手紙でした。あの手紙の趣意は、本当にその後の多くの人たちが学んでいったところでもあるのではないでしょうか。「牛になれ」ということは、為にする批判にかかわるな、相手にするな、自分の仕事にひたすら向かえということでもあるのです。

だから漱石の小説や評論での問題提起ばかりでなく、書簡でのちょっとした言葉が含む生き方の問題でも、漱石山脈に連なる人たちは、何かと学んでいる面が大きかったのではないんでしょうか。今の問題にしても、批判されることに呼応してたら、時間がいくらあっても足らないということになります（笑）。それよりも、そのやり切れない思いを次の仕事にぶつけることで飛躍するということですね。芥川は確かにそれをやっているんです。『芥川龍之介研究資料集成』全十巻を編集し、全巻に「解説」を書くという仕事をして感じたことなのですが、芥川は一般読書人の人気に反して、文壇や学界からは、評価されるより批判される方が多いのですね。そうしたいろいろの批判に対して、彼が応じているのは、本当に少ないです。有島生馬との応酬と晩年の谷崎潤一郎との「小説の「筋(プロット)」論争」を除くと、あとはないと言ってもよいほどです。彼はつまらぬ批判にじっと耐え、次の作品に昇華させているのです。例の近代日本文芸読本事件の際は、徳田秋声にいろいろ言われましたけれども耐えています。誤解にもとづくものでしたが、反論していません。そして次に昭和二（一九二七）年、最後の年は次から次へと、危機的な状況が彼を追い込みますが、それがエネルギーとなって仕事が多くできたのです。漱石なんかもそういう面で、日常生活のやり切れない思いをバネに仕事をしていますね。年一本の長編を、コンスタントに晩年は書いていきますが、そこにはさっき言いました虚構の中の自己表現が息づいています。もちろん物書きというのは一定の時間、机の前に座らない限りできないわけですけれども、心の格闘はいろいろあったと思います。

小森　ちょっと見習わないといけませんね。

石原　われわれも（笑）。

小森　私の場合、批判されるのが常態なので（笑）。

関口　それをどうですか。エネルギーとして、小森さんや石原さんも次の仕事をなさっているんじゃないですか。そういう面がありませんか。

小森　それはあります。

関口　それが今日のテーマである漱石山脈に連なる者の自負というものでしょう。お二人は謙遜してますけれども、そういうようなことになるんじゃないんでしょうか。漱石山脈に連なり、漱石伝統を生きる人というのは、漱石が提起したエゴイズムや罪の問題とか、その他いろいろなことを学ぶことと同時に、漱石自身の生き方も学んだ人たちのことを言うのでしょう。

ところで、話は変わりますが、現実には、漱石の生活というのはすさまじいものであったようですね。今度半藤一利さんの奥さんで、漱石の孫になる半藤末利子さんが、『夏目家の糠みそ』という本をお出しになりました。そこにも出てきますが、気がおかしくなったときの漱石というのは、手に負えない存在だったようですね。私も筆子未亡人から聞きましたけれども、早朝「皆、起きろ」と言って……。

石原　たたき起こして歩くらしいですね。

関口　そうです。そして子どもたちを何もしないのにぶったりします。それですから筆子さんなどは、父の折檻の恐ろしさに、矢来の伯父さんと言われた漱石の兄夏目和三郎直矩(なおのり)、――『朝日小辞典夏目漱石』で江藤淳さんは、「ナオタダ」とルビ振っていますす。それを踏襲しているのか、最近の事典も皆そうなのですが、これは「ナオノリ」じゃなくちゃいけない。夏目家の人たちは皆「ナオノリ」と言ってるんですから。筆子さんもそうだったし、半藤末利子さんに確認してもそうでした。――そこに逃げて行ったんです。殺されるかもしれないというような危機感を、筆子さんは抱いていたわけですね。

このような漱石の二面性のようなものは、小宮豊隆さんの『夏目漱石』なんかには出てきません。比較的出てくるのは、奥さんの『漱石の思ひ出』ですね。あれは松岡さんがいてはじめて書けたもので、晩年の松岡さんはあれは義母に対する最大の孝養であったというふうに言っていました。『漱石の思ひ出』が残されたということは、ありがたいわけなんですが、ああいう漱石でありながら、一方で、芥川に対する手紙をはじめ、初期の鈴木三重吉などに宛てた手紙というのは、非常に温かなものなんですね。そういう漱石の二面性をどういうふうに考えるかというような問題もあるのです。

石原　たしか佐藤春夫は『漱石全集』の中で書簡集が一番いいという意味のことを言っていたと思いますが、はっきり言って、書簡集の中の漱石はすばらしい人間ですよね。でも、実際に会った人のエピソードは必ずしもそういう面だけではない。漱石自身の日記や断片を見ると狂気に近い面さえある。漱石の抱えている二面性は、なかなか解けない謎です。

それと少し気になるのは、寺田寅彦が洋行して帰ってきたときに、「漱石先生は変わってしまった」というふうなことをちらっと書き残したりしてます。漱石山房に出入りした初期のお弟子さんたちと、それから寺田寅彦が洋行から帰ってきた後あたりに入ってきた、第二期から三期にかけてのお弟子さんたちが漱石に持っていたイメージは少しずれているのかなという気がするんです。

寺田寅彦なんかは、漱石があんなに有名にならなくて、最後まで無名の学校の先生だったらよかったのにというふうなことを書き残したりしてます。熊本の第五高等学校時代に、漱石の家の納屋でもいいから住まわせてくれといったような、ああいう人たち。漱石が一人の教師でしかなかった時代のお弟子さんたちの見てた漱石。生徒たちが友人の落第生の点をもらいにいくと、怒りもしないで家に上げて歓待したとか、そういう時代のお弟子さんの見てた漱石が一つある。その一方で、さっきも言いましたけど、芥川の世代は、敢えて言えば漱石の嫌な面をちらちらと書いている。内田百閒も書いてます。そこは、断層があるのかなという気はします。

それからある人が、漱石に議論をふっかけて、楯突いたりすると、漱石は非常に怒って「だれのおかげで世の中に顔出しができてると思ってるのか」と怒鳴りつけたというふうなエピソードも残ってます。そういう高名な小説家になってから集まってきたお弟子さんたちが見てる漱石と、違ったのかなというふうに思います。

小森　でも、それは違って当然だというか。寺田寅彦の印象は何年ごろでしたっけ。

石原　明治四十四年ごろの印象なんですよね、三年間の留学から帰ってきたとき。

小森　もちろんその前に修善寺の大患があったということもあるのだけど。寺田寅彦がよく知っていた時代の漱石というのは、ものを書くことによって、自分の狂気を自己セラピーしていた時期だったと思うんです。つまり小説を書くことが職業ではなかった。職業は学校の教師だった。

石原　先程関口先生がおっしゃった、まさに書くことで自分の何かを昇華させていくという、そういう時期ですよね。

小森　小説を書くことが快楽につながって、『吾輩は猫である』なども、すごく気持ちよく書いています。特に『坊つちやん』は、大学でのうっぷんを全部はらしてやるという書き方です。小説を書くという行為が、その行為を遂行していく過程で、その中に自分の中のわだかまった現実の生活の中での人間関係その他に対するうっぷんとか、恨みつらみとか、ルサンチマンとか、そういうのを全部そこにたたき込んで、すっきり出ていくことになっていた。それが多分、漱石の小説的な才能の芽生えなんだと思うんです。『虞美人草』以降、朝日新聞に就職をして、プロの作家になって、小説を書くことが職業になってしまう。多分『三四郎』『それから』あたりまでは、まだそれが自己セラピーになっていたのだけれども、『門』の頃からそれがむしろ苦痛になって、胃があれだけおかしくなってしまった。

そうなると小説の世界を通して自己治癒していくということが、非常に困難になるわけです。だからそういう意味で、漢詩などの別な形式で逃げ道をまた見出していくのだけれども。寺田寅彦が有名にならなければよかったという印象を持ったときというのは、やっぱり小説を書くこと自体が、自己セラピーにならなくなった状況ですよね、どうも。

それからもし漱石が生きていた時代だったら、私もあの人には近付きたくないなと思います。

石原 ぼくもそう思うんです。

世界と自己

小森 ただあの苛立ちはすごく分かる。私は気が弱いから、外に「デモンストラノティブ」（「道草」）には出せません。かえって、抑圧しちゃうから変なところでゆがみが私の場合出てくるのかもしれないけれど。

ただ気分は、分かります。どうして苛立つか。基本的に漱石的な苛立ちというのは、つまるところすべての苛立ちの要因は自分にあるんですね。だから周りに対して苛立っているように周りの人は思うけども、それは自分に対しての苛立ちが止めどもなく出て来て、爆発してしまって家族に向かうのだと思います。

なおかつ、本人はそれを自覚しているん

小森陽一氏

です、必ず。でも爆発は止められない。あらゆる彼の感覚のすごさというのは、戦争が近付くと狂気になるという、そういうパターンともかかわるんだけども、世の中で起こっているあらゆることに対して、本来個人としては責任を持てないんだけども、それをやっぱり自分の責任というふうに感じちゃうところに漱石的苛立ちがつのる。それをじゃあどうすればいいかということを、正面から考えていって、そしてなかなか出口が見出せなかった。そういうタイプの、非常に珍しい人だったんじゃないかと思います。

でも漱石のものの見方というのは、最初に子規に書き送った、最初の彼の散文の作品としての「倫敦消息」に表れている。日本とロシアが戦争を始めようとしている大きな渦と、それから自分の下宿の小さな渦が、同じ構造の中にあるんだと漱石は書いています。ああいうふうに認識していくと、ものすごく大変なんですよね。でも実はどんな自分の人生の一コマのくだらないことでも、行為遂行的にというか、今なぜ自分がこういうふうにしているのかということを全体として、世界情勢まで含んだ形で考えると、やっぱり自分の責任というのは自ずと浮かび上がってくるんです。

関口　自己と世界、個人と社会の問題ですね。漱石がいかに個人と社会との問題を考えていたかということなんですが、漱石山脈をこの視点から考えますと、例えば野上弥生子さんは晩年に至るまで絶えず社会の問題を考えていました。また、私のフィールドで言いますと、芥川はこれまで政治なんかには無関心を決め込んだノンポリなんていうふうに評価されていましたけども、それは実証の欠如からくる考えであって、きちんと見ていきますと、彼がいかに社会に対して関心を持っていたかということは、例えば若き日の徳冨蘆花の演説「謀叛論」をめぐる問題や、大阪毎日新聞社の特派員としての中国旅行における見聞とか、関東大震災における自警団員の体験とか、そうしたものを検討しますと、社会に対して決して無関心ではなかったということが言えるのです。

漱石もそうであった、弥生子もそうであった、芥川も……。だから漱石山脈に連なる人たちは、それぞれに社会意識を強く持っている。森田草平だっていろいろありましたけども、晩年は共産党に入ってみたり……。それは社会への関心がなければできなかったと思うんです。江口渙もそうでしたね。ただし、江口渙の回想記には随分間違いがあります。あれをはなから信じて論文を書いている人がいますけど、検討しないといけません。面白い書き方をするからつい信じてしまうのですが。ともあれ、江口さんという人の生涯も誠実に闘った人で、やっぱりそれは漱石山脈の一画を築く人だなというふうに考えますけども。

小森　なるほどね。そういう意味で、芥川の持っていた政治性というのを、今一度きちんと議論し直すべきだなという気がします。さっき石原さんが、漱石が「鼻」を高く評価して、こういうのを二十、三十書けばって、言ったとおっしゃいましたが。だれだってすごくプレッシャーになったと思います。

石原　そういう気がします。

『鼻』と小説

小森　ただどうなんですか、関口先生。なぜ漱石は『鼻』を絶賛したのか。これは、私にとっては謎なんです。

関口　そうですね。常識的な回答になりますが、やっぱり一つは当時全盛を誇った自然主義の作家たちとは違ったやり方で、表現したからなのでしょう。古典に題材を取りながら、実際には近代人の心理の問題を扱っています。それは芥川自身の問題でもあるのです。右顧左眄して、絶えずまわりの人のことを気にしなければならない男の問題です。お二人を前にして敢えて言うわけですけれども。作品というのは書かれた時点で作家を離れて自立するということは自明なことですけれども、同時に作品はまた作家の現実の転位でもあるのです。転位という言葉は、豊島与志雄がしょっちゅう言ってることで、そこから学んで、私はこのごろよく使うことにしています。「作品は作家の現実の転位である」と。

そういうふうに考えますと、「鼻」なんかも、あれは彼の現実の転位だと言えるのです。もっとも現実の問題をそのまま書いたら、小説にならないわけです。そこに虚構の力がはたらかない限り作品にはなりません。彼は裸になれ、裸になれと、しょっちゅう周りから言われたわけです。けれども、最後まで裸にはならなかった。じゃあ裸というのは何かといったら、当時にあっては、結局貧しさの問題とか。それから女の問題とか、お酒の問題になっちゃうわけですから、芥川は賢明にもそれをさけて、ああいう話を作り上げた。物語性のある話を作り上げたのです。

だからこれは、ヨーロッパ小説をよく読んでる漱石には、ぴったりときたのでしょう。それまで森田草平の『煤煙』なんかを苦虫をかみつぶしたような気持ちで見ていたところへ「鼻」の出現です。『煤煙』もそれなりに評価できる面もあるんでしょうけども、漱石としてはもっと突き放して、客観的なものにしてほしいという気持ちがあったんじゃないでしょうか。漱石は当時草平ら第二グループの人たちにちょっと失望を感じていたのです。だから第三グループの芥川や久米に期待しているところに「鼻」が出てきたので、それであれだけ賛辞の羅列をしちゃったんじゃないでしょうか。

石原　小森さんの質問とちょっと離れるかもしれませんけど、僕が思ったのは、「鼻」はやっぱりストーリー・テラーといいましょうか、菊池寛の小説もそうなんですが、コント風の面白さがあるわけです、漱石が田山花袋と論争したときに、田山花袋が漱石の小説は作り物だと言って批判する。すると漱石は、作り物だということを苦痛に思うよりは、どれだけうまく作ったかということを誇りにしたほうがいいんじゃないかという再批判をします。そういう漱石の小説についての考え方が、非常によく出ているほめ方だったと思うんです。そこで、ストーリー・テラーというか、コント的な小説を絶賛されたということが、晩年の芥川にとって幸せだったのかなということをちょっと思ったりするんです。

小森　だから「鼻」をコント的な小説だというふうに位置づけない、ヨーロッパ文脈で評価しないことが大事だと思います。漱石が芥川の「鼻」を評価したというのは、私は日本近代文学の中の決定的な大事件だったと思います、これがなかったらそれが別に漱石山脈ということじゃなくても、ある重要な文学的水脈が途絶えたんじゃないかと思うんです。それは「小説」という漢字二字熟語は、つまり坪内逍遙の場合は「ノベル」の翻訳語なんだけども、藤井貞和さんが言うように、もともとは中国の一番下っ端の、日本でいうと岡っ引きか下っ引きみたいな、そういう役人たちが民衆の間で語られている流言とか蜚語とかを集めたのが「小説」なんです。中国の支配者にとって、そういう流言蜚語をもとにして大きな暴動だとか、そういうことが起こるのが一番怖いわけで、それを絶えず調査をしていった。それがつまり稗官者流が、集めてくる「街談巷語」という、巷の言葉としての「小説」だったわけだから、それがやっぱり「稗史小説」というふうに言われて、正史に対して、屹立していたわけで、そこには例えばお化け話だとか、何だとか、いろいろ入るわけです。

だから例えば江戸の中期に入ってくる、中国白話小説と呼ばれているけど。あれだって例えば『西遊記』なんていうのも、それこそ中国大陸の各地に伝わっていた民衆の不安をかき立てる、妖怪話を採集してきて、それに孫悟空と三蔵法師たちが旅していくと、一個ずつ皆出会うという形式になっている。例えば街談巷語、稗史小説の『ドンキホーテ』版というふうに考えるとよく分かります。

そうすると、稗官者流が集めてくる「街談巷語」としての「稗史小説」の中には何が宿っているかというと、その時期の政治体制に対する根源的な民衆の批判と不安が、実はある話の形をとって宿っていると思うんです。それに漱石が非常に自覚的になったのは芥川の「鼻」を評価した時点じゃないかと思います。

つまり、あることないことを含めた流言蜚語というものを採集していく。そういうタイプの、敢えて私はアジア的というか、アジアというのもヨーロッパから言われた概念だから、環太平洋漢字文化圏における「小説」の伝統だとすれば、それが漱石によって芥川に受け継がれたと思うんです。

だから『吾輩は猫である』というのも、探偵としての猫が苦沙弥先生の周辺のご近所の流言蜚語やいろいろなもの採集してきて、そしてそれを語るという設定になってる「街談巷語」です。『坊っちゃん』というのは、学校版流言蜚語集です。つまり表向きの話ではなくて、地元でいろいろ噂になっている裏のいろいろなことも含めてやっているわけです。あの『吾輩は猫である』や『坊っちゃん』の書き方というのは、やっぱり環太平洋アジア地域の漢字文化圏における「小説」の伝統を、もう一回日本の近代で復元させたものではないでしょうか。

実は漱石が最初の頃評価していた作家というのは、泉鏡花です。泉鏡花という人は、漱石の十年前にデビューしている。漱石のあと十年後に芥川の「鼻」が出てくる。『古今著聞集』とか『今昔物語』って、ある意味で芥川が発見しないと、国文学者も研究してなかったでしょ。こんなものは文学じゃないと言って。でも芥川が、例えば「鼻」でも「羅生門」でも、そういう形でそこに何か決定的な、その時代の民衆のポリティカル・アンコンシャス、政治的な無意識が宿っているという素材を取り出してきて、同時にそれが現代人の心の病とも通じるという形で小説化したんですよね。この系譜を辿って芥川のあとはだれかというと、芥川のあとは太宰治がくる。太宰の『おとぎ草紙』などは絶品ですよね。その意味で、昔話の物語から現代の基本的な心性を探り出して。それはやっぱり権力の一番基本構造のところに突き刺さっていくような民衆的批評性がある。確かにコント風にも見えるのはストーリーテーリングの問題かもしれないけども、漢字文化圏的「小説」を確信犯的に取り出していった。太宰のあとはだれかというと、深沢七郎だと思うんです。でも彼は右翼につぶされちゃって、深沢七郎のあとはだれかというと井上ひさしかなと(笑)。多分井上ひさしと大江健三郎もその手のタイプの作家なんじゃないかと。彼もやっぱり物語の構図の基本に、ずっと語り継がれてきたその村での伝承とか、そういうものが入っている。井上ひさしのあとは、それを今非常に自覚的にやってるのが、この前川端賞を取って、昨日受賞式があった沖縄の目取真俊さんだと思います。

漱石から芥川への系譜がつながったが故に、十年ごとに漢字文化圏的「小説」が生まれていくという話を私は作っています。

ただちょっと話がうまくできすぎかな。

関口 いま、小森さんから、日本文学には漱石山脈の系譜が脈々と伝わっているという整理をしてもらったわけだけど、確かに漱石山脈のすそ野は広い。芥川は歴史上の人物や市井の名もない人物に自己の思いを託すというかたちで作品を書いた。そういうところに目を付けながら芥川はやったわけですけれども、それはまた漱石の伝統も踏まえていると思うのです。

それとどうなんでしょう。今まで出なかったことですが、漱石山脈といったときには、うまく言えないんですけども、教師性というか、指導性というか、そういうものも見える気がしますが……。

石原 教育者ですから。

漱石の書簡

関口 教育者の面に光を当てますと、手紙にしても、そうですね。それはまた芥川が堀辰雄に、漱石の文面がどこか頭のすみに染みついていたのか、「そのま丶ずんずんお進みなさい」と、「ずんずん」なんていう漱石が使った言葉をそのまま使って書いています。また、名もない見知らぬ一読者へも、晩年は駄目でしたけれども、初めのころは丁寧に返事を書いているんですね。忙しい執筆活動の中で、知らない読者へ返事を書いたり、それから原稿が送られてくると、それを読んでやって、批評してまた送り返すとか、やっかいな仕事を労を惜しまずにやっています。そういう教師性みたいなものが漱石山脈に連なる人たちにはあったんじゃないでしょうか。

小森 ですから、そこが私はすごく大事だと思うんですが。さっき教師をしているときには小説に逃げたと。そこで自己治癒した。プロの小説家になってから、漱石は教育者のほうで自己治癒していたのではないか。そこがプロの作家になってからの漱石の書簡の、あの生き生きした言説空間というという気がする。

石原 文体が変わるしね。

小森 今の関口先生のお話を聞いて、そういうふうに漱石の書簡集というのを、読み直すべきだと思いました。あそこに小説家漱石の裏で、弟子たちとの関係を結んでいく言説によって自己治癒しながら、関係性を作っていく構図が見えます。一つの転位とおっしゃったけれども、そういう言説空間として読み直すと、実はあの漱石書簡集と言われているテキスト群の中で、いわゆる漱石山脈の固有名がつながってくるわけですよね。

だから相互教育的なテキスト群というのが、書簡集にあるんじゃないかなと思います。残念なことに、やっぱり全集で書簡集を編むと、漱石の書簡しか収録されないんだけれども、何とかして往復書簡集みたいなのを付けられないものですかね。往復書簡集。

関口 漱石宛書簡が出てこないとダメですね。

小森 そうそう。出れば、このテキスト空間は、一体何だったのかということがわかる。

関口 現実の問題としては、例えば芥川が漱石に宛てた手紙は一部きり残ってないんです。

石原 そうなんですね。

関口 漱石が芥川に宛てた手紙は、全部残っている。

石原 たぶん、漱石が燃やしちゃうんですよね。

関口 ああ、そうですか。なにせ当時の芥川は、無名の大学生ですからね。

石原 正岡子規の場合もそうだし、どうも漱石は燃やしちゃうみたいですね。あるいは、奥さんが髪の毛を結うのに使っちゃったりとかあるみたいなんですね。

小森 まさに『明暗』の冒頭近くの場面が、日常繰り返されたわけだね。

石原 危険ですね。

関口 確かに、往復書簡集があれば面白いですね。それと今の漱石書簡だけでも、そこに出てくる人名を考えていくと、またそこに漱石山脈の別な一面が浮かび上がってくるかもしれませんし……。今までは残した仕事でもって漱石山脈を考えてきていた、だけども中には無名で終わった人とか、さしたる仕事も残せないで終わっても漱石的人生を送った人もいるのです。書簡には、そういう人の名前も出てくる。そこから見ていくと、面白いことが言えそうな気もしますが。

小森 そうですね。書簡集を通して、そういう漱石と弟子たちとのやり取りがわかる。木曜会では実際はどういう話が行われていたんですか。

石原 それは断片的にしか分かりませんけど。

関口 断片的には芥川や久米がちょっと書いていたり、晩年の例の則天去私の問題、宗教的問答に関しては、久米正雄や松岡譲が触れてますけれども、皆時をへだてての回想です。

石原 漱石の連載中の小説について、皆が評判をして、漱石がそれをにやにや聞いているとか。それから皆が議論をふっかけると、漱石が最後にそれをやっつけて楽しんでいると。新入りの弟子たちが「あんなに、皆が漱石先生を批評して大丈夫なのか」と言ったら、古参の小宮豊隆が「ああ、あれは先生が皆に批評させておいて、あとで全部引っ繰り返すのを楽しんでいるんだからいいんだ。じゃんじゃんやりたまえ」と言ったとかって、そういうようなレベルの話ですよね、残っているのは。

関口 そうですね。あとは漱石の書斎はこうであったとかというような回想は、芥川や松岡がやってますけれども、具体的にどういうふうなやり取りがあったかというのは、くり返しますが、断片的にきりないようです。

三角関係の系譜

関口　ところで、漱石山脈に連なる人たちというのは、恋の三角関係というのを、好んで取り上げていますね。豊島与志雄がそうで、芥川もそうなんですけれども。このテーマは、漱石が繰り返し書きましたね。それを漱石に連なる人たちもまたやっている、恋の三角関係は、確かに近代の人間がしばしば直面する課題であり、そしてそれは当時の時代もかかわっていたんでしょうね。

石原　武者小路の『友情』もそうですしね。

関口　そうです。『友情』もそうだし、それと同じようなのは、久米正雄の失恋小説です。久米はもう繰り返し、繰り返し筆子さんの問題を取り上げたんですけど。

石原　『破船』も。

関口　そうです。『破船』をはじめ、「夢現」「敗者」「帰郷」「和霊（にぎたま）」「墓参」と、いくらでもあげることができます。

石原　あれはもうまさに「虞美人草」的な事情を巡って、弟子たちが権力の委譲を争うみたいな、そういう雰囲気があったのかもしれませんね。

関口　やっぱり恋愛や失恋は、近代の人間にとって大きな課題なんでしょうね。だからこそ皆さん、漱石を意識されるのでしょうけれども。豊島与志雄などは、直接漱石とかかわりないんですけれども、実によくそういう問題を扱っているわけです。「反抗」とか「野ざらし」とか、最初の「恩人」がそうでしたし。

　そういうことを考えてきますと、漱石の小説の構図みたいなものまでが、ずっと影響している。それは第二次世界大戦後の大岡昇平さんの問題や現代作家の問題にまで通じるわけです。

石原　そうですね。『三四郎』なんかにもちょこちょこ表れてますが、『こゝろ』なんかに典型的に表れているような三角関係の構図をずっと書き続けます。僕が非常に単純に考えているのは、要するに当時の交遊圏の狭さということが、いわば下部構造としてあると思うんです。下宿先の娘さんとか、友だちの妹とか。横光利一などもそうですけれども。交遊圏が非常に限られているから、三角関係的な問題が出やすいということはあると思うんです。

　それともう一つは、小森さんがよく言ってるホモソーシャル的な関係性の中で、女性をやり取りすることで、男同士の関係を強化するし、一方で三角関係という形で、実は男同士が争って、力比べをやっている。

そういう側面があると思うんです。

小森　でも例えば松岡の回想の中に「私が久米の身代わりになったばかばかしい話」という中で、こんなくだりがあるんです。松岡が水木銀之丞という変名を付けられて「いくらなんでも水木銀之丞という若衆みたいな名に私も困った。こういう若衆好みの妙ちきりんな名は、元来菊池が悪いので、ワイルドのドリアン・グレイの絵姿をはやらせたり、その他こういう男色趣味を教えたのも彼で、よせばいいのに久米まで隠れてこんな変名を使ってしまったんだ」というのがある。ホモセクシュアリティもからんだような一種のホモソーシャルな関係が、ある意味で自覚された形で営まれていたのではないか。

ここで菊池寛がワイルドのドリアン・グレイの絵姿をはやらせるというのも、非常に面白いことで、つまりそういうふうに漱石の小説は今まであまり問題にされてなかったけど、水田宗子さんと『それから』について議論したとき水田さんは漱石の小説を、ゴシックロマンとして読み直してみるという問題提起をなさったんです。実際にゴシックロマンというのは、ある意味でいうと一方でキリスト教的な枠組みの中における恋愛を通して、よき伴侶と出会って、そして結婚をして、幸せな生活に入るという、そういうファミリー・ロマンスの系譜に、いわば反発する形でゴシック小説が出てくるわけですよね。

そうするとゴシック小説は、いわば普通の恋愛と結婚という問題の中の、ある一項目か二項目を徹底して過剰にしていくとできるんです。自分の妻を幽閉している夫とか、そういう不気味なお城の中でというような世界になるわけでしょ。実は、漱石の例えば『門』以降の、修善寺の大患以降の、例えば『行人』とか、『彼岸過迄』とか。実はゴシック小説になれないゴシック小説の形式を成り立たせているわけです。特に『行人』なんかそうですよね。でも『行人』の場合には、女が幽閉されるんじゃなくて、一郎が自分で自己幽閉するとか、そういうゴシック小説ずらしを、徹底してやってるんです。

だから漱石の小説を読み込んでいくと、ふっと菊池寛がワイルドのドリアン・グレイの絵姿にいってもおかしくないという、潜在的な構造がある。そこら辺を例えば芥川や久米や、菊池の世代がどこまで自覚してたか分からないんだけども、潜在的に漱石の小説世界がはらんでいた毒の部分が浸透していって、それがまた非常に奇妙な、木曜会に集まってくる弟子たちの人間関係を支えていて、そういう男同士の毒を含んだ競争関係みたいなものをどこかで感じていると、そこからだれかが突出するわけにはいかない縛りがかかりますよね。

その辺りが中勘助的な離脱の仕方や、内

田百閒的な離脱の仕方を生み出す。離脱することで、ある独自な世界を作っていくと思うと逆にどんぐりの背比べや、背伸び比べの中で、お互いにつぶし合っちゃったり、非常に奇妙な人間関係なんじゃないかなと思うんです。

矛盾を生きる漱石

関口　ここでお二人に特に聞きたいことなのですが、芥川がそうなんですが、漱石はこの十年、だいぶ読まれ方が変わってきているわけですね。同時に日本という地理的空間を越えて世界各国で読まれるようになりました。東京の紀尾井町にありました国際交流基金図書館は、数年前サントリーホールのある赤坂のアーク森ビルに移ったんですが、そこに行きますと漱石や芥川の翻訳がずらっと並んでいるわけです。芥川の場合なんかは、ベトナム語などにも翻訳されています。漱石の翻訳もまた増えているわけです。

これはやはり冷戦後、人々の関心が人間の内側に向かっていったということとかかわるのでしょう。私は『芥川龍之介とその時代』の「あとがき」にそのことを書いたら、平岡敏夫さんがそれを踏まえて、「冷戦構造の解体は時代を長く支配してきた体制・反体制の二項対立図式を無化した」とある書評で書き、この間の『週刊読書人』での六巻本の『芥川龍之介作品論集成』の書評でも、同じようなことを書いていました。これまでは政治と文学とかいうふうな形で考えられてきた。つまりイデオロギー優先の時代だった。ところが冷戦後、そうしたイデオロギー神話が崩れることによって、さっき言ったように人々の関心が人間の内面の問題に向かっている。これが漱石や芥川を再読させる、これは日本ばかりじゃなくて、世界的現象なのだというわけです。

そんなことは感じませんか。私は外国に行くたびに、そのことを強く感じさせらるのです。先年行ってきたニュージーランドなんかにも「自分は芥川をしっかり勉強して、博士論文を書くんだ」というような連中が現れてきてるんです。これは中国でも韓国でも同様です。最近は北京の外国語学院の修士課程の学生を半期預かって修士論文を書かせましたけれども……。芥川をやりたい、あるいは漱石をやりたいという連中のそうした思いの背後に、そうした時代的なもの、冷戦の終了が改めて人間の心の問題を考えさせるきっかけになったというふうに思うんですが、どうでしょうか。

小森　私は冷戦の時代がイデオロギーの時代で、そのあとは心の時代だという物語には与したくないんですけど。

関口　むろん単純に図式化はできませんね。

小森　それは何かを隠してしまっている。

問題なのは冷戦構造型の言説のシフトで世界を見てきたことです。アメリカとソ連という二大国が核競争で対立して、ソ連が共産主義国で、アメリカが自由主義国で、だからイデオロギーの対立だったという、これ自体が冷戦構造型の認識なんです。大事なことは、冷戦構造型の言説構造、すべてを共産主義対自由主義の対立で見て、自由主義が勝利するという物語を捨てることです。熱戦は世界中で起きていたんですけど。基本的に異なった二つのシステムがあって、それがお互いに拮抗して競り合いながら、どっちが勝つのかが先延ばしになっていたのが冷戦です。

もちろん、この二つが争っているのは世界のヘゲモニー闘争という、権力の争いです。そこがまさに、関口さんがさっき問題になさった三角関係の構造とかかわる。つまり恋愛の三角関係の構造というものが、なぜ近代小説の中に常に現れてきたかというと、それは男性中心的な社会で、男たちがやっている権力闘争の一つの陰画として、常にそれは書かれてきたんです。

一応、冷戦の集結というのは自由主義の勝利で終わるはずだったんです。でも終わらなかった。つまりそこに、やっぱりそういう二つの大きな勢力が表向きは競争して、どっちが競り勝つのかというのを、皆はかたずをのんで見守っているということの中で、じゃあ隠されていた問題というのは何かというと、それはまさに二十世紀の産業資本主義が、環境や自然をどんどん破壊しながらだれも止められないような運動を起こしていくという事実です。その中で、さまざまな矛盾がローカルなところでも起きて、だれもそれを押し止めることができない。それがあからさまになったというのが九〇年以降です。近代産業資本主義が内在させていた競争関係の中で、敵味方という勝ち負けの構造の中で問題を考えていていいのかということが今問われている。そういう世界的に共通な大きな問いが改めて出てきて、それに対する一つの思考の回路を、例えば漱石の小説なり、あるいは芥川の小説というのが与えていると。

じゃあ思考の回路というのは一体何なのかというと、これは先程石原さんが問題になさった、例えば漱石の小説の中でずっととらえている問題というのは、一方で『こゝろ』であれば三角関係があるんだけども、その関係を作った。あるいはそういう関係に入ってしまう責任はどこにあるのかということです。どの時点での自分の自己選択が、こういう結果を導いたのかというところに、例えば関口さんがおっしゃった罪の問題というのがからんでくるわけです。

つまり自由であったはずの、自由であるはずの個人の責任において行われたある選択が、ある事態を進めてしまったときに、その事態が進んだ段階で、どういうふうに人が進んでしまった事態に責任を取れるのか。これは多分、共通して今世界の中で問われている問題であるがゆえに、いわゆるそれまでのリベラリズムではやっていけないということにも直面している。その一番根本の問いを、漱石の小説というのは非常に生な形で提出していると思います。

私は漱石的生き方を矛盾を生きることだと書きました。絶対に二項対立的にならざるを得ない矛盾が前に置かれている。さあ、ここでどういう選択をするのかということが問われ、選択をしてしまった段階において、どういうふうに過去を振り返って、今責任を負うのかということが基本的な論理構造です。それが非常に鮮明に漱石の小説から見える時代になったのです。漱石の言説が冷戦構造型の言説シフトへの批判の装置として、いかに使い得るのかという辺りを、それぞれの国の読者たちが今、それこそ新たに発見し始めているんじゃないか。これが私は、今までと大きな違いだと思うんです。

関口　小森さんの『世紀末の予言者・夏目漱石』が、「矛盾を生き抜く」という。これはやっぱり新しい時代に向かう一つの漱石観が与えてくれる方向なのかもしれませんね。

小森　私のフレーズが誤解されてるようなんです。小森が偉そうに「漱石みたいに生きる」と言っていると。そうじゃないんですよね。二十世紀の初頭では、漱石のように、狂気とすれすれのところを生き抜きながら、自分の才能によって言語を紡いでいった人しか、この世界の進行する方向や、未来というのは見えなかった。けれど今、だいたい九五パーセントぐらいの人たちが、漱石と同じように世界を感じられる時代になっているといったのです。

二十世紀というのは、最大多数の人たちが漱石化した時代。あるいは漱石化せざるを得なかった時代だというふうに、私は思っているんです。漱石の抱えている矛盾の認識は、だれもがすぐ分かるはずなのです。

関口　よく分かります。確かに漱石が抱えた問題、それは現代のわれわれが抱える問題でもあるのですね。そしてそれをキャッチフレーズにするなら、小森さんの言われるように、矛盾を生きるということだと思います。芥川をはじめとする漱石山脈に連なる人々もそうだと思います。矛盾を生きていくわけです、誠実に。時に、逆説的な表現を取りながら書く場合もありました。漱石が言うように、世の中は「矛盾」だらけで、そう簡単に割り切ることができないわけです。これが真実なんてあり得ないということ、漱石山脈の人たちというのは、皆さんそれに気付いているんじゃないでしょうか。そんなふうに思います。

小森　その割り切ることができない、ということがもしかして漱石山脈を貫く大事なことかもしれませんね。
関口　そうだと思います。
小森　漱石が一番嫌っていた大英帝国中心型のエボリューション、進歩と進化のプロセスは大英帝国のように二者択一して割り切っていけば、切り開けていくという幻想です。これが多分、福沢諭吉的自由主義と結びついている。つまりどんどん生産性を上げていって、そして個人の自己選択性の選択肢をいっぱい増やしていけば、人は自由になるんだという幻想です。これが二十世紀の世界を覆ってしまった。そしていわば自由主義と共産主義の対立についても、自由主義のほうは選択項目が多いからいいんだという論理だったそれで「いけるぞ」という夢が完全に今途絶えたと思うんです。選択肢が多くても、人は幸せにならない。
　そういうことを、漱石は『現代日本の開花』で見事に言い切っているわけです。そうすると、漱石的な自由の側から、もう一回近代全体を見直すことが必要です。そういう責任が私たちにはあるのだと思います。
関口　小森さんは実にうまい。「世紀末の予言者」、と漱石を表現することで、その全貌をとらえている。予言者というのは、誠実に生き抜く人なのです。ことばを換えると、誠実に考え抜こうとする人が、予言者なんでしょうね。旧約の預言者というのは、それにさらに神からの委託の言説が加わるんですけども……。やっぱり誠実にこの世の問題を考え、そして発言する人、それが予言者だと思います。
小森　そう。発言する人というのは大事ですね。今の状況に対して。
関口　プロテストする人です。
石原　どうも何か、きれいに結論が出ましたね（笑）。
関口　いや、面白かった。
石原　どうもありがとうございました。

◎好評発売中◎
源氏研究 第5号
……編集……
三田村雅子
河添房江
松井健児

【特集】源氏文化の視界
◎座談会……藤井貞和
◎インタビュー……尾崎左永子
▼インターセクション……伊藤鉄也
▼海外における源氏研究……張　龍妹
▼源氏物語の栞……大塚ひかり・深瀬サキ・後藤祥子・吉海直人
▼源氏物語と私……今井源衛
三田村雅子●青海波再演
四辻秀紀●国宝「源氏物語絵巻」に表現された二つの夕暮
吉森佳奈子●「日本紀」の広がりと『河海抄』
伊井春樹●源氏作例秘訣の世界
百川敬仁●浮舟―〈死の練習〉としての物語―
石阪晶子●〈なやみ〉と〈身体〉の病理学
助川幸逸郎●一九七〇年代のヘーゲリアン達
立石和弘●『源氏物語』の加工と流通
河添房江●メディア・ミックス時代の源氏文化
■2400円＋税
翰林書房
〒101-0051 千代田区神田神保町1-46
☎03-3294-0588

❖特集 漱石山脈

呼び水としての虚子

坪内稔典
Tsubouchi Toshinori

一　『漱石氏と私』

高浜虚子には漱石にかかわる一冊の本がある。大正七年一月、アルスから刊行された『漱石氏と私』。大正五年十二月に死去した漱石を、自分に来た漱石の書簡を紹介しながら回想した本であり、本になる前に次のように雑誌「ホトトギス」に連載した。

一　「ホトトギス」大正六年二月
二　「ホトトギス」大正六年三月
三　「ホトトギス」大正六年四月
四　「ホトトギス」大正六年五月
五　「ホトトギス」大正六年六月
六　「ホトトギス」大正六年九月
七　「ホトトギス」大正六年十月
京都で会った漱石氏　「ホトトギス」大正六年十月

言うまでもないことだが、雑誌「ホトトギス」は漱石が小説家になる契機となった雑誌。この雑誌に『吾輩は猫である』を発表した漱石は、その作品の好評によって小説家になった。

そして、『吾輩は猫である』の執筆を促したのは虚子であった。虚子は『漱石氏と私』の序を以下のように書いている。

漱石氏と私との交遊は疎きがごとくして親しく、親しきが如くして疎きものありたり。其辺を十分に描けば面白かるべきも、本編は氏の書簡を主なる材料として唯追憶の一端をしるしたるのみ。氏が文壇に出づるに至れる当時の事情は、略々此の書によりて想察し得べし。

「追憶の一端をしるしたるのみ」と言いながらも、実は「疎きがごとくして親しく、親しきが如くして疎きもの」だった交遊に触れていないわけではない。本稿ではできるだけ虚子のまなざしに即し、虚子を通した漱石像をとらえてみたい、と思っている。つまり、「疎きがごとくして親しく、親しきが如くして疎きもの」だった交遊の実態を通して漱石像を描きたいということ。

2　漱石は眼中になし

『漱石氏と私』の一〜四の章は、漱石との松山における出会い、漱石が俳句を作るようになったこと、漱石の「ホトトギス」に対する忠告などに及んでおり、漱石がロンドンに留学するまでの内容。ここでの虚子のまなざしは次のようなものだ。

実は其頃の私達は俳句に於ては漱石氏などは眼中になかつたといつては失礼な申分ではあるが、それほど重きに置いてゐなかつたので、先輩としては十分に尊敬は払ひながらも、漱石氏から送った俳句には朱筆を執つて〇や△をつけて返したものであつた。

これは漱石の明治二十九年十二月五日付の熊本から来た書簡をもとにした感想の一節。「其頃の私達」とは誰をさしているのだろうか。当時の虚子がいつもつるむかのように共に行動していた河東碧梧桐などであろうか。ちなみに、虚子は明治七年、碧梧桐は明治六年の生まれであり、慶応三年生まれの漱石や子規とは、それぞれ七つ、六つの年齢差があった。

熊本時代の漱石は、せっせと俳句を作り、それを子規、そして虚子などに送り、批評を求めた。それが虚子の言う「漱石氏から送った俳句」である。子規に送った大量のそれは、今ではその三十五回分が「正岡子規へ送りたる句稿」として『漱石全集』（岩波書店）に整理されている。子規も〇や△をつけたし、時には句稿を紛失して漱石をがっかりさせたりしたが、漱石が眼中になかったわけではない。その証拠に、明治の新派俳人を世に紹介した評論「明治二十九年の俳句界」（明治三〇年)では、碧梧桐、虚子、石井露月、佐藤紅緑、村上霽月についで漱石がとりあげられている。「霽月とは何等の関係も無くしてしかも隠然霽月と対峙する者を漱石と為す。漱石は明治二十八年始めて俳句を作る。始めて作る時より既に意匠に於て句法に於て特色を見はせり」。これが漱石を紹介した子規の文章の冒頭である。

実は、虚子には霽月と漱石を詠んだ次の句がある。

霽月といひ漱石といひ風薫る

『贈答句集』(昭和二一年)にあり、「明治三十一年六月八日。暫く音信を絶ちたる東西の俳人を思ふ」と前書きがついている。さきに日付を示した漱石の手紙は、「来熊以来は頗る枯淡の生活を送り居り候。道後の温泉にて神仙体を草したること、宮島にて紅葉に宿したることなど、皆過去の記念として今も愉快なる印象を脳裏にとゞめ居り候」と書き出されているが、ここに言う「道後の温泉にて神仙体を草したること」がこの虚子の俳句にかかわっている。では、『漱石氏と私』から関係するくだりを引こう。冒頭の「或日」は明治二十九年春の某日。当時、虚子は兄の病気見舞いのために松山に帰省していた。漱石は松山中学の教師であった。

或日漱石氏は一人で私の家の前まで来て、私の机を置いてゐる二階の下に立つて、

「高浜君。」と呼んだ。其頃私の家は玉川町の東端にあつたので、小さい二階は表ての青田も東の山も見える様に往来に面して建つてゐた。私は障子をあけて下をのぞくとそこに西洋手拭をさげて立つてゐて、又道後の温泉に行かんかと言つた。そこで一緒に出かけてゆつくり温泉にひたつて二人は手拭を提げて野道を松山に帰つたのであつたが、その帰り道に二人は神仙体の俳句を作らうなど丶言つて彼れ一句、これ一句、春風駘蕩たる野道をとぼ〳〵と歩き乍ら句を拾ふのであつた。此神仙体の句は其後村上霽月君にも勧めて、出来上つた三人の句を雑誌めざまし草に出したことなどがあつた。

三人の句が出ている「めざまし草」は明治二十九年三月二十五日号。虚子、霽月、漱石の各十句が出ているが、神仙体とは

蛤や折々見ゆる海の城
霞立つて朱塗の橋の消にけり

どこやらで我名よぶなり春の山

というような作品を指す。これは「めざまし草」にある漱石の俳句の一部だが、要するに超現実的な別世界の光景を詠んだもの。

以上のような事実をたどると、俳人・漱石は眼中になかった、という虚子の言い方がやや不審。『漱石氏と私』を書いた頃の虚子は、俳人であることを一義とする生活に入っていた。そんな虚子にとって、俳人・漱石はあまり認めたくなかったのではないか。俳人・漱石を認めないかわりに小説家・漱石の方は高く評価した。しかも、自分とのかかわりを通して漱石は小説家になっていった、というのがこの『漱石氏と私』における虚子の見方であった。

3 奨学金

『漱石氏と私』は漱石が死去して間もなくに書かれたが、虚子はずっと後にあらためて漱石を回想した。昭和十七年に出た『俳句の五十年』においてである。昭和十七年の虚子は六十九歳であった。

『俳句の五十年』では、「漱石との対面」「漱石と宮島に」「漱石の帰朝」「俳体詩」「漱石と私」「我輩は猫である」「影響を受けた人」「松山時代の漱石」「漱石と俳句」「漱石との往来」「有名になつた漱石」「漱石の人格」「二人の先輩」などの項で漱石に触れている。ここではまず、「影響を受けた人」と「松山時代の漱石」を見てみよう。

影響を受けた人

私が一番大きな影響を受けた人は、いふまでもなく正岡子規であります。それは私の最も若い時分に覆ひかぶさつてきた最も大きな勢力も子規でありましたから、子規の感化といふものは自分が意識するとせざるとに拘はらず随分大きなものがあると思ふのであります。次いで夏目漱石の影響も亦あつたやうに思ふのであります。尤も、子規の影響といふものは、人間としての私を作り上げる上において大きなものがあつたと思ふのでありますが、漱石の方はその点においては、格別大きなものがあるといふわけではないのでありまして、何となく尊敬すべき先輩として漱石を眺めてをつたといふこと、漱石は常に静かな態度で私の文芸上の作品に眼を止めてくれてをつたといふことであります。

大きな影響を受けた人として子規と漱石を挙げた虚子は、

「人間としての私」を作りあげる点で子規の影響は甚大、だけど漱石はその点では特に影響がなかった、と言う。次は「松山時代の漱石」。漱石、霽月と吟行した云々は、さきの神仙体の俳句を作ったおりのこと。

松山時代の漱石

漱石が松山の中学校に居つた時分に、私が帰省して漱石を訪ねた事がありました。それより前に一度私共は会つて居るのでありますけれども、改めて漱石に面会しました。その時であつたか、その次に帰省した時であつたかははつきり記憶いたしませんが、漱石並びに村上霽月といふ同郷の先輩で、その時分に伊豫農業銀行といふ銀行の頭取をしてをりました男と三人で、松山の近郊を吟行して歩いた事がありました。その時分には、別に文学上の話をするでもなかつたのでありますが、俳句を作つて数日を過したことがありました。それから熊本の高等学校に赴任する時分に、漱石がすゝめるまゝに厳島まで一緒の船に乗つて行つたことがありました。その時分に漱石は私に、自分は少し月給を沢山貰ふやうになつたから、若干の金を君にやるから少し勉強をしろといふやうな事をいつた事がありました。その時分の私は、乏しい学資でやうやく下宿料が払へるくらゐのものでありまして、余分の書物を買ふといふやうな金はなかつたのでありましたから、喜んで好意を受けて、月々五円であつたか十円であつたかの金を送つて貰ふことになつたのであります。さういふ点でも、漱石に負ふところは多いのでありました。その時も宮島の紅葉をみて、お互ひに俳句を作つたりして袂を分つたのでありました。それから後になつては、続けて一年ばかり金を送つてくれてをつたやうに思ひますが、漱石が細君を貰ふやうになつたのを境にして、それを辞退しました。その細君を連れて、東京から熊本の任地に赴く時も、新橋に送つたのは私一人であつたやうに記憶してゐます。

引用が長くなったが、漱石から金をもらうようになったころ、虚子は当時の俳人・漱石は眼中になかった。右の引用部分の後にある「漱石と俳句」でも、

漱石は、俳句はやはり子規にすゝめられて作つたのでありましたが、高等学校の教師として又大学の講師としての余技として作つてをつたのに過ぎないのでありますから、その俳句は、子規とか私とかいふものに見せて批評を乞ふといつたやうな有様でした。

と言う。「余技として作つてをつたのに過ぎない」とは、やは

り、俳人・・漱石に対する低い評価だ。ちなみに、奨学金をもらったことはなぜか『漱石氏と私』には触れていない。やや勘ぐることになるが、眼中になかったと漱石を無視した以上、無視した相手から奨学金をもらっていたとは書きにくかったのではないだろうか。

ともあれ、虚子は俳人・漱石を徹底して認めない。認めないことが、もしかしたら、小説から俳句へと転身した虚子自身の存在理由の主張だったのだろうか。

4 普通の人間よりは

漱石が虚子に奨学金を出したについては理由があった。

明治二十八年十二月、子規は虚子を呼び出し、学問をちゃんとして時分の後継者になってほしい、と伝えた。だが、虚子は、嫌いな学問をしてまで文学者になりたくはない、と応じた。やむなく子規は、今後は君に対する「忠告ノ権利及ビ義務」も放棄する、と言い、二人はそのまま別れた。子規は友人の五百木良三あての手紙にそのいきさつを記し、「死はますく〲近づきぬ　文学はやうやく佳境に入りぬ」と現在の心境を述べた。

虚子に対する「忠告ノ権利及ビ義務」を放棄する、と言ったものの、実際は先輩として虚子を案じ続けた。明治二十九年五月二十六日の子規から虚子にあてた手紙では、虚子が大学の入学試験を受けようとしないことを難じている。この手紙には「小生先日夏目に手紙を発し委細申やり候処同人より返事来り快く承諾今月分より送金可致様申あり候」とある。これによると、虚子に対する漱石の援助を、子規が漱石に頼んだようにも見える。

同年六月三日の子規の虚子あての手紙には、「近来ニ至り貴兄の御心底はわれらにハ全ク相分り不申或ハ御立腹なされしやら或ハ小生をうるさしとて近よりたまハぬにや或ハ話にならぬとて見はなしたまひしにやこゝの処当惑致候」とある。

この三日後の六月六日、漱石は子規にあてて、「虚子の事にて御心配の趣御尤に存候」と始まる手紙を書いた。その手紙によると、虚子からも子規との後継者云々のいきさつを伝えてきたという。以下は漱石の手紙を引く。

虚子云ふ、敢て逃るゝにあらず一年間退て勉強の上入学する積りなり、と。一年間にどう変化するや計りがたけれど勉強の上入学せば夫（それ）でよからん。色々の事情もあるべけれど、先づ堪忍して今迄の如く御交際あり度と希望す。小生の身分は固（もとより）何時免職になるか辞職するか分らねど、出来る丈は虚子の為にせん、とて約束したる事なり。当人も夫を承知で奮発して見様といひ放ちたるなり。

句読点を補って引いたが、この「出来る丈は虚子の為にせん」というのが奨学金のことだろう。ちなみに、漱石が結婚するのはこの手紙を書いた直後の六月九日のこと。虚子は漱石の結婚を機に奨学金を辞退したと書いていたが、もしかしたら、漱石が結婚をする頃から虚子に奨学金が提供されたのかもしれない。六月六日の漱石の手紙をさらに引く。

小生が余慶（よけい）な事ながら、虚子にかゝる事を申し出たるは虚子が前途の為なるは無論なれど、同人の人物が大に松山的ならぬ淡泊なる処、のんきなる処、気のきかぬ処、無気様（無器用）なる点に有之候。大兄の観察点は如何なるか知らねど、先づ普通の人間よりは好き方なるべく、左（さ）すれば左程愛想づかしをなさるゝにも及ぶまじきか。（略）小生よりも虚子へは色々申し遣はすべく候。

漱石は虚子の人物を好ましく思っていた。それで、子規と虚子の仲をとりもつかたちで、虚子への援助を考えたのであろう。右の手紙に先立ち、漱石は坪内逍遥や狩野享吉に虚子を紹介している。

結局、虚子は大学に入ることはなく、柳原極堂から雑誌「ホトトギス」の経営を引き継ぎ、明治三十一年十月から出版業で生計を立てることになる。

5 明るい光

俳人・漱石を認めなかった虚子だが、もちろん、小説家としての漱石は認めた。というより、漱石が小説家になり得たのは自分とのかかわりがあったからだ、と思っていたかもしれない。『漱石氏と私』の五以下は、ロンドン留学から戻ってきて小説家として世に出る過程が描かれているが、虚子によれば、漱石が病床の子規を慰めるために書いた「倫敦消息」は、後の『吾輩は猫である』を「どことなく彷彿せしめるところがある」という。「我輩」という名乗りや叙述が細部へ細部へと流れる感じはたしかに『吾輩は猫である』に似ている。「倫敦消息」を書いた頃に『吾輩は猫である』の文体がすでに漱石のものになっていたということだろう。

さて、虚子は、留学から戻って鬱屈していた漱石を、能楽にいざなっり、連句の席に引き出した。連句体験は、やがて俳体詩の試みになり、漱石は一人で「冬の夜」「源兵衛」などの作品を作った。虚子はことに「冬の夜」を高く評価し、「俳体詩といふ名はありながらも、最早連句の形を離れた自由な一篇の詩であつた」と述べている。そして、次のようにも言う。

連句や俳体詩には余程油が乗つてゐるらしかつたので、私は或時文章も作つてみてはどうかといふことを勧めてみた。遂に来る十二月の何日に根岸の子規旧廬で山会をやることになつてゐるのだから、それまでに何か書いてみてはどうか、その行きがけにあなたの宅へ立寄るからといふことを約束した。

この約束が果たされ『吾輩は猫である』が誕生することになる。虚子は、「連句俳体詩などがその創作熱をあほる口火となつて、終に漱石の文学を生むやうになつたといふことは不思議の因縁といはねばならぬ。猫を書きはじめて後の漱石氏の書斎には俄かに明るい光がさし込んで来たやうな感じがした。漱石氏はいつも愉快な顔をして私を迎へた」と書いている。

『漱石氏と私』はここで終わっている。この後に明治三十九年から大正二年に至る多くの虚子あての漱石の書簡が紹介されているし、独立した一章として明治四十年の京都の漱石を書いた「京都で会つた漱石」も収められている。だが、俳人・漱石を無視した虚子にとっては、自分が呼び水になって小説家・漱石が出現したことを書けば、おらくそれで『漱石氏と私』の意図が果たされたのである。奨学金などをくれた漱石の厚意に対しても、自分が呼び水になったことで報いた、とひそかに思っていたかもしれない。実際、「松山的ならぬ淡泊なる処、のんきなる処、気のきかぬ処、無気様なる点」を持つ虚子は、小説家・漱石が出現する呼び水だったことはたしかだから。

❖特集 漱石山脈

東洋城の「起源」

鈴木章弘
Suzuki Akihiro

松根東洋城（一八七八〜一九六四）は、本名豊次郎。高浜清(きよし)が虚子となり、河東秉五郎(へいごろう)が碧梧桐となったように、「とよじろう」が「とうようじょう」になったわけである。東洋城は『ホトトギス』から、俳人として世に出ることになる。

本人は東京築地生まれだが、父は伊予宇和島藩城代家老、母は宇和島藩藩主伊達宗城の娘であり、東洋城自身も子規、虚子、碧梧桐が在籍した松山中学校を卒業している。いとこには柳原白蓮や北白川宮妃がおり、その縁もあってか、第一高等学校、東京帝国大学を経て、京都帝国大学法学部を卒業した東洋城は、明治三十九年、宮内省に入省する。そして大正八年に退官するまでに、式部官、宮内書記官、帝室会計検査官などを歴任することとなる。明治四十三年、漱石が胃病の静養先として修善寺を選んだのは、東洋城が北白川宮の随行員として、その地に滞在することになっていたからである。

漱石テクストにおいて東洋城が登場するのは、この修善寺の大患について書かれた「思ひ出す事など」（明治四十三年〜四十四年）と、東洋城選『新春夏秋冬』春之部、夏之部、秋之部（俳書堂　明治四十一年六月、四十二年三月、四十二年十一月）の

「序」などが主なところであるが、その夏之部「序」に漱石は、東洋城について次のように書いている。

> 東洋城は俳句本位の男である。あらゆる文学を十七字にしたがる許りではない、人世即俳句観を抱いて、道途に呻吟してゐる。（中略）
>
> 所が新春夏秋冬の第二巻が出来たので、序を書いて呉れろといふ注文を出した。どうも書く資格がない様な気がする。けれども東洋城と余は俳句以外に十五年来の関係がある。向ふでは今日でも余を先生々々といふ。余も彼の髭と金縁眼鏡を無視して、昔の腕白小僧として彼を待遇してゐる。どうも書くのは御免だと断わる資格もない様な気もする。それで逡巡してゐると又催促が来た。そこでとう〳〵書く。然し俳人として書くのでは無論ない。その昔し東洋城に始めて俳句を教へた事があるといふ縁故によつて書くのである。東洋城の人世即俳句観は少なくとも此序に及んで居らん事を読者に於て承知されたい。

ここで「東洋城と余は俳句以外に十五年来の関係がある」と書かれているが、それは、明治二十八年、東洋城が生徒として在籍していた松山中学に、漱石が教員として赴任して以来、ということである。この時期について東洋城は、「松山での一年間、それは毎日教室で顔を合はせたもの、只だ多勢と一しょにABCを稽古するに止まり、先生は盛んに句を作られ自分もボツ〳〵やつて見てゐたがまだ二人は俳諧の縁の糸では結ばれることはなかつた」と回顧している。俳句を通じての交際が始まったのは「一人は西へ一人は東へ愈相隔つて住むやうになつてから」（「漱石先生十三回忌回顧　俳諧尋常一年生」『渋柿』昭和三年三月）であった。

「子供の時分に旧派の句に感心したり、其後秋声会の機関雑誌を愛読したりしてゐた」東洋城に対する漱石の俳句指導は、「ヤレ理屈だヤレ厭味だ、ヤレ陳腐だヤレ月並だなどいはれ〳〵するうちに朧ろげにわかるやうな気がし、観るべきを観見ざるべきを見ざるやうにと工風の種子が植え付けられるのであつた。この種子は随分と自分に大切なものであつた、イヤ随分となどと程度附のものではなく、直に、右か左かの絶対のものであった」というものであった。ここで注意したいのは、漱石の使っている言葉である。「旧派」、「秋声会」に親しんでいた東洋城に対し、漱石は「理屈」、「厭味」、「陳腐」、「月並」という言葉を使って指導している。この言葉こそまさに子規をはじめとする『ホトトギス』派の批評用語であった。

つまり、漱石は『ホトトギス』派の俳人として東洋城に接していたことになる。だが、漱石は俳人としてではなく、小説家として世に出てしまう。これは東洋城の俳壇における位置に微妙な陰影を与えることになる。

東洋城の俳人としての活躍が本格的に始まるのは、明治三十年代後半である。この時代は、子規が没しただけではない。俳句が新聞メディアを主要な舞台として確立させたために旧派が水面下に消え、新派のもう一方の雄である尾崎紅葉も没し、紅葉率いる秋声会派が消滅しようとしていた時期でもある。子規の死は、振り返るべき近代俳句の歴史を発生させ、旧派、秋声会派の消滅は、近代俳句の歴史を子規から始まる物語として単線的に構成させた。言い換えれば、俳人は、子規との距離において、自らを近代俳句の歴史の中に位置づけるようになってくるのだ（虚子が碧梧桐を駆逐し始める大正二年以降は、子規の位置に虚子が来るようになるが、この図式自体は、今日においても、変わらず生き続けている）。

このような状況の中で、東洋城の位置は微妙であった。なぜなら東洋城は、上京後、子規に師事してはいたものの、虚子や碧梧桐と違い、子規に頼り、俳句によって身を立てようとしていたわけではなかったため、碧虚ほどの濃密な関係を子規と持たなかったからである。しかも直接の師が、俳句プロパーではない漱石であった。しかしこれは不利であるとばかりは言い切れない。すでに小説が文学の中心となり、俳人が小説に対してある種の劣等感を抱いている（特に虚子においてその傾向が著しい）状況下では、小説家漱石は（いわゆる「漱石神話」が形成される以前とはいえ）、一定の価値を持っていたからである。この微妙な位置ゆえに、東洋城は漱石を利用していくことになる。利用して、「歴史」の中に自らを位置づけようとするのである。ここでは、その軌跡を辿ってみたいと思う。

先に少し述べたが、東洋城が俳人として注目を浴び始めるのは、子規没後の明治三十九年、虚子主催による「俳諧散心」以降である。この「俳諧散心」は、新聞『日本』を拠点とし、当時、隆盛を極めていた碧梧桐の「俳三昧」に対抗して催された句会である。東洋城の代表句「黛を濃うせよ草は芳しき」はここで詠まれたものである。四十一年には虚子から『国民新聞』の「国民俳壇」を任されることになる。さらには、子規派の代表的選集『春夏秋冬』の跡を襲うべく、かつ碧梧桐中心の選集『続春夏秋冬』（明治三十九年）に抗すべく『新春夏秋冬』の選者となるのである。東洋城は、小説に傾きつつある虚子にかわって、対碧梧桐の急先鋒として俳壇に登場してきたことになる。

この『新春夏秋冬』の春之部（明治四十一年）から冬之部（大正四年）に分割掲載された長大な「序」が、東洋城の俳句観をあらわす、最初の本格的な論文となる。春之部から秋之部までは、四十一年から四十二年にかけて出版されており、これは東洋城にとって、俳人として最も安定した時期であった。安定した、というのは、碧梧桐、虚子という子規の直系同士の対立の一方に、直接関わることができた、という意味である。

この時期の東洋城は、俳句から遠ざかり、小説に打ち込んでいた虚子の代理人として、碧梧桐と相対していたわけだが、この対立を東洋城から見た場合、それは子規という近代俳句の「起源」をいかに意味づけ、その子規にいかにして連なるかということであった。

先にも少し述べたが、東洋城選『新春夏秋冬』は、碧梧桐選『続春夏秋冬』に抗すべく出されたものである。両選集の名はともに、明治三十四年に出版された子規選『春夏秋冬』春之部（俳書堂）に由来する。この『春夏秋冬』は、明治三十年の『新俳句』につぐ子規派の選集であり、春之部は子規自身による最後の選集となった。碧梧桐は、自分が撰者をしている新聞『日本』の「日本俳句」から俳句を選び、それを『続春夏秋冬』と名付けたわけだが、しかしこれは必ずしも子規を継ぐ意志をほのめかしたものとばかりは言い切れない。

村山古郷『明治俳壇史』（角川書店　昭和五十三年）は、碧梧桐が「三千里」旅行に出立する際、子規以来の伝統ある「日本俳句」の選者を虚子に譲り、さらにこの『続春夏秋冬』も、そもそもは虚子との共選をはかっていたことなどから、この対立関係が単純なものではないことを示唆している。虚子はこの共選を拒絶し、碧梧桐へのこだわりを見せたのだが、その虚子でさえこの選集に「序」を寄せ、『春夏秋冬』も『日本』から主に選び出した選集であるから、やはり同じ『日本』を母体とした碧梧桐の選集の名が『続春夏秋冬』となることに不思議はないとしているのである。つまり碧虚両者の対立は、二項対立的図式ではとらえられない微妙なものだったのである。

しかし東洋城は『新春夏秋冬』の「序」において次のように述べる。まず虚子が『続春夏秋冬』に寄せた「序」に異議をはさむ。「前きの『日本』時代は趣味に於て広い子規氏が撰者であり、投句者も広く全国に亘り是に『ホトトギス』其他の句を少し加へて先づ俳句界全般の大様を悉くすことが出来たのに反し、後の『日本』時代は一部碧梧桐の趣味に謬着しているとし、ここに子規派の正嫡たらんとする『新春夏秋冬』の必要性を主張する。さらに、この新たな句集の選者は「歴史の跡から言うても」虚子が適任であるが、「小説其他の事業に忙殺せられて」いるために、自分がその任に当たることになった。それは「聊か時勢の要求に圧された次第でもある」と東洋城は述べている。この言説の効果は、第一に碧梧桐に対する牽制、第二に虚子と碧梧桐との対立をあえて露わに演出し、単純な二項対立的物語を作り出すことである。虚子本人の言葉を覆してまでも、虚子の正統性を強調し、碧梧桐の不完全さをあげつらう。東洋城は、出来事を二項対立的な操作によって、「歴史」という物語へと変換しようとしているのだ。そしてそのことによって虚子の代理人たる自らの地位を作り上げようとするのである。さらにその地位を「時勢の要求」と、自然化しようとまでする。東洋城はきわめて戦略的な文章の書き手なのだ。

ここで東洋城は自らの地位を確立するために、虚子の代理人たる埒を越えたが、それはさらに「起源」であるはずの子規のイメージにまでも及んでいる。東洋城は、子規選『春夏秋冬』の特徴を「それは作者のやさしい情緒である。それは正直な心根である。而して余裕ある態度である」と述べているが、子規生前にそのような特徴をあげるものはほとんどいなかったし、子規自身もそのように自分たちの俳句を定義づけることはなかった。ここに出てくる「余裕ある態度」という言葉は、周知の通り、漱石が虚子の『鶏頭』によせた「序」(明治四十一年)のなかで使われたものであり、同時に、漱石に対してもある時期まで使用されていた術語でもある。この術語を、東洋城が子規に対して使用するということは、いわば、漱石タームによる子規の属領化であり、子規の漱石化である。東洋城は、子規に始まる近代俳句の歴史を強化し、それに自らを接続させようとする一方で、その「起源」である子規を、漱石の言葉によって属領化し、漱石に連なる自分を高めようとしているのである。これは、子規にしか師事しておらず、かつ、小説家を志しつつ、小説において漱石の後塵を拝している虚子と自分とを差別化するという効果をも発揮するのである。

しかし、この虚子と訣別するときが、東洋城に訪れる。大正五年四月十五日『国民新聞』は、「国民俳壇」の選者が東洋城から虚子に替わるとの「社告」を掲載した。虚子は大正二年、すでに俳壇に復帰していたのである。村山古郷はこの交替劇の原因を、虚子によるものというよりも「新聞社の意向が強く働いた結果ではないか」(『現代俳句集成』第三巻「解説」河出書房新社　昭和五十八年)と推測しているが、やはりはっきりとはしていない。とにかく、これ以降、東洋城と虚子との間は断絶し、東洋城は大正四年に創刊していた自らの主宰誌『渋柿』に立てこもることになるのである。

東洋城は、虚子を媒介として子規に連なるという今までの戦略を放棄せざるを得なくなってくる。そしてそれに代わる戦略の一つが、赤木格堂の登用である。格堂は子規在世中の一時期、「日本俳句」を子規から任されたことのある人物である。しかしその後、俳壇から遠ざかってしまっていたのだが、東洋城はその格堂に「子規夜話」という連載を書かせ、『渋柿』に掲載したのである。東洋城は「子規夜話に就て」(『渋柿』大正七年二月)で「子規といへば碧、虚両氏が宛かも不動尊の前の二童子の様に連想されたものだ」が、ついに子規の後継者とはなりえなかった。「斯ういふ中に窃に居士心中の一愛者があつた」、それが「我が格堂良兄であつた」と述べている。続けてこの連載について「故人を褒貶して自らを高うし自らを売らんとするが如きの徒の言に類せず」と語るのだが、この否定形にこそ東洋城の本心が露わに見て取れる。つまり東洋城は、この格堂の文章を連載させることで、虚子を介さずに、格堂をもって子規に連なろうとするのである。

しかしそのような回路を確保する一方で、東洋城はその子規に見切りをつけ、さらなる起源を求める。それが、芭蕉である。東洋城は、その俳人としての最初期から「俳句」ではなく「俳諧」という名称の方を愛用し、「若かりし日を語る」(『科学ペン』昭和十四年三月)では、学生時代の時から「『子規から芭蕉へ』の還元を躬行して来た」と回想している。しかしそれはまさに回想という名の「歴史」であり、自分のために作られた物語である。虚子との断絶以前の明治三十九年一月、『アラレ』に掲載された「俳諧なんじやもんじや」では、元禄時代について触れながらも芭蕉については述べられていない。さらに先に挙げた『新春夏秋冬』「序」においては、俳諧は「内に力の充足する」ことであり、それこそが「根本義」であるとしたうえで、「元禄の芭蕉も去来も彼の根本義に立ち、(中略)明治の子規に至つては其句唯に然るのみならず其俳諧の事業亦此根本義の上に立てり。何れの世何れの人か之を外にし得べき」と、芭蕉よりも子規を上位においているのである。

しかし、虚子と断絶以後の東洋城は、芭蕉への傾斜を強めていくことになる。そしてそれは生涯を通じての傾向となるのである。芭蕉への傾倒は、何も東洋城に限ったことではないが、東洋城は徹底していた。子規が否定し、芭蕉が得意とした連句を復興させようとしたのも、そのあらわれである。また、東洋城は、随筆集を出版してはいるものの、生前、ついに個人句集を編むことはなかった。その理由を東洋城はつまびらかにしていないようであるが、それはおそらく、生前に個人句集を編むという慣習が、芭蕉の時代にはなかったからであろう。主宰誌まで持つ俳人が、個人句集を一冊も編まなかったというのは、稀有なことであり、それが芭蕉への傾倒が原因だとしたら、異様なまでの思いである。ただし、それだけであったら単純な復古主義者でしかない。東洋城は細かな操作をおこなうのである。

まず、子規の価値の切り下げ。子規は「頭脳明晰の方で専ら心情の人でなかつた為め、心境本位の芭蕉の俳諧が深く理解されず、（中略）深く俳諧本源に遡到して、芭蕉が何を考へ何を思ひ立つたのかを探求しなかつた」。子規は「実は余義なく俳諧に従事した」が、芭蕉は「その完全な五体を投出し自ら身を野曝し捨身行脚の試練の材とした」（「子規・芭蕉」『渋柿』昭和七年四月）。ここで、子規と芭蕉の価値は完全に逆転してしまったのである。

そして、次に漱石の利用。東洋城の主宰誌『渋柿』の名の由来は、「とのゐのあした　侍従して　ほ句奉るべく御沙汰蒙りければ　かしこまりたてまつるとて」という詞書を持つ「渋柿のごときものにては候へど」という句によっている。俳壇の外部にある皇室の権威を利用しようとしているわけだが、この『渋柿』の題字は漱石の揮毫になるものなのである。皇室と同様、俳壇外に位置し、しかも俳句というマイナーなジャンルに優越する小説家漱石を、冠として戴こうとするのである。東洋城は、漱石没後、大正六年二月の『渋柿』を「漱石先生追悼号」とし、同年十二月号を「漱石忌記念号」とする。俳句雑誌としてこの扱いは異例のことである。さらには大正十一年一月から翌十二年七月まで、寺田寅彦、小宮豊隆とともに漱石俳句の輪講が連載され、それは『漱石俳句研究』（岩波書店　大正十四年）としてまとめられることになる。先にも述べたとおり、漱石の利用なら、ここまであからさまではなかったにせよ、虚子との断絶以前にも見られることであった。しかし断絶以降、その利用法はより精妙になってくるのである。

まず、『新春夏秋冬』においてむすびつけた子規と漱石とを東洋城は切り離す。「近世俳句史素描」(『渋柿』昭和六年一月)において「或る意味からいふと全然この時代に君臨する処の子規の方針基準に超然した句を作る一人があつた、漱石先生がその人である」と東洋城は語り(しかも、子規はよびすて、漱石は「漱石先生」だ)、「漱石の俳諧」(『思想』昭和十年十一月)でも、漱石は子規の批評によって俳句を始めたが、ついにただ一人「独自の存在を維持し了した」と述べている。またこの論文において東洋城は、漱石を子規から切り離しただけではなく、その切り離した漱石を芭蕉に接続しようとするのである。実は先に挙げた『漱石俳句研究』において、東洋城は漱石俳句を、ほめちぎっているだけではない。つまらないと言い切っていることさえある。しかしここでは、芭蕉、漱石とも、その最初期の句は「詩趣といふものがサラサラ無い」。それが「晩年孰れも俳諧に大成し、俳諧を大方にやがて日本を世界への宣明に資すること甚大に、人間を大自然への帰趨に先達すること昭々たるこの両豪の出発点であるといふことに奇異の眼をみはらずにはゐられない」というように、漱石の「駄句」を芭蕉にも見られるものだと救済し、同時に漱石を芭蕉に同化させようとするのである。いわば漱石の芭蕉化である。「歴史」にこだわり続けた東洋城は、こだわりのあまり二百年以上も時を隔てた芭蕉と漱石をむすびつけるという非「歴史」的な地点へとたどりついてしまったのである。しかしこれはある意味で、必然であったとも言える。なぜなら東洋城は、同時に強い非「歴史」的思考にとりつかれてもいたからである。

「俳諧途上の大障礙たる『時』」(『渋柿』大正十五年十一月)で東洋城は、「時」を俳諧の障害になるとして否定している。なぜなら「時」は、「考へる」こと、言い換えれば理屈に関係しているからである。それに対して「天から与へられた」「感じる」という能力は、「時」と関係せず、「直」であるという。この時間を超越したところに「俳諧境」があり、そこでは転々とする意識も「始めも終りもなく一つのものになつて了ふ」のであって、「推移の間の連続の糸を追随する歴史と云ふものは起こり得ない」、「日常の人の」時間性を「全然のけてしまはねば俳諧に至れぬ」と東洋城は主張するのである。この非「歴史」性、「日常」と隔絶した無時間性は、たとえば「俳句は現代の要求なり」(『渋柿』大正九年三月、四月)という題名の文章においても何ら変わることはない。冒頭において「最近の世界大戦を起点として、一切の社会現象が一大変化を来たし、又来たさんとしつゝある」と述べておきながら、以降は抽象的な議論に終始し、「此の激甚な人生の活動に於て」こそ、実生活を超越した「心の世界」に属す俳諧の「その本来の面目とを輝かすのみならず愈々重大なる責務を以て来た」と、現実にコミットメントしていないがゆえにこそ俳句は「現代」において、求められているとするのである。

この非「歴史」性と「歴史」への意志との同居は、一見、奇妙にも思えるが、しかしそうではない。東洋城はつねに「起源」を求めていた。東洋城にとって「起源」とは、時の始源に燦然と位置するものであった。時の始源に過去はない。そういう意味で「起源」は非「歴史」的なのであり、「起源」を語る「歴史」もまた非「歴史」的なのだ。

東洋城は、俳諧の「起源」を芭蕉においたように、自らの俳句の「起源」を漱石に求めている。前出の「漱石先生十三回忌回顧　俳諧尋常一年生」のなかで「私は先生の俳諧尋常一年生でした。（中略）それから歳月と共にすこしは私も成長してゐます。しかし大きくなつた今でも矢張り先生の俳諧尋常一年生です。『でした』は尚『です』です」と語る東洋城にとって、漱石は「歴史」の始源であり、同時に時の止まった非「歴史」的な存在なのである。

子規の弟子であり
虚子と並び称される
明治俳壇の雄——碧梧桐の
初めての本格的研究

栗田靖 Kurita Kiyoshi

河東碧梧桐の基礎的研究
KAWAHIGASHI HEKIGOTO

❖目次より
序章　碧梧桐概観
第一章　『碧梧桐句集』（乙字編）
解説
初句索引
第二章　『碧梧桐句集』百句鑑賞
碧梧桐俳句鑑賞参考文献
第三章　河東碧梧桐著作解題
第四章　河東碧梧桐年譜

翰林書房
定価❖本体16000円＋税
A5判／上製布クロス／貼函入り

本書の中心をなす第一章は、『碧梧桐句集』所収句の初出探索である。新聞雑誌を渉猟して初出を明らかにすることは、誰もが必要を感じながら誰も手懸けなかったものであり、長い年月をかけて粘り強く調査しなければ出来るものではないし、誰もが可能な仕事でもない。著者の長年に亘って積み重ねて来た学究的精神と研究者としての信念がこれを可能にしたもので、
まさに労作であり学界に大きく貢献するであろう。
岐阜大学名誉教授　鈴木勝忠

〒101-0051　千代田区神田神保町1-46
TEL03-3294-0588
FAX03-3294-0278
翰林書房
http://village.infoweb.ne.jp/~kanrin/

❖特集 漱石山脈

寺田寅彦と漱石

小山慶太
Koyama Keita

物理学者・高嶺俊夫が見た漱石と寅彦

第一高等学校で漱石から英語の授業を受けた教え子の一人に、後に東京帝国大学教授となった高嶺俊夫がいる。分光学の権威で、大正十一年、「水素のバルマー系列に対する第二次シュタルク効果」の業績により、帝国学士院恩賜賞を受けた物理学者である。

その高嶺が一高に入学した明治三六年、漱石がテキストに用いたのは“Science and Technical Reader”と題する本であった。明治三六年といえば、漱石が二年余に及ぶイギリス留学から帰国した年にあたる。滞英中、漱石は化学者、池田菊苗との交遊などを通し、科学への関心を深めていったことはよく知られるとおりであり、ロンドンから妻に宛てた手紙（明治三四年九月二二日）には「近頃は、文学書は嫌になり候。科学上の書物を読み居候」とまで書いたほどであるが、こうした傾向は、一高の教材選択にも現われていたようである。

実際、高嶺は晩年（昭和三三年）、高等学校時代を振り返り、「先生は此本の理工科的の内容に異常な興味を持って居られた」

と書いている（藤岡由夫編『高嶺俊夫と分光学』応用光学研究所）。

ところで、高嶺が漱石と直接接し得たのは一高時代の三年間であったが、そこで高嶺が抱いた漱石への敬慕の念は、寺田寅彦との交流を通し、生涯失われることはなかった。高嶺が一高を卒業し、東大物理学科に進学した明治三九年、七歳年長に当たる寅彦は講師として東大に在職していた。爾来、寅彦が没する昭和十年まで、二人の親しい交遊はつづき、そこから、高嶺は絶えず、漱石の動静や彼に関する話題を耳にしていたからである。

昭和三年の春ころから、寅彦と高嶺は毎週、二人だけの昼食会を催すようになる。銀座、神田、上野界隈に足を伸ばし、毎回、食事をしながら二、三時間、ゆっくりとおしゃべりを楽しんだのである。高嶺はこの日を「寅の日」、一方の寅彦は「高嶺デー」と呼んで、気楽な論談に興じていた。そんな寅の日のあるとき、高嶺は自分が一高を卒業し大学に入ってからも、漱石は折々、寅彦に高嶺の様子を尋ねていたという話を聞かされる。思いがけずも、漱石が心に掛けてくれていたことを、二十年も経ってから知った高嶺は、さぞや嬉しかったことであろう。また、それだけに、寅彦を通じ漱石とのつながりをいっそう深めたものと思われる。

「ささやかな自分の生涯の七十年を顧る時に、嶄然と他の雑多の記憶の中から擢んでて心に残って居るのが、漱石師と寺田寅彦師と二人の追憶である」（藤岡編、前掲書）と綴るほど、高嶺にとって、漱石と寅彦は身近な存在であった。

そういう背景を考えると、高嶺が漱石に対する寅彦の心理を分析した次の一文は、二人のことをよく知る人物の筆によるものだけに、得心させられるところが多い。話は、明治の終りから大正の初めにかけてのことである（なお、引用文中にある「山人」とは寅彦を指し、「長岡先生」は原子模型の研究で知られる長岡半太郎である）。

山人は滅多に自宅訪問はされなかった様であるが、長岡先生は其頃東大で物理教室の主任をされて居た関係もあり、大学では屢対談して居られた。日記を見ると、山人が長岡先生に逢われたあとは（必ずと云う訳でも無いが）晩方になって屢漱石を訪ねて居られる。之は考えて見ると、中々面白い心理作用であると思う。

長岡先生が山人に随筆や俳句などを余り書かない様にと戒飭されたと云う話は、私が大学院在学中の頃時々耳に入ったが、又聞きであるので、真偽は余り確かでは無かった。其頃の長岡先生は（後に大分変られたが）気むづかしい点が多く、雷親父と云う綽名もあって、若い人は怕がって居たものである。（中略）

山人が長岡先生に逢われた時には、確かに「気を旺んにして」と云った趣で、大分硬くなって接せられた事は想像も出来るし、又山人自身も私に語られた事である。処が漱石に逢われる時の山人の心境は、之とは全く違って、伸び伸びと文芸談やら四方山話をやられたらしい事は、『猫』の中の寒月の描写を見てもよく分る。結局、山人は昼間、長岡先生に逢って硬苦しくなった気持ちを、晩に漱石に逢って癒やすと云う方便、云わば凝った肩を揉みほごす様な手段を発見されたらしいと想見される。

（中略）

何にしても、山人が長岡先生との接触のあとで、慈父に接する様な気持ちで、漱石と放談款語（かんご）されて一日の慰藉を得られたらしいと云う筆者の臆測は、強ち思い過しであるまいと云う気もするのである。（藤岡編、前掲書）

私は常々、漱石と寅彦の単なる師弟関係を超えた、あまりの仲の良さを羨ましく思っていたが、その有様は二人をよく知る高嶺の一文からもありありとうかがえるようである。しかも、属する世界が文科と理科にわかれていたにも拘らず、彼らの交流が生涯にわたって深く続いたことを考えると、多士済々の漱石山脈の中で、寅彦の存在の特異性があらためて強く浮び上がってくる。

事実、漱石は寅彦を通して積極的に物理学への関心を深め、それを創作に反映させたのである。一方、寅彦の物理学研究の中にも、漱石の存在が影を落としていた。水と油の関係にみられがちな文学と物理学が、漱石と寅彦の交流が織り成す空間では、独特の形で融合していたのである。

そこで、当時の物理学の状況に触れながら、寅彦が物理学者として、敬愛する漱石から受けた影響について、しばらく、考えてみようと思う。

尺八の音響学からX線の研究まで

寅彦が『吾輩は猫である』に登場する物理学者、水島寒月のモデル――もう少し正確に書けば、そのイメージの提供者といったところか――であることは、よく知られている。ただし、「蛙の眼玉の電動作用に対する紫外光線の影響」をテーマにした寒月の博士論文は、『猫』の完結（『ホトトギス』明治三九年八月号）までに仕上がらなかったようであるが、現実の寅彦はその二年後、「尺八の音響学的研究」により、理学博士の学位を受けている。尺八を研究対象に選ぶというユニークさは、多分に寒月を彷彿させるところがあるものの、その基盤となった研究手法は、寅彦が尊敬するイギリスの物理学者レイリーの音響学であった。その意味で、寅彦の博士論文は明治という時代を反映する〝和魂洋才〟の物理学であったといえる。

しかし、このころ、ヨーロッパにおいて、物理学の潮流は大きなうねりを見せ始めていた。ニュートン力学を柱とし、森羅万象を記述すると信じられていた古典物理学の壮麗な体系（音響学もその一分野）に、ほころびが生じてきたのである。うねりの源は、一八九五年のレントゲンによるX線の発見に遡る。この透過力の強い不思議な放射線発見のニュースは、またたくまに、世界中を駆け巡った。当時まだ尋常中学校の生徒であった寅彦も日記に、「人目を驚かすに足るは、今回独逸なるRöntgen氏の発明にかかるX放射線を応用して、氏が自らの手の骨肉を分明に撮影するものの縮写写真板なり」と記し、関心のほどを示している。さらに、X線の発見を引金として、電子や各種の放射線が相次いで検出され、物理学は原子レベルの超ミクロの世界へ、急速に足を踏み入れていった。

ところが、思いがけぬことに、ミクロの世界に入ると、古典物理学の常識や概念がそのままではどうやら通用しない事態に、物理学者は気がつき始めたのである。そうなると、ニュートン力学とは異質の新しい理論体系を構築しなければならなくなる。それが量子力学という名称のもと、ひとまずの完成をみるのは一九二〇年代の後半においてであるが、寅彦が尺八の音響学に取り組んでいたころは、新しい体系への模索が開始された、物理学の激動期であった。

さて、理学博士となった翌年の明治四二（一九〇九）年、助教授に昇格した寅彦はドイツを中心にした二年間に及ぶヨーロッパ留学に出発した。折りしも、物理学の激動の息吹を直接、肌で感じるチャンスを摑んだのである。帰国後（明治四四年）、寅彦は再び東大で研究に取り組むが、そのときの様子を彼の指導を受けた西川正治はこう回想している。

明治から大正に変った年の頃であった。東大物理学教室の談話会(コロキウム)を三つの新発見が賑わしていた。一つはウィルソンの霧室によるX線の飛跡の写真、いま一つはクーリッヂの真空管における熱電子の応用、第三はラウエの結晶によるX線の干渉写真であった。丁度其頃教室には若い元気な三先生がおられた。英国で放射能作学を修めて帰朝後間もなかった木下先生は第一の問題に興味をもたれ、藤先生は第二の応用電気問題に、そして第三の問題に特に注目されたのは寺田先生であった。(『思想』「寺田寅彦追悼号」昭和十一年四月号)

さきほど述べたように、X線が発見されたのは一八九五年であるが、その正体が突きとめられたのは、やっと一九一二年においてであった。ドイツのラウエが、X線は波長の短い電磁波（光）であることを明らかにしたのである(引用文中にあるX線の干渉写真とは、それを指している)。そこで、ラウエの研究に触発されたイギリスのブラッグ父子は、干渉を起こすX線の特性を利用して、結晶の構造(原子の配列の仕方）を解析する理論と実験方法を確立させた。それぞれの業績が評価され、ラウエは一九一四年、ブラッグ父子は一九一五年にノーベル物理学賞を受けている。

ところで、西川の回想にもあるとおり、寅彦もラウエの研究を知るとすぐに、ブラッグ父子とは独立に、このテーマに着手している。そして、彼らとは異なる簡便な実験方法を考案し、X線の干渉写真の撮影に成功している。また、こうした干渉が起きるのは、X線が原子が並ぶ平面で反射されるためと解釈し、ブラッグ父子と同じ結論を得ている。成果は一九一三年、イギリスの科学雑誌『ネイチャー』と東京数学物理学会の学術誌に発表された。

ただ、惜しいことに、発表の時期がブラック父子よりもほんのわずか遅れてしまった。この点について、西川はさきほど紹介した回想文の中でこう書いている。「ブラッグ父子はこの方面の発展に大いに貢献したというかどで、後にノーベル賞を獲得したのであるが、もし我国の地理的不利や研究設備の相違がなかったならば、この栄冠は寺田先生が得られていたのではないかと思われて残念でならない」。

ノーベル賞には届かなかったものの、寅彦の業績は、漱石が亡くなった翌年の大正六（一九一七）年、学士院恩賜賞に輝いた。生前(明治四五年)、漱石が寅彦に宛て「(学士院で表彰される者の中に）其内寺田寅彦の名がで出てくる事を希望致し候」と書き送った夢が現実となったのである。

ところが、ノーベル賞に比肩するほどの業績をおさめ、学士院恩賜賞まで受けながら、寅彦はX線の分野から、あっさりと手を引いてしまう。そのあまりの潔さには驚かされるばかりである。撤退した理由は不明であるが、わからないだけに、諸説が唱えられている。そのひとつに、科学研究特有の激しい先陣争い、競争原理に巻き込まれることを、その性格から寅彦は好まなかったという推測がある。

しかし、高嶺俊夫に次のような証言がある。「寺田寅彦先生が御在世の時に、科学上の研究発表の先陣争いが起る事を噂してみた事があった。此時先生は発表を他人に先んぜられた人も、そう云う場合に全然失望放擲して了わないで、自分は自分の観察を憶せず発表する方がいいと思うと云われた」（藤岡編、前掲書）。これはX線に関する自分の体験にもとづく言葉だと思われるが、そうだとすると、さきほどの推測は少しちがうような気がする。

そういうことよりも、漱石の存在が――漱石亡き後いっそう――寅彦の生き方に微妙な影響を及ぼし、それが物理学の研究にも現われてきたような思いがしてならないのである。

漱石の俳句と寅彦の実験

漱石が亡くなった翌月、寅彦は友人の桑木彧雄に宛てた手紙（大正六年一月一二日）に、自分の生涯から漱石を引き去ると、残ったものは木か石のようになってしまうと、その寂しさを綴っている。また、俳誌『渋柿』の漱石追悼号（大正六年二月）では、敬愛する師との思い出を十四首の歌に託して詠んでいるが、その最後は、「この憂誰に語らん語るべき一人の君を失いし憂」という歌で締め括られている。手紙にせよ歌にせよ、漱石を失った寅彦の失意のほどがうかがえる。

この年、寅彦は学士院恩賜賞を受けるわけであるが、X線の研究は門下生に委ね、自らは地震、火山、潮汐、気象など地球物理学の分野への傾斜を強めていった。また、自然の、身近な現象を観察し、分析する、いわゆる〝寺田物理学〟と称される独自の境地にのめり込み、物理学の最先端の研究とは一定の距離を置くようになる。寅彦の年譜をたどると、漱石の死を境に、明かに、こうした物理学者としての変化がみてとれるのである。

それを象徴する好例が、昭和八（一九三三）年、理化学研究所の雑誌に発表された「椿の花の落下運動」を考察した英文の論文であろう。この研究の下敷きとなったのは、寅彦が第五高等学校の学生であった明治三〇年、同校の教授をしていた漱石が熊本で詠んだ「落ちさまに虻を伏せたる椿哉」という俳句であった。

当時、漱石から句作の手ほどきを受けていた寅彦は、批評を乞いに足繁く漱石のもとへ通っていた。その有様は、「まるで恋人にでも会いに行くような心持ちで通った」と、本人が述懐したほどである。そうしたころ、いま紹介した漱石の句に出会って以来、その印象がいつまでも残っていた寅彦は、松根東洋城、小宮豊隆との鼎談『漱石俳句研究』（大正十四年、岩波書店）の中で、この句についての解釈を詳述している。

そして、昭和六（一九三一）年、物理学者はついに、亡き師を偲ぶかのように、回転しながら落下する椿の運動の解析に着手するのである。このときの思いを寅彦は、藤岡由夫（前掲の『高峰俊夫と分光学』を編んだ物理学者）に宛てた手紙（昭和六年二月十四日）にこう認めている。「落椿の力学と其進化論的意義を論ずるという珍研究を始めます。いよいよ我輩は猫である事の証明をするような事になる。余り奇を好むようで変ですが、どうか御寛大なる御目こぼしを願い度と存じます」。

こうして、寅彦は椿の花の模型を使った落下実験を行い、運動の有様を連続写真におさめ、椿が回転しながら落下していく変化を捉えたのである。また、運動方程式を解き、その理論的解析も試みている。この成果が、さきほど書いた昭和八年の論文にまとめられたわけである。俳句が物理学の対象になるという――本人も自嘲気味に述べているが――『猫』の寒月を地でいくような前代未聞の研究が、ここに完成したのである。

この科学史上稀有な論文について、寅彦は次のように語っている。「（漱石先生の）句の鑑賞にはたいした関係はないことであろうが、自分はこういう瑣末な物理学的の考察をすることによって、この句の表現する自然現象の現実性が強められ、その印象が濃厚になり、従ってその詩の美しさが高まるような気がするのである」（「思い出草」昭和九年）。漱石の死から二〇年近くを経てもなお、寅彦の心の中には、師との交流を保ちつづけていたいという強い思いがあったことが、引用した一節からもうかがえる。物理学者としての生き方まで方向づけるほど、寅彦にとって漱石の引力は大きかったのである。

自己本位と寺田物理学

ここでもう一度、物理学界の動向に目を向けてみよう。さきほど紹介した藤岡宛の手紙の冒頭に寅彦は、「Diracの説の当否は兎に角勇往直進して安堵しない元気を尊敬したく思います」と書いている。これは、その前年、イギリスの物理学者ディラックが量子力学と特殊相対性理論を統合し、陽電子の存在を予言した大胆、奇抜な仮説を指している。このとき、寅彦はディラックの説の当否はとにかくと述べているが、落椿の論文の前年（一九三二）、陽電子は現実に発見されている。また、同じ年、中性子が発見され、原子核の人工変換実験もイギリスで行われている。日本では、湯川秀樹が中間子論を発表するのが、一九三四年のことになる。

このように、核物理学が台頭し、量子力学にもとづいて物質や粒子の性質、構造が解明されつつあった一九三〇年代に、椿の花がどう落ちるかなどという現象は、はっきり言って、物理学の主流から見れば、どうでもいいような問題であった。にもかかわらず、寅彦は孤高狷介の姿勢を崩さなかった。西欧流の自然観、方法論に基盤を置く物理学とはいささか趣を異にする視点で、自然を眺めていたのである。漱石の言う「自己本位」の境地で物理学を捉えていたのかもしれない。

そういえば、アララギ派の歌人としても知られる物理学者の石原純が、「寺田物理学の特質」（『思想』前掲号）の中でこう述べている。「寺田さんが芸術的天稟（てんぴん）をもっていて、（中略）いつも芸術的に自然を観照することに於て多くの興味を感じていたことは事実である。特に俳諧に由来する写実主義により自然のあらゆる具体的な現われに於て深い味を感得しつゝあったことは、おのづから科学的な研究をも同じ対象の方に向けさせたのであった」。俳句と物理学が融合する特異性の本質が、ここでも指摘されている。

ところで、このような特質をもつ「寺田物理学」を趣味的な研究と切り捨てるか、そのユニークさが時代を先取りし、後の生物物理学や最近話題の複雑性の科学へとつながったとみるかは、見解のわかれるところであろう。

ただ、いずれにしても、俳人、随筆家としての活動もひっくるめて、寅彦の〝文人物理学者〟としての歩みを考えてみると、そこには漱石の存在が大きく影を落としていたような気がする。本人がいみじくも認めたように、漱石亡き後、寅彦はますます寒月への同化を強めていったのであるから。

❖特集 漱石山脈

郷土の人・小宮豊隆

中野記偉
Nakano Kii

漱石の小説「三四郎」は小宮豊隆を有名にしたと郷土のひとびとは思っている。「三四郎」は漱石門下のひとりをたんに学者ではなく、また劇評家でもなく、伝説の人としている。小宮豊隆は伝記「夏目漱石」を書いて師の人間像に光背を加え、これに報いた。郷土のひとびとはお返しをした方については語ろうとしない。奥ゆかしいのだ。

「三四郎」の主人公は上京の途次一泊した名古屋の宿屋で、現住所、氏名、年齢、職業の記入を求められると「福岡県京都(みやこ)郡真崎(まさき)村小川三四郎二十三年学生」と書く。周知のとおり真崎村は豊隆の出生地の同県同郡の犀川町（当時犀川村）を指している。これが豊隆を「三四郎」のモデルと決定する論拠である。

豊隆の生年は明治十七（一八八四）年三月七日。ただし戸籍面では四月五日となっている。占星術的にいえば、彼は牡羊座ではなく魚座に属することになる。豊隆の芸術家気質はミケランジェロもそのひとりである魚座によって説明できるかもしれない。彼はゆうにやさしい。漱石に接触しはじめた頃、

女手に育ちて星を祭りけり

を示して激賞された。漱石は豊隆に俳人の資質をたちまち見抜いたであろう。明治二十七（一八九四）年五月二十二日に父を亡くしている。彼は祖母と母との女手で育てられることになった。

明治三十（一八九七）年十三歳の三月に豊津高等小学校を卒業。福岡県立豊津中学校に入学する。ここで豊津の地名に着目してみたい。普通の東京人が九州の地図を拡げる。福岡県の行橋は見つけられるであろう。そこから支線に入って豊津の名を探しあてるには少しの間を要するはずである。場合によっては虫眼鏡をのぞくことになる。博多はかつて那の津と呼ばれた。佐賀には唐津がある。誰でも豊津を古名と思うであろう。さにあらず。

豊津とは幕府瓦解の苦渋が明治二（一八六九）年に生んだ新しい地名であった。国分寺をもつこのあたりは古くから国府と呼ばれていた。なぜ豊津の地名にこだわるかといえば、そうしなければこの地から明治三十五（一九〇二）年に受験して東京第一高等学校に合格入学し、明治三十八（一九〇五）年二十一歳で東京帝国大学文学部独文学科へ進む秀才が輩出された謎がうまく解けないからである。いわゆる一高に豊隆が受験した場所は熊本第五高等学校であった。当時の一高の校長は狩野亨吉、教師には漱石はいわずもがな、藤代禎輔、桑木厳翼、原勝郎、岩元禎、杉敏介などがいる。

豊津の地名に戻る。小倉に居城を据える小笠原氏は維新戦争の折に長州に敵対した。賊軍の側を選んだのである。親藩、譜代大名の運命であった。小笠原氏の出自は甲斐の国である。鎌倉幕府から信濃の国の守護職に任ぜられていた。七代目の貞宗は後醍醐天皇に弓馬の奥義を伝授し「小笠原は日本武士の定式とすべし」とのお言葉を賜り、家紋として王の字を与えられた。小笠原氏の家紋の三階菱は王の字の図案化したものである。徳川家康との縁は十八代の貞慶の時に結ばれ、十九代の秀政は大阪夏の陣で奮戦し、嫡男とともに陣没する。弟の忠真は父と兄の戦死を見届けたものの、全身に十ヶ所の傷を受けた。この人物は細川忠興が領していた小倉領から転封して熊本へ去った後を襲って小笠原氏として初の小倉城主となる。そして小倉藩は国替えなく維新を迎えるのである。四代の城主忠総は好学の藩主として藩士に学問の奨励をし、これが藩風となった。いずれも農政に力を尽くして賢君揃いであったが、五代の忠国は賢君すぎた。お家騒動が起こったが改易にならなかったのは幕府が小笠原氏に寄せる信頼がいかに厚かったかを示すものであろう。明治初年に大坂でこの騒動が劇化された。今年の春興行で新橋演舞場は「小笠原騒動」を出しものにした。

いま小倉城は美しく復元されているが、維新戦争の際に戦禍で焼け落ちたのであった。やがて長州藩との間で和平が成立し、小倉を長州藩にゆずって香春に退き、藩庁をそこに設けて香春藩と称した。しかし庁舎はあまりにも貧弱で十分に機能できなかった。藩の主な武士たちは荒蕪の地であったが広い場所を選んで城地とし、新たに豊津という美称を考え出したのである。

これが前述の明治二年の出来事であった。そして藩は豊津藩と改称とする。藩庁のほかに学館まで建てた。その名も育徳館である。小倉から香春へ疎開させていた孔子像が聖堂に安置された。扁額に掲げられた育徳の理想は今日の福岡県立豊津高等学校まで脈々と受け継がれている。「小笠原文庫史料展目録」(平成十年十月二十四日)に豊津高等学校錦陵同窓会三原晴正会長は「未開の土地に、藩庁から学館まで計画的に建設した豊津を、現代的に捉えれば学園都市ということになり、都市工学という学問の分野からみても、維新期に建設された注目すべき類例ではなかろうか」と書き記されている。

「人は彼の住む場所によって作られる(ア・マン・イズ・メイド・バイ・ザ・プレイス・イン・ウイッチ・ヒー・リヴズ)」とはグレアム・グリーンの言であった。環境を重視する彼の小説に「英国われを作りぬ(イングランド・メイド・ミー)」と題された作品がある。環境を重視する考え方にしたがうならば豊津が小宮豊隆を作ったのである。

小宮豊隆は蓬里雨を俳号とした。蓬里雨句集の私家版が昭和四十六(一九七一)年に出され、さらに改訂版が昭和五十九(一九八四)年に出た。豊隆が生涯を閉じたのは昭和四十一(一九六八)年五月三日だから、いずれも没後出版である。遺族に追善の意図が働いた上でのことなのは論をまたない。だから毎年五月三日が蓬里雨忌の忌日となる。子規忌を糸瓜(へちま)忌と呼び、太宰忌を桜桃忌と呼ぶのにならって蓬里雨忌を椎の忌と呼ぼうではないか。漱石は「三四郎」を書くとき、要所に椎の木を配して効果を挙げている。そのテキスト上の事実に通じている読者からあるいは賛成がえられるかもしれない。えられないならばえられるように努力するのが漱石読者、そして小宮豊隆読者の義務であるはずと心えている。その義務を果たすべく一歩前進するのが本稿執筆の目的なのである。脚下に出発点を確認するため百科事典にあたってみよう。

「椎　山腹や丘陵に林をつくり、褐色を帯びたやや小型の葉を密に茂らせ、日本の暖帯林の最も中心となるブナ科の常緑

高木。—中略—本州（中国、近畿から福島県、新潟県まで）、四国、九州に分布する」（平凡社）

右の記述は小宮豊隆が豊津中学時代を送った郷土の条件に一致するし、小説「三四郎」における池のほとりの里見美禰子と小川三四郎の出合いの場面でひと役分担させられる椎をめぐる描写とも合致する。引用におつきあい願う。

三四郎は又見惚れてゐた。すると白い方（筆者注　看護婦）が動き出した。用事のある様な動き方ではなかつた。自分の足が何時の間にか動いていたといふ風であつた。見ると団扇を持つた女（筆者注　里見美禰子）もいつの間にか又動いてゐる。二人は申し合わせた様に用のない歩き方をして、坂を下りて来る。三四郎は矢つ張り見てゐた。

坂の下に石橋がある。渡らなければ真直に理科大学の方へ出る。渡れば水際を伝つて此方へ来る。二人は石橋を渡つた。

団扇はもう翳して居ない。左の手に白い小さな花を持つて、それを嗅ぎながら来る。嗅ぎながら、鼻の下に宛てがつた花を見ながら、歩くので、眼は伏せている。それで三四郎から一間許の所へ来てひよいと留つた。

「これは何でせう」といつて、仰向いた。頭の上には大きな椎の木が、日の目の洩らないほど厚い葉を茂らして、丸い形に、水際迄張り出していた。

「是は椎」と看護婦が云つた。まるで子供に物を教へる様であつた。

「さう。実は生つてゐないの」と云いながら、仰向いた顔を元へ戻す。その拍子に三四郎を一目見た。三四郎は慥に女の黒眼の動く刹那を意識した。その時色彩の感じは悉く消えて、何とも云えぬ或る物に出逢つた。其或物は汽車の女に「あなたは度胸のない方ですね」と云われた時の感じとどこか似通つてゐる。三四郎は恐ろしくなつた。

ふつう、評家は美禰子が手にしていた白い花バラの方に目をとめる。それなりに意味のあることだが、椎の木の意味、象徴は比較してバラの意味に優るとも劣らない。小説の発端の部分で中心人物がたわいもない質問をする。ところが作品が展開し、筋がぴんと張ってくると先の質問が意味を帯びてくる。例をアメリカ文学の名作「ハックルベリ・フィンの冒険」の冒頭部分で筆者のマーク・トゥエインはハックに「モーゼってなに者」と質問させている。この質問は作品の展開とともに重要性を帯びるのだが、質問者自身はそのことに気づかない。質問をされた方にも気づかれない。その結果として作品に皮肉な味わいが生じる。これを文芸用語辞典は劇的な皮肉（ドラマティック・アイロニィ）と呼んで定義する。「これは何でしょう」と問う美禰子にも、「これは椎」と答える看護婦もこの問答の意味はわかっていない。読み解く鍵の椎の木は後段に出てくる。そこに到り着くまで鍵をしまっておいて、ここでは椎の象徴性と文学的、あるいは劇的効果について顧みたい。その前に漱石の江戸趣味に軽くふれておこう。

　合理主義の側面をも漱石は筋の運びが強引で人物の性格に統一がなく、時代考證に忠実でない歌舞伎を嫌ったことはあまねく知られている。歌舞伎嫌いの江戸っ子という矛盾をもつのも漱石の魅力とさえなりうるが、これもしばしば指摘されているように見かけよりははるかに歌舞伎というわが国独自の演劇様式に通じていた。ただのめり込まなかっただけである。これにたいして地方出身の豊隆が中村吉衛門の芸風にほれ込んで歌舞伎の世界にはまっていったのは好対照をなしている。

　さて歌舞伎の代表的な演目のひとつに「義経千本桜」がある。「伽羅先代萩（めいぼく）」「菅原伝授手習鑑」「忠臣蔵」とならんで集客力は抜群である。花やかな演目の花やかな小金吾打死にの場と鮨屋の場の間にはさまれてしぶい「椎の木茶屋」の場がある。悪人のいがみの権太夫婦のそこはかない夫婦愛を演ずるには椎の木が最もふさわしく役割を果たすのであり、柳でも梅でも桜でもどの木であっても効果が減殺される。次の場で権太が善人に戻る。戻るべく権太が花道を引っこんで椎の木茶屋の場は終る。狂言作者は男女間の愛を描く背景に椎の木を使った。それを知った上で漱石は男女の年齢を下げ、時代を現代にしたのではないかと想定して、私はまず間違いなかろうと考えている。

　「これは何でしょう」と尋ねる里見美禰子の樹木にたいする関心は、やがて好意を覚えた地方出身の青年にたいする関心に変化してゆく。小説における男女の出合いを記念して東大構内の池はいつしか三四郎池と呼ばれて今日にいたっている。三四郎が美禰子に二度目に会うのも大学構内である。彼女が行き過ぎて振り返ったとき、赤面するばかりに狼狽する。初恋はもう始まっていた。

　村上佛山の学統を継ぐ豊津中学の卒業生の小宮豊隆のよって立つ道徳の基盤は儒学である。三島中洲の学統がさながら学風の二松学舎で学んだ夏目漱石の若き日の人格形成は儒教によって行なわれた。そういうわけで大正時代に世は移り師弟ふたりは恋愛至上主義の波をかぶったがいささかの動揺も見せなかった。小宮豊隆をモデルにして描いた小川三四郎が作品のなかで恋愛のために人間として生きる諸徳目の序列をとり違える気づかいはない。作品中、終始一貫して郷里の母にとってよい息子であろうとしている。上京した彼と郷里の母の間をつなぐ主たるコミュニケーションの手段は手紙である。「三四郎」に母から長い手紙が届くところが三ヶ所ある。郷土のひとびとの思い出によると豊隆の実母は息子に長い手紙を書かれる人であった。漱石は豊隆の語る豊津村の話によく耳を傾けて聴いて作品に生かしきった。

「三四郎」は漱石が専属契約している「朝日新聞」に明治四十一（一九〇八）年の九月一日から十二月二十九日まで全百十七回にわたって連載され、翌年五月春陽堂から刊行された。この年は二十四歳の小宮豊隆が大学を卒業し、戯曲を中心としたギリシャ研究を志して大学院に入学している。

豊隆が個人的に漱石に接触し始めたのが二十一歳の大学入学の年であり、次第に師にたいする敬愛の念を深めていった。漱石が「三四郎」の材料をえるために豊隆と会ったのは個人的のこともあったろうし、また世に知られた漱石の面会日、木曜会の座でもありえた。豊隆が木曜会で顔を合わせた仲間は、高浜虚子、坂木四方太、寺田寅彦、松根東洋城、野間真綱、皆川正禧、野村伝四、森田草平、中川芳太郎、鈴木三重吉、野上豊一郎などであり、それぞれが漱石山脈の峰を形成している。

椎の木が現れる母の手紙の箇所を引用してみよう。

手紙には新蔵（しんぞう）が蜂蜜をくれたから、焼酎を混ぜて、毎晩盃を一杯づゝ飲んでゐるとある。新蔵は家の小作人で、毎年冬になると年貢米を二十俵づゝ持つてくる。至つて正直ものだが、疳癪が強いので、時々女房を薪で擲る事がある。――三四郎は床の中で新蔵が蜂を飼い出した昔の事迄思い浮かべた。それは五年ほど前である。裏の椎の木に蜜蜂が二、三百疋ぶら下がつていたのを見付けてすぐ籾漏斗（もみじょうご）に酒を吹きかけて、悉く生捕りにした。

母の手紙の記述のこまやかさは、母の息子への愛のこまやかさである。「三四郎」全十三章の中心章、前後から章を数えて同じの七章に広田先生が三四郎に母の手紙に関連して忠告する箇所がある。

「御母さんの云ふ事は成るべく聞いて上げるが可い。近頃の青年は我々時代の青年と違つて自我の意識が強過ぎて不可ない。―後略」

架空の人物ならぬ実在の豊隆の結婚相手は里見美禰子タイプの女性ではなく、むしろ母親のすすめるお光さんタイプの女性であった。そして豊隆の令夫人は貞女の鑑であった。昭和三十六（一九六一）年に迎えられた金婚式のふたりはうらやましいばかりに記念写真中かがやいておられる。

漱石が豊隆に苦言を呈した面よりも、ふたりの間にある以心伝心の側面にもっと注目させられる。漱石のきつい風刺には、スウィフトとも異なり、ソクラテスでは説明のつかない独自のものがある。その謎を解く鍵は山房蔵書目録のなかに発見された。それはアリストパーネスの二冊本である。例えば「三四郎」中で広田先生が吐く寸鉄の言の味はアリストパーネスから学んだと仮定すると、さき程の謎はすらすら解ける。木曜会か個人的面談の折に漱石の口からアリストパーネスの名が出なかったはずはない。豊隆が大学院に入って研究したギリシャ演劇のなかにアリストパーネスがあった。豊隆のアリストパーネス論に漱石の弟子を感ずるのは私のひいきのひき倒しであろうか。それにしてもアリストパーネスを論ずる際に豊隆が引く外国文献がほとんどドイツのものに限られていたのに、英文学畑の私はいくばくかの不満をもたざるをえない。漱石は明治二十七（一八九五）年に子規宛の手紙を書いてシェリーが好きだといっている。シェリーはアリストパーネスが好きだった。豊隆のアリストパーネス理解は、漱石と息の合った豊隆を示す断面図であろう。

昨年の秋、北九州大学の大学院で「比較文化」の講義を了えた私は豊津高校を訪問した。小宮豊隆の出身校が現在どうなっているのかこの目で見たかったからである。末松謙澄の生誕地の、日豊本線で中津の手前の行橋で下車した。この人物にはいくらも書くことがあるが、そのうち漱石がらみでいうと、漱石の愛したシェリーの代表作「雲雀に寄せる歌」を漢詩にしたのが印象に残っている。行橋で平成筑豊鉄道（旧称田川線）の直方行きに乗り換えた。豊津駅から豊津高等学校へ車を乗りつける。学校は運動会の最中であった。私は二、三枚の写真を撮って帰るつもりであった。運動会の受付は同校の卒業生の職員がつとめていて、東京からきた者ですが、校門、校舎の写真を撮らせて下さいと頼むと、ちょっとお待ち下さいと言ったかと思うと、テントの中の校長先生を連れてきて下さった。吉田正見校長先生はいまは校内のご案内をできませんが、来年もう一度お見え下さらんか、と熱心にいわれる。私はそう致しますという。校長先生のかわりに職員の牧野博子氏が開けられるだけの鍵を使って校内を見せてくれた。彼女が誇らしげに、そしてつつましやかに案内し、私が写真のシャッターを切った所に小宮豊隆豊隆生誕百年を記念して同窓会が校内に作った庭園「三四郎の森」がある。自然石を横長にした碑には五行にわかち書きした

　女手に育ちて星を祭りけり

の一句があった。そして句のわきに豊隆翁の銅版レリーフがはまっている。当時の学校長は記念誌に「東京に三四郎の池があるなら、ここ豊津に三四郎の森と名付ける記念庭園を作り、後輩の逍遙の場として情操教育の一助にして欲しいということでした。小宮先生が本校の校歌作詩のため帰郷された昭和三十一（当時七十二歳）年秋詠まれた「我が家は柿の実ばかり赤々と」という句に寄せられた先生の望郷の思いに対してもこの庭園文学碑の建設によって応えられるのではないかと思う次第であります」と綴っておられる。蓬里雨忌は五月であるから、まさか赤い柿をもって忌とするわけにゆくまい。豊隆にとって望郷とは母恋いの心でもあるから、作品中の長

い手紙のなかの椎、三四郎池のほとりの椎を採り、椎の忌がよいと考えるのだが、ご賛成を頂けたであろうか。

幸運にも今年平成十二年の九月八日、吉田正見校長を豊津高等学校に訪ね、再会することができ、実は翰林書房より小宮豊隆についての原稿依頼を受けた件をお話した。小宮豊隆論を書くつもりで旅したわけではない。豊隆の専門家ではない。その時、思いがけず芭蕉の句が胸に浮かんだ。

先たのむ椎の木もあり夏木立

旅人の心にも似よ椎の花

これも何かの縁と引き受けることにしましたと事情を伝えると、吉田正見先生はにっこりされ、つぎつぎと資料を出して下さった。詳しい説明と案内に感謝した。彼は犀川の駅まで車を出して下さるという配慮を示され、私はそのご親切を快く受けた。

平成五年に改築成った駅舎は大きな一角獣の犀をかたどったユニークなものであり、駅名も「ユータウン犀川」とモダンである。犀とは犀龍であり、郷土の伝説ではむしろ龍のことであり、これに神功皇后伝説が纏（まつ）わるのであった。行橋寄りの次の駅は駅名が「東犀川三四郎」である。郷土の小宮豊隆への思い入れは深い。ただ残念なことをひとつ知った。九州大学の重松泰雄教授は「三四郎」の母の手紙にある椎の木が健在と報じておられたが、教授は逝去され、その後椎の木は枯木となって伐り倒され、しばらくは株だけ見えていたがそれも草におおわれて隠れてしまったそうである。しかし犀川の椎も本郷の椎も私たちの胸裡にあるかぎり、いつまでも亭々とそびえていることであろう。

（敬老の日脱稿）

付記・行橋、美夜古泉、今川河童、豊津、新豊津、東犀川三四郎、犀川が平成筑豊鉄道の駅順である。

❖特集
漱石山脈

森田草平
――漱石を刺激するという「役割」

関川夏央
Sekikawa Natsuo

森田草平は東京帝大英文科で夏目漱石の学生だったが、英訳版のロシア文学に深く親しんでその影響下にあったため、漱石の講じるシェークスピアには興味が湧かず、授業にはろくに出席しなかった。しかし明治三十八年の秋、英文科の最終学年に進んだ頃から『吾輩は猫である』の作家漱石に注目するようになった。その年彼は上田敏が中心となって創刊した雑誌「藝苑」に『病葉（わくらば）』という暗い印象の小説を森田白楊名義で書き、それを十二月下旬に漱石宅に持参した。森田草平はこのとき満二十四歳だった。白楊という号は上田敏に貰ったのである。

明治三十九年の正月、漱石から森田草平宛てに手紙が届いた。

それは小説の感想を懇切にしるしたものだった。

「よく出来て居ます。文章抔は随分骨を折つたものでせう。趣向も面白い。然し美しい愉快な感じがないと思ひます。或いは君は既に細君をもつて居る人ではないですか。それでなければ近時の露国小説抔を無暗（むやみ）によんだんでせう」

草平は漱石に見抜かれていると思い、同時にその心づかいに感動した。これを契機に彼は漱石に急速に接近したのだが、過剰なまでに生活上の悩みを抱えこんで、なにかにつけて自信のない性格の草平は、夏目の家を訪ねても、育ちのよさから派生する軽快さを持つ松根東洋城や、年齢はひとつ下だが英文科の同級生でやんちゃなふるまいをする鈴木三重吉に気おされ、漱石の前では満足に話すことができなかった。

森田草平は明治三十九年十月、とてもひと晩では書けぬほどの長い手紙を書いて漱石に送った。彼はその年の夏に帝国大学を卒業して前途の定まらぬままに岐阜に帰郷して日を過ごしていたのだが、九月漱石の『草枕』を読んで感激し、やはり文芸の道を歩みたい、やはり漱石の膝下にありたいと、郷里のしがらみを無理にも断って上京したのである。

十日ほどして、漱石から届いた返信にはこんな一文があった。

「余は満腔の同情を以てあの手紙をよみ満腹の同情を以てサキ棄てた。あの手紙を見たものは手紙の宛名にかいてある夏目金之助丈(だけ)である。」

森田草平はさまざまな秘密を抱いて懊悩する青年であった。『病葉』で早くも漱石に見抜かれたように、彼には妻子がいた。元来が多情で、十四、五歳のとき岐阜金津の十歳以上も年長の娼婦と親密になったことのある彼は、自分の従妹にあたる寺の娘と事実上の夫婦関係を結び、明治三十八年には長男が生まれていた。

それより以前の明治三十六年冬、草平は本郷台の崖下、丸山福山町四番地の未亡人の住む家に下宿した。その家こそ実に、樋口一葉が『にごりえ』『たけくらべ』を書き、そして明治二十九年の十一月に死んだ家であると一葉旧知の馬場孤蝶に教えられたのは少しのちのことだったが、やがて草平は家主の未亡人の娘で、本郷の坂上で踊りの師匠をしている女性とも深い関係になった。しかるに明治三十八年には妻が上京して、しばらくその家にいた。そうこうするうちに妻は再び妊娠して、明治三十九年に女児を産むという複雑な事態を呼びこんでいた。

彼は自分に流れる放蕩の血は母親の遺伝だと信じていた。草平の家は地主だったが、父の死後急速に没落したのは草平の教育費用捻出のためだけではなかった。母が情人に貢いで家屋敷を切り売りしたからであった。草平は、自分は父の子ではない、母と別の男のあいだにできた子ではないかと強く疑っていたし、父親は当時もっとも恐れられていたハンセン病で死んだらしかった。

草平は数ある悩みと秘密のうち、おもに母とその淫蕩な血、それがもたらした自分の性的遍歴についての「告白」を漱石への手紙にしたためたのである。

漱石はその返信を、つぎのように書きついだ。

「余は君が此一事を余に打ち明けたるを深く喜ぶ。余を夫程重く見てくれた君の真心をよろこぶ。同時に此一事を余に打明けねばならぬ程君の心を苦しめたる源因者（もしあらば）を呪ふ。同時に此一事を余に打ち明くべく余義なくさるゝ程君の神経の衰弱せるを悲しむ。男子堂々たり。這般（しゃはん）の事豈（あに）君が風月の天地を懊悩するに足らんや。君が生涯は是からである。功業は百歳の後に価値が定まる」

この頃鈴木三重吉は、漱石が森田草平のことを必要以上に気にかけるようすなのが訝しく思えてならなかった。草平の陰にこもったような性格が気に入らなかったし、彼は漱石を独占したかったのである。

漱石は三重吉のそんな気持ちを察して、一挙一動人の批判を恐れているふうの草平を、反対の性格にしようとつとめているのだ、と書いた手紙を三重吉にやった。「近頃は漸くの事あれ丈にした。それでもまだあんなである。然るにあゝなる迄には深い源因がある」

漱石は、なぜか草平が好きであった。内向的ではっきりしない草平を「鷹揚に無邪気にして幸福にして」やることに情熱を燃やした。それはたしかに漱石の性格の一側面であった。

そのうえ、草平の「告白癖」は漱石を大いに刺激した。漱石は、明治三十九年十月二十一日付草平宛の手紙の最後に近く、こうしるした。それは、普段の漱石には似つかわしくもない「告白」であり、決意の表明であった。草平にうながされたのである。

「余は吾文を以て百代の後に伝へんと欲するの野心家なり」「只一年二年若（も）しくは十年二十年の評判や狂名や悪評は毫も厭はざるなり。如何となれば余は尤も光輝ある未来を想像しつゝあればなり」「余は隣り近所の賞賛を求めず。天下の信仰を求む。天下の信仰を求めず。後世の崇拝を期す。此希望あるとき余は始めて余の偉大なるを感ず」

漱石の返信を読んだ草平は、感激のあまり下宿の部屋にじっとしていることができなかった。丸山福山町の表を走る中山道へ出て、そのまま北へ向かって歩いた。日が暮れても歩きつづけ、夜中に浦和へ着いた。その地の安宿に泊って翌日、汽車で東京へ帰った。

しかし漱石にとってもこの自らしるした手紙の持つ意味は

大きかった。

明治三十三年以前の漱石は自分の仕事について、また人生について、はっきりした考えを持つことができずにいた。

明治三十三年から三十六年までのロンドン生活のうちに漱石は、身の内に新たな衝動が湧きあがるのを意識した。しかしそれは強烈なストレスをともなう過酷な外国体験でもあったので、漱石は同時に自我の崩壊の危機とたたかわなければならなかった。

帰国後も、そのような精神の危機は持続したが、いわば対症療法のようなつもりで『吾輩は猫である』や『坊っちゃん』を書いた。その療法は大いに有効であり、また「隣り近所の賞賛」をも得て、漱石はようやく自分の行くべき道を発見したと思った。そうしてその心情は、たとえ私信中ではあっても、明確な言葉をここに与えられ、かつ草平という他者に伝達されるに至って、ようやく決意へと昇華したのである。漱石の専業作家十年の生活は、このとき事実上始まった。

明治四十年、草平は駒込の天台宗中学に勤めた。その年の秋からは本郷弓町の京華中学でも教えて合計の月給五十円を得た。しかしふたりの女性とのこみいった関係はあいかわらず精算されなかった。

「草平」の名は、この年の秋から使いはじめたのである。漱石に雅号を乞うと、漱石は「緑苹(りょくへい)」という文字を示した。しかしこの名は、生活に破れて死んだ斎藤緑雨を連想させて悲惨不吉であると感じた彼は、「苹」の字を上下に分解して「草平」とする許しを得た。自然、上田敏に貰った「白楊」は捨てることになった。

その明治四十年、草平は生田長江に誘われ、九段中坂下、ユニバーサリスト教会付属成美女学校の教室を借りた「閨秀大学講座」で週に一回文学を講じた。やがて森田草平は、その受講者のひとりである平塚明子(はるこ)という五歳年少の女性に強く魅かれるようになった。

明治末年、旧道徳は滅しつつあるのに、新しい規範はいまだ見えない過渡的な時期には、女性であることそのものが束縛であると強く感じる知識女性のなかには、肥大する自我を制御しきれずに烈しい行動をとる者があり、お茶の水高女から目白の女子大を出た二十一歳の平塚明子は、そのもっとも尖鋭なひとりであった。しかも彼女には男を支配したいという強い欲望があり、一方森田草平には女に支配され、女に翻弄されたいという心の傾きがあった。ふたりは急速に接近した。

明治四十一年三月、彼らはしめしあわせて家を出た。それから塩原温泉に行った。心中行であった。

しかしその試みは最後の瞬間に放棄された。のちにらいてうと号して「青鞜」を主宰することになる平塚明子が、恋愛感情の高揚の末にではなく、ダヌンツィオやイプセンの小説に深く影響され、自分がそれらの小説の主人公のようにふるまっているから死を望むのだと森田草平に感得されたためであった。その場合、草平は明子の創作する小説の副登場人物、またはたんに便宜的な存在であった。彼は、自分が明子の、文字に書かれない小説に利用されているにすぎない、それゆえに明子は肉体を許さないのだ見切り、明子が持参した短刀をついに雪の谷間に投げ捨てた。彼らは翌朝雪の中で捜索の人々に発見された。

生田長江に塩原から伴なわれて東京に帰った草平は、すでに丸山福山町の下宿も引き払ってしまっていたから、早稲田南町の漱石宅へしばらく隠れ棲んだ。漱石は日頃とかわらぬ態度で草平を迎えた。草平は女中部屋に寝起きし、ときどき夫人が出してくれる酒でひっそりと晩酌をした。

その後も明子はひそかに草平に刺（し）を通じてきた。彼女はいまだに草平を支配しようという無意識の欲望から自由ではなかった。そしてそのたびに草平は動揺し、結局この一件を小説として書いてしまうほかに明子からの死の誘惑から逃がれて生きる道はないと考えるようになった。しかしなかなか考えはまとまらなかった。

漱石は事件後しばらくして草平から事件の説明をうけたとき、「ふたりのやっていたことは、どうも恋愛ではない、結局遊びとしか思われない」といった。そして明子の人となりを「アンコンシャス・ヒポクリット」であると評語した。ヒポクリットとはたんなる偽善者ではなく、自ら知らずして別の人間になってしまうことだ、と漱石はいった。

「どうだ、君が書かなければ、ぼくがそういう女を書いてみせようか」

漱石の執筆意欲は大いにそそられた。漱石はその秋から東京朝日新聞に連載する小説『三四郎』のヒロイン美禰子に平塚明子の面影を宿らせ、「アンコンシャス・ヒポクリット」を造型した。

やがて漱石は草平を、自分の助手として雇うかたちにして、東京朝日新聞文芸欄の編集を任せ、六十円の月給をとってやった。また草平の書いている小説が、明治四十二年正月から朝日に連載できるよう骨折ってやった。これは実績のない若い作家としては、まさに破格のあつかいであった。

草平が書いたのは、塩原心中行を中心に据えた『煤烟』という小説であった。当初、漱石は草平の作品に好意的であったが、やがて不満を漏らすようになった。

草平と明子が生田長江を大久保に訪ねるつもりで甲武線に乗ったが暗黙の合意のうちにそれをやめ、東京郊外をさまよい歩いたのち九段まで戻って洋食屋に入る。そこで草平はウイスキーを、明子はキュラソーを飲み、やがて給仕がさがったあとで長いキスをかわすというシーンが小説中に現れたのは明治四十二年三月になってからであった。

三月六日の日記に漱石は書いた。

「煤烟は劇烈なり。然し尤もと思ふ所なし」「彼等が入らざるパッションを燃やして、本気で狂気じみた芝居をしてゐるのを気の毒に思ふなり。行雲流水、自然本能の発動はこんなものではない」

森田草平の『煤烟』は、読者には一応好評であった。近代人の意外な衝動と行動とがそこにあると受けとられた。しかし漱石は賛成しかねた。『煤烟』はヨーロッパ文学のなまなましい影響下にある自己劇化の、いたましくも滑稽な記録にすぎないと思われた。

結局森田草平は、その後はめざましい仕事をすることもなく、「煤烟事件」の主人公として、また漱石門下生のひとりとして記憶されるにとどまった。

しかし彼は、その性的な放縦さと、それとは裏腹の率直かつ内省的な性格、そしてその強烈な「告白」衝動によって漱石を大いに刺激したのである。漱石に専業作家たる決意を固めさせ、また明治の知識青年たちの行動と困惑とを紙上に定着した物語『三四郎』を生ましめたのは、本人がそのことに相当に「アンコンシャス」であったにしろ、実に森田草平その人であった。

❖特集 漱石山脈

安倍能成と夏目漱石

安倍オースタッド玲子
Reiko Abe Auestad

一、「人格」というコードと「教養」の場

漱石の死後およそ二〇年、昭和一〇年に『思想』の漱石記念号には何やら書かねばならぬ義務の如きものを感じ」「久し振りに読んだ『こころ』について感想を述べることにした」と書いた安倍能成は自分が決して「先生の作品の愛読から出発して先生に接近したもの」ではなかったことをいろいろな場所で述べる。[*1] 当時とっくに神格化されていた漱石の弟子として「何やら書かねばならぬ義務」を感じたとしても不思議はない。しかし同時に安倍能成は「元来先生のファンではなかった」し、「創作家たる先生の創作上の弟子でも、思想上の弟子でもない。」「自分の考え方を無理に先生の考え方と結合して図式的にみられることは実を言えば自分にとって迷惑」だとまで述べている。逆に言えば『思想』の漱石記念号にしても「義務の如きもの」を感じていなければ、「こころ」をわざわざ読み直して「感想」を書く努力をしたりすることはなかったということかもしれない。

作品だけでなく思想についても「先生」とのつながりを左

程認めない安倍能成は、それならばなぜ漱石の門下に入ったのであろうか。また、能成にとって漱石門下であることの意義は何であったのか。まず第一に門下生になる背景には高浜虚子を代表とする同郷人ネットワークが大きな役割を果たしたことをひとつ確認しておきたい。もともと松山出身の能成は子供の頃すでに正岡子規の薦めで松山中学にやって来た漱石のうわさを聞き、「中学校のえらい先生としての先生の風貌を仰」いでいる。明治二七年四月、大学出の漱石は「何でも八十円という高給で来るというので、市中の評判」であったと言う。[*2] 日清戦争従軍後まもなく帰省して来て漱石と同じ下宿に世話になっていた子規は俳句の運座を催し、それには町のインテリであるところの小学校の先生なども参加していた。「こんな人々が一かどえらいように、小学生の私に映ったのも自然のことであろう。」という能成は、また、その頃松山に来た照葉狂言を二階の大入場で見物しながら、下の桟敷に来ている子規と漱石を遠くから興味をもって観察したりしている。小学生の能成にとって当時町の知名人であった子規や漱石がより一層「えらい人」に映ったことはまず間違いない。

安倍能成はその後、上京して一高に学び、また、英語教師としての漱石に接触することになる。その時の進級の試験問題が「実によく出来ているのに驚」き、「かういう問題を調製するだけでも先生はえらい」と思ったとあるが、東大に進んでからは、「どういうものか漱石のシェイクスピアの講義を一度も聴かなかった」し、「若し先生が下掛宝生流の謡を高浜虚子氏の薦によって私達と一緒に稽古されることがなかったら、私は或いは先生の御宅に伺ふことはなかったかも知れない。」と言う。[*3]「えらい先生」に対する漠然とした憧憬と尊敬の念のほかには、とくに漱石を師として仰ぐことを希望する理由はなかったということだろうか。松山出身の高浜虚子の紹介で謡いを習いに行き、下掛宝生(脇宝生)の家元宝生新に弟子入りし、それがきっかけとなって漱石と再会し、漱石山房の木曜会に出席するようになる。しかし漱石の謡いは全然好きでなかったというのだから、漱石の謡いも能成にとってきっかけ以上のなにものでもなかったわけだ。

安倍能成を漱石に「惹きつけたものは」漱石の作品でもなく、思想でもなく、謡いでもなく「寧ろ先生の人間であった。」能成は漱石「先生」を「人格と教養との点において敬愛を傾け得たる先達」として「敬愛」した。[*4] そして、「夏目先生の追憶」にあるようにその「人格」とは「誠実」「真実」「潔癖」といったような具体的な資質に代表されるものであった。

先生は他人の中からその誠実なる意志と、その真実なる所有とを感じ得られるすこぶる敏感なる臭覚を有していられた。その代に又虚偽と粉飾とに対する強度なる潔癖を有して居られた。…先生の真実に対する傾倒は、羨ましい位うぶな所があったと思ふ。先生から多少にしてもかかる敬愛を与えられた者は衷心よりこれを光栄に感じ、――これ人間の感じ得る光栄の最も醇なるものである、――又、先生の前に自分の虚偽を恥じて、求めずして他人の前におけるよりも以上の誠実を先生に示すという結果になった。先生の人としての最も価値のある点はここにあった。実際先生に多少親しく接した者にとって、先生位その学識とか地位とか年輩とかいふ外的もしくは附帯的事情に妨げられず、直ぐにその人と語り得るといふ感じのする人はすくないであろう。*5

「先生から多少にしてもかかる敬愛を与えられた者」はこれを「光栄に感じ」云々とあるように、ここで重要視されるのはあくまで師弟関係のなかでの「誠実」と「真実」である。又、忘れてならないのは能成が明治四〇（一九〇七）年秋に初めて漱石山房を訪れた時、漱石はすでに『吾輩は猫である』『坊ちゃん』『草枕』で文名を挙げた売れっ子作家だったということだ。その年の春、朝日新聞社に入り、既に『虞美人草』を発表。漱石山房には松山出の東洋城松根豊次郎、小宮豊隆、鈴木三重吉、高浜虚子、寺田寅彦、野上豊一郎などがしきりに出入りし、門下生の木曜会もその前年に始まったところであった。漱石の「人格」と文壇における地位を媒介とし、一高、東京帝大といった教育機関を共有した人たちのホモソーシャルな社交の場であった木曜会は弟子達の「人格」にとって不可欠な「教養」を養い、培う場として機能していたと言える。それから九年後の漱石の死を経ていよいよ強化されていく則天去私的漱石神話をすでに予期するような漱石「先生」の人格崇拝の雰囲気が弟子達のあいだに既に充分あったと考えてよいだろう。初めて漱石山房を訪れた芥川龍之介が緊張のあまりひとことも口をきけなかったというエピソードからも当時の漱石のカリスマ的存在が伺える。能成が漱石の「人格」に惹かれる背景にはそういう歴史的特殊性があったこともここで確認しておきたい。能成はほぼ必然的に漱石の「人格」に惹かされる位置にいたと言ってもよいかもしれない。

山本芳明は大正六（一九一七）年前後島村抱月と和辻哲郎の論争を契機に浮上してきた、「自然主義を徹底的に批判する」ことで主張される「新しい文学者のあり方」に注目し、この頃に「以後の日本近代文学を長く支配することになる、作家の実人生と作品の関係、それに連動する作品の評価に関する新しいパラダイムとそれをよしとする感性が顕在化」したことを指摘する。「理想をめざし『自己』を高め豊かにしていくという『生活態度』が文学者の『人格』に反映され、『人格』の成熟は『偉大な作品』を生む――。この和辻の強烈な発言が、大正教養主義の名の下に一括される人々の、明治末年からの思想的な蓄積の成果の上に成り立っているのはいうまでもあるまい」[*6]。周知のように能成も島村抱月の自然主義鼓吹を批判し和辻などとならんで人格教養主義の一環を担っていた[*7]。大正五年の漱石死後、漱石神話化が進行するなかで、弟子達が競って漱石の「偉大」な人格と教養を強調する追悼の文を書いたのも、「新しい文学者の在り方」を補強するかたちで漱石の偉大さをあらたに保証することになる。能成の漱石についての追憶の文もその点においては典型的と言えよう[*8]。

ここでこういった「人格」と「教養」を媒介にした人間関係がどのような社会的なコンテクストで培われたのか、を漱石の木曜会に典型的に見られる当時の文士達のホモソーシャルなネットワークを例に簡単に確認してみたい。明治三五年に一高に入学した能成はそこで魚住影雄、野上豊一郎、小宮豊隆、岩波茂雄、阿部次郎、和辻哲郎、藤村操、中勘助、宮本和吉などの面々と知り合い、華厳の滝で投身自殺をした藤村操を除いて全員東京帝大に進む。そのうち、魚住と宮本を除く全員がその後漱石の門下生となり、漱石を頂点とした文士ネットワークに参加することで多かれ少なかれその文士生活・キャリアーを築きあげている[*9]。言うまでもなく、能成の親友岩波茂雄が大正二年に開いた神田の古本屋が岩波書店となるまでには、漱石を中心とする文士ネットワークの存在は不可欠であった。当時の青年学士仲間はおそらく学生時代に『行人』の一郎とHさんを思わせるような思索的な友情を培い、以後社会に出てから維持されるホモソーシャルなネットワークの基盤を作ったと言えるだろう。能成の場合、大学時代、そして卒業後、そういうネットワークを利用して『ホトトギス』や『国民文学』、「朝日文芸欄」に書き、文壇にも出入りするようになる。特に高浜虚子とのつながりのお陰が大きかったというのは自他ともに認めるところであったようだ[*10]。帝大を、既に就職が難しくなっていた明治四二年に卒業した能成は、就職の際にも大学時代の友人関係におおいに助けられている。

能成はまた、藤村操の投身自殺の後始末の手伝いをしたのがきっかけで藤村家を訪れるようになり、その後藤村の妹と結婚することになる。そしてやがて哲学科の友人宮本和吉は能成の妹を、といった具合に、一高、帝大のホモソーシャルなネットワークのなかで妹達の「系譜」が漱石の小説にも頻繁に見られるお馴染みのパターンを辿る。イヴ・セジウィックが指摘したように婚姻関係によってさらに補強されていくのは男達のむすびつきであり、女性はあくまでそれを支えることによって間接的にそのネットワークに参加することを許される。[*11]

ここでとりあえずの結論としては能成の漱石との結びつきは思想や小説よりも「人格」、そしてその人格的なつながりは「誠実さ」、「真実」を求めるこころなどが重要視される、がしかし、師漱石を頂点としたホモジーニアスな文士ギルドに属していることで維持される種類のものであった。そして、「誠実」や「真実」はその普遍的なみかけにかかわらず、ごく限られたハビタス内において最も意味を持つ価値体系であり、同等の教育レベルを有する男達のネットワークによって支えられるものだったと言えよう。

いわゆる近代の自由と平等は公的な場で活躍することを許されている支配階級の家父長たちの間の自由と平等であり、家庭内の女性、または、支配階級からはみ出るものたちに必ずしも適用されるものではないことは近年いろいろな指摘がある。[*12]大正教養主義のめざした「人格」や「教養」もそういったかっこつきの「自由」と「平等」を前提にするものだったということが言えるだろう。漱石の文学について言えば、この明治・大正の人格教養主義は作者の実生活や生活態度を作品に直接結びつける回路を開き、作者漱石の神格化を促すとともに漱石文学を「自我に目覚めた近代知識人の苦悩とその克服」というラインで読むことを定説化することに貢献したと思われる。そうしてこのことは皮肉にも漱石文学のある部分を見えにくくさせる結果を招いたと言って良いだろう。

漱石の実生活はともかくとして、近年指摘されてきたように、漱石の文学にはそういったカッコつきの「自由」や「平等」、ひいては「個性」や「人格」を相対化し脱構造していく視点が内在していた。弟子達の漱石文学を漱石の「人格」というFilterを通して読む試みは比較的小数の男達のみに許された特権である「個性の尊重」をより包括的な人間性にむすびつけることによって、漱石文学の社会的歴史的な特殊性を捨象してしまう。周知のように漱石文学を「自我に目覚めた近代人の苦悩と真実の追究」というテーマに変換する読みは二十世紀の日本人の軌跡を辿るものとして国民的なレベルで漱石を寿ぐ傾向を促した。近年漱石文学の読み直しがさかんに行われ、漱石を「近代」と重ね合わせるよりも、むしろ「近代」そのものを相対化するような視点を持った脱近代的作家として読むことによって、漱石文学の新しい意味付けがいろいろな所でされて来た。[*13]漱石文学に内在する批評の契機――道徳を一つのConventionと促え、近代国民国家、資本主義を一つのシステムと認識し、これを相対化していく視点――は「エゴイズムを解脱し、人格を向上させる」という普遍的な公式におきかえられることによって見失われてしまったと言ってよいのではないだろうか。

二、戦後の天皇制・教育勅語について：すり替えのロジック

安倍能成の人格教養主義は彼の文部大臣としての戦後の活動にも多大な影響を与えていると言える。大正教養主義については これまでも様々な視点から批判されて来たが、彼らの人格主義が「個人と社会とを調和関係においてのみ考え」「社会の慣習や通念、国家の組織などが個人の充足発展をどのように阻んでいるかという点について」の考察に欠けているという臼井吉見の指摘は妥当だったと言えよう。[*14]能成は終戦後、突然不慣れな政治の世界に担ぎ出され、いわば、普遍的なはずの人間性に国家や社会や歴史が介入するさまをまざまざと見せつけられ、戸惑わされた、と言ってもいいかもしれない。そこで能成がとったとりあえずの手段は彼にとって普遍価値である「誠実」に彼なりに固執することだったのかもしれない。

能成は「一度も天皇の神性を信じたことなどない」し天皇制が「宝祚の天壌と共に無窮であるという信仰」は持っていないと明言しながらも、一九四五年末、共産党の志賀義雄などをまじえた座談会では「皇室の存在が日本では大体歴史的自然的に発達して来たものであり、それが国民大多数の敬愛の中心だったことは、現に今度の降伏を実行することが、天皇以外の誰人にもできなかったといふ事実からも明らかである」と主張して天皇制廃止に反対している。[*15]能成はまた天皇の「人格」についてふれる。「陛下が自分のいのちはどうなってもよい、ただ国民を飢えさせないでくれ、と元帥に願はれたという噂を洩れ聞いて、私は感激を禁ずることができなかった。」「純情無雑にして虚偽のおできにならない今上天皇を頂いたことは、遣り手の又お上手の天皇を頂いた、或いは英

明にして高邁な天皇をいただいたよりも、遥かに日本国民にとって幸福であったろうと信ずる。[*16]」「歴史的自然的に発達してきた」皇室と「虚偽のおできにならない」天皇に対する「誠実」は当然政治的には天皇制廃止反対の結論を導く。

しかし一方、安倍能成は「当時も今も天皇の戦争における道徳的責任は免れられないと思っている」と述べる。そして退位説を引っ込めた理由としてひとつには「当時におけるご退位の及ぼす影響が日本にとってよくないことを考えたから」としながら、もう一つは、「自分のはっきりしなかった開戦当時の態度を考えるだけでも、それを主張する気持ちにはなれなかった。[*17]」ということを挙げる。前者は当時の保守派の政治的Climateやマッカーサーの意図を察知したうえでの結論とも言えるだろうが、後者のロジックは注目に値するものがある。天皇の責任等を口にする人が「戦中に何を言い何を為したかを一応反省してもよいのではないか」――と、ここで天皇の責任問題と戦中の自分たちの態度という本来別の問題であるはずのところのものがすり替えられる。南原繁の天皇退位説を批判することにあたっても同じロジックが用いられる。「道理において私は南原君と意見を異にしない。ただ国民や青年の指導者の一人として、私と共に戦争の責任者たるを免れない南原君が、どういふ事を以って陛下にこの事を進言しようとしたか。」と。[*18]

能成は続けて語る：「戦後の手の平を返すような軍隊と軍人の軽蔑、皇室と日本とを侮辱するのをえらがる浮薄、アメリカを透き写しに相手を封建的と呼び自分が民主主義と名乗れば、たちまち奇跡的に民主主義に成れたやうに思う混迷、万事を社会の罪に帰して、自分の咎ではない、社会がわるいんだという、と言う満面の社会主義者及び共産主義者の輩出は、前にもいったアメリカの日本の軍人、軍国主義、超国家主義の勢力の加重しに基づく、反軍事的勢力、もしくは戦中における被威迫勢力の全体を甘やかすことによって拍車をかけられ、ちょっと収拾できない姿を呈す。[*19]」

ここで問題にされるのは意見の「道理」よりも（これは自分の意見も含める）発言者の「態度」（「誠実」）であり、その意味においては人格主義的精神の延長にあるとも考えられる。しかし事が「収拾できない」状態にあったからこそ、諸々の問題を感情的にいっしょくたにせずに個別的に正しく対処する批判精神が必要だったのではないだろうか。同じ時期に天皇制や教育勅語の問題についてしきりに発言していた中野重治に言わせれば、これはまさに「すり替えロジック」であろう。[20]

明治維新以来の西欧化が批判され、一八七九年の教学聖旨、一八八一年の小学校教則綱領、一八八二年の洋学綱要、そして一八九〇年の教育勅語発布によって、天皇をいだく国家体制を印象付ける教育体制ができ上がった。安倍能成は教育勅語発布の一九九〇年に小学校に入学している。[21] 一九四六年二月に文相になった安倍能成が基本的には勅語は時勢に適切でないとしながらも田中耕太郎学校教育局長の教育勅語支持に同意する発言をしているのを見ても明らかなように、能成は感情的には教育勅語体制で育った人間だったと言える。[22]

「誠実」や「人格」を謳いながらも安倍能成には「人格」に〝常に既に〟介入する社会的、歴史的条件を考慮にいれる洞察力には欠けていたと言わねばならない。[23] 能成にとって「誠実」とはいかに〝常に既に〟「歴史的自然的」に培われたように思われる自己の感性に忠実であるかという貞節の問題となり、それは戦後の世界では当然保守的な心持となって現れる。「今度の降伏を実行すること」が、天皇の勇気ある聖断だったという認識は当時保守派の政治家たちがこぞって強調した点である。教育刷新委員会の委員長を務め、教育勅語問題を審議しながら、式日に棒読みしたり神格化はしないがあえて勅語を廃止する必要はないという結論を出した刷新委員会の不徹底な態度も当時の保守派政治家の多くを代表するものであった。[24] ただしここで能成が加担した保守的な政治は自らの感性への「誠実」の結果であって、必ずしも政治的に意識し意図した結果ではないということは言えよう。

「戦後の自叙伝」で、憲法改正の特別委員会の委員長に選ばれた時のことをこう語っている：

私は自分の過去の言動一切に対して感ずる如く、この役目を受ける場合にも役目を実行する場合にも、ややもすればぼんやりして居て、明確な意識を以ってこれに臨まなかったという遺憾と自責とを免れることができない。こんな役目を引き受けなかった方がよかったとは思うが、いつも第三者的な、人から非難されないで人を非難することばかりに、生きがいを感じているような生活態度にも満足しない私は、どうもかうした大役をついうかうかと引き受ける場合もある。しかしこの仕事の引き受けかたにも、この仕事の運び方にも、はっきりしない、ぼやぼやしたもののあったことは、どうも否定することができない。同時にそれを名誉として飛びついたのでないことも事実である。[25]

おそらく「明確な」政治的「意識」なく「この日本にとっての重大決定」に参加したことに対する〝正直な〟反省をしながらも、「人から非難されないで人を非難することばかりに、生きがいを感じているような生活態度」に対する〝誠実な〟反発と、「名誉」欲から「飛びついた」のではないという自負が〝素直に〟語られる。文部大臣時代の人間関係の思い出についても、「私は今まで少なくとも人を裏切ったりだましたりしたことはない。ただ誠実のない人間は嫌いであり、さういふ人間に対する表現も相当強いやうである。これが私が愛憎が強いといはれる所以だと思ふ…」と語る。[*26] 能成にとっては「文学」のみならず「政治」までもがその作者ならぬ政治家の「生活態度」によって多分に好き嫌いを左右されるような人間の「誠実」を試す機会として最も意義があったのかもしれない。

一高・東大のネットワークとその社会的地位に守られ、「歴史的自然に」発達した皇室に敬意を払い、少なくとも戦後しばらくは特権階級で占められていた学習院の院長を務めながら唱えるリベラリズムはWallersteinの言うところの保守派Liberalismであったと言える。[*27] 普遍的な「個性」とは保守的な資本主義体制に支えられた（しばしば「伝統的」と呼ばれるところの）「近代的」な枠のなかでの「個性」であり、その枠からはみ出たもの達の「個性」についての考察はほとんどないと言って良い。能成はその点では良くも悪くも明治・大正の人格教養主義の可能性と限界を典型的に生き抜いた、オールド・リベラリストだったと言えるだろう。

【注】

*1 「『こころ』を読みて」、『漱石作品論集成』、10巻、桜楓社、一九九一、P9・「夏目先生の記憶」『安倍能成全集』3巻、小山書店、一九四九、P31・『我が生ひ立ち』、岩波書店、一九六六、P424—5。

*2 ちなみに当時西洋人教師の給料は一〇〇円で、夏目先生よりさらに高かったと言う。『我が生ひ立ち』、P69。

*3 『我が生ひ立ち』、P328・「『こころ』を読みて」、P9。

*4 「『こころ』を読みて」、P9。

*5 「夏目先生の追憶」、P31—33。

*6 「大正六年——文壇のパラダイム・チェンジ」、学習院大学文学部研究年報、一九九四年、P97。

*7 安倍能成は既に「自己の問題として見たる自然主義的思想」（「ホトトギス」明治43）によって、自然主義を批判し、「個性」「自己」「人格」の充実の問題を論じている。そこから「大正教養派の真髄があらわれてくることになるのは周知の事

実」である（山本芳明「白鳥の軌跡――『空想ニ煩悶』する青年から「自然主義」作家へ　正宗白鳥ノート2」、学習院大学文学部研究年報、一九八八、P209）。臼井吉見、『近代文学論争　上』（筑摩書房、一九七五）、P91―92も参照。能成は社会や国家への忠実よりもまず自己に忠実であるべきとする自己生活第一義説を唱える。しかし、ここで「自己」には〝常に既に〟社会や国家が介入していることについての考察はほとんどないと言って良い。

＊8　ただし、能成は小宮豊隆の『夏目漱石』に関して次のような批評をしている：「作品が作者の生活の産物であることが否定されないと同時に、作品からして作者の実生活を導入して来ることに多大な危険が伴いやすいこともまたいうを俟たない。この点について私は小宮が全然何の過誤もおかしていないと断言するには躊躇する。」（「小宮豊隆の『夏目漱石』を読む」『安倍能成全集』3、P192）

＊9　相原和邦、「漱石山脈」事典、三好行雄編『夏目漱石事典』、別冊国文学39、学燈社、一九九〇。尚、藤村操は漱石の教え子であったが、漱石の着任後一ヶ月で自殺する。

＊10　『我が生ひ立ち』、P422。

＊11　Eve Sedgwick, *Between Men : English Literature and Male Homosocial Desire* (New York : Columbia University Press, 1985).

＊12　代表的なものとして上野千鶴子『家父長制と資本制』岩波書店、一九九〇がある。

＊13　柄谷行人の『近代日本文学の起源』をはじめとして、近年この『漱石研究』を含めて、小森陽一、石原千秋など諸々の研究家達が積極的に漱石の読み直しに貢献してきた。西洋での漱石受容の変容については拙著、Rereading Soseki : Ifalics Three Early Twentieth Century Japanese Novels (Wiesbaden : Harrassowits, 1998) を参照されたい。

＊14　臼井吉見、『近代文学論争　上』（筑摩書房、一九七五）、P152。臼井のこの批判はおもに安倍能成と阿部次郎に向けられている。

＊15　『戦後の自叙伝』、P27―28。

＊16　『戦後の自叙伝』、P84―85。

＊17　『戦後の自叙伝』、P27―28、P79―80。

＊18　『戦後の自叙伝』、P81。

＊19　『戦後の自叙伝』、P82。

＊20　中野重治、「冬に入る」『中野重治評論集』、林淑美編、P223。中野重治は「安倍さんのさん」（一九四六）で、文部大臣としての能成への失望を述べている。

＊21　『教育勅語』、山住正巳、朝日選書154、P23―44参照のこと。

＊22　「過日も私の方の田中教育局長の明言した如くに、私も亦教育勅語をば依然として国民の日常道徳の軌範と仰ぐに変りないものであります。」（『戦後日本占領と戦後改革』、4巻、

岩波書店、一九九五、P39)。

*23　前にも述べたように、能成の自己第一義説には国家や社会の介入に関する考察はほとんどない。

*24　周知の通り、教育基本法が成立してもしばらくは勅語が並存し勅語の廃止確認は一九四八年の六月まで待たねばならなかった。

*25　『戦後の自叙伝』、P121。

*26　『戦後の自叙伝』、P65。

*27　Immanuel Wallerstein, *After Liberalism* (New York : The New Press, 1995), p.87-8. 能成は自分をリベラリストと好んで呼んでいる。『一リベラリストのことば』勁草書房、一九五三。

北原白秋・西条八十など
「赤い鳥」「金の星・金の船」の
詩人・歌人たち

近代の童謡作家研究

滝沢典子
takizawa noriko

翰林書房
定価本体24000円+税・A5判／上製布クロス／貼函入り
ひとくちに児童文学といっても、その総体は大きく領域は広い。わたくしは、日本の児童文学、児童文化史上に画期的な役割を果たした大正期児童文学ルネッサンスの主要雑誌とその誌上に童話、童謡を寄せた主な作家、詩人、歌人について眺め、それらの仕事の貢献について考えてみようと計画した。そして、「赤い鳥」の童謡から始めた。童謡研究に関する先学のご労作はあるが、その遺を拾い欠を補うことができればと考えたのである。(あとがきより)

〒101-0051 千代田区神田神保町1-46
☎03-3294-0588 FAX03-3294-0278
翰林書房
http://village.infoweb.ne.jp/~kanrin/

特集 漱石山脈

阿部次郎に於ける漱石

佐藤伸宏
Satou Nobuhiro

師との間に緊密な関係を結んだこうした門下生たちによって、所謂「漱石山脈」の峰々が形成されている。[*1] しかし漱石と門下生の関係を「漱石山脈」との命名の下に捉える限り、漱石という「主峰」、規範としての師を凌駕する子弟の存在を認めることは極めて困難とならざるを得ない。「漱石山脈」の問題を改めて取り上げるとすれば、漱石文学が内包する「核」の継承、或いは「漱石の弟子として恥づかしからぬ小説」の創造という論点とは別に、個々の門下生が漱石の「人格」や「作品」を契機として自己の文学の在処を見定めてゆく過程それ

昭和四年の執筆と推定される「年譜草稿」に於いて、阿部次郎は、大正五年の項目に次のように記している。

十二月漱石先生と死別、人格に於いて特に敬服するところあり、作品に於いても人生の一大事に対する熱意に学べるところ多し。

夏目漱石の門下に入った明治四十二年から二十年を経て認められたこの自筆年譜の簡潔な記述の中には、漱石に寄せる阿部の深い敬慕の念が織り込められていると言ってよいだろう。漱石に直接師事し、その「人格」と「作品」をとおして

自体を検討する中で、漱石の存在の意味を個別的に問うことが必要なのではあるまいか。

本稿では、『三太郎の日記』（大正三・四、東雲堂書店）の成立に至る阿部次郎の文学的営為に考察の焦点を据えることをとおして、阿部に於ける漱石の存在の意味、両者の関係の内実に光を当ててみることにしたい。

一

漱石文学に関する阿部次郎の発言の中で最も注目されるのは、『東京朝日新聞』「文芸欄」に掲載された「『それから』を読む」（明治四三・六・一八、二〇、二二）であろう。「昨年中本気になつて読まされた小説の随一」である『それから』について縦横に論じたこの評論に於いて、阿部は周知の如く「著者がこの小説において解釈せむと試みた問題」を「わが国現在の人文状態の批判」と捉え、そうした「壮大なる問題」が代助の「三段の推移」をとおして提出されていることを指摘している。この指摘は、阿部の『それから』理解の周到さを示すものとして高く評価されているが、しかし阿部の見解の枢要は寧ろ次のような一文に込められていると見るべきであろう。

> この三段の推移は極めて自然である。これを通ずる作者の哲学も深く推重に価ひする。たゞ問題はいかに巧みにこの推移の状態が構成せられ、描写せられたるかにある。

ここで眼が向けられているのは小説の「構成」「描写」の問題であり、こうした論点に於いて阿部の『それから』批判が提出されることになる。その批判の中核は代助の「心理描写」に関わる。阿部は、『それから』に描き出された代助の「心理作用」が「優秀なる理智の批評と鋭敏なる神経の反応とがありながら高等なる情意の共同を欠い」ていると指摘し、その結果、代助の「推移」が「情意（ハート）の要求」を欠いた、言わば外的契機による「発展」として提示されていること、また三千代に寄せる代助の愛情に「理智の判断に反抗する痛恨と嫉妬」が欠落している点に批判的に言及する。そしてこうした文脈から「『それから』の欠点は情緒的方面の省略にある」という結論が導き出されることになるのである。

代助の心理が「全心」「全精神」として十全に描出されていないと見做すこの見解は、本論冒頭部に於ける「描写の技法」に関する指摘とも深く連関していよう。そこで阿部は、「グン〳〵事件乃至場面を発展させて行く」漱石の「太い疎描の線」

を強調した上で、そこから「対境の姿」の希薄化、歪曲、「不自然」という「短所」が生じていると論じる。「大規模なる観察と思想とに具象の姿と一貫の生命を与へた著者の空想力」を高く評価しつつも、そうした「空想」的、観念的な漱石の「想像の文学」に於いて、「情緒的方面」の「描写が截り棄てられ」ていることを強く非難しているのである。

　このような形での批判は、実は同時代の安倍能成、小宮豊隆そして武者小路実篤の『それから』評にも共通して認められる見解と言わなければならないが[*2]、そうした中で阿部の固有の評価の方向は、次のような末尾の一節の裡に窺うことが出来る。

　　願はくはこの方面を更に遠慮なく発揮して益々浪漫的の響を聴かせていたゞきたい。涙や煩悶が必ずしも思はせぶりでない限り無理にこれを引つ込めるのは極端に云へば消極的の衒気（アッフェクテイション）である。

　この「衒気」とは、当時の阿部によって繰り返し用いられた否定的評言である。それは「ツルース」への志向に於いて排除されるべき（「六月の小説」、『ホトトギス』明治四三・七）、「「真」を離れた文章」「矯飾せるスタイル」（「スタイル、真、感覚」、『文章世界』明治四四・八）の謂であり、そして阿部にとってその「真」とは取りも直さず「内生活表現の「真」」を意味していた（「暗示に対する敏感」、『文章世界』明治四五・五）。従って阿部の『それから』論末尾に言及された「衒気」という評語は、「情緒的方面の省略」の故に「代助の全経験が十分の深さをもつて吾人の心をえぐり得ぬ」ことへの批判に向けられていると同時に、「内生活表現の「真」」を希求する阿部の文学的志向の所在を確かに告げるものでもあったのである。「『それから』を読む」に於ける批判的発言をとおして窺われるのは、このような阿部自身の文学の理念に他ならない。

二

「『それから』を読む」が発表された前後の時期、阿部次郎は小説の創作を試みている。「親友」（『明星』明治四一・一〇）、「狐火」（『ホトトギス』明治四四・四）の他、後に『三太郎の日記　第弐』（大正四・二、岩波書店）に「西川の日記」の総題の下に収録された「さすらひ（第一）」「さすらひ（第二）」「山の手の秋」等がそれであるが、先に確認した阿部の文学的志向はこれらの作品の成立にどのように関与しているであろうか。

　「親友」は、「九月二十三日」から「十二月五日」に至る、断続的に綴られた日記の形式を備えている。「僕」は「詰つて流れない」心を抱え、その奥底に澱む「昔の女」の「暗い影」に苛まれつつ、絶望と嫌悪、孤独と寂寥の裡に日々を送るとともに、親友の西川とその恋人小村との交流の中で様々の心の動揺と起伏を重ねてゆく。日記に記されているのは、そのような「僕」の極めて錯綜し、揺れ動き続ける意識の有り様に他ならない。例えば「昔の女」の存在に関しては、それに束縛され、拘泥しながらも、「過去を焼き盡して新生命を燃え立たしめるやうな強い刺激」(「十月二日」)、新しい恋を求め、更に「僕と昔の女との関係が西川と小村さんとの関係と混淆」した「夢」を見る(「十一月十七日」)。西川と小村の関係に対しても、「彼らのためならば僕はどんな事でもして見せる」(「十一月九日」)という思いと「考へて見れば彼らの恋は彼らだけの恋だ」(「十一月十八日」)との疎外感の間で「僕」は引き裂かれている。そもそも「親友」たる西川に対する感情が好意と反感、罪悪感の中で揺れ動き続けている。この作品全体を構成する日記に定着されているのは、このような全く統一を欠いた、矛盾を孕んで揺れ動く、起伏と動揺を重ねて収束することのない内面の状況そのものなのである。そしてそれは、日記という形式によってこそ十全な表現が可能となったと見做すべきであるに相違ない。

日記は、既に指摘されているように〈不連続性〉と〈断片性〉を本質とする。[*3] 日々新たに書き起こされる日記は、物語的な統一性や全体性とは対蹠的に、日付が付された〈今・ここ〉に於いて成立する断章的構造を備えているのである。連続性や持続性への顧慮とは無縁に、日記が執筆されるその時点での想念や思考が直接的に書き付けられることになる。作品「親友」はこうした日記の性格を存分に活用することによって、不連続的で断片的な断章の集成という形態をとおして、矛盾を孕みつつ激しい振幅を見せる「僕」の内面の様相をそのままに写し出すことが試みられているのである。

一方「狐火」は、冒頭の「山口」の手になる前書きによれば、「いはゆる「影の女」と心中してしまつた」西川の「手文庫」に残されていた「手紙の断片やら書き捨てて置いた感想やら、いろ〳〵の反古(ほぐ)」、「日記」等を「大体筋道の通るやうに並べて見た」ものであるという。即ちこの作品もまた、様々の折に認められた、不連続的な断章の集成として成立しているのである。

これらの「反古」に繰り返し語り出されているのは「心中」するに至った「影の女」に対する西川の意識であり、それが全体を貫く縦糸をなしている。但しそれらの記述は、「心中」に至る動機が形成される経緯を整合的に、或いは明瞭に示すものでは全くない。寧ろ「影の女」をめぐる相反的感情の中で揺れ動きつつ、更に新たな女性の「烈しい印象」に心揺るがす西川の矛盾し、錯綜した内面の状況が、断片的文章の並置をとおして浮かび上がってくるのである。そしてこうした縦糸に交差する形で、西川の現在の生、その「蒼白い生き方」「濁つて沈んだ生活」に「不満」と「淋しさ」を覚える中で「いかにして生きむか。いかにして蘇生せむか。」という煩悶を重ねる姿が折り込まれる。それは、末尾の断片に記された「思へば僕の心は幼い時に見たあの狐火だ。動きもする、漂ひもする。しかしどこをあてに動き、どこに漂ひ着く島もなく、たゞふは〳〵と宙宇に迷ふのである。」という一文が端的に告げるように、出口を見出し得ない生の彷徨の様相に他ならない。配列された十九の断章の全体をとおして、表題「狐火」が象徴する当て所なく浮遊し続ける西川の生の様態が浮上すると言ってよいだろう。そのような作品の性格、構造は更に、日記的断章によって全体が構成されている「西川の日記」に於いても全く同様に確認できるのである。

阿部次郎の一連の創作は、何れも日記、或いは断章の集成として成立しており、そうした形態の下に、帰着すべき場所を見出すことが出来ず、当て所ない「さすらひ」「彷徨」[*4]を重ねる内面の状況が定着されている。既に触れたように、物語的な統一性や全体性とは対蹠的な、日記の備える不連続性、断片性に於いて、記述される〈今・ここ〉での内面の意識の有り様が直接的に刻みつけられてゆく。それらは相互に矛盾や齟齬を孕む、極めて錯綜した様相を呈する。そのような日記的記述の総体をとおして、複雑に揺れ動き、帰趣なく漂い続ける内面の様態を象ることが可能となっているのである。

そしてそこに定着されている生の様相は、「僕の現在は自然主義、享楽主義、その他ほとんどあらゆる人生観上の主義と共通なる態度と心境を持ちながら、これらの思想が相剋する処に内心の分裂を感じて適帰する処に迷ふ懐疑者である」（「再び自ら知らざる自然主義者」、『東京朝日新聞』明治四三・三・二〇）、或いは「今わが意識の表面を領するものは彷徨の不安と衰退の悲哀なり」（「彷徨　序」、『影と声』明治四四・三、春陽堂）と告げられる阿部の自己認識そのものと確実な対応を見せている。即ちこれらの創作は、既述の「内生活表現の「真」」への希求に支えられ、促された試みに他ならないのである。阿部は自らの文学的志向について、「「直接性」の要求である」と宣言し、「ひたすらに内生活の光景を最も如実に、最も妥当に抽出せむとする」「内生活直写の文学」を要請している（「内生活直写の文学（再び）」、『読売新聞』明治四五・二・四）。そして「内生活を表現するに妥当なる形式」を求めつつも、「小説も詩も劇も論文もことごとくこの内容を盛るに適した形式ではない」と論じているのであるが、先に見た特異な形式を備える「親友」以下の諸作品こそが、そうした「「直接性」の要求」「内生活直写の文学」への希求に基づく、阿部の模索の試みの成果であったと言えよう。そして以上のような創作活動と並行して進められていたのが、『三太郎の日記』に於いて中心的な位置を占める一連の作品、即ち「日記的性質の本文」[*5]の執筆であったのである。

三

阿部次郎は、『三太郎の日記』巻頭の「自序」に於いて、本書が「およそ六年間にわたる自分の内面生活の最も直截な記録」であり、「自分の悲哀から、憂愁から、希望から、失望から、自信から、羞恥から、憤激から、愛から、寂寥から、苦痛から促されて」書かれた「内生」の記録であると記している[*6]。こうした発言は本書に自伝的性格を付与するものであるが、その中心をなすのが「三太郎の日記」の一章であることは言うまでもない。そこには、それぞれ末尾に「（明治四十四年八月十四日）」から「（三、一、一八）」までの執筆の日付が付され、個別の表題を持つ二十篇が配列されている。「日記」とされながらも、寧ろ日付のある手記に近い形態を備えているのであるが、「一、痴者の歌」から「二十、自己を語る」に至る二十篇に於いて最も注目されるのは、個々の表題が示すテーマによって一元的に統合されているとは到底言い難い内容の在り方に他ならない。一例として、最後に位置する「自己を語る」を取り上げてみよう。

「俺は今自己を語らむとする衝動を感ずる。」という一文に始まる本篇に於いて具体的に語り出されているのは、「三つの層が――三太郎の優越感と、心理の優越感と、優越の問題を超越せる自然と――相重なつて横たはつてゐる」「今の俺の心」の状態、そして「他人」の存在をめぐって「全人類を包容する博大なる同情を持つ」ことへの祈願の表明であり、また普遍と特殊の問題に対する自己の立場の確認から、「書くこと」をめぐる「俺」の考えに及ぶ、極めて多岐にわたる内容である。それらは統一的な結論に収束する動きを見せることなく、寧ろ拡散的に、殆ど脈絡なく推移し、横滑りしてゆく

「俺」の思考と想念の有り様を写し出している。「自己を語る」という表題を掲げながらも、こうした内容をとおして一元的な「自己」像に焦点が結ばれることはない。同時期に発表された阿部の文芸批評が何れも論理的な整合性の下に明快な主張を提示していることからすれば、このような「三太郎の日記」の性格は、意図的、意識的に生み出されていると考えることが許されよう。更に個々の断章の内容のみならず、末尾の注記の示す執筆年次順に配列された「三太郎の日記」所収の二十篇は、「小さい開展の記録」（「自序」）とされながらも、実は一定の脈絡を形成することは決してなく、寧ろ本章全体として非統一的、非構築的な在り方を顕著に示しているのである。三太郎の認めた日記という枠組みから浮上してくるのは、統一的な自己像ならぬ、こうした「自己」の多様性或いは複数性に他ならない。そしてこのように考える時、『三太郎の日記』本文の冒頭に置かれた作品「断片」の担う重要な意味が明らかとなるだろう。

「断片」は青田三太郎を主人公とする短編小説の体裁を備える作品であり、日記を書くことをめぐって懐疑の念に囚われる三太郎の姿を描き出している。三太郎は「日記の上をサラ〳〵と走るペンのあとから、「嘘吐け、嘘吐け」と云ふ囁（ささやき）が雀を追ふ鷹のやうに羽音をさせて追ひ掛けて来るのを覚え」て苦しむ。それは、三太郎にとって日記を書くことが、「わからぬのを本体とする現在の心持を、纏（まとま）つた姿あるがごとくに捏造して、暗中に模索する自己を誑伝する」欺瞞的な行為でしかありえぬと感じられている故のことである。換言すれば、書くことが取りも直さず「An-sichが生きて動く」行為であることを求めつつ、その希求の困難さに三太郎は直面している。こうした姿の背後に、阿部の「「直接性」の要求」が脈打っていることは言うまでもあるまい。従って「三太郎の日記」は、この「断片」の直後に配置されることによって、三太郎の困難な希求の中で執筆された「日記」の試みとして位置付けられることになる。それら二十篇をとおして生成するのは、まさに「纏つた姿あるがごとくに捏造」することの回避に於いて捉えられた「自己」像に他ならないはずである。「三太郎の日記」の諸篇は、首尾一貫した整合性や統一性、全体性への配慮とは無縁になされる「自己」語りの書法として、所謂〈自己描写（autoportrait）[*7]〉に近似した性格を備えているが、〈自己描写〉は、「「わたし」の探求を動機として書かれており、しかも内容的にも「わたし」の問いをもっとも純粋に表現している自伝形式[*8]」とされる。そしてこうした〈自己描写〉的な

「三太郎の日記」をとおして浮上する「自己」の様態は、既述の如く「自序」によって『三太郎の日記』に付与された自伝的な枠組みに於いて、同時に阿部次郎自身の「自分」を象るものとして意味づけられるのである。このような『三太郎の日記』を、「直接性」「内生活直写の文学」に向けられた阿部の文学的志向の帰結と見做すことは十分に可能であるに相違ない。

先に論じたように、漱石の『それから』について、その「空想」的、観念的な「想像の文学」としての在り方が孕む「衒気」を批判していた阿部は、そうした否定的評価[*9]を媒介としつつ、自己の在るべき文学の模索を重ねていたのである。『三太郎の日記』はその結実として、阿部の希求する文学の所在を示す作品に他ならなかった。それは、師の作品を否定的媒介としてなされた、漱石文学の継承とは別途に評価されるべき、阿部固有の文学の試みであったと言わなければならない。[*10]

『三太郎の日記』が上梓された時、その書名について漱石は「小生の好まぬもの」として不快感を表明している（大正三・四・一九付、阿部次郎宛書簡）。しかし阿部にとって「三太郎」或いは「痴人」とは「いや味でも気取りでも又単純な洒落（しゃれ）でもなく」「悲しみを笑の中にとかし込んだ誠実な命名」（「西川の日記　序」）であった。漱石の「誠実」が「技巧的文芸的工夫」に於いて要請されるものであった（漱石『文学論』参照）とすれば、阿部のそれは「内生活表現の「真」」の「別名」としてあった（前出「暗示に対する敏感」）のである。こうした両者の間の径庭について、阿部は後年の回想の中で、「先生と自分との間」に一貫して存した「動か」し得ない「一定の距離」として語り出している（「夏目先生の談話」、『思潮』大正六・一二）。漱石に親和し得なかった已を悔恨の裡に顧みる中で語られたこの「距離」は、しかしまた漱石の門下生としてありつつ、なお自己の固有の文学の所在を模索し、見定めてゆく上で必要不可欠の隔たりであったに相違ない。「漱石山脈」という「現代日本文学地図」上の位置とは別に、阿部次郎の文学的営為は、他ならぬその「距離」を保持することの中で進捗されていたのである。

阿部次郎に関する引用は全て『阿部次郎全集』全十七巻（角川書店）に拠る。

【注】

＊1 「漱石山脈」に関しては、本多顕彰「漱石山脈―現代日本文学地図―」（『新潮』昭和二一・五）参照

＊2 安倍能成（東渡生）「「それから」を読む」（『国民新聞』明治四三・二・一三）、小宮豊隆「「それから」を読む」（『新小説』明治四三・三）、武者小路実篤「「それから」に就て」（『白樺』明治四三・四）には、『それから』に於ける内面描写、知的技巧的な表現手法に関して、阿部と同趣旨の指摘が見出される。

＊3 Béatrice Didier, *Le journal intime* (P.U.F.) および石川美子『自伝の時間』（中央公論社）参照

＊4 「さすらひ」は先に触れた「西川の日記」を構成する二篇の表題であり、また小宮豊隆・安倍能成・森田草平との合著『影と声』（明治四四・三、春陽堂）に収録された阿部の作品の総題が「彷徨」である。なお阿部の創作に描き出されている生の様相は、明治四十年代の文学としての性格を顕著に示していると言えよう。

＊5 『三太郎の日記　補遺』（昭和二五・一一、角川書店）「自序」。なおここに言う「日記的性質の本文」とは具体的には「断片」と「三太郎の日記」の二篇を指しており、『合本　三太郎の日記』（大正七・六、岩波書店）には所謂『三太郎の日記』第一からこの両篇のみが再録されることになる。

＊6 「合本三太郎の日記　序」には更に「告白、もしくは告白めきたる空想及び思索」と記されている。

＊7 Cf. Philippe Lejeune, *Le pacte autobiographique* (Seuil), pp. 13-15.

＊8 石川氏、前掲書、二〇四頁。

＊9 阿部はその後『彼岸過迄』『心』に関しても同趣旨の批判的発言を行なっている。「昨年の芸術界に於いて」（『読売新聞』大正二・一・三）、漱石宛書簡（大正三・一一・一九付（未投函）、及び大正三・一一・二〇付）参照。

＊10 明治末期に於ける「自己」の表象の問題について、日比嘉高「日露戦後の〈自己〉をめぐる言説」（『日本語と日本文学』三〇、平成一二・三）は「〈自己表象〉は作家としてのアイデンティティを表象しつつ形成する、独特の主体編成の形態となってゆく」と指摘しているが、こうした状況の中での阿部次郎の位置については改めて検討が加えられる必要があるだろう。

❖特集 漱石山脈

誰が一番愛されていたか

『文鳥』が語る両性愛（バイセクシュアリティ）

半田淳子
Handa Atsuko

一・

木曜会の発足は、鈴木三重吉の発案によるものである。明治三九年十月十一日に、第一回目が開催されている。この日以降、毎週木曜日の午後三時以降が面会日と定められている。周知の通り、木曜会は談話会であり、読書会である。三重吉の作品も、度々、この会で朗読されている。だが、この会の真の姿は、三重吉たち門下生が、師の愛情を公平に分かち持つために設定された一種の会員制クラブ、或いはサロンであったと言うべきであろう。本多顕彰が、高弟たちを指して、「この忠実な門下生たちは、おそらく墓場の彼方まで『先生』に師事し、『先生』に直接侍し、『先生』を独占した歓びと誇りとを持ちつづけてゆくであらう」[*1]と述べているように、そこには当然、緊密な連帯感が生まれた。しかしながら、門下生の中には、こうした公平さを不服とし、松根東洋城のように、自分のためだけの別の面会日を作って欲しいと懇願する者もいた。[*2]結局、門下生たちは、木曜会以外の場面で、漱石を巡る争奪戦を繰り広げる形となる。[*3]

後年、森田草平は、『夏目漱石』（甲鳥書林、昭17）の中で、「誰が一番愛されていたか」という回想録を書いているが、漱石が門下生たちに対して公平であろうとすればするほど、弟子たちは「一番に愛されたい」という思いを強くしたに相違ない。恐らく、木曜会設立の当初、漱石を巡る激しい争奪戦の中で、一人抜きん出て見えたのは、その前年、処女作『千鳥』が絶賛され、「ホトトギス」という発表の場まで与えられた鈴木三重吉であった。三重吉は明治三八年九月に、友人の中川芳太郎に漱石宛の長文の手紙を託した後、漱石宅を訪れる機会もなく、神経衰弱という名目で郷里の広島に帰省している。三重吉が帝大に復学するのは、一年後の木曜会発足の約一ケ月前のことである。にも関わらず、門下生の中で、三重吉が一際寵愛を集めているかのように見えたのは[*4]、この時期の漱石の作品と響き合うものがあったからである。三重吉自身にも、漱石の初期作品のロマンティシズムを受け継ぐ作家としての自負があった[*5]ようである。

漱石と三重吉の作品の影響関係については、古くから繰り返し指摘されてきた通りである。たとえば、岡保生氏は「『千鳥』研究序説」（「国文学研究（早大）」昭46・1）の中で、原『千鳥』の回想形式は漱石の『倫敦塔』がヒントになっていると述べているし、逆に、金井公江氏は「『草枕』（「文学と教育」昭58・1）の中で、漱石に『草枕』を書く契機を与えた作品として『千鳥』の名前を挙げている。或いはまた、森田草平は、『山彦』が木曜会で朗読された折、「この作者が早くも『草枕』の調子を取り入れてゐるのを及び難いとさへ思つた[*6]」と回想している。

これらはいずれも第三者の分析、或いは考察であるが、それが『文鳥』になると、漱石自らが三重吉の小説『三月七日』（のちに『鳥』と改題）を念頭に置いていたことを作中で明らかにしている。斉藤英雄氏は「『三月七日』と『文鳥』は、単に状況設定だけではなく、主人公の発想という根本的な点においても同じ型をとっている」と述べ、「結局、漱石に三重吉と似た下地（女性意識と文鳥飼育）があったところへ、三重吉の作品、特に『三月七日』に接し、連想、夢想の場面に注目し、『文鳥』に取り入れたから、できあがったということになる[*7]」と推測している。一方、山崎甲一氏は、漱石の『文鳥』に登場してくる小説家の「自分」とは、漱石自身のことではなく、「直接には弟子の三重吉が念頭に置かれていたのではないか」とし、三重吉の創作態度に対する批判をこめて、「『文鳥』は『三月七日』の影絵（陰画）として三重吉に示されたもの[*8]」

であったと結論づけている。つまり、漱石の『文鳥』は、三重吉の『三月七日』無くしては成立し得なかった作品（斉藤説）であるばかりか、三重吉の存在なくしては書かれなかった作品（山崎説）でもあったというわけである。こうして見てみると、『文鳥』は実に意味深長な小説である。

2.

確かに、『文鳥』は漱石の三重吉に対する愛情を最も感じさせる作品である。作中、三重吉の名前が三八回も登場してくる。三重吉がまず『三月七日』を執筆し、それが明治四十年二月七日の木曜会で朗読された。漱石はその直後、三重吉の下宿を訪れ、「文鳥が飼ひたい」と語ったという[*9]、一方の三重吉は、『千鳥』と『山彦』と『三月七日』の三編を併せて、『千代紙』（俳書堂、明40）として出版している。漱石が「大阪朝日新聞」に『文鳥』を掲載するのは、それから凡そ一年後のことである。一年間の空白があるとはいえ、三重吉の『三月七日』と漱石の『文鳥』とは、いわば相聞歌のような形を成していると言って良い。更に、漱石の『文鳥』を長歌に見立てれば、三重吉がその後、明治四二年十一月三日付の「国民新聞」に掲載した同名の作品『文鳥』は、長歌に対する反歌（返し歌）ということになる。

三重吉の『文鳥』は、かつての恋人千代との思い出を文鳥に託して語った前半と、小説家として世に出てから、文鳥を媒介にした先生（漱石）との交流を綴った日記風の後半とから成る。小説としては、佳作とは言い難い作品である。にも関わらず、三重吉は誰よりも漱石に読んでもらいたいと切望していた。作中、三重吉は次のように、漱石の『文鳥』が書かれた経緯を説明している。

自分は悲しい時には先生のところへ行つた。文鳥の忘れられぬ自分は、たうと或日先生に文鳥を買はせた。さうして自分が出かけては世話をして、自分の指図に従つて歌ふやうに教へてゐたが、この文鳥はいくらもたゝぬうちに、或日先生の留守の時に、終日餌も水も貰へなくて死んでしまつた。

その夜帰つて来て、籠の中に白く倒れたる小さいものを憫んだ先生は、「文鳥」といふ作を書いて自分に示された。その作の中には自分の名が一枚に七つも八つも鈴実に出て来た。千代の名も出て来た。（二二八―二二九頁）

漱石の『文鳥』が、ただ三重吉に向けて「示された」作品であったのと同様、三重吉の『文鳥』もまた、ただ漱石にのみ宛てて書かれた私信であったというわけである。当時の三重吉は、明治四一年六月に大学を卒業し、父の死に遭い、一時広島に帰省した後、十月に千葉県の成田中学に教頭として赴任している。東京を離れて一年、木曜会に顔を出すことの少なくなった三重吉が、漱石にどれ程の思慕を寄せていたかは想像するに難くない。三重吉は小宮豊隆宛の書簡（明42・11・6付）に、「文鳥については先生の評語を賜はるべきは予期せざれども、何か言つてゐられたら知らしてくれよ。知りたい」と書いている。作中、漱石に「文鳥を買はせた」のは、「自分」ということになっている。世話をしたのも、「自分」である。三重吉は『文鳥』を発表することで、漱石との親密な関係を公に印象づける意図があったのである。

　それにしても、漱石の『文鳥』は意味深長な小説である。漱石の『文鳥』が「大阪朝日新聞」に掲載されたのは、明治四一年六月十三日から二一日までのことである。この年の四月六日に『坑夫』の連載を終えた漱石は、「大阪朝日新聞」の主筆であった鳥居素川の依頼に応じて、『京に着ける夕』に続いて同紙に『文鳥』を掲載している。江藤淳は「夢中の夢」（『漱石とその時代（第四部）』新潮社、平8）の中で、「大阪朝日新聞」に掲載したという経緯からして、これら二作品は「漱石にとってより内密な性格の文章ということができる」とし、特に「漱石は、『文鳥』を家族にもどんな近親者にも読ませたくなかったものと思われる」と推論している。

　『文鳥』は従来から、文鳥＝美しい女、ひいては漱石の思慕する女性といった文脈で読まれがちな作品である。[*10] 江藤淳も、『文鳥』は「女の喩であるばかりではなく、死の喩でもあ」り、「女性的なものへの只ならぬ関心の底に潜む、漱石に特徴的な女性恐怖」を描いたとしている。江藤の言うような「女性的なもの」とは、何も女性そのものを指すとは限らない。後述するように、三重吉の中の「女性的なもの」であっても良いわけだ。そして、私見によれば、『文鳥』は、漱石の師弟の情宜を越えた、より個人的な愛情の発露であったと見るべきなのである。

3.

　漱石の『文鳥』が掲載された六月、三重吉は東京帝国大学英文学科を卒業している。三重吉の明治四一年六月二日付の書簡（石井善次郎宛）には、卒業論文が無事に通過したこと、英文学の口述試験も済んだこと、卒業できそうなこと等が出てくる。更に、注目すべきは、三重吉が「大学が銀時計をくれないでも夏目先生がくれるからい、よ」と書いていることである。この漱石の〈銀時計〉こそが、「より内密な性格の文章」（江藤淳）として「大阪朝日新聞」に掲載された『文鳥』だったというわけである。恐らく、『文鳥』の成立に寄与した三重吉は、構想段階で凡その内容を知っていたに違いない。言わば、『文鳥』は卒業という〝ハレ〟の日に、漱石が最愛の弟子に贈った個人的な祝いの品であったということになる。

　ここで、森田草平が提起した「誰が一番愛されていたか」（前出）という問いに立ち戻ることにしたい。草平によれば、「先生の方からも一種の尊敬と愛情を交えた感情で遇されていた」寺田寅彦を除けば、漱石に最も接近していた者は、小宮豊隆であり、鈴木三重吉であり、草平自身であったという。なかでも、三重吉の漱石に寄せる愛情の激しさには、他の二人を上回るものがある。それは、三重吉が生涯に千通を超える手紙を漱石に書いていることからも明らかであるし、書簡の中には中川芳太郎に託した手紙のように、長さが五メートルにも及ぶ長文のものもあったのである。これに対して、漱石は、その驚異的な長さに辟易としながらも、中川芳太郎宛の返書（明38・9・11付）に次のように書き記している。

> 三重吉は僕を愛するとか敬ふとか云ふ外に僕は博学だとか文章家だとか良教授だとか云ふて居らん。そこで君の僕に対する親愛の情は全くパーソナルなので僕自身がすきなのだと愚考仕る。そこが甚だ他人と異なる所で且甚だ難有い所である。

　漱石自身が認めているように、三重吉の愛情は「全くパーソナルな」ものだったのである。三重吉の処女作『千鳥』は、文学史の定説では、神経衰弱で療養中の作品ということになっている。しかし、拙書『永遠の童話作家　鈴木三重吉』（高文堂出版、平10）でも論じたのだが、三重吉の〈神経衰弱〉は極めて疑わしい。三重吉は漱石を敬愛する余り、体質さえも受け継ぎたいと考えていたのではあるまいか。[*11] それは、とりも直さず、三重吉が漱石の正当な〈息子〉であることの証しでもある。

　草平は三重吉の漱石に対する態度について、『夏目漱石』（前掲書）に於いて、「彼自身の言葉を藉りて云えば、『先生の睾丸を握っている』ように振舞っていた（傍点、引用者）」と回想している。更に、三重吉は「側の者に対してそう云うばかりでなく、先生自身の前でもそういうように振舞っていた。そして、先生は又それを許していられたのである」とも語っている。三重吉は多くの門下生の中で、より生理的な意味で、漱石に肉迫していると信じていたのであろう。そして、漱石もそれを良しとし、三重吉に応える形で『文鳥』を書いた。となると、『文鳥』の中に三八回も登場してくる三重吉の名前は、睾丸を握られた男の歓喜の叫びだったとも言い得る。だが、その内容が余りにも当時の規範に反する、個人的な快楽の詩であったがために、漱石は近親者や他の門下生たちの目に触れぬよう、「大阪朝日新聞」に掲載したというわけである。

こうして見てくると、江藤淳が「夢中の夢」(前出)の中で、「二人きりの特権的な世界を共有しながら、『自分』と『文鳥』とのあいだに身体的な接触が全く欠如している」理由も納得がいく。それは「漱石に特徴的な女性恐怖」(江藤淳)というよりは、父と子の近親相姦[*12]、或いは同性愛的な感情への禁忌だったと見るべきなのではないだろうか。漱石の作品を同性愛の視点から分析した論文はさほど多くはない[*13]が、漱石はバイセクシュアル(両性愛者)であり、『文鳥』は漱石の同性愛的な嗜好を物語る代表作の一つであるというのが本稿の結論である。

4.

誤解のないように断っておくが、程度の差こそあれ、我々は誰もがバイセクシュアルである。フランスのフェミニズムの批評家、エレーヌ・シクスーは、『メデューサの笑い』(紀伊國屋書店、平5、松本伊瑳子他編訳)の中で、バイセクシュアリティ(両性愛)こそが、我々の起源であり、目標であると述べている。そして、ジャン=ジュネのように、自己の内なる女性性を抑圧しなかった作家の例を挙げ、バイセクシュアリティに豊かな創作の可能性を見出している。

　男でもあり、女でもあり、複合的で動的で開かれた存在。他性を構成要素として認めると、動的になるために非常に脆くなる可能性はありますが、そのような人々をいっそう豊かで、複数的で、力強くします。このような条件においてのみ創造が可能なのです。(中略)だからといって、創造するために同性愛が不可欠だと言っているわけではありません。しかし創造的主体の中に、他者や多様な人がたくさんいる、言う換えれば、自己を離脱し、省察を加え、無意識に活力を求める人々がいなければ、哲学であれ詩であれ真の創造活動を行なうことはできま

せん。（一四〇頁）

シクスーはまた、別な箇所で、「女は、女性として成長していく過程で、男の子にも女の子にも潜在的に存在している両性具有性を抹消したりはしなかったのです。（中略）男にとっては、自己の中に他者を取り入れるということはより難しいのです」とも書いているが、漱石が自らの両性愛的嗜好を禁忌として捉えたとしても無理からぬことである。因みに、シクスーのバイセクシュアリティの考え方に従えば、ホモセクシュアリティ（同性愛）とは、異性に対する無関心や嫌悪から同性を好きになるのではなく、同性の中にある異性性を認め愛する行為という具合に解釈することができる。

ところで、若い頃の三重吉が極めて女性的な容貌をしていたことについて確認しておきたい。漱石は十分そのことに気づいていたはずである。試みに、三重吉の帝大時代の写真を見てみると良い。三重吉は二重瞼の美しい細面の好青年であることがわかる。一緒に映っている小宮豊隆や、森田草平は一重瞼であり、精悍な雄々しい顔立ちをしている。面白いことに、鏡子夫人も一重瞼である。逆に、『草枕』の那美さんのモデルとなった前田卓子は、はっきりとした二重瞼の持ち主である。漱石は二重瞼が好きだったようである。たとえば、『それから』に於いても、三千代の眼の印象的な美しさが次のように描写されている。

> 三千代は美くしい線を奇麗に重ねた鮮かな二重瞼を持つてゐる。眼の恰好は細長い方であるが、瞳を据ゑて凝と物を見るときに、それが何かの具合で大変大きく見える。（中略）三千代の顔を頭の中に浮べやうとすると、顔の輪郭が、まだ出来上らないうちに、此黒い、湿んだ様に暈された眼が、ぽつんと出て来る。

非言語コミュニケーションの研究家レイ・L・バードウィステルは、対人コミュニケーションの65％以上は、言語以外の手段によって伝達されると指摘している。[*14] 或いはまた、精神科医の春日武彦氏は、『顔面考』（紀伊國屋書店、平10）の中で、「まなざしには憎しみや好色や羨望が託される。視線はエネルギーであり、意思であり、欲望であることを我々は知っている」とも述べている。改めて申すまでもなく、漱石の小説では、アイ・コンタクト（視線の交差）は、常に重要な役割を帯びている。池のほとりで、三四郎を捉えたのは、美禰子の「黒眼の動く刹那」（『三四郎』）であるし、『文鳥』との関連が指摘される『夢十夜』の「第一夜」でも、死にゆく女の「大きな潤のある眼」が描写される。そして、『文鳥』でも、主人公が昔知っていた「美しい女」を思い出すのは、文鳥の瞳に接した瞬間である。作中、文鳥の眼は次のように記述されている。

　文鳥の眼は真黒である。瞼の周囲に細い淡紅色の絹糸を縫ひ附けた様な筋が入つてゐる。眼をぱちつかせる度に絹糸が急に寄つて一本になる。と思ふと又丸くなる。籠を箱から出すや否や、文鳥は白い首を一寸傾けながら此の黒い眼を移して始めて自分の顔を見た。さうしてちゝと鳴いた。（八四頁）

5・

三重吉の黒眼がちな瞳は、どこか文鳥の眼を彷彿とさせる。作中、三重吉と文鳥は、しばしば一対のものとして描写されている。文鳥が『千代』と高く良い声で鳴けば、「自分」は「三重吉が聞いたら嘸喜ぶだらう」と思うし、逆に、文鳥が鳴かない時は、「三重吉に手紙を書かう」と思い立つ。そして、文鳥が一声鳴けば、手紙は裂いて捨てられる。

　一方、『文鳥』には、主人公と三重吉の間に割り込もうとする者への、嫉妬にも似た感情が描かれている。それはまず、豊隆に向けられる。伽藍のような書斎に一人閉じ込もって仕事をする「自分」は、三重吉の来訪を心待ちにしている。

　所へ三重吉が門口から威勢よく這入つて来た。時は宵の口であつた。寒いから火鉢の上へ胸から上を翳して、浮かぬ顔をわざとほてらして居たのが、急に陽気になつた。三重吉は豊隆を従へてゐる。豊隆はいゝ迷惑である。

（傍点、引用者）

作中、豊隆は別段、迷惑そうな顔をしているわけではない。或いは、こうした感情は、当の文鳥に対しても向けられる。文鳥に行水を使わせ、時々は鳥籠の掃除をしてやるように忠告する三重吉に対して、「自分」は「三重吉は文鳥の為には中々強硬である」と書いているし、又、毎朝欠かさず水や餌をかえてやるように念を押す三重吉に対しても、「大変文鳥に親切を極めてゐる」と述べている。

　三重吉は文鳥を飼うように勧めただけでなく、文鳥の死に関しては共犯者でもある。なぜなら、文鳥の死の前日、「自分」は「三重吉から例の件で某所迄来て呉れと云ふ手紙を受取つた」がために外出したのであり、帰宅は夜の九時過ぎであった。その日は文鳥のことを一切忘れて寝てしまう。翌日も同じ件で外出し、午後三時過ぎに帰宅し、鳥籠に文鳥の死骸を発見するのである。いわば、「自分」は文鳥の世話よりも、三重吉の用件を優先させたことになる。それでいて、文鳥の死後、許しを乞うかのように、手紙を書く相手も三重吉なのである。このように、『文鳥』は三重吉への深い愛情で貫かれている。

　実は、『文鳥』の作品のプロットや主人公の性格づけは、これより前の明治四一年一月に「中央公論」に発表された、三重吉の『雀』（原題『引越』）に酷似している。『雀』は、怪我をした雀を鳥籠に入れて、下宿で飼っている男の話だが、男が用事で外出中に、下宿の者がエサをやるのを忘れたために、雀は死んでしまうのである。怒った男は雀を屋根の上に放り投げ、下宿先を変わる決心をする。恐らく、この作品は、明治四十年四月三日の引越と、七月六日に下宿に迷い込んできた黒い文鳥を捕まえて飼い始めたこと、二日後には初恋の女性がそれを逃がしてしまったこと等の、三重吉の実生活がヒントになっているものと思われる。

　漱石が『雀』を読んでいたかどうかは定かではない。しかし、愛弟子の作品であれば、読んでいた可能性は高い。逆に、読んでいなかったとしたら、三重吉は『雀』と『文鳥』に見られるストーリー展開の偶然の一致に、さぞや驚喜したことであろう。漱石の「睾丸を握つている」男の面目躍如たるものがあったに違いない。

【注】

＊1　本多顕彰「漱石山脈——現代日本文学地図」（「新潮」昭21・5）引用は、『日本文学研究資料叢書、夏目漱石Ⅰ』（有精堂、昭57）による。七六頁

＊2　荒正人『漱石研究年表』（集英社、昭59）四一九—四二〇頁

＊3　たとえば、森田草平が漱石宛書簡で、出自に関する重大な秘密を告白するのは、第一回木曜会が開催された十日後の明治三九年十月二一日のことである。更に、約一ケ月後にも、同じ内容の告白を、漱石は不忍池のほとりで聞かされている。草平は、秘密を共有するという形で、漱石を独占しようと試みたものと思われる。

＊4　草平は「処女作時代の三重吉」（「赤い鳥」鈴木三重吉追悼号、昭11・10）の中で、三重吉が復学した時の様子を「恰も凱旋将軍が蛮夷平定の状を閣下に伏奏するの観があつた」と述べている。

＊5　三重吉は大正四年一月に現代名作集第七編として漱石の『倫敦塔』を編んだ折、「序」の中で、「漱石氏はこの作について『幻の盾』『薤露行』を出されたが、その後は今日に至るまで更にロマンスには触れられない。われ〳〵はとき〴〵これを以て、われ〳〵の文学の一方面に、一つの有力なる大

指導者を失つた意味に於て或恨を感ずるものである」と述べている。

*6 森田草平「先生とその門下生」（『漱石先生と私』上巻、東西出版社、昭22）二五八頁

*7 斉藤英雄「漱石の『文鳥』について――三重吉との関連を中心に」（「文芸と批評」昭55・5）二八頁、三十頁

*8 山崎甲一「物言わぬ文鳥」（「国語と国文学」平6・2）五二頁

*9 三重吉は漱石の来訪と文鳥の一件が余程嬉しかったのか、小宮豊隆宛書簡（明40・2・11付）と加計正文宛書簡（明40・2・12付）の双方にその日のことを記している。

*10 たとえば、漱石の秘められた恋の相手としては、『空薫』の大塚楠緒子（小坂晋説）、嫂の登世（中山和子説）、日根野れん（大竹雅則説）などの名前が既に挙がっている。大竹雅則「『文鳥』――喪失のいたみ」（『漱石その遐なるもの』おうふう、平11）参照。

*11 内田百閒は「机」（『船の夢』那珂書店、昭16）の中で、「私は若い時非常に漱石先生を崇拝したので、先生の真似をした。真似をしたのは私許りではなく、先生のお弟子の中には、先生の様な歩き方をしたり、先生の様に笑つたりする人があつた」と述べているが、門下生の中に漱石を真似る風潮があったことは確認しておく必要がある。

*12 三重吉の側からしてみれば、エディプス・コンプレックスの陰性形式（同性の親に対する性的欲望と異性の親に対する殺人願望）ということになるかもしれない。

*13 たとえば、小森陽一「男になれない男たち」（『漱石研究』第三号、平6）スティーブン・ドッド「『こころ』における肉体の重大性」（「解釈と鑑賞」平9・6）及び同「ゲイ小説の文脈で読む」（『アエラ・ムック漱石がわかる』朝日新聞社、平10）などがある。

*14 マジョリー・F・ヴァーガス『非言語コミュニケーション』（新潮社、昭62、石丸正訳）一五頁

追記 漱石作品からの引用は岩波書店の新全集により、旧字を新字に改め、ルビを省略した。三重吉の作品については、『鈴木三重吉全集』全六巻（岩波書店、昭13）所収の本文を用いた。

❖特集 漱石山脈

夏目漱石と内田百閒

内田道雄
Uchida Michio

ここで与えられたと同題の文章を、私は三十五年前に書いている。それは『夢十夜』と『冥途』各編との類似関係に着目した極く単純な発想の、若書きの一文に過ぎない。更に題名に「補論」なる文句を添え書きした文章を同人誌に掲載して同趣旨の論証を重ねるなど、この二者の夢記述の方法をめぐる連繋関係に関しては興味津々たるものがあったしその興味・関心は今でも変わっておらない。ここでは、「斬新な論議[*1]」が求められているし、「斬新」は果たし得ないとしても、今更三十年ほど前のころのやり方を繰り返そうとは思っていない。

そこで、第一に心掛けたいのは「二者の共通性」にあらずして「二者の異質性」の論証。果たせるか否かは兎に角として、その方向で論を起こして見たいと思う。第二に試みたいのは百閒の存在を梃子としての漱石文学の謂わば「再照射」。その可能性如何?である。

先ずは名品「漱石先生臨終記」（『中央公論』昭和9・12）を逐うことから始めたい。全六章仕立ての一文は、一、葬式当日の狼狽振りから入り、二、幼少の頃の漱石傾倒、「満韓旅行の漱石」の噂で、岡山駅ホームで待ったこと、三、明治44年長与医院入院中の漱石（初訪問の際のエピソード）、四、大正4年湯河原天野屋への借金行の次第、五、寄席に漱石を（津田青楓と同道し）誘い出したいきさつ、六、臨終の漱石。といった風に構成されている。

五の一件は、『こゝろ』上二十五の一節[*2]と相並び、内田百閒が漱石に提供した材料の一つ、ということになる。ただしいずれもが百閒随筆での言及であって、当人の思い込みに過ぎないかも知れないし、現に諸注でこれらを取り上げたものはないのである。「神楽坂の寄席に行つて、目くらの小せんの話を五つも六つも続け様に聞いた。それでもまだ物足りない程面白かつた。こはこれ頼朝公御幼少の頃のしやりかうべと云つた小せんの口跡が「右大臣頼朝公の髑髏」となつて、『道草』の中に載つてゐる。[*3]」

四の借金行は筆者自身が何度も題材化していて（豪勢な人力車での往復というのが、借金目的の湯河原行きとのバランスを欠く点を誇張的に書くのがワンパターンなのである。）晩年になると下ネタ風のオマケがつくことにもなっている。[*4]

漱石の死とともに始まったこの作家の文学活動の中で、この文章は一先ずこの時期迄に書かれた漱石に関する思い出話の集大成のような意味のあるものであり、後の「実説艸平記」（昭和25・9、『小説新潮』）と相並ぶ百閒人物記の粋、と名付けていいものだろう。

このエッセイの第三章にも面白おかしく書かれてある、初対面の場面が、修善寺大患後の漱石が療養中の長与病院であったこと、時は明治44（一九一一）年春、漱石における小説建設の一エポックに当たっていたこと、はそれなりに意味が感じられるところである。

この年の漱石の作品は、『思ひ出す事など』が前年より継続（四月十三日で連載終了、同年八月、春陽堂刊行の『切抜帖より』に収められる。）のほかは、見るべきものはなく、小説連載は『彼岸過迄』（明治45・1・1〜）までは行われなかった。しかし、所謂「小品」ながら「変な音」「手紙」の二編[*5]は単行本に収められることはなかったが故に余り注目を受けてはいないが、『彼岸過迄』による小説「再開」の道筋を卜するに足る鮮やかな特徴を示している。

新潮文庫版『文鳥・夢十夜』は文庫本では唯一、「ケーベル先生」とともに如上の二編を収録している。その「解説」で三好行雄氏は、「日本近代文学には〈小品〉と呼び慣わされた独自なジャンルがある。」と前置きし、「漱石自身、たとえば『手紙』の冒頭で、モーパッサンの短編小説『二十五日間』を〈小品〉と呼んでいる。これを見ても、漱石はこれらの作品群に、短編小説の手法を持ちこむのをすこしも恐れなかったはずである。」と述べている。

モーパサンの書いた「二十五日間」と題する小品には、ある温泉の宿屋へ落ち付いて、着物や白襯衣を衣装棚へ仕舞はうとするときに、其の抽出を開けて見たら、中から巻いた紙が出たので、何気なく引き延ばして読むと、「私の二十五日間」といふ標題が眼に触れたといふ冒頭が置いてあつて、其次に此無名氏の所謂二十五日間が一字も変へぬ元の姿で転載された体になつてゐる。

ブレヲーの「不在」と云ふ端物の書出には、巴里のある雑誌に寄稿の安受合をしたため、独逸の去る避暑地へ下りて、其処の宿屋の机か何かの上で、しきりに構想に悩みながら、何か種はないかといふ風に、机の抽出を一々開けて見ると、最終の底から思ひがけなく手紙が出て来たとあつて、是にも其手紙がそつくり其侭出してある。

《モーパサンの書いた「二十五日間」と題する小品》に対し《ブレヲーの「不在」と云ふ端物》を「能く似た趣向」の「小品」として評定するとともに「宿屋で発見された」「手紙」を「趣向」とする自作品へのさりげない枕としているのである。

この年末に「再開」される長編小説制作の第一作が『彼岸過迄』で、「趣向」に拘泥する作者の序文「彼岸過迄に就て」が書かれることになるし、「趣向」の一つとして活用される「手紙」の設定が、『行人』『こゝろ』にまで及んでいることは周知の事実だが、「変な音」の「趣向」は必ずしも注目を受けて来なかったし、作者自身によっても充分に活用された、とは言い難い。「変な音」一編は、題名通り「音」の不思議を描く異色の作品。末段は、「胡瓜の音で他を焦らして死んだ男と、革砥の音を羨ましがらせて快くなつた人との相違を心の中で思ひ比べた。」となって『思ひ出す事など』に底流するモチーフ、「アイロニイ」に帰結する、漱石一流の纏め方となるが、冒頭から中段に至る心理的サスペンスの盛り上げ方は凡俗ではない。漱石らしからざるあざとさと言えなくもないほどである。

うとうとしたと思ふうちに眼が覚た。すると、隣の部屋で妙な音がする。始めは何の音とも又何処から来るとも判然した見当が付かなかつたが、聞いてゐるうちに、段々耳の中へ纏まつた観念が出来てきた。何でも山葵卸しで大根かなにかをごそごそ擦つてゐるに違ない。

「何でも山葵卸しで大根かなにかをごそごそ擦つてゐる」音

なのだが、病院の一室に居て襖越しに伝わって来るそれは、「不可思議な音」となって響いてきて「妙に神経に祟って、何うしても忘れる訳に行かなかつた。」。繰返されるそれが、病んで鋭敏になっている自分の耳には、「ごしごしと物を擦り減らす様な異な響丈が気になつた。」のである。「芭蕉布の襖ですぐ隣へ往来ができるやうになつてゐる。此一枚の仕切をがらりと開けさへすれば……」とは思うものの、「他人に対して夫程の無礼を敢てする程大事な音でないのは無論である。」というわけで、「此音は其後もよく繰返された。……けれども其何であるかは、つひに知る機会なく過ぎた。……さう急に御癒りにはなりますまいからと云ふ言葉丈が判然聞えた。……病人自身も影の如く何時の間にか何処かへ行つて仕舞つた。」

「上」はこのように「自分」という病者の音への囚われの心理を追い、《見極める事が出来ない》故の苛立ちを巧みに描きだして終わる。「下」に入ると、

三ヶ月許して自分は又同じ病院に入った。室は前のと番号が一つ違ふ丈で、つまり其西隣であつた。壁一重隔てた昔の住居には誰が居るのだらうと思つて注意して見ると、終日かたりと云ふ音もしない。空いてゐたのである。もう一つ先が即ち例の異様の音の出た所であるが、此処には今誰がゐるのだか分からなかつた。

「三ヶ月許して自分は又同じ病院に入った。」というその《三ヶ月》とは「下」冒頭の一節に引き続いていうところの、「自分は其後受けた身体の変化の余り劇しいのと、其劇しさが頭に映つて、此間からの過去の影に与へられた動揺が現在に向つて波紋を伝へるのとで、山葵卸の事などは頓と思ひ出す暇もなかつた。」にあるように「三十分の死」と『思ひ出す事など』(十五)で定義された、修善寺での体験を包込む時間である。そこで「夫よりは寧ろ自分に近い運命を持つた在院の患者の方が気に掛かつた。」のは当然であっただろう。

「一等の病人」は「三人丈……一人は食道癌……一人は胃癌……残る一人は胃潰瘍……みんな長くは持たない人許ださうです……」と看護婦に聞いた後、一人は退院して他の二人が死んで行くのを見送ることになる。

其後患者は入れ代り立ち代り出たり入つたりした。自分の病気は日を積むに従つて次第に快方に向つた。仕舞には上草履を穿いて広い廊下をあちこち散歩し始めた。其時不図した事から、偶然ある付添の看護婦と口を利く様になつた。(中略)

「え、つい御隣でした。しばらく○○さんの所に居りま

したが御存じはなかつたかも知れません」／○○さんと云ふと例の変な音をさせた方の東隣である。自分は看護婦を見て、これがあの時夜半に呼ばれると、「はい」とい ふ優しい返事をして起き上がつた女かと思ふと、少し驚かずにはゐられなかつた。けれども、其頃自分の神経をあの位刺激した音の原因に就ては別に聞く気も起らなかつた。で、あゝ左様かと云つたなり朱泥の鉢を拭いてゐた。するど女が突然少し改まつた調子で斯んな事を云つた。

「あの頃貴方の御室で時々変な音が致しましたが……」

自分は不意に逆襲を受けた人の様に、看護婦を見た。……○○さんと云ふ患者は、ひどく其革砥の音を気にして、あれは何の音だ何の音だと看護婦に質問したのださうである。（中略）

自分は黙然としてわが部屋に帰つた。さうして胡瓜の音で他を焦らして死んだ男と、革砥の音を羨ましがらせて快くなつた人との相違を心の中で思ひ比べた。

《胡瓜の音で他を焦らして死んだ男と、革砥の音を羨ましがらせて快くなつた人との相違》とは生死の境界線を往き来した人の「アイロニー」（「病院の春」）の認識であり『思ひ出す事など』で綴られた数々の鎮魂曲の変奏でもある。そして、この〈小品〉を前二者から冠絶させる要素は、と云えば、他ならぬ「音」の不可思議への着目、「変な音」のプロットとしての活用（付随的には、「音」への執心を作り出す、「襖」の効果）である。「変な音」への執心、そのきっかけをなすのは「病者の耳」であって、前作『思ひ出す事など』で描かれたたくさんの音こそがその先蹤であるのは云うまでもない。Rochesterの Janeを呼ぶ声に「人間の感応」作用を見たりする（『文学論』）漱石である。「大患以前」からその意味での声々（『永日小品』の「蛇」「声」）に注目していた漱石の、新しい視野を示すものであったかも知れない。

一方、内田百閒は恐らく体質的に音に敏感な書き手[*6]ではあった。それはいくつかの初期の俳句・写生文の実践として綴られた「筐底稗稿」文のいくつかがそれを証拠立てるが、たとえば、「烏」「冥途」「山高帽子」「昇天」「東京日記」「サラサーテの盤」と引き続く小説の系譜を貫くものは、やはり「小品」群に於ける「先行者[*7]」の試行だったであろう。

もっともここに挙げた六作品のうち「烏」のそれは生き物を羽交い絞めにする音だし「冥途」「東京日記」は死んだ父らしい人の声である。漱石作品との類縁関係が指摘出来るのは

「山高帽子」の自分が意識せずに発してしまった音声（駄目だよ云々……）と『永日小品』の「蛇」の蛇の気持になって叔父の口から発せられる声（覚えてゐろ……）くらいで、「昇天」や「サラサーテの盤」となると如何か……。

「昇天」（昭和8・2、『中央公論』）から見て行くこととしたい。

私の暫らく同棲してゐた女が、肺病になつて入院してゐると云ふ話を聞いたから、私は見舞に行つた。（中略）だだつ広い玄関の受付にも人がゐなかつた。／何処かで風の吹く音がした。その音が尻上がりに強くなつて、廊下の遙か奥の方で、轟轟と鳴る響が聞こえた。不意に式台の横にある衝立の陰から、小さな看護婦が出て来て、私にお辞儀をした。

死に行く「おれい」の存在は、「長い間」歩き、「長い塀」の向こうの「門の中」、「長い廊下」の「遙か奥」。そして「私」をそこへいざなうのは「轟轟と鳴る響」であった。入院した女を四回訪れる「私」は、何時も「音」によって誘われる。二回目は、

……耳は益 冴えて来る。隣りの露地の戸に取り付けてある鈴が、澄み渡つた音を立てて、ちりんちりんと鳴り響く。その響の尾を千切るやうに、直ぐまた次の風が吹いて来て、前よりも一層鋭い音をたてる。おれいは私の別れた女である。寧ろ私を棄てた女である。……

三回目も又、……ただしそれは「気配」と云うべき独得の音である。

この頃毎日夕方に風が吹いて、ぢきに止んでしまふ。風の止んだ後が、急に恐ろしくなつて、部屋の中に身をすくめた侭、私は手を動かす事も出来ない。しんとした窓の外を人の通る時は、閉め切つた障子を透かして、その姿がありありと見える。静まり返つた往来に、動くもののない時は、道を隔てた向うの土塀が、見る見る内に、私の窓に迫つて来る。

私は、はつと気がついて、已に返る。すると自分の中年の激情が、涸れつくす迄も愛した事のあるおれいの、今の青ざめた顔が目に浮かぶ。私はすぐにもおれいに会ひたくなる。

自分の入ったところは「耶蘇の病院」と信じている「おれい」は、「真白い猫」の幻影におびやかされ、「青い顔」の院長が「磔の柱の上で殺されてゐる、怖い顔そつくり」であることに気付いて行く。

その日のお午前から、曇つた窓の外に、おれいの気配

がするらしく思はれて、ぢつとしてゐられなかつた。

という、その日とは「重症患者の部屋」に移された「おれい」を最後に見舞った日であった。「院長先生は、エス様の仮りのお姿なのよ。も、きつとよ。きつと。私がエス様の事を思つてゐると、いつきつとなのよ、院長先生が、窓からお覗きになるんですもの」と訴えた「おれい」は、「クリスマスのお午」に死んだ。

都合四回にわたり、「私」は女の死に傾斜して行く魂魄と交わり、其の後にこちらの世界にもどってくる。この設定は作中の非運の女性の可憐さを伝えると同時に、生き残るものを否応なしに引き付ける死者の鮮やかな変貌を彷彿させるのである。

「サラサーテの盤」（昭和23・11、『新潮』）もまた**音と気配**から始まる。

宵の口は閉め切つた雨戸を外から叩く様にがたがた云はしてゐた風がいつの間に止んで、気がついて見ると家のまはりに何の物音もしない。しんしんと静まり返つた伜、もつと静かな所へ次第に沈み込んで行くような気配である。机に肘を突いて何を考へてゐると云ふ事もない。纏まりのない事に頭の中が段段鋭くなつて気持ちが澄んで来る様で、しかし目蓋は重たい。坐つてゐる頭の上の屋根の棟の天辺で小さな固い音がした。瓦の上を小石が転がつてゐると思つた。ころころと云ふ音が次第に速くなつて廂に近づいた瞬間、はつとして身ぶるいがした。廂を辷つて庭の土に落ちたと思つたら、落ちた音を聞くか聞かないかに總身の毛が一本立ちになる様な気がした。気を落ちつけてゐたが、座のまはりが引き締まる様でぢつとしてゐられないから起つて茶の間へ行かうとした。物音を聞いて向うから襖を開けた家内が、あつと云つた。

「まつさをな顔をして、どうしたのです」

以上の出だしをプロローグの「一」とするこの作品は、「十一」章仕立て、とはいうものの、各章が短かめに押さえてあるので然したる長さのものではない。中砂という夫に先立たれた「おふさ」という女性が、夫とその先妻との間に生まれた「きみ子」を連れて、中砂の友人である「私」を繰返し訪れて来る。という、現在進行のドラマの経緯をベースにして、「四」から「八」までの章が、東北の海岸の料理屋で、語り手と中砂とが芸妓であった「おふさ」と出会う（十数年前の）出来事から、中砂の結婚・女子出産・妻の死・「おふさ」との再婚・そして中砂の急死に至る顚末を綴る、という長編に類する時間を内包する。[*8]

死んだ中砂が、「きみ子にやり度い物」が「私」のところに預けてある、と伝えたがっているのだというのが執念深く「私」を訪れて来る「おふさ」の動機。「サラサーテの声」が「吹込みの時の手違ひか何かで演奏の中途に」這入った、という「サラサーテ自奏のチゴイネルワイゼン」がそれである、というのである。

死んだ中砂と「私」との間に、遺児（きみ子）の夢を介しての遣り取りがあり、それに拘束される（生さぬ仲の）母親（おふさ）の執念があり、その帰結として「サラサーテの盤」が現前するが、中砂の持ち物だったこの盤が、関係者に安息をもたらす訳でもない。末尾は次ぎの如くである。

　持つて来てやつたサラサーテの盤の事を思ひ出したらしく、私が包んで来た紙をほどいて盤を出した。それから座敷の隅に風呂敷をかぶせてあつた中砂の遺愛の蓄音機をあけて、その盤を掛けた。古風な弾き方でチゴイネルワイゼンが進んで行つた。はつとした気配で、サラサーテの声がいつもの調子より強く、小さな丸い物を続け様に潰してゐる様に何か云ひ出したと思ふと、／「いいえ。いえ」とおふさが云つた。その解らない言葉を拒む様な風に中腰になつた。／「違ひます」と云ひ切つて目の色を散らし、「きみちやん、お出で。早く、ああ、幼稚園に行つて、ゐないんですわ」と口走りながら、顔に前掛けをあてて泣き出した。

「いいえ。いえ」「違ひます」とは、自分の知っている「サラサーテの声」とは違う、ということなのであろうが、それはまた、彼女が辿ってきた人生への決定的な違和感の表明でもあるのだろう。「中砂の年来の恋女房」が「まだ乳離れのしない女の子を遺して」死んだ後に望まれて「後妻」に入ることとなるが、結婚生活に「馴れるに従つて段段に陰気になり」「自分の殻に閉ぢ籠もる」ようになる。そして夫の急死……「六つになる女の子」を遺して「中砂が死んでからまだ一月余りしか経つてゐない。」今の思いを、彼女は述べる。「中砂は、なくなつて見ればもう私の御亭主ではないと、この頃それがはつきりしてまゐりました。きつと死んだ奥さんのところへ行つて居ります。そんな人なんで御座いますよ。私は世間の普通の御夫婦の様に、後に取り残されたのではなくて、中砂は残して来たなどとは思つてゐませんでせう。でもこの子が可哀想で御座いますから、きつと私の手で育てます。中砂に渡す事では御座いません」それは、不本意・不条理な生を引き受けるためにこの女性を捉えている執念なのである。

「不条理」の感覚は、その第四・五・六章、中砂と「私」が東北の海岸の町で「おふさ」と出会った時に数々の情景のなかに手探られていた。

　夏になつて行つて見ると、お寺の様ながらんとした大きな家に間借りしていた。私が著いた翌くる日の真昼中に、ゆさりゆさりと揺れる緩慢な大きな地震があつて、軒の深い縁側に端居してゐた**目の先が食ひ違つた様な気**がした。

汽車の窓から見るのは「森や丘の起伏の工合が**間が抜けた様**で、荒涼とした景色」だったし、「段段に濃くなる夕闇は**大きな長い土手が辺りに散らかしてゐる様**であつた。」「だだつ広い道」を歩いて川沿いの大きな料理屋で呼んだ芸妓は「こんな所でと**意外に思ふ程**美くしかつた」が、「お膳に出た蒲焼の大串は**気持が悪い程**大きな切れであつて、この川で取れるのださうだが、胴体のまはりを想像すると、生きてゐるのを見たら食べる気もしないだらうと思はれた。」それを「**女は器用な手つきで串を抜いて**薦める。」翌朝「芸妓の家」から彼女を誘い出して海辺に散歩に出掛けると、「道の両側に藤の花が咲き残つてゐるのが不思議」で「登り切つて小さな丘の頂に出たら、**いきなり目の前に見果てもない**大きな海が展けた。」

……と云った風にかなり過剰なばかりの修辞が連ねられてこの世界における三者の出会いが（百閒好みの比喩に従えば）「いすかの嘴」の様に食い違っていたことが提示されている。三者間で受渡しされる《サラサーテの盤》もまた、あの「小さな丸い物を続け様に潰してゐる様に何か云ひ出した」**もどかしさ**において、ここで云うところの「不条理（食い違い）」の喩として機能している。

　そして、死んだ中砂が「きみ子の夢」を通して、こちら側の「受渡し」を示唆するというプロットを通して、ここでは《サラサーテの盤》が、彼岸と此岸との境目を意識させる一方、二つの世界を繋ぐ媒体となっているのが分かって来る。[*9]

　内田百閒の「怪異趣味（オカルティズム）」と晦冥なプロット、そして「サラサーテの盤」の如き作品末尾を意図的に「散らかす」手法は、夏目漱石のそれを優に冠絶しているのは確かだ。漱石の備える合理的思考は音や気配の由来を説明せずには居られない。蓋し、合理主義から自由な百閒の作品の存在は、漱石が充分には発揮出来なかったその一側面を垣間見させる。あの、生死の境に立つ自己を顧みたとき、ドストエフスキイの「臨死体験」やオリヴァー・ロッジの『死後の生』をはじめ「スピリチズム」の書物に引かれるところのあったその傾斜面である。そのあらわれを「変な音」で確認して見たのである。

[注]

＊1 山口徹氏による「斬新」な問題提起もある。……「『冥途』にさすらうことば」（『日本近代文学』第62集所載）『冥途』十八編が一連の冥途をさすらうプロットを持つこと、テクストを貫く力は文字通りその言葉遣いそのものにあることの秀でた論証。『夢十夜』との差異化の方向で説かれてはいるが、この論理は『夢十夜』にも応用可能であるが…… なお作品集『冥途』を一連の物語として捉えて行く観点は夙に山田晃氏によっても提出されている。

＊2 「私は一年前に卒業した友達に就いて、色々様子を聞いて見たりした。そのうちの一人は締切の日に車で事務所へ馳けつけて漸く間に合はせたと云つた。他の一人は五時を十五分程後らして持つて行つたため、危うく跳ね付けられやうとした所を、主任教授の好意でやつと受理して貰つたと云つた。」（『こゝろ』上 二十五）勿論「車」は、人力車。湯河原の漱石への借金行の一段でも強調されるように百閒の車好きは彼自身の最も得意とする話柄でもである。平山三郎『詩酒琴の人 百鬼園物語』（昭和54・3、小澤書店）では、「大正三年七月大学卒業。卒業論文は「ズーデルマンのフラウゾルゲに就いて」（中略）内田栄造はこの卒論を提出の期限ぎりぎり迄かかつて書き上げ、待たしてあつた人力車に飛び乗ると大学まで駆け込んだ。人力車の上で卒論稿紙を綴じ合はせ、締切時間すれすれに間に合つたといふのである。——この話を、内田は漱石山房の木曜日に面白をかしく語つた。聞いた人達は大笑ひした。漱石もむろん聞いてゐたが、をりから執筆中の新聞小説「こころ」の一節にこの挿話を取りいれた。」と記す。

＊3 『道草』百一に、主人公健三の姉婿比田のセリフ、「こちとらとは少し頭の寸法が違ふんだ。右大臣頼朝公の髑髏と来てゐるんだから」として出てくる。平山三郎氏の〈『鶴』雑記〉（『鶴』旺文社文庫版）に、次の津田青楓の日記体のエッセイの一節が紹介され、その食い違いは謎、とされている。「内田君が漱石先生に、／「江戸川亭に小さんが、かゝつてますからいらつしやいませんか、」と誘ひ出す。／三人で江戸川亭へ小さんをきゝにゆく。僕は小さんの味はよくわからなかつた。むらくといふのは好きだつた。自分は糞真面目な顔をして、客だけをゲラく笑はせる。内田君の座談はその式だ。自分は真面目に茶飯事をしやべつてゐる気らしいが、人間の肚の底のことを持ち出して言ふから、皮肉が滑稽に転化する。／僕は内田式落語が好きだ。」（津田青楓「百鬼園のビール代」『漱石と十弟子』）

＊4 これまた平山三郎氏編の旺文社文庫『百鬼園先生よもやま話』の巻末「漱石先生四方山話」（高橋義孝 内田百閒）である。この種のものとしては百閒の最後の出番であったよ

うだ。（昭和41・8 中央公論社「日本の文学」14 月報に掲載。（41・6・17、於内田邸）のうち、棹尾を飾るのが《沈流漱石の話》というやりとり。）

百閒……そしたら、あんたさん、漱石先生そんな恰好で知らん顔して、そうして、薬を一生懸命どこかへ塗っていらっしゃる。何で塗ってたのかは知らないけど、神経痛みたいなものがあったんでしょう、マッサージを呼ぶくらいだから。そしてね、平然としているのですよ。こっちの方が恐れ入っちゃって。

高橋　まるだしで……。

百閒　もちろん。出るというより、生えているものだから、さんさんたる朝の陽光を浴びてね、恐れ入りましたね。

高橋　まさに漱石なんでございますね。石に口すすぐ枕流……。（中略）

高橋　漱石先生の、あそこを目撃せし者は、一に、いや二に……。

百閒　そのほか、道端の犬か。（笑）

高橋　三に犬。（笑）これはおもしろいお話です。

百閒　なに、そんなにおもしろがるほどおもしろいあれじゃありませんでしたよ。ごくありふれた。（笑）

高橋　どうも、はなはだ粗枕で……とはおっしゃらなかった。（笑）それではこの辺で……。

＊5　「変な音」は、明治44・7・19、20、「手紙」は、明治44・7・25～31、いずれも「東京朝日新聞」。

＊6　『内田百閒全集』（福武書店版）第三十三巻「書簡集」の1に夏目漱石宛が入っているが、漱石宛はこれ一通のみ。**【私は今夕先生が私の持つて上りました書や絵をぺりぺりと御破りになる御手許を見それからその音をききまして何といふ事なしに無茶苦茶になつてしまつたやうな心持が致しました　（中略）私は野蛮人が自分の神を焼棄てられたやうな心持がいたしました　私は只今でも紙の破れる音を思ひますと頭のしんがわくわくする気持がいたします】**（年月日不詳のまま『別冊太陽 32』〔昭和55秋、平凡社〕で紹介されたもの）音への拘泥が顕著で、因縁じみている。なお大正4・9・7付　内田栄造宛の漱石書簡に、**【先達は失礼あの時見た懸物と額のまづいにはあきれました何うかして書き直すか破りすてたいと思ひますが君も銭をかけて表装したものだから只破る訳にも行くまいから不得已書き直しませう云々】**というのがあるので、大正4年秋の遣り取りであることは確定する。

＊7　「先行者」（初出不明）は『旅順入城式』所収の一編。「目くら」に先導される「先生」の恐怖感を共にする主人公の心理を描く。私は嘗て「この作品で、まず明瞭なのは『夢十夜』第三夜における漱石の存在感覚との連続性である。」と指摘し、「この作品を《百閒の夢》として見るならば、それは漱石との間で彼が持った濃密な時間の顕現であるとともに、《先生の幽霊》の支配力との葛藤から抜け出るべき未来を啓示する夢でもあっただろう。」との解釈を試みた。（「夢の方法

家としての内田百閒——漱石との関連の中で——」川副国基編『一九一〇年代の文学』所収、昭和54・3、明治書院）「先生」が門下生のなかでは常に漱石先生を現わしていたこと、『百鬼園日記帖』正続編の中で、漱石は「先生」の名で呼ばれていること、を前提にした解釈。

*8 酒井英行「『サラサーテの盤』の虚実」（『百閒　愛の歩み・文学の歩み』平成7・10、有精堂）は、これらの畳み掛けるように続く事件の連鎖が、読者に醸す「そぐわなさ」の起因をモデルとなった人物と虚構の要素との不自然な混淆に見出し、慎重・克明な作業を通して作品の組立てを探った力作である。そこでも引かれているが、作品のモチーフをあらわす「サラサーテの声」の入った「チゴイネルワイゼン」の盤については、百閒の次女・伊藤美野氏の次のような発言がある。【中砂未亡人の「おふさ」が主人公ですけれど、その中砂という方の境遇が、そこのところは此処に抜書きしていらっしゃいませんけれど、父の大学時代からの親友として聞かされておりました益田様にそっくりですね。東北の官立学校の教授になったり、大切にしていらした奥様が幼いお嬢様を残して亡くなられたり、そうしてご本人も若死なさってしまったり……。その益田様はあとでご覧いただく白山御殿町でとった写真にのっていらっしゃいますのよ。でも未亡人「おふさ」は多分創作の人物じゃないでしょうか。／それからもう一つ、肝心のサラサーテの話声の入っている〝チゴイネルワイゼン〟のレコードですけれど、それは多分、雑司ヶ谷の家の、父の書斎にあった、あのレコードだろうと姉が申しておりました。家にあったといっても、私共の家のものではなくて、夏目漱石先生のご長男の純一様が、その当時南町のお宅から持っていらしていたようで……。（中略）そのレコードをかけますと、ある箇処までくると、盤の底の方からなにかつぶやくような独語が聞こえて来て、それが、ひくい無気味な感じの声でしたそうです。】（「父・内田百閒」〈聞き手 野々村三郎〉昭和57・4〜7、『文芸広場』）

*9 「漱石の自然」（『古典と現代』39号、昭和48・10）や「漱石に於けるドストエフスキイ・覚え書」（『古典と現代』40号、昭和49・5）で、私は『こゝろ』下のKの自殺の場面設定とドストエフスキイの『悪霊』のキリーロフの自殺場面との類縁性を指摘した。自殺に向かう存在を、ドア・襖を隔てて、生を志向する人間の視点で追跡する、という「趣向」において、である。
「変な音」の場面は漱石自身の入院生活に由来していると思われるので、若干の補正が必要だが、この、漱石の二作品に於いて「襖」が《隔てるもの》＝《結びつけるもの》という「二様一体」の関係において、生者と死者のつながりを表わしているのは確かであろう。

❖特集　漱石山脈

漱石と中勘助

過去の意味

十川信介
Togawa Shinsuke

大正四年の東京朝日新聞を読み進めていくと、その文芸欄で、漱石を中心とするひそかな応酬が行われているような気にさせられる。

一月一日から四月十五日まで、高浜虚子は『柿二つ』を連載した。「K」と「N」、つまり清（虚子）と升（のぼる）（子規）との交わりをモデルにした小説である。その途中、一月十三日から二月二十三日にかけて、漱石は『硝子戸の中』を書いた。『柿二つ』完結の日、「次の新小説」として那迦（勘助）の『つむじまがり』（『銀の匙』後篇、以下後篇と略称）が予告され、それは翌四月十六日に始まり、六月二日に終った。そして漱石は、ただちにその後を継いで、同三日から九月十四日まで『道草』を連載した。ひそかな応酬と言うのは、これら諸作に共通する、過去あるいは死者に向かう姿勢のことである。

この年、漱石は満四十八歳、虚子は四十一歳、勘助は三十歳である。それぞれの年齢に差異はあるものの、彼らがともに自分の人生に大きく関わった過去の回想に向かったことは興味深い。虚子にとっての子規、漱石の実の父母、養父母、勘助にとっての伯母や兄は、よきにつけあしきにつけ、現在の彼らを形成してきた要因であるはずだった。そのかぎりで、彼らはともに過去と現在とを因果の糸で結びつけようとしているのだが、後に記すように、そのなかで漱石だけが、それを公式どおりに整えることができない。

二人の葛藤を辿りつつ、「NはKさんが一番好きであった」とNの老母の言葉で結ぶ『柿二つ』[*1]や、伯母さんとの再会とその死の状況を記し、自分の生の源泉を確認する『銀の匙』後篇（ここでは漱石が読んだ新聞初出形による）とくらべて、『硝子戸の中』や『道草』の過去は、現在と結びつけようとする努力にもかかわらず、どこか強引で、次第に現在の自分がなぜここにあるかを疑わせていくからである。

その相違を述べるまえに、まず三者の形式的な対応に触れておきたい。たとえば「硝子戸の中」という題で連載を始めたとき、漱石はそのなかで病後を養う自分と、ガラス戸に区切られた小さな視界を喜んだ旧友子規の境遇とを重ねなかっただろうか。逆に『柿二つ』第十一回を「ガラス障子」と名づけた虚子もまた、『硝子戸の中』を意識したにちがいないのである。

一方、勘助と漱石との対応はより直接的である。『銀の匙』前篇を朝日の山本笑月に推薦したのは大正二年二月（掲載四月八日～六月四日）、後篇の原稿を閲読したのは、勘助宛書簡（二一三三）によれば、大正三年十月二十五、六日である。「自分と懸け離れてゐる癖に自分とぴたりと合つたやうな親しい嬉しい感じです」という文面からは、この小説に対する好感とともに、勘助との距離感も伝わってくる。彼はこれ以後、幼少時の追憶や、それとつながる「個人」のありかたなど、勘助と問題意識を共有する作品を発表することになるが、書簡が言う二つの側面は、陰に陽にそれらの基底を流れているようだ。

＊

『銀の匙』後篇を読んだ翌月、漱石はやがて「私の個人主義」と命名される講演で、作中の兄弟関係を引用した。哀れな物語や星のきらめきやきれいな貝殻などを好む弟（「私」）を、兄が自分の趣味の釣りを通じて、きびしく「教育」しようとする条りである。この講演の「第一幕」で「自己本位」を説いた彼は、「第二幕」では「道義上の個人主義」を唱えて、権力や金力を濫用して高圧的に他人の自由を侵害してはならぬ、と強調した。後篇の兄弟関係は、その例として提出されたのである。そのかぎりで漱石は、「私」と同様に兄の押しつけに反対し、「私」の抵抗に共感しただろう。ただ、彼が進んで国家と個人主義の関係に話を及ぼすとき、問題はおのずから別の展開を見せはじめる。「個人の幸福の基礎となるべき個人主義」は、「国家の安危」に従って変動するのが当然とされるからである。つまり「国家が危くなれば個人の自由が狭められ、国家が泰平の時には個人の自由が膨張して来る」のは、「理論といふよりも寧ろ事実から出る理論」として、やむをえないことになる。

これに対して勘助の場合、「私」は行きがかりとは言え、「日本は支那に負けるだらう」「日本人に大和魂があれば支那人に支那魂がある」と、「馬鹿者めら」に言い放つ（後篇三）。そこに状況を顧慮しない「純粋」さが貫いていることは明らかである。といっても、漱石が「大和魂」を肯定したり「国家」に肩入れしたと言うのではない。勘助は漱石の小説、ことに『吾輩は猫である』のような「諧謔滑稽に対しては嫌悪さへもつてゐた」そうで、『猫』は百ページほどでやめてしまったと言うから（「漱石先生と私」）、多分目にはとまらなかったのだろうが、周知のとおり、その「六」には、苦沙弥先生が作った大和魂に関する「名文」がある。

「東郷大将が大和魂を有って居る。肴屋の銀さんも大和魂を有って居る。詐偽師、山師、人殺しも大和魂を有って居る」

「三角なものが大和魂か、四角なものが大和魂か。大和魂は名前の示す如く魂である。魂であるから常にふら〳〵して居る」

一方は日清戦争中の設定、一方は日露戦争直後の設定だが、勘助と漱石とが時代を蔽っていた得体のしれないスローガンに、嫌悪の情を抱いていたことはまちがいない。しかし前者が子供の特権を十分に活かして、その感情をストレートに表わしているに対して、後者はもともと風刺の対象である苦沙弥の戯文として、聞き手の迷亭や寒月らにも「主意がどこにあるのか分りかねる」まま、うやむやに終ってしまう。もちろん、「新聞屋」からスリにいたるまで、「大和魂」と口をそろえて叫ぶ状況は痛烈に皮肉られているし、批判としても効果的だろう。ただここで指摘しておきたいのは、両者の批判の深浅ではなく、絶対に妥協せず、ストイックに自己を律しようとする勘助的主体と、秩序や関係のなかにある相対的な自己を意識する漱石的主体との差異である。勘助の「私」は、他者との妥協よりも孤立を選ぶ「少年」であり、漱石の「私」は、自己を主張しつつ、他者とどこまで折れ合うことができるかを考える「大人」だった。

安倍能成と一緒に漱石を訪ねたとき、勘助が自分の極端な耐乏生活を披露したところ、漱石はそれで「たべられるもんか」と、信じなかったという。『硝子戸の中』や鏡子の『漱石の思ひ出』などによれば、彼の育った環境や趣味は、享楽的とは言えないまでも、すくなくとも禁欲的ではなかった。むしろ彼は、自分ができる範囲で欲望を押えることを望まなかったのである。その意味では、自己を主張しながら逆に自己を追いつめるような少年を描き、実生活上でも苦行僧のような態度を取り続ける勘助に、彼は一種の感嘆と同時に、捉われすぎる窮屈さを見たのではなかろうか。

もっとも、勘助の方は、先の追悼文で漱石の見方に異議を申したてている。

> 何かの話から私が自分のことを「これでも中々愛想のい丶こともあるんです」といつたら先生は意外だといふやうな顔をした。先生はこんな点でよほど私を知らないところがあつた。（中略）先生が私が全然孤独……世間と没交渉といつたかもしれない……でゐられることについて寧ろ滑稽を感ずる位だといつたのもこの時であつたらうか。私はそれをきいてさうだ、先生にはとても私のやうな孤独は守れないと思ふと同時に、先生は私が孤独を愛しまた事実孤独である半面ばかりをしつてそれとは全然反対に一方甚だしく孤独に遠ざかり、また事実誰よりも孤独でない半面のあることを知らないのだと思つた。
>
> （「漱石先生と私」）

だが勘助がその半面を見せない以上、漱石が『銀の匙』や自分の知る側面で、彼を理解するのは当然であり、むしろその場では反論せず、「先生」にも半面しかわかってもらえないと思いこむような思考にこそ、勘助が漱石に寄せた期待とともに、その孤立癖が生ずる原因があるようだ。漱石が「懸け離れてゐる」面と「ぴたりと合つた」面とを書き送ったと同様、勘助も漱石に対して相似た両面を感じていたのである。

二人が「ぴたりと合つた」側面とは、もちろん『銀の匙』の基本的な理解である。あの作のよさは阿部次郎や安倍能成にはわからない、と断定した漱石は、続けて「君達には人生とか何とかいはなくちゃいけないんぢゃないのかね。あ丶いふ呑気な、問題のない…いや問題はあるが…」と、安倍を前にして言ったという。この訪問の時点は確定しがたいが、後篇（「姉様」との別れの場）が話題にされていること、勘助が漱石との最後の面会日を「先生の歿くなつた前の冬から翌年の春へかけての間」と言っていることなどから、大正四年の後半と推定できよう。

そのころ、文芸ジャーナリズムを賑わせていた最大の問題は、新年に中村星湖が提出した「問題文芸」であり（「問題文芸の提起」、『読売新聞』大正四年一月一日）、その実現をめざして『中央公論』七月号が特集した「問題小説」「問題劇」であった。

今それらについてくわしく述べる余裕はないが、星湖が提起した「問題文芸」とは、芸術のための芸術を否定し、個人の心理描写を精密にすることを通じて、単なる現実の再現にとどまらぬ「未来の生活のための芸術」を志向するものである。「問題文芸」の名前自体は以前に島村抱月が唱えた「問題的文芸」に近く、また短文のためか論旨にもあいまいさが残るが、逆にそのあいまいさが作家の生活態度（人格、個性）や社会に対する態度などの諸問題を呑みこみ、大きな問題となった。その意味では、前年に『三太郎の日記』を刊行し、この年もそれを書き継いでいた阿部も、一月から三月にかけて生田長江と「書斎と街頭」論争（発端は安倍「書斎と街頭と」、『読売新聞』一月二十八日、二月二日）を闘わせた安倍も、人生・人格を重視する潮流のただなかにあった。

すでに『虞美人草』や『野分』を発表していた漱石が、人生問題や道徳問題に無関心だったはずもないが、『銀の匙』は阿部や安倍にはわからないという発言[*2]は、彼が流行の「問題文芸」的な空疎な論調にあきたりなかったことを示している。「あ、いふ呑気な、問題のない…いや問題はあるが…」と言ったとき、彼はそこに「問題文芸」とは異なる問題を発見していたし、それを受けて「さうだ、問題がちがふのだ」と思った勘助も、明らかに問題意識を共有し、「大切な人」としての漱石を確認したのだ。その「問題」が、現在の自分がなぜここに在るか、という過去とのつながりであることは言うまでもない。

＊

『銀の匙』の太い縦糸は、語り手の「私」と、夫と死別し、居候となって「私」を育ててくれた伯母さんとの関係である。ここでも勘助が意識したかどうかは不明だが、その点ですぐに想起されるのは、『坊っちやん』の「おれ」と清の仲との類似性だろう。すでに指摘されてきたように（平岡敏夫「銀の匙」、『国文学』昭六三・一二）、それぞれの別れの場面には共通の情調が流れているし、佐幕方の女性が明治維新で没落し、奉公先（または同居先）の二男坊をわが子のように可愛がる設定も酷似している。

しかし『坊っちやん』の場合は、「母は兄許り贔屓にして居た」としても、まもなく死亡して発端で姿を消すに対して、『銀の匙』の母は健在であるにもかかわらず、冒頭で「私」に銀の匙の因縁を語り聞かせる場面を除いて、実質的にはほとんど登場しない。念のために言えば、漱石の母は彼が十四歳のときに死去、勘助の母は彼が四十九歳の年に亡くなった。実生活上の事実がそのまま反映するわけではないにしても、『坊っちやん』では母の死が清の存在に自然に重みを増していくに対して、『銀の匙』では、一緒に暮らしているはずの母の退場が、この美しい世界をどこかいびつにしている。「仏性」の伯母さんに育てられて、母恋いの哀れな物語に同調する「私」は、ひたすら孤独をふとらせ、「大人」の不合理に反抗する子供になっていくからである。「生きてたいと思ひません」と発言し、「頸に腰に鎖を負ふ囚人」と自分を表現するほどの苦しみに、母が顔を見せないのはやはり不自然である（後に勘助は「母の死」で、自分は幼時に不自然な束縛を受けたため、愛の表示をする能力が退化した旨記している）。いわば現在の「私」は、母の棚上げを代償として「迷信」的な伯母さんの愛を語り、そこで養われた感受性と超越的世界への憧れによって、功利的かつ偽善的な価値観と対立する資格を獲得するのである。そこでの過去は「私」の成長過程と直接に結びつき、正負ともに整然と秩序づけられている。

一方、漱石が描いた過去はどうだろうか。彼が『虞美人草』『それから』『門』などで追ってくる過去を題材にしたことはよく知られているが、ここでは『銀の匙』と対応させるために、彼が幼少時を描いた『硝子戸の中』と『道草』とに話柄を限りたい。

『硝子戸の中』三十に「継続」という言葉が出てくる。「T君」（寺田寅彦か）がその言葉で彼の病状を表現したとき、彼は「好い事を教へられた」と思った。それが自分を含めた人間の一生を言い表わしているように思ったからである。

継続中のものは恐らく私の病気ばかりではないだらう。私の説明を聞いて、笑談だと思って笑ふ人、解らないで黙つてゐる人、同情の念に駆られて気の毒らしい顔をする人――凡て是等の人の心の奥には、私の知らない、又自分達さへ気の付かない、継続中のものがいくらでも潜んでゐるのではなからうか。もし彼等の胸に響くやうな大きな音で、それが一度に破裂したら、彼等は果して何う思ふだらう。彼等の記憶は其時最早彼等に向つて何物をも語らないだらう。今と昔と又其昔の間に何等の因果を認める事の出来ない彼等は、さういふ結果に陥つた時、何と自分を解釈して見る気だらう。

かつて鎌倉参禅の際に与えられた「父母未生以前の本来の面目」という公案は、依然として生きている。過去との因果をしらない多くの「彼等」は、「夢の間(ま)に製造した爆弾」に気づかず、気楽に一生を終り、最期のときにその破裂を知るにすぎない。だがその存在に早くから気づいたとしても、それがどのように現在の自分に作用しているかを明らかにしなければ、それは「夢の間」に漂っているにひとしい。「継続中」の「爆裂弾」を抱えこんだ不安が、「自己」の根底にひそんで彼を脅かすのである。

「私の個人主義」で、彼はロンドン在住中に「自己本位」の考えを握り、不安を去ったと述べた。だが「自己」そのものが実は不確かだとすれば、「自己本位」とは不安定の上に築かれたその場その場の相対的なもの、「世間的の見地に住して差別観の方から」(狩野亨吉宛書簡、明三九・一〇・二三)見た考えとならざるをえない。しかし、たとえ不安を感じさせるとしても、「継続中」とは、何ものかが生きていることの自覚であって、無自覚の不幸ではない。「洋行から帰つて以後」はじめて「自分が社会的分子となつて未来の青年の肉や血となつて生存し得るか」(同上)をためそうとした彼は、いわゆる修善寺の大患の「死」を経て、あらためて「自己」の根源としての過去と向かいあおうとしている。『硝子戸の中』が次第に幼少時の回想に赴き、『道草』が健三の「遠い所」からの帰還と養父との再会で始まること自体がその証拠であり、それはおのずから『銀の匙』の問題と対応することとなった。

そこで描かれた過去の事実はそれぞれに生きていて、現在の自分がそこから育ってきたことを疑うわけにはいかない。しかしそれらと現在の自分をつなぐ通路はいったいどこにあるのか。『硝子戸の中』の過去はまさに「夢の間」にあり、健三は島田夫婦と暮した自分と現在との脈絡をみいだせない。

たとえば『硝子戸の中』二十三の「私」は、変わりはてた風景の中に「過去の残骸」のように立つ生家に茫然とし、「早くそれが崩れて仕舞へば好い」と思うし、記憶に上るかつての遊び人たちも、もはや跡かたもない。たしかにここには、養家から帰ってきたときに、祖父母と思っている人が実の両親だと教えてくれた下女の「親切」や、「宅中(うちぢう)で一番私を可愛がつて呉れたものは母だ」という母の面影もある。だがそれは、「父からは寧ろ苛酷に取扱はれた」「世間の末ッ子のやうに母から甘く取扱かはれなかつた」と客観的に記す彼が、かろうじて拾い上げた愛情のかけらなのではないか。前者の場合、暗闇で寝ている彼の耳許でささやいた人は、名前も顔も思い出せず（二十九）、後者の場合、悪夢に襲われた彼に「心配しないでも好いよ。御母さんがいくらでも御金を出して上げるから」と言った母の記憶は、彼自身疑うように、まさに夢現の出来事だからである。しかしまた一方では、その幻像が「継続中」であることも疑いようがない。勘助との対比で言えば、彼はそのあやふやな記憶に頼って、あたかもかたくなな勘助への応答ででもあるかのように、「常に大きな眼鏡を掛けて裁縫をしていた」（『銀の匙』の母も眼鏡をかけて縫い物をしていた）「母」の心を構成して見せたのである。

ところが『道草』の過去には、そのような慈母の姿もなく、現在の自分を保証してくれるような過去もない。健三を所有物とみなして「愛情」を押しつけた養父母の島田とお常、彼を邪魔者扱いした父、「学問」などとは無縁に、気楽に生きていた兄や姉。彼らの記憶はたしかに事実として心に留まっている。だがその記憶は、「然し今の自分は何うして出来上つたのだらう」という疑問を生まざるをえない。

　彼は過去と現在との対照を見た。過去が何うして此現在に発展して来たかを疑つた。しかも其現在のために苦しんでゐる自分には丸で気が付かなかつた。彼と島田との関係が破裂したのは、此現在の御蔭であつた。彼が御常を忌むのも、姉や兄と同化し得ないのも此現在の御蔭であつた。細君の父と段々離れて行くのも亦此現在の御蔭に違なかつた。一方から見ると、他と反が合はなくなるやうに、現在の自分を作り上げた彼は気の毒なものであつた。（九十一）

彼は「牢獄」のような「学校」で現在の「自己」を形成し、「無教養」で偽善や功利にみちた、幼少時の不愉快な世界から抜け出したつもりだった。だがそれは一面では「温かい人間の血を枯ら」す道でもあり、索莫たる論理の世界に孤立することでもあった。「過去の亡霊」のように島田やお常が現われたとき、彼は不快な思いを新たにするとともに、「昔の情義」を忘れることもできなかった。過去と断絶し、「他と反が合わなくなる」自己を作りあげた彼を「気の毒」と評するこの物語は、彼が「人情」の語のもとに過去との脈絡を求める方向を向いている。彼は島田が持ちこんだ一片の反故紙に縛られているわけではない。生れ育った環境から離れて必死に築いた城に、「亡霊」はやすやすと忍び入り、それが不自然で不安定である事実をつきつけたのである。その意味で、過去は「夢の間(ま)」のようにおぼろであっても、確実に生き続け、いつ「爆裂弾」と化さないとも限らない。[*3] 言うまでもなく、健三はそれを合理的に処理することができず、「片づかない」不快な生に宙づりにされたままである。「一遍起った事は何時迄(いつ)も続くのさ」という彼の認識はたしかに苦い。しかし同時に、そう記す漱石にとっては、「継続中」こそが人生であり、錯綜した過去や雑多な他者を引き受けて、「真実(ほんたう)」の自分をきたえていくことでもあった。

『硝子戸の中』や『道草』を勘助がどう読んだかはわからない。だが漱石が『銀の匙』への共感と、自分との差異を彼に告げたように、勘助もまた似通った言葉を漱石に関して残している。

私は自分の性格からして自分の望むほど先生と親しむことが出来なかつた。寧ろ甚だ疎遠であつた。私はまた先生の周囲に、また作物の周囲にま丶見かけるやうな偶像崇拝者になることもできなかつた。唯先生は人間嫌ひな私にとつて最も好きな部類に属する人間の一人であつた。

（「漱石先生と私」）

はるか後に、勘助は次の句を詠んでいる。

銀の匙に麦粉そなへん漱石忌　　（『藁科』昭二六）

蛇足ながら、「麦粉」とは、『銀の匙』で伯母さんの背中を離れることのなかった「私」が、はじめて他人に心を開き、女行商人から買った麦粉菓子のことである。

【注】

＊1　虚子は前年執筆の『子規居士と余』（大正四年六月刊）でも「余の生涯は要するに居士の好意に辜負した生涯であった」と総括している。

＊2　江口渙『わが文学半生記』（昭二八）によれば、大正四年の漱石は『三太郎の日記』を批判していたという。また「書斎と街頭と」の議題は田中王堂『書斎より街頭へ』（明四四）を新たに論じなおしたものだが、漱石は「田中王堂氏の『書斎より街頭へ』でその美麗空疎な面を指摘している。

＊3　この問題は『明暗』の津田の動揺（特に冒頭と温泉場）に引き継がれていく。

❖特集 漱石山脈

野上弥生子の特殊性
「師」の効用

飯田祐子
Iida Yuuko

一

漱石山脈において野上弥生子は、特殊な存在である。というのも、弥生子自身が漱石に直接会った機会というのは、ほんの数回しかないからだ。よく知られているように、弥生子と漱石の関わりは、夫である野上豊一郎に経由されたものであり、彼女自身は、木曜会などに、一度も参加していない。[*1]

弥生子にとって漱石は、どのような存在だったのか。もちろん、「私がもっとも影響を受けた小説」として「夏目先生の作品。／この世に生きるといふことがどういふものであるかを、若い幼稚な私にはじめて教へてくださつたのは先生の作品であり、また八十六の老嫗になり果てた今日において、いよいよ深くその一事をおもひ知らせてくださるのも先生の作品です」と記すように、[*2]漱石は作家弥生子にとって唯一の師であったと考えられる。ただ、それにしては、弥生子が語る漱石についての記憶は、数種類に限られていて、しかも断片的にすぎる。列挙してみれば、長男に漱石を見せにいったときのこと、[*3]『伝説の時代』の序文のお礼に謡本の箱を送ったら、運ぶ際に白木に汗のような染みがつき、それを漱石が執拗に気にしたこと、[*4]謡をはじめて聞いた時のこと、[*5]弥生子宅へ訪ねてきたときに面会した弟について「八重子さんのじきの弟さんかい」と言ったこと、[*6]そして京人形をもらったこと。[*7]この五つほどのエピソードが、組み合わせを替えながら、繰り返し語られているだけなのである。

これらの記憶は、すべて弥生子が直に接したときの記憶である。つまり、弥生子は、豊一郎から聞いた漱石について、ほとんど語ろうとしなかったと言える。この限定性については、「過去のことをふり返って、あのときはどうであったとか、こうであったとか、そういう昔話をするのが好きではございません」という彼女の資質に、「いろいろ教えを受けたと申しましても、いわゆる漱石山房の出入者の一人であった野上を通じてでございまして」という遠慮が加わってのこと[*8]と了解することはできる。が、一方で気づかされるのは、豊一郎の情報からどのような漱石像がつくられていたのか、知る手がかりがほどんどないということである。豊一郎から聞いた木曜会での話は、詳細に日記に書き留めていたが、戦争で焼けてしまったという。[*9]「また聴き」である上に、記録も失われているわけであるから、記憶を公にすることに慎重になったと考えてもよいだろう。そのような可能性も認めることとして、とにかくここで確認しておきたいのは、弥生子が語る漱石像の浅さ、薄さである。間接的ではあっても、多くの情報を得ていたのであれば、それを元に具体的で豊かな脚色を施して語ることは可能なはずだが、弥生子が選んだ記述の仕方は、まったくその逆であって、断片を断片のまま語ることだった。弥生子の直接の体験自体についても、描写の揺れが少なく、定型化されている。弥生子の記憶から、漱石という人について何かを知ることは、ほどんど出来ない。

2

さて、漱石山脈の中における弥生子のもう一つの特殊性は、関係の間接性にもかかわらず、漱石の弟子の中で小説家として大成した「唯一」の作家としての評価を受けている点にある。「野上弥生子はそういう漱石の唯一の弟子たるに恥じない人である」、[*10]「いまかりに夏目漱石の小説遺産をもっとも正統的に受けつぎ、同時に、現代という時代のなかで、それを生々と実現した作家がだれかということになれば（略）野上弥生子をおいてほかにない」、[*11]「漱石は多くの弟子を持っていたが学者として教鞭をとった人が多く、作家として生きた人は案外少数である。その中で、あせらず根気ずくで、牛となって八十年近い作家生活を送ったのは野上氏の他にはなく、この意味で野上氏こそ真の漱石の一番弟子と言う事が出来るのではないだろうか」[*12]といった具合である。「死火山」[*13]と称されてきた漱石山脈の中で、弥生子は、たしかに特殊な存在となっているといえる。

弥生子が語る漱石の記憶の中で、もっとも大きなものは、処女作「明暗」[*14]について批評した手紙をもらったことである（明治四十年一月十七日）。漱石についての直接的な記憶の浅さと対照的に、この書かれたものが弥生子に与えた影響は、たいへんに深い。弥生子の生前には、「明暗」の原稿さえ失われたままであり、その点で、またも具体性を欠くこの手紙が、弥生子の作家としての人生の支柱となったといっても過言ではない。「いまは話しだされるのも恥しいほど幼稚な作品を丹念に読んで、文学の手ほどきをして下すったのは夏目漱石先生である。もしあの頃、とてもものにはならないから書くことはやめなさい、と仰しゃられたら、作家生活は私には今日までなくてすんだかも知れない」[*15]と語られる。「わけても、文学者として年をとれ、との言葉は私の生涯のお守りとなつた貴重な賜物でございます」[*16]、「先生は私の「明暗」の構成から登場人物の心理、行動まで分析し、さまざまな不自然さは別として、いくぶんのとりえがなくはないのを挙げるとともに、今後はただ年齢を重ねるだけでなく、文学者として生きる覚悟をもたなければならないと書いてあった」[*17]というように、「文学者として生きる」というフレーズが、特別な重みをもって回想されている。漱石はたしかに、次のように書き送っていた。「明暗の著作者もし文学者たらんと欲せば漫然として年をとるべからず文学者として年をとるべし。文学者として十年の歳月を送りたる時過去を顧みば余が言の盲ならざるを知らん」。この理念が、作家野上弥生子を誕生させ、長い時間をかけて学び続けていくというスタイルを支えることとなったのである。漱石の存在は、生身のそれであるより、この手紙の書き手として、意味を与えてきたといえそうだ。

3

作家として大成した弥生子を知る現在からみると、この間接性こそが良い結果に繋がったという因果関係を結びたくなる。[*18]というのも、漱石による「明暗」評と「明暗」を対照してみると、漱石には理解できなかった部分があると思われるからだ。

書簡のある部分は、漱石の当時の関心事によって構成されている。[*19] 一月十二日、森巻吉に宛てて、彼の「呵責」という作品について、長い批評を書き送っているが、[*20] この評と「明暗」評の枠組みには、かなりの重なりが見られ、当時の漱石の評価の枠組みを知ることができる。まず、「呵責」評の要点をまとめておこう。

枠組みを構成する要素のひとつは、「詩的な作物」と「人情もの」との二項対立である。これにもうひとつの二項対立が重ねられており、詩的な作物では文体の問題が重視され、後者では、筋の問題が重視されている。そのうえで、漱石は、両者のバランスの悪さを指摘する。とくに、筋については、原因結果の不明瞭を批判し、人情をあらわすためには筋を明瞭にする必要があるという。不明瞭ぶりについて、具体的に書かれた部分をとりだすと、「あの女が無暗に一人で苦しんで居る様に思はれる、苦しみ方が突飛で作者が勝手次第に道具に使つてゐる様に見える。凡ての人間が頭も尾もないダーク一座の操人形の様に見える」とある。そして、漱石の模倣を批判しながらも基本的には、文章の面で良さを認め、「尤も取るべき点があるなら文章である」とまとめている。また、「君は其等の評をきくと不平に違ひない」という配慮をみせ、「僕の解剖は正しい」「不平かも知れないがさう云ふ評が適当である」と、諭すような文句がみえる。「遠慮のない事をいふ」のは、「君が正しい点から出立して一個の森巻吉として成功せん事を望むからである」というように、将来への期待を寄せて、評は閉じられている。

ここで確認しておきたいのは、これらの要点が、ほとんど「明暗」評と重なっているということだ。「明暗」評において も、「明暗の如き詩的な警句を連発する作家はもつと詩的なる作物をかくべし。（略）人情ものをかく丈の手腕はなきなり。非人情のものをかく力量は充分あるなり」と、「詩的なる作物」と「人情もの」の対立で評価を定めている。筋については、「幸子を慕ふ医学士の如きはどうも人間らしからず。之に対する幸子も大分は作者がいゝ加減に狭い胸の中で築き上げた奇形児なり」と、ここでは「操人形」のかわりに「奇形児」という語で、批判を加えているが、指摘の方向性は同じである。「明暗」評後半の具体的な指摘の部分では、「源因」が不明瞭で、それぞれの展開について「突然」であることが注意されているが、そうした点も重なる。文体に漱石の模倣を指摘しながらも、結論では、「詩的」で「非人情」な文章を書くことを勧めている点も重なっている。そして、弥生子にとって大きな支えとなった「文学者として年をとるべし」「文学者として十年の歳月を送りたる時過去を顧みば余が言の妄ならざるを知らん」という部分についても、将来への期待が示されている点、それが漱石の判断に対する不満への配慮と合わせられている点などで、「呵責」評と、酷似している。

二つの評が重なるということは、二つの作品が類似していたというより、漱石の評価軸が作品の個別性に左右されぬほどに固定的であったということを意味しているだろう。その意味で、これらの重なっている部分を、「明暗」そのものへの漱石の反応として受け取るわけにはいかない。

4

さて、そこで興味深く思われるのが、「実際に就て」と記された後半部分である。後半では、幸子という女主人公について、運びが「突然」で「不自然」であることが指摘されている。前節の冒頭で、漱石に不理解な点があるのではないかと述べたが、この後半部分には、「明暗」評と「明暗」のずれを認めることができると思われる。「突然」という評価そのものは、「呵責」評と同じものであるが、女主人公に対するこの書き込みの分量は、その同一性を越えている。

漱石は、「妙齢の美人」が仕事に生きようとすることについて「こんな心を起すには起す丈の源因がなければならん夫をか丶なければ突然で不自然に聴える」という評価を与え、「か丶る変な女」とまとめる。漱石には、幸子という女のありかたそのものが、基本的に「不自然」だと思われているわけである。「明暗」には、幸子が幼い頃から画に才能を見せていたことが書かれている。これを、漱石は伏線と認めないようだ。才能だけでは、理由として不十分だと感じる読者であったわけである。また、「兄が嫁を貰ふのを聴いてうらめしく思ふ」ことも書き込み不足の点として挙げる。非常に理解しやすく思われる、明治における「妹」という立場の複雑さにも、漱石はより多くの説明を要求する。[*21] あるいは、幸子が結婚について悩みはじめたころ、急に自分の仕事に対する自信を失う過程にも説明を求める。しかし、「明暗」が示していたのは、そうした根拠のない気持ちの変化ではなかっただろうか。仕事に生きようとしている女性が、結婚という問題が視野に入ってしまったとたん、自らコントロールできない混乱に陥るということそのものが、描かれた作品である。「明暗」に示されているのは、「女」にとって、仕事と結婚が、まったく咬み合わないということだ。「か丶る変な女を描く事は一方から云へば容易なる如くにて一方からは非常に困難なるものなり。変人なる故普通の人と心理状態の異なる所以を自づから説明せざるべからず」と、漱石はまとめるが、これらの指摘は妥当だったといえるだろうか。

「明暗」では、突然さは、重要な意味を持たされている。幸子を悩ます原因となる医学士猛の告白は、「余り突飛な相手の言葉に煙にまかれ」るという経験として描かれているし、それが六年後の「今」浮かび上がってくることも、「二千日以前の昔の一夜が、たゞ昨夜の事の様に新しく」、突然「長日月の隔てが消えて了」う出来事として描かれている。兄が結婚することについても、「分りきつた其真理が、幸子にとつては不意なる大事件」であったと語られる。幸子の混乱は、こうした突然さと結びついている。分かりきったはずのことが、唐突な出来事として感じられるという事態そのものが、問題にされているのである。

一方で、突然さの描写に、妙な力が込められている箇所がある。たとえば、叔母と兄嗣男と幸子の会話のやりとりを描写した部分をみてみたい。「叔母の問は斜に部屋を横つて（ママ）椽側の嗣男に出て、椽側の嗣男からまた斜に部屋に入つて幸子に来て、幸子から真直に叔母に帰つた。もし其途筋に線を引けば、幸子から叔母様の間の一線を底にして、不等辺三角が出来る、叔母の問は三角になつて答へられた。其不等辺三角の一辺が叔母の所にぴたりとついた時、――幸子が兄に「して下さいよ」と云つた時早速」という明らかに説明過多な記述は、やりとりの瞬間的な様子の描写を試みたためと思われる。ほかにも、たとえば幸子の「あちらむく」という「瞬時の一動作」について、一段落二百字ほどの説明があり、行為にかかる時間と描写の量の不均衡が目立つ。

語り手は、説明できる瞬時の突然な動きについては、バランスを崩すほどの説明を試みている。こうした特徴と考え合わせると、女主人公が経験する突然さが、まさに説明の出来ない「不意の大事件」として描かれていることが、理解される。気持ちの変化における因果関係が描かれていない点にこそ、「女」としての経験の特徴を読むことが可能なのである。

「明暗」評と「明暗」の間のずれは、「女」の状況に対する前提の違いにあったと思われる。女学生を主人公にすえて、結婚に対する違和感を語る小説は、投稿雑誌などの作品のなかでは決して珍しくない。弥生子自身が、そうした作品を読んでいたかどうかはわからないが、同じ時代に共有された問題を取り扱っている以上、書かれていない文脈を読むことは、読者によっては容易だったろうと思われる。そうした読者が読んだとすれば、この突然さは、既に説明の必要のない感覚として受け取り得たのではないだろうか。幸子を「変な女」として「不自然」だと受け止める漱石に、ここにある空白の感覚は読めていない。

5

しかし、弥生子自身は、漱石の評に全く違和感を覚えなかったようだ。回想の中では「明暗」評に対する抵抗は一切なく、指導への感謝のみが記されており、残された作品もまた、漱石の指導を全面的に受け入れたものといってよいものである。漱石の推奨で「ホトトギス」に掲載された次作の「縁」[*22]では、「明暗」にみられる時間感覚は、みごとに切り捨てられている。また、「京都の叔母様は今日お出立だ」という冒頭の一文に示されているような幸子に対する焦点化は、登場人物が被った不意打ちについて距離をとって説明することを、結果的に不可能にしたとも思われるが、この距離も積極的につくりだされている。「縁」は、寿美子とその祖母とが、寿美子の母について語るという一種の枠小説となっている。過去の出来事を、当事者以外の人物に焦点化して語っている。この点でも、「明暗」を「篇中の人物と同じ位の平面に立つ人の作物」として批判し、「大なる作者は大なる眼と高き立脚地あり」と指針を示した漱石の指導に、忠実に応えているといえる。

弥生子は漱石の言葉の中に、自分を支えるもののみを読んだのだと考えたい。書かれたメッセージをどう受け取るかは、読み手次第である。森巻吉宛て書簡とかなりの重なりがあることを考えると、弥生子の感激に見合う熱意を漱石が特別に持っていたかどうか疑わしいが、そうした感情の量など判定できるものではないし、かりに漱石のメッセージ以上のものを弥生子が読み込んでいたとしても、それは善し悪しや正確さを論ずる問題ではない。重要なのは、弥生子にとって、漱石の手紙が、繰り返し感謝を込めて語りうるものとなったということだ。

弥生子の語る師としての漱石は、非常に抽象化されているが、それが容易に可能になったのは、書かれたもののみでの限られた関係だったからではないか。直接議論を重ねるような機会があれば、立場や感受性の違いが前景化してしまう事態に陥り易い。朝日文芸欄をめぐる師弟のすれ違いなどは、その顕著な例でもある。がっぷりと組み合うばかりが関係ではないだろう。ことに「女」という特別席を与えられてしまうものにとって、このような間接性を積極的に利用することが、自らの力に対する妨害を除去する可能性を持つ場合もあるのである。弥生子は積極的に間接性を維持していた。野上弥生子をめぐって見えてくるのは、「師」たるものを自分の支えとして作り出した弟子の姿である。漱石山脈にあって、それはたしかに特殊なものであったはずだ。

【注】

*1　たとえば、「わたしはあれほどいろいろな人を引きつけてゐた木曜日の会に一度も行かうとはしなかつた」という（「夏目先生の思ひ出—修善寺にて—」、初出『文芸』3-5、1935・5）。引用は、『野上弥生子全集』第一九巻（岩波書店、1981・2）による。以下、弥生子の文章の引用は同全集（第一期1980〜82、第二期1986〜91）によっている。

*2　「私がもっとも影響を受けた小説」（『文芸春秋』49-16、1971・11）。「学校を出てから先生とお呼びしたのは夏目先生より外にはない」（「その頃の思ひ出」、初出『婦人公論』27-4、1942・4）ともいう。

*3　「夏目漱石の思ひ出」（*1参照）、「思ひ出二つ」（『漱石全集』第十六巻付録月報第五号、岩波書店、1928・7）、「夏目漱石」（初出『海』9-1、1977・1）などに記述がある。

*4　「夏目漱石の思ひ出」（*1参照）、「思ひ出二つ」（*3参照）、「夏目先生の思い出—漱石生誕百年記念講演—」（初出『中央公論』81-5、1966・5）、「夏目漱石」（*3参照）などに記述がある。

*5　『清経』の稽古で、漱石の声を「めえーッと山羊の鳴くやうな、甘つぽい、いかにも素人らしい、間延びのした謡」と形容している（「夏目漱石の思ひ出」、（*1参照）。山羊の声の比喩も繰り返され、「夏目先生の日記について」（初出『新日本文学』10-11、1955・11）、「夏目漱石」（『文芸春秋』42-8、1964・8）、「夏目先生の思い出」（*4参照）、「夏目漱石」（*3参照）などに記述がある。

*6　「夏目先生の思い出」（*4参照）、「夏目漱石」（*3参照）などに記述がある。

*7　めずらしく回想の内容に揺れがある。「夏目漱石の思ひ出」（*1参照）では、「嬉しさで夢中になつた」「正直に値ぶみすればそれは屹度あんまり高いお人形ではない。しかし（略）どんな高価なお土産を頂いたよりも親しい有り難さを感じた」と書いているが、「夏目先生の思い出」（*4参照）では「あら、こんな人形……」といって、はじめはガッカリしたものでした」「はなはだ不平であったのでございます」と話している。聞き手などの影響であらわれるこうした語り口の揺れが、非常に少ないことが、むしろ弥生子の回想文の特徴だと思われる。

＊8　「夏目先生の思い出」（＊4参照）。

＊9　「木曜会のこと」（初出、『夏目漱石』（「日本文学全集」第六巻）月報、河出書房新社、1967・6）。ここでも回想で具体的に述べられるのは、豊一郎の帰宅にまつわるエピソードと、筆子の回想の引用である。豊一郎から聞いた出来事についての記述はない。

＊10　平野謙「作品解説」『野上弥生子、宮本百合子集』（「日本現代文学全集」第六三巻）、講談社、1965・2。

＊11　篠田一士「人と作品　野上弥生子」『野上弥生子集』（「日本文学全集」第三五巻）、集英社、1968・10。

＊12　松岡陽子マックレイン「漱石の一番弟子」『新潮』81-6、1984・6。

＊13　本多顕彰「漱石山脈」『新潮』43-5、1946・5。

＊14　「明暗」、弥生子存命中は未発表。発見されたのは、没後ほぼ三年後の、一九八八年。瀬沼茂樹「ついに出た処女作―野上弥生子「明暗」について」の解説とともに、『世界』513（1988・4）で、初めて活字になった。引用は、全集（＊1参照）による。「明暗」評の引用は、『漱石全集』（第十四巻、岩波書店、1966・12）による。

＊15　「夏目漱石」（＊5参照）。

＊16　「解説」『昔がたり』、ほるぷ出版、1984・5。

＊17　「処女作が二つある話」（初出、『漱石全集』内容見本、岩波書店、1984・9。引用は、『世界』513、1988・4による。）

＊18　渡辺澄子に、「夏目漱石との師弟関係も、漱石直接の弟子とならずに豊一郎経由であったことが結果として幸せだったのではないかと思われる」という指摘がある（「野上弥生子論」『国文学解釈と鑑賞』50-10、1985・9）。

＊19　森宛書簡に言及し、「若い人の作品の向こうに、漱石は自分の旧作を見つめ、その欠点に妙にこだわっているように思う」という中島国彦の指摘がある（「写生文を超えるもの―弥生子の処女作『明暗』と漱石」『国文学』33-7、1988・6）。

＊20　引用は、『漱石全集』（第十四巻、岩波書店、1966・12）による。

＊21　佐々木亜紀子に、幸子と日露戦後の女性像との重なりについて指摘がある。「日露戦争後の日本においてあり得べき「婦人」像」としての造形であること、兄の結婚によって「居候の様」な立場に陥る〈妹〉たちの一人であることを指摘し、漱石評におさまらない「明暗」像を提出している。「明暗」に〈新しい時代の潮流を描こうとする姿勢〉の胚胎がみられるという結論には、異論もあるが、漱石とのずれが指摘されており、参照されたい（「野上弥生子『明暗』の行方―漱石の批評を軸に―」『愛知淑徳大学国語国文』22、1999・3）。

＊22　「縁」『ホトトギス』10-5、1907・2。

❖特集 漱石山脈

〈漱石・芥川〉神話の形成

―一枚の「新思潮」同人の〈写真〉から

石割　透
Ishiwari Toru

芥川文学の現代の読者にとって、〈芥川〉の〈写真〉から窺える、あの〈顔〉のイメージと無縁にテクストに参入することはほとんど不可能に近い。読む対象としての〈テクスト〉以前に、見る対象としての作者、〈芥川〉という人の〈顔〉が、〈写真〉によって人々の間に流通している。〈写真〉を通して読者が知る作家たる人の〈顔〉が、僅か十年余に過ぎない時間の中であれほどに変容し、そのことが、読者がイメージする〈芥川〉という人の作風の変化と見事に照応している、と思わせる作家、芸術家は、〈芥川〉という人以外、ほとんど思い浮かばない。〈芥川〉のテクストに〈読む〉という営みで参入せぬとも、あの〈顔〉に導かれて〈芥川〉という作家、テクストについて語り続けられる。芥川は、自らの〈顔〉のイメージに合わせて自らの作品を書き、自らの作品が読み手に与えるイメージに合わせるべく写真機の前に位置した、とさえ想像したくなる程だ。

〈芥川〉の同時代の読者は、周辺にいた文壇関係者は知らず、主に雑誌に時折掲載される〈写真〉や〈講演会〉に拠り、その〈顔〉に接していた。作家の〈顔〉と読者との関係は、文学館の設立とも関わり、文学展示会や〈文学アルバム〉の度重なる開催や刊行によって、より深まった。しかし、展示会やアルバムで見かける〈芥川〉の〈顔〉の多くは、芥川ファンなら、その多くは何処かで既に見たことがあるといった印象を受ける。写真撮影が、或る程度一般に浸透したのは、三宅克己『写真の写し方』（一九一六・九　阿蘭陀書房）などが読まれた大正中期あたりであろうか。残された〈写真〉が手ごろな枚数であったこと、これが芥川の世代の、〈顔〉にまつわる特色であった。例えば、宇野浩二の「二人の青木愛三郎」（一九二二・一「中央公論」）は、ライバルであった作家志望の男が、嘗ての友人で今や流行作家となった〈青木愛三郎〉に、伊豆に旅行に行った際になりすまし、本物以上に講演も見事になしとげる。〈芥川〉の世代は、文壇で脚光を浴びることは、そのまま雑誌に自らの〈顔〉が曝されることを意味した。〈芥川〉が文壇のスターとなる有力な契機となった小説が、人間の関係性のうえで、〈顔〉という部位が占める比重がいかに大きいか、特定の個人を認定するうえで、いかに〈顔〉が重要な要因として作用するか、をテーマにした「鼻」であり、こうした作品を漱石が賞めたことはいかにも暗示的である。〈芥川〉は自らの世代にとって、自らの存在が神話化されるに、いかに〈顔〉が重要であるかを予見していた。「鼻」の主人公は、宮中に出入りすることができる数少ない高僧、しかし高僧であるより以上に、長い〈鼻〉によって「池の尾で知らない者はな」かったのである。一九一八（大正七）年七月、「鼻」が発表された一六年あたりの「新思潮」同人をモデルとして、コンプレックスと嫉妬心に充ちていた京都にいた時代を回顧した菊池寛の小説が「無名作家の日記」（「中央公論」）である。菊池の文壇出世作となったこの小説では、芥川の「鼻」は「顔」という表題に改められていることが、芥川の「鼻」という作品の性格をなによりも証している。と同時に、この時期の〈芥川〉という人の〈顔〉を、周囲が如何に見ていたかをも、遠からず示している。

〈作家〉として個人が認定されることは、そのままその〈顔〉が読者に認定されることでもある、ということは、無論〈芥川〉に始まったことではない。日本写真家協会編『日本写真史』（昭和四六年、平凡社）は副題に「1840―1945」とあり、日本写真協会編『日本写真史年表』（昭和五一年、講談社）では「1778―1975・9」とあるが、写真はフランス人のダゲールに拠って考案され、一八三九年に政府に認可された。それがわが国に伝えられたのは意外に早く、嘉永年間

（一八四八—五三）には既にダゲレオタイプが伝来していたと言われ、『日本写真史』収載の最初の写真は、嘉永二年の大野伝吉の「湿板写真」、「伝自画像」である。明治天皇の写真は、内田九一に拠り一八七二年に撮られた。そのことが示しているように、写真の普及、浸透は、わが国の〈近代〉と通常と言われる時代とほぼ重なり、そのことを証すように、一般の近代文学史の最初に登場する仮名垣魯文、福沢諭吉、成島柳北などの風貌を、私達は写真で知っている。活版印刷の普及、それが媒体と成ることによって飛躍的に齎らされた情報の速さ、量の増大。それに付随して、視覚的に〈真〉を確実に伝達し得る〈写真〉は、急速に媒体と結びついて浸透した。例えば作者単位の美術展覧会でも、〈画家〉自身の写真が会場に飾られることは多い。しかし、そこでは多くの場合、文学展示会ほどに、〈画家〉自身が写る〈写真〉が観客の印象の内で比重を占めることはほとんどない（ピカソやダリは、この点ではやや例外と言えるかも知れない。）。〈画家〉自身の〈顔〉は、近代の場合、画家自身が描いた〈自画像〉、或いは他の画家の描いた〈像〉に拠って印象づけられることが多いのである。画家の内で、例えば〈芥川〉ほどその〈顔〉が、美術愛好家に印象づけられることはないに等しい。画一化され、無機的な印象を与え、それ自身では視覚的になにものも喚起しない活字を表現媒体とするがゆえに、それを生み出した筈の〈作家〉のなまな身体を知りたいという、即物的な欲望を読者に喚起させるのであろうか。

しかし、文学展示会で多くの〈作家〉の写真が飾られることはあっても、そのキャプションに、その〈写真〉が何時、どのような形で読者の視覚に流通したか、ということが記されている例はあまり見ない。ということは、文学展示会で飾られる作家は、〈人間〉として多くの場合展示され、読者との関係性の中で生きる〈作家〉として扱われていないことを意味する。『みだれ髪』のリアル・タイムの読者は、あの〈与謝野（鳳）晶子〉の〈顔〉や〈身体〉を思い浮べ、「やわ肌」を連想していたのか。「蒲団」の初出発表時の読者は、どの程度にあの〈花袋〉の〈顔〉と重ねて、主人公の行状を読んでいたのか。〈芥川〉の場合、〈河童〉の絵も同様で、〈芥川〉生前の読者があの〈河童〉の絵をどの程度に知っていたか、と尋ねられ直ぐに答えられる人は、余程の〈芥川〉通というべきなのである。

このあたりから〈漱石〉と〈芥川〉の関係に思いめぐらせば、まず〈芥川龍之介〉という人の〈顔〉が、最初に不特定多数の読者の前に披露されたのは何時だったのか、また、現在では常識とされている、〈芥川〉は〈漱石〉晩年の有力な門下生であったという神話は、何時読者の間に浸透したのか、ということがある。私達は既に芥川が小説家として注目される存在と化した契機は、（第四次）「新思潮」創刊号（一六年二月一五日発行）掲載の「鼻」を読んだ漱石が、二四日に予定されていた木曜会を待てず、一九日芥川個人に「鼻」を賞めた書簡を差し出すほどに注目したこと、それと関わり、漱石門下生鈴木三重吉が編集顧問をしていた「新小説」九月号から依頼され「芋粥」を発表、好評を得たこと、であることを知っている。更に、翌「十月号」には、当時の文壇の最高権威、「中央公論」文芸欄に「手巾」を発表したが、同雑誌の文芸欄主幹も漱石山房に出入りしていた滝田樗陰であった。「手巾」は、当初は気軽に「新思潮」に「武士道」と題して発表する予定であったが、急遽「中央公論」に廻された。その結果、その月の二四日の原善一郎宛書簡で、芥川は「この頃僕も文壇へ入籍届だけは出せました」と告げた。「新小説」「中央公論」掲載の事実が窺える、「文壇へ入籍届だけは出」すに至るまでには、全て漱石の人脈が関わっていた。漱石は、流行作家のバロメーターとも言うべき新年号にも発表させようと計った。

しかし、既に「新潮」「文章世界」から新年号の執筆依頼があった芥川は、やむなく断った。こうして、「芋粥」発表から僅か四か月後の新年号に、一流文芸雑誌の二誌に小説を発表する華々しいデビュウを芥川が飾ったことも知っている。しかし、こうしたことを、当時の読者が知っていたわけではない。

個人が〈作家〉として認められていると読者に認定されるのは、作品が時評に曝される時であり、「芋粥」発表後、〈芥川〉の作品を新聞、雑誌の文芸時評が盛んにとりあげ始めた。加能作次郎、田山花袋らの自然主義者に拠る「芋粥」「手巾」評（田山の「手巾」に対する酷評は知られているが、加能は好意的であった。）の他は、小宮豊隆の「芋粥」、赤木桁平、森田草平の「手巾」評といった、漱石門下生に拠るもの、それに「新思潮」に深く関わる秦豊吉「手巾」評もあった。（第四次）「新思潮」を創刊するに導いた、漱石に読まれ認められたいという実際的な目的は、芥川自身では、一七年の新年号に二つの雑誌から執筆依頼が来たことで既に達成済みであった。この間にも「新思潮」に芥川は作品を発表しているが、漱石に認められていない同人たちに対する気配りが働いてのものでもあったろう。久米正雄や松岡譲の後年の回想によれば、「鼻」は発表前の同人間の読み合せでは評判は良くなかった。久米は「一同は、「鼻」が後に評判になるほど、その当時はい、ものだとは思つてゐなかつたのです。成瀬などは、自分が現実派で無技巧な感激を重んじたものを書きたいと云ふ創作態度でしたから、「鼻」は技巧が勝過ぎてあまりに老成ぶつてゐると非難をしたものですが、僕はそれほどにも感じなかつた。併しそれでも、芥川ならもつと上手いものを書くと思つたのです。」と語り、俳句、戯曲創作の点でも既に一歩リードしていたこの時点の久米には、二月一九日の漱石の芥川宛書簡は、明らかにショックであった、とも松岡は回想している。〈漱石〉の信奉者であった成瀬は、そのこともあってか、暫らく漱石の書斎に足を向けようとはしなかった。久米の回想によれば、「鼻」を賞めた漱石の書簡を受け取り感激した芥川は翌日、大学の教室で久米に声をかけ、赤門前の一白舎に行き書簡を見せた、次の木曜会に久米と一緒に赴いた際、漱石は賞め、その所為で阿部、安倍、森田、鈴木、小宮も「皆んなとてもほめ」、「実際あの人達は、単独に「鼻」には驚嘆したらしい。」と記し、山本有三も「国定教科書へ入れてもい、」と激賞していたという。松岡によれば、漱石の芥川評価は、漱石山房に出入りしていた「中央公論」主幹の滝田樗陰の「スーパー拡声器で忽ちのうちにひろがつた」。とは言え、これは内々のことであり、漱石門下生と「新思潮」同人の間にのみ知られていたことであったろう。「新潮」四月号の、青頭巾なる署名による「読んだもの」では、「鼻」は「「羅生門」には及ばない」と評価は低く、久米正雄が「有望な作家と称すべき」と最も評価されているのである。

この漱石と「新思潮」同人との関係は、創刊時において最も漱石の崇拝者であった成瀬が一六年六月号に、「私達は」「夏目漱石先生を日本の文壇のどの先輩よりも多く尊敬する。」といった言葉が唯一記されているだけで、漱石が逝去するまで、（第四次）「新思潮」の誌面においては、「編集後記」の類にも記されていない。（第四次）「新思潮」は、漱石の歿後に「漱石先生追慕号」を出し廃刊。漱石を第一の読者に見立てて刊行された、との後年の同人たちの回想を証明する形で終わった。が、漱石逝去までは、漱石との関係について同人たちはほとんど寡黙を貫いた。漱石との関係は個々に濃淡があり、先輩の門下生の思惑に対する配慮もあったのであろう。これらの事実は、「鼻」や当時の久米の作品に対する客観的な評価はとりあえず問わないとすれば、九月号の「新小説」からの依頼も含め、漱石の力が芥川の文壇進出に如何に大きく作用したかを示している。

「芋粥」発表後の「新潮」十月号の「文壇新気運号」（中に、「明治大正　芸術壇新気運勃興史」と題された特集を含む）では、芥川、久米ともに「余を最も強く感動せしめたる書に就きての記憶と印象」で、ともにアンケートを求められる光栄に浴した。芥川は、十余年の作家生活の内に、百を越すアンケートに律儀に応え、ジャーナリズムに対するサービス精神は旺盛であったが、こうした「新潮」名物であった「人の印象」、「人間随筆」も含め、アンケートの類の記事が急激に雑誌の誌面に目立ち始めるのも、漱石の世代とは異なる芥川の世代の特色であった。そのことは、〈作家〉の〈写真〉が誌面を一層飾ることになる、〈芥川〉の世代の特徴とパラレルな関係にある。〈芥川〉は、日常でのなま身の姿を読者の前に曝すことを厭い、そうした点でも漱石、鷗外の継承者たるに相応しく、西洋の小説の方法を正統的に受容した人と見られている。しかし、なま身の身体を読者に曝す〈写真〉とともに、〈アンケート〉の形を借りて、自己をあれほど語った作家も珍しい。おまけに、晩年には映像（映画）にまで写されている。〈写真〉〈アンケート〉で、或る程度になま身な自己を曝さねば、少なくとも文壇の花形になることは不可能であった世代が芥川の世代であり、そのチャンピオンが〈芥川〉であった。なま身な自己を語ることを厭ったという〈芥川〉についての通説は、但し創作の面に限っては、と訂正されねばならない。小説で、己れを語ることを厭った芥川は、〈写真〉と〈アンケート〉で、そしてこれは、個人全集の刊行によって明らかとなった事実ではあったが、〈書簡〉でも己れを語り過ぎている。芥川が新進小説家として確固とした地位を占めた一七年、「新潮」では正月号、九月号と二度にわたり早くも〈写真〉が口絵欄に掲載された。（因みに言えば、同年の「新潮」では、久米正雄は一度も、口絵欄に〈写真〉が掲載されることはなかった。）

「中央公論」に発表した一〇月頃から、芥川の作品評が雑誌や新聞の誌面に目立ち始める。菊池が「批評するとせざるは「雑誌の発売部数の多少に依る」と「文芸東西往来」（一六年一一月、「新思潮」）で記さねばならなかった所以である。一一月号「文芸雑誌」の「アンドレー」に拠る「新思潮の人々」では、「白樺」と対照して「新思潮」に、特に芥川に絶賛に近い賛辞を寄せ、中に「夏目漱石氏の推賞によつて、氏の小説芋粥が新小説に載つてから、氏の名を知つた。（引用者、中略）氏の作品がまことに夏目氏に似通つているように、今に氏の人格も氏に似て来るで（ママ）はあるまいか。」というのが、芥川と漱石との関係が読者の前に明かされた最初のものであろうか。

しかし、「文芸雑誌」は、生田長江、生方敏郎、森田草平が編集に関わっているものの、「新小説」「中央公論」に比してマイナーな雑誌である印象は拭えず、更に、この記事は生田長江が「白樺」派を自然主義前派として批判しているさ中の評で、「白樺」に対して「新思潮」をもち上げる意図が見え、久米は「文章倶楽部」一二月号の「生活と芸術と（日記から）」で抗議めいた言辞を寄せてもいる。更に、「文章倶楽部」一一月号のABCによる「文壇風聞記」では、漱石の木曜会には「小宮豊隆、森田草平、野上臼川、赤木桁平、内田栄造、芥川龍之介等が、目下よく顔を出す人」とあり、芥川が漱石の優秀なる門下生とのイメージは、一般読者の間にも徐々に浸透しつつあったことが判る。一六年、一二月号の雑誌は一年の文学傾向を回顧、和辻哲郎「文壇は果たして不振である乎」（「新小説」）、広津和郎「「大家」と「新進作家」の傾向の際立つた創作壇」（「新潮」）でまとめられているように、純粋の大正期作家の浮上が目立った年であったとの総括が中に多く認められる。「新潮」の「不同調」でも、文壇の新進を「白樺派」「新赤門派」「新早稲田派」に分け、「白樺」が一番優勢としつつ、「新赤門派」に「新思潮」同人、それに小宮、赤木の名前を挙げ、漱石との関係の深さを暗に示した。中村孤月「来る可き時代の文壇」（「文章世界」）が、芥川に対して、「氏の今後に期待を持ち得ない」として、「一面漱石氏の作品に似、一面潤一郎氏の作と似て居る」と評したのも、芥川が、漱石の門下生であるとともに、「新思潮」という雑誌の同人であることを十分意識したうえのものであったろう。また、久米は先に挙げた「生活と芸術と」で日記の形で、一一月二日の「木曜会」に芥川、松岡とともに赴いた際の雰囲気を伝えた。江口渙や小宮豊隆などの回想や伝記により、後年に生きる私達は、「鼻」を賞め、芥川に期待した当時の〈漱石〉には、旧門下生に対する深い失望があったことを知っている。そうしたことを端的に示すように、一六年の一二月号の種々の雑誌は、その年を総括して文壇に新しい気運が生じていることを伝えてもいる。〈芥川〉、そして「新思潮」派は、こうした気運の中で急激に浮上してくるのであり、そうした事実を決定づけたのが、一七年の雑誌の新年号であり、それには〈写真〉が大きく介在することとなった。流行作家のバロメーターとなる雑誌の新年号に、先に触れたように、〈芥川〉という作家の〈顔〉が三ヶ所に出現したのである。「運」が掲載された、自然主義系の雑誌で、創刊された〇八年から既に文学者の〈写真〉掲載に熱心であった「文章世界」の口絵、「尾形了斎覚え書」が掲載され、〈新作家評論〉（宣伝に見られる表題）特集号でもあった「新潮」に、口絵〈写真〉として、「（新思潮）の人々」と題され、おそらく「新思潮」同人が一六年四月三〇日卒論を提出した日に本郷の写真屋で撮影した〈久米〉〈松岡〉〈芥川〉〈成瀬〉の四人の姿が写っている〈写真〉（この写真は、この他にもう一枚あるようであるが。）、同誌の「新作家評論」欄掲載の加藤武雄「芥川龍之介氏を論ず」の表題の上に掲げられた、〈芥川〉の〈顔〉の部分のみを切りとったものの計三ヶ所である。同雑誌の「新作家評論」にとり挙げられた作家は、芥川の他、里見弴、豊島与志雄、長与善郎、谷崎精二、江馬修、相馬泰三、野上弥生子、有島生馬、武者小路実篤で、それぞれ表題の上に論の対象となる新進作家の〈写真〉が挟まっている。久米は作家論の対象にはとり挙げられていないが、「新思潮」の先輩、豊島与志雄を論じた。この新年号の特集が、十月号の「文壇新機運号」及び前年暮れの文壇総括を受け継いだ企画で、そうした点にも、文壇の動向に鋭敏な「新潮」の特徴が表れている。

「文章世界」の口絵写真はまず置き、問題は「（新思潮）の人々」と題された〈写真〉である。この〈写真〉の四人のうち三人は、新年号の時点では、実際は既に前年に帝大を卒業していた。しかし、この〈写真〉では、〈松岡〉を除いた三人が、角帽、学生服姿。いかにも若々しい、帝大生の知的エリート集団、といったイメージを読者は受ける。それは、この号が〈新作家評論〉特集であることから、〈新作家〉の中で最も注目されるのが「新思潮」同人であることを、強烈に雑誌を手にした者に印象づけるものとなった。とともに、この新年号の時点では、菊池は東京で「時事新報」の記者をしていた。にも関わらず、〈菊池〉の姿のみがこの〈写真〉では排除された。そして、この点が最も重要であるが、企画された時点では予想外の事であったが、〈夏目漱石〉がこの号刊行の時点では既に逝去していた。帝大生、「新思潮」、漱石の逝去、「新作家評論」、これらが一連の関係性の基に読者の視覚に届けられたのが、「新潮」の新年号の〈写真〉であった。とすれば、〈漱石〉の逝去により、〈漱石〉の後継者の役割を「新思潮」派が担うことを強制的に読者に承認させる号に、この号が変容したことになる。前年の一一月号、一二月号の諸雑誌に少しでも目を通している文壇通の読者であるならば、更にそうした印象を抱いたに違いない。

加藤武雄の「芥川龍之介氏を論ず」では、「鼻」は「夏目漱石先生が激賞されたと聞いた」と明瞭に記され、「その他、「新思潮」同人として、松岡譲、菊地寛（ママ）、成瀬正一の諸君があるが、二君に比して作品も少ないし、未だたいして鮮やかな特色を示しても居らぬと思はれる。これ等の諸君について今、かれこれ云ふのは早計だ」との一節もあった。この一節は、この〈写真〉には四人が写っているものの、実際は〈芥川〉と〈久米〉のみに焦点が合わせるべきとの、視覚の方向性さえも強制させることに導いた。そして、事実、「新潮」のこの号の目次では、〈芥川〉と〈久米〉の名前が見られるのみなのである。この加藤の論は〈久米〉にも比重が置かれた〈芥川〉論であり、〈芥川〉論として最初のものであるが、この論の次の末尾の言説は、先に私が述べた、〈漱石〉後継者に関わる連想を補強するものとなった。「最期に、「新思潮」社諸君の為に敢て一言し度いのは、諸君の私淑する夏目漱石氏の景仰に堪へたる人格的感化に薫染せられるのは止むを得ないとしても、しかし、漱石氏の魅力によつて、君が芸術的の個性をまで蠱惑(?)せらる、な、といふ事である。」。〈芥川〉〈久米〉が漱石に親炙していた、その親密度が、そのまま「新思潮」派の個々のメンバー評価に反映して、この論は結ばれたのである。事実、生前の〈漱石〉には只一度しか会っていない菊池は、〈写真〉にも写されず、加藤の論でもほとんど無視された。この新年の二日、「新小説」は「臨時号」「文豪夏目漱石」を出す。その号の後記には、「芥川龍之介氏に御願ひしてあつた葬儀の記」は「締切期日の間に合はなかつた」とあり、この臨時号には、〈久米〉の名前は全く見られないことも、〈久米〉には愉快でなかったであろう。更に、「文章世界」新年号を飾った、これは〈芥川〉一人の写真もある。「文章倶楽部」「文壇一百人」でも、芥川には「鷗外、漱石の俤のある作家」とあり、「大学評論」二月号でも、石田三治は「夏目漱石氏の文学と文学論」で「鼻」が「漱石氏の推賞する所となつたと云ふあの『鼻』以来の数々の創作で一躍有数の新進作家になつた。」、「江戸っ子にして且つ漱石氏に親しんだ此人に、用ゐることを許される言葉なら彼文豪の遺鉢が伝へられて居はしないかとさへ思ふ」と記す。「文章倶楽部」三月号の安藤礼夫「顔、言葉、態度一」となれば、〈芥川〉の〈顔〉の印象が〈漱石〉と重ねられ、「夏目漱石といふ人はこんな感じのする人ではなかつたであらうか。秀でた眉と、表情的な脣と、時にはつきりし時に微笑で輝く眼と、そして聡明な理知と、豊かな空想とから発する一種の魅力が人に迫る。」などと、〈写真〉のイメージがそのまま言説に流れこみ、〈漱石〉の後継者としてのイメージは、〈顔〉の点でも、既に一般に浸透している印象を受ける。「新思潮」一月号では、「編集後記」で松岡、芥川が漱石逝去について触れ、「来月号」は「先生の追悼号」にする予定であることを記し、芥川は「僕一身から云ふと、外の人にどんな悪口を云はれても先生に褒められれば、それで満足だつた。同時に先生を唯一の標準にする事の危険を、時々は怖れもした。」、「文壇は来るべき何物かに向つて動きつゝある。亡ぶべき者が亡びると共に、生まるべき者は必生まれさうに思はれる。今年は必何かある。何かあらずにはゐられない。」と、漱石との関係の深さを自ら語り、漱石逝去後の新気運を代表する存在であるとの自覚さへも記した。

仮に津田青楓『漱石と十弟子』(六七・一〇　朋文堂新社)を見れば、蕪村の「蕉門の十哲」にならった、一八年一〇月に出品された「漱石山房と其弟子達」の絵が挟まれている。「画中の十弟子」は、安倍能成、寺田寅彦、小宮豊隆、阿部次郎、森田草平、野上臼川、赤木桁平、岩波茂雄、松根東洋城、鈴木三重吉であり、漱石との関係を綴ったエッセイが収められている。「新思潮」の「漱石先生追慕号」では、青楓宛の漱石書簡などが巻頭を飾っているが、『漱石と十弟子』では芥川、久米、松岡などに全く触れていない。更に、その〈十弟子〉に最も近い一人で、漱石の作品の校正に力を尽くし、芥川が「冥途」「旅順入城式」などを絶賛、亡くなる直前までオマージュを書き残した内田百間も、漱石に関したエッセイ(という限定つきだが)内では〈芥川〉については全く触れてはいない。事実、漱石の〈十弟子〉は、芥川がデビュウし漱石が逝去した時点では、ほとんど創作の筆を断っていた。多くは、翻訳、評論、学術の方向に関心が向けられていた。こうした事実に気づいていた読者であるならば、あの〈写真〉は、〈芥川〉〈久米〉こそが〈漱石〉の創作面での後継者としての役割を期待されている、という印象を抱いた筈である。

漱石とその門下生との関係は、五高や一高、東京帝大などの教育現場での関係を継続した者も多かった。しかし、彼らとの関係も、本質的には、「新思潮」同人がそうであったように、漱石の人格や創作、教養など、個人的な魅力によって結ばれた関係であった。和辻は先に記した「文壇は果して不振である乎」で、「何々主義の代りにたゞいろ〳〵な「人」が居る。」「何々主義の下に提灯を持つて集まるなどは抑も間違つてゐた」、「ではその人々は誰だ。—第一夏目漱石氏がある」と記しているように、大正という時代をも反映した関係であった。それは、「こゝろ」における〈先生と私〉に似た関係であるといってよい。したがって、〈反自然主義〉〈内生活〉重視といった面では共通していたかも知れないが、その創作面に限定しても、門下生は各々傾向を異にしていた。したがって、門下生同士の作品相互批評は厳しいものであった。小宮の「芋粥」評、森田の「手巾」評は、決して全面的に芥川を賞めたものではない。そこからは、冷酷な感触さえも感じとれ、漱石の旧と新の門下生の対立の風景さえも窺える。

更に、この〈写真〉を見て思うことは、（時代を思えば自然なことであろうが）四人ともに男性。漱石の書斎に出入りしていたのも、女性は野上弥生子が印象に残る程度で、ほとんどが男性。『羅生門』出版記念会の出席者も、〈田村俊子〉を除けば男性、といったこともある。更に、漱石の逝去するまでの芥川の「羅生門」以後の作品（単行本『羅生門』収録の作品にまで拡げてもいいが）に登場するのは、徹底して男性ということにも思い及ぶ。僅かに「手巾」の西山夫人、「運」の強盗に誘われた女、「羅生門」の老婆と死体の黒髪の女性、「芋粥」の酒飲みの法師と噂のあった五位の妻、更に「尾形了斎覚え書」などが女性として登場しているに過ぎない。こうした芥川が、エロス的な要素を持った女性を描くには、「夏目漱石先生の霊前に献ず」と扉に書かれた『羅生門』刊行まで待たねばならなかった。そして、この「偸盗」は、前年「新小説」から初めて原稿依頼された時に執筆しようとし、同雑誌八月号の宣伝にも記され、芥川書簡でもそのことが証されているが、結局「芋粥」発表に変わったという、いわくつきの作品であった。そこにも「鼻」を賞めた漱石の書簡の文面、「あ、いふものを是から二三十並べてご覧なさい文壇で類のない作家になれます」の拘束力が窺える。が、その結果「偸盗」は漱石歿後に発表される。女性に対するエロス的な要素が全く介入せず、男性間の連帯の中で排除される女性という、「こゝろ」の〈先生と私〉的な世界に囲まれていたのが、〈漱石〉逝去までの〈芥川〉であった。

「新思潮」の「漱石先生追慕号」の発行日は大正六年三月一五日、それはほとんど、漱石晩年の一年間に親炙した「新思潮」同人のみで成立した。「新小説」「臨時号」「文豪夏目漱石」（一七・一・二）は、編集に「新思潮」同人では久米らが協力したものの、表面的には久米の名前が記されず、〈芥川〉の「葬儀の記」の発表が予定されていたことが記された。旧世代の門下生が「新思潮」の「漱石先生追慕号」の編集に対して快く思っていなかったことは、松岡が回想している。「葬儀記」を「新思潮」に廻した芥川には、同人たちに対する気配りもあったことであろう。ここで重要なことは、「あの頃の自分の事」（一九・一「中央公論」）を除けば、これが芥川が木曜会のみならず、漱石門下生との関係性のなかに居る自己を記した、ほとんど唯一の文章となったことである。若すぎる年令で亡くなったとは言え、漱石個人に対する回想は、度々記しているが木曜会の雰囲気を芥川はそれほど書き残していないのである。二七年五月の「漱石先生の話」も講演の筆記されたものである。

漱石逝去の際、芥川は海軍機関学校の歓迎会が「小町園」であり、一一日の葬儀にやっと駆けつけた。芥川は、その月の一日より横須賀海軍機関学校の嘱託教員として勤務していた。当時の横須賀海軍機関学校はエリート校で、嘱託とは言え奉職の条件は恵まれていた。紹介したのは、漱石とも関わりの深い畔柳都太郎であった。横須賀に勤務した芥川には、家族から離れたい意図もあったのかも知れない。しかし、それ以上に、漱石やその門下生、それも含めた文壇の人間関係のネットワークから距離を置きたい気持ちが強く働いていたようである。皮肉なことに勤務して十日も経ぬうちに漱石は逝去した。しかしその所為で、確かに、漱石の葬儀に付随したこと、漱石全集編集に関わる雑務、それに、あの〈写真〉の中の二人の確執を齎らした〈破船〉に関わる出来事とも、終始距離を置くことを芥川に可能にした。このように、漱石山房に出入りし始めた当初から芥川は、漱石に接近したい気持ちと、或る距離を保ちたい気持ちが、常に交錯していた。

「新思潮」同人が、漱石の後継者グループの印象を決定的に読者に与えたのは「漱石先生追慕号」の刊行であった。その延長線上に、芥川の最初の単行本『羅生門』は刊行される。漱石先生の霊前に献じると扉に記す、題簽を漱石の友人（芥川にとっても一高の恩師でもあった）菅虎雄に依頼する、表紙の装丁は『漾虚集』を真似る、その跋文は漱石の『彼岸過迄』の序文の内容を意識する、という風に。そうした意味で、『羅生門』刊行に際して芥川が選んだスタイルは、芥川の芥川なりの漱石に対するキリのつけ方であった。『羅生門』出版記念会は六月二七日、それは若い世代を結集したかの感があり、出版記念会としては久しぶりのものであった。発起人の一人に小宮豊隆が加わっていた。漱石門下では、小宮の他に、赤木、和辻が出席した。しかし、和辻は後藤末雄、谷崎潤一郎とともに、「新思潮」先輩としての意味もあったろう。漱石門下生の、或いは漱石門下生に対する冷淡な姿勢が目立つのである。こうした芥川は「偸盗」を執筆している時期に、この会の発起人でもあった佐藤春夫に「共通なものをもつている」と彼との親近感を述べた書簡を与え、出版記念会では、自らの向かいの一番目立つ位置に谷崎潤一郎を据えた。この〈写真〉は、「文章世界」八月号の口絵に掲載された。後年の江口や佐藤春夫の回想によれば、谷崎の出席を芥川は一番喜こんでいたという。こうした芥川と漱石門下の先輩との関係は、芥川自裁における雑誌追悼号の姿勢まで引き継がれた。試みに、「中央公論」「文藝春秋」「新潮」「改造」「文章倶楽部」といった、当時の主要雑誌の芥川追悼号を見れば、漱石門下生は誰も〈芥川〉については記していない。勿論芥川歿後まもなく刊行された『芥川龍之介全集』（所謂『元版全集』）の編集同人にも、〈漱石〉門下生の先輩は参加していない。以後の芥川は、漱石門下の鈴木三重吉主幹「赤い鳥」の「賛助員」になり、「赤い鳥」に協力を惜しんでいない。漱石門下の先輩の叙述についても触れている。しかし、概して先輩には冷淡であった。

「「新思潮」の人々」のあの「新潮」掲載の〈写真〉が特別に意味を持ち始めるのは、一八年であった。夏目漱石の長女筆子と松岡譲の婚約の報道に端を発し、これ見よがしにこの出来事を扱ったモデル小説を久米は発表、「新思潮」と漱石との関係が作品を離れた面でも話題となった年である。〈写真〉に漏れていた〈菊池〉は、京都にいて〈漱石〉とは距離があった折の屈辱、嫉妬を描いた「無名作家の日記」を発表、芥川を「山野」として登場させ、嫌味な男として描いた。〈写真〉というメディアの強烈さを示して余りある現象と言えよう。二〇年、大森痴雪の脚本で「藤十郎の恋」が京都南座で上演された時、開演挨拶に立った菊池は、「坂田藤十郎の恋」が（第四次）「新思潮」創刊号で没にされた屈辱は、一生忘れないと語ったとされるが、〈写真〉に写っていなかった恨みが、こうした小説を生んだ。〈成瀬〉が外国に向けて去った後、〈菊池〉がこの〈写真〉の風景を揺るがすべく新たに登場したわけである。〈写真〉の二人が、〈漱石〉門下に根ざして、なまなましく対立する。漏れた一人は、その恨みを書いた小説を発表、と〈漱石〉との関係の濃淡が直接関わるでき事、作品を生み、「新思潮」派が妙な形で脚光を浴びた。この際の〈芥川〉が、これらの〈「新思潮」の人々〉の動向、漱石門下の先輩に対するスタンスのとり方を証したのが、「枯野抄」（一八・一〇「新小説」）である。師は既に臨終の身で、門弟を管理し批評する目を失っている。文壇の政治力の次元で師の臨終に思いを馳せる弟子たちに対して、師の身体にまで及ぶ桎梏から離れ、師の死を自己と作品の再生の次元で受けとめる弟子を、〈芭蕉〉の弟子〈丈草〉に託して表現した〈芥川〉の姿勢こそ、〈漱石〉逝去後の〈漱石〉に対するスタイルの採り方の読者に対する提示であった。一八年は、そうしたスタイルを〈芥川〉が演じ得る恰好の場を二人が与えたのである。「漱石山房の秋」（二〇・一「大阪毎日新聞」）「漱石山房の冬」（二三・一・七「サンデー毎日」）では、華やかな存在でありながら、「蕭条たる」

生活に甘んじ、孤独な中で執筆を続けた〈漱石〉をわがものとして回想する。漱石の晩年の孤独に無理解で軽薄な同行者に対して、孤高に創作を営む者の孤独を我のみが共有するという姿勢を芥川は崩さない。「漱石山房の冬」で無理解な同行者を設定した芥川の意図は明らかであろう。

久米正雄について言えば、例えばその初期の短篇小説を読めば、その人の良い単純さが随所に現れ、読者は微笑を禁じ得ないのであるが、一方では、その核をなしているものが、初期から、男性同士間の嫉妬という暗い情念であることに驚くのである。そうした作風は、谷崎の「憎悪」「金と銀」にも共通し、菊池「無名作家の日記」もそうした作品であり、時代の傾向であろうが、「破船」こそ、久米のそうした作風の集約された作品でもあった。それでは何故、一八年に、これほど「新思潮」の同人が、互いを意識し、モデルとした小説が発表されねばならなかったのか。勿論、漱石の長女をめぐる、一種の〈王位継承〉をめぐる二人の戦いもあった。と同時に、そこには、一七年一二月に岩波書店から刊行が始まった『漱石全集』が微妙に作用していた。『漱石全集』の編集委員には、芥川など「新思潮」同人は参加していない。したがって、どのような編集内容になるのかも、彼らは明らかではなく、恐らく松岡を除いては知らなかった。まして、彼らと編集委員に参加していた先輩の間には、よそよそしいものがあった。〈漱石〉が生前に発表していた作品なら問題はない。しかし、そこには、『書簡集』の巻の刊行が予定されていた。『書簡集』『続書簡集』は一九年四月、六月に刊行、いずれにせよ、『芥川龍之介全集』がそうであったように、逝去まもなくの刊行であった。生前の〈漱石〉が、私的な場で何を記していたか。「新思潮」同人の多くは、『続書簡集』にいかなる書簡が収録され、〈漱石〉がそこで何を記していたか、誰も不気味に思っていたことであろう。そのことが、漱石の長女と〈松岡〉の婚約、結婚、〈松岡〉と〈久米〉の確執のみに止まらぬ、異様な刺激を彼らに与えたのではないか。芥川の「枯野抄」は、『漱石全集』刊行中に発表されたことも考慮されねばならぬ。また、二〇年一月に刊行された、「あの頃の自分の事」が収録された『影灯籠』には、菊池に対する書簡の形で〈漱石〉との関係が記述された章が削除されたのも、〈菊池〉に対する配慮とともに、全集刊行がその時点では既に終っていたことも考慮されねばならない。『漱石全集』「心・道草」の第六巻の刊行は一八年三月、『縮刷こゝろ』の刊行は前年六月であった。〈久米〉〈松岡〉、それに〈菊池〉など「新思潮」同人には、〈漱石〉と自分たちとの関係に、「こゝろ」の〈先生〉と〈私〉の関係が想起されていた。特に、〈松岡〉に対する失恋者である自らを書き、演じ続けた〈久米〉は、時には〈先生〉を、時には〈K〉を意識して書き、演じ続けたように思える。（そういえば〈久米〉のイニシャルも〈K〉である。）〈破船〉事件の当事者は、「こゝろ」に漱石と門下生の関係が反映されていたように、「こゝろ」という作品の幻影にとり憑かれ、「こゝろ」に魘された劇を演じ続けたのではなかったか。〈破船〉事件においては、漱石と関わりのほとんどなかった菊池の立場はまさに〈友と友の間〉にいて、気楽であったろう。菊池の「友と友の間」（一九・八～一〇「大阪毎日新聞」）では、当初から久野（久米）や雄吉（菊池）は、「それから」は「その跡」、「こゝろ」は「魂」として、このでき事が漱石の「それから」や「こゝろ」に似た劇に発展することを予見していた風に記している。周囲の誰しもが或る程度、それらの漱石作品とこのでき事を重ねて見ていたのである。「こゝろ」の「K」は自裁した。しかし「K」をも演じた〈久米〉は、生き延びて、死すことに替わり〈破船〉事件を憑かれたごとく執拗に書き続け、もの書きとしての一種のありようを示した。芥川にも、「疑惑」と関わる未定稿、「廓町の下宿屋（仮）」があるが、それは「こゝろ」のメイン・プロットを想起させるものである。〈漱石・芥川〉神話は、『漱石全集』「続書簡集」が刊行された一九年六月一五日に、一つの完結を見せた、というべきであろう。そこでは、現在の『漱石全集』に窺える漱石の芥川宛書簡が収められ、〈漱石〉生前の、「新思潮」同人に対する評価が誰の眼にも明らかな形で示された。〈漱石〉評価において二番手であった〈久米〉は、〈夏目家〉の身内にもなれず〈王位継承〉の夢も破れ、書く営みで専ら〈夏目家〉との関わりと弟子であったことに自らのアイデンティティを確保し、〈松岡〉は既に〈夏目家〉を継ぐ身内として、〈漱石〉神話に関わらぬ〈菊池〉は、〈神話〉とは無縁の自由な立場を持し、一番手の〈芥川〉は〈漱石〉との関係は常に、一人の人間、芸術家に対する敬愛と親愛の感情であるとの、優等生らしく時代思潮を典型的に反映する姿勢を読者にイメージさせるべく演じ続けた。また、「新小説」漱石追悼特集掲載の漱石の〈写真〉に見られる〈明治〉の〈人格者〉の風貌に対し、晩年の漱石の心境として〈神話〉化されている、死に親しむ心境を更に先鋭化した〈世紀末の悪鬼〉を演じ、〈大正〉の終焉とともに、自裁して果てた。いずれにせよ、〈漱石〉との関係性の濃淡には差はあれ、一七年「新潮」新年号の口絵を飾った一枚の〈写真〉は、〈漱石〉という人の身体が消えた後も、亡霊のごとく生き続けたのである。

❖特集 漱石山脈

和辻哲郎の漱石体験

吉沢伝三郎
Yoshizawa Denzaburou

漱石体験の三つの時期

「和辻哲郎の漱石体験」は三つの時期に分けて考察することが出来よう。和辻は、明治三十八年の一月、十五歳の時に『帝国文学』で、たいした期待も持たずに漱石の『倫敦塔』を読みはじめた時に、突然非常なショックを感じた、と四十五年後の晩年に回想して、その体験について次のように追憶している。「私は強い力であの作の中に引き込まれ、それまでにかつて感じたことのないような烈しい陶酔感に浸った。それで幾日もの間、現実に立ち帰ってくることができないような気持ちであった。この経験はひどく私を驚かせた。それまで漱石についてあまり知識を持っていなかった私には、これは実際突然の出来事だったのである。この時から、漱石の存在は、私にとって急に大きいものになって来た。[*1]」和辻はまた、『自叙傳の試み』の「中學生」の章でも、次のように回顧している。「漱石の『從軍行』は「人生の意義を追ひ求めるものの」かういふ期待には何ら答へるところはなかつたが、半年後の『倫敦塔』は實に力強くその要求を充たしてくれたやうに思ふ。

わたくしはあの作品を讀んだ時に、非常に強い恍惚感を經驗した。それは人生の意義を、說いて聞かせるのではなくして、直接に感得させるやうなものであつた。あの作品がさういふ力を持つてゐたのは、漱石の創作力があそこで爆發的に現はれて來たといふことと無關係ではないであらう。[*2]」

和辻哲郎の漱石体験の第一期は、この時から大正二年の秋に漱石との直接的な接触が始まり、漱石門下の一人として漱石山房に出入りするようになるまでである。この時の事情について和辻は次のように回想している。「大正二年の秋、初めて『ニイチェ研究』を出版したときに、私は敬慕のしるしとして一本を漱石に献じたいと思った。が、製本にかかってからもなかなか手間取って本が手もとへ届いて来なかったので、待ち切れずに手紙だけを先に出した。その中に、［漱石の熱心なファンであるという］右に書いたような、一高入学当時の思い出を書き込んだのである。そうしてそれを投函した日に、その足で帝国劇場へ行った。たしか小宮豊隆君の関係していたストリントベルグの『父親』だったか『令嬢ユリエ』だったかが上演された時であったと思う。その時、開幕前に、偶然廊下で漱石に紹介された。それまで数年間劇場や音楽会で漱石を見かけたことは一度もなかったのであるが、この日には、はいるとすぐ漱石にぶつかったのである。そのころ漱石は四十六歳で、『行人』の執筆中であった。六七年前一高の廊下で見かけた時分とはまるで別人のようで、円熟した、温情にあふれた老紳士に見えた。四十六歳の老紳士はおかしいが、しかし二十二年下のものから見ると、そういうふうに見えるものらしい。[*3]」

和辻哲郎の漱石体験の第二期は、漱石との直接的な接触が始まったこの大正二年の秋から、漱石が逝去した大正五年の暮までの、和辻哲郎が漱石山房に出入りしていた三年間である。漱石は四十九歳で早世したが、和辻は漱石の死後四十四年間生きて、昭和三十五年に七十一歳で逝去した。この四十四年間にはもちろん漱石との直接的な接触はなかったわけであるが、しかしその間依然として漱石の人物と文芸とを敬慕し続け、そのことが和辻の人格ないしは生き方とその多彩な業績とに陰に陽に深い内面的影響を与えたという意味では、この四十四年間を和辻哲郎の漱石体験の第三期とみなしてよいであろう。和辻自身、次のように述べている。「私が漱石と直接に接触したのは、漱石晩年の満三個年の間だけである。しかしそのおかげで私は［三十四年後の］今でも生きた漱石を身近に感じることができる。漱石はその遺した全著作よりも大きい人物であった。その人物にいくらかでも触れ得たことを私は今でも幸福に感じている。[*4]」この間の事情については和辻照著『和辻哲郎とともに』のなかでも、次のように簡明かつ的確に述べられている。「哲郎は[夏目先生が亡くなった]この時二十七歳だったが、その後七十一歳までの生涯を通じ、夏目漱石先生を敬慕し続けていた。先生の事はあちこちに書いているが、そのどれかに、「漱石はその遺した全著作よりも大きい人物であった」と、先生のお人柄を褒め讃えていた。[*5]」

第一期についてのコメント

和辻は『倫敦塔』を読んで烈しい陶酔感に浸ったと言っても、漱石についてそれ以外のことを知ったわけではない。しかし、和辻は続いて次のように回顧している。「この[明治三十八]年の秋には『一夜』や『薤露行（かいろ）』が『中央公論』に出た。当時の私には、これらの作の文体が、縹緲としていて非常に魅力的に感じられた。[*6]」「私は明治三十九年三月末に、満十七歳で東京に出て来たのであるが、その時には確かに『倫敦塔』や『薤露行』の作者としての漱石に傾倒していた。しかしこれらと異なった傾向の作にはさほど引きつけられていなかった。[*7]」「それに引きかえ、この年の五月に出た『漾（よう）虚集』のことは鮮やかに印象が残っている。なかなか凝った装幀であったが、私はこの書によって初めて『カーライル博物館』や『幻影の盾』を読み、漱石への傾倒を新たにしたのである。[*8]」「その九月に私は一高の東寮へはいった。ちょうどその時に『新小説』に『草枕』が載り、私の漱石に対する期待を十分に充たしてくれたのであった。[*9]」

以上に見られるように、第一期の初めのころの和辻は「幻覚」に特に心を惹かれていたと見てよいであろう。この意味での「幻覚」は「幻影」もしくは「幻想」ないしは「想像」とも言いかえ得るであろう。いずれにしてもそれは「創造的」な働きである。その間の事情については高坂正顕の的確な指摘がある。「[ウィリアム・]ブレエクは幻想の人であった。幻覚的であった。[*10]」「和辻さんはそのような意味での幻覚に心を惹かれていたようである。和辻さんは、ブレエクにおいて初めて象徴（シンボル）と比興（アレゴリイ）が区別されたとし、ブレエクの次の句を引くのもそのためである。「幻影もしくは想像……は事実上存在せるもの、現実的に存在せるものの表現である。物語もしくは比興はこれに反して記憶より生まるるものである。」比興は記憶の腐ったぼろ屑から製出されるであろうが、幻覚は内部生命の真髄を現す。象徴や幻覚は啓示であろうが、比興は娯楽にすぎない。古来、偉大な芸術は象徴と離し難い。そしてそのような芸術こそ、ひからびた狭い宗教の世界よりも、より真実なわれわれの魂をつくり出すのである。[*11]」

漱石が朝日新聞の紙上で活動をはじめて後には、和辻の心の中での［漱石の］比重はだいぶ変わって来た。というのは、そのころに和辻はイプセンの作品を手はじめにヨーロッパの近代文芸に親しみはじめたからである。そういう変化のために、漱石の作品の与える印象も、『倫敦塔』や『幻影の盾』の時ほど純粋ではなくなった。[*12]

和辻が大正二年の秋に初めて漱石宛てに出した手紙は残されていないが、大正二年十月五日付けの和辻哲郎宛ての漱石の書簡[*13]はその全文を見ることが出来るので、和辻の手紙のおよその内容は推察することが出来る。漱石の書簡は二十二歳も年下の和辻に宛てたものとしては随分丁重に書かれてはいるが、さすがに年長の創作家として間接的ながら和辻を戒めるべき急所は抑えている。漱石はその書簡の最後のところで次のように記している。「私の処へセンチメンタルな手紙をよこすものが時々あります。私は寧ろそれを叱るやうにします。それで其人が自分を離れゝば已むを得ないと考へます、が、もし離れない以上私のいふ事は双方の為に未来で役に立つと信じてゐます。あなたの手紙に対してもすぐ返事を出さうかと思ひましたが、すこしほとぼりをさます方がよからうと思つて今迄延ばして置きました。」これは一般論として記されているが、間接的ながら和辻を戒める趣旨で書かれていることはほぼ明らかである。和辻が手紙に書いたのは、和辻の自覚するところでは、一高で漱石が英語の授業を担当している組の窓の下で漱石の巻き舌の発音を聞いて満足したり、漱石の家のあたりをうろついてみたりしたことである。それも数年前の出来事として、客観的に書いたつもりであった。[*14]しかし漱石はそれについて書簡の冒頭でこう反応している。「私はあなたの手紙を見て驚ろきました。天下に自分の事に多少の興味を有つてゐる人はあつてもあなたの自白するやうな殆んど異性間の恋愛に近い熱度や感じを以て自分を注意してゐるものがあの時の高等学校にゐやうとは今日迄夢にも思ひませんでした。」これを読んで和辻は次のように素直に反省している。「漱石からこういうふうに言われると、その時にも私はヒヤリとしたことを覚えている。私は求めるところがあってそういうことを書いたわけでもなかったが、よほど書き方がセンチメンタルであったのであろう。そういう態度を厳格に警めている率直な漱石の言葉には、［三十七年後の］今でも敬服の念を禁じ得ない。[*15]」

漱石の書簡はそのほかにも和辻に教えるところが多かった。漱石は書簡の中程でこう記している。「今の私だつて冷淡な人間ではありません。あなたに冷淡に見えたのはあなたが私の方に積極的に進んで来なかつたからであります。／私が高等学校にゐた時分は世間全体が癪に障つてたまりませんでした。その為にからだを滅茶苦茶に破壊して仕舞ひました。」「けれどもあなたのいふ様に冷淡な人間では決してなかつたのです。冷淡な人間なら、あゝ肝癪は起しません。／私は今道に入らうと心掛けてゐます。たとひ漠然たる言葉にせよ道に入らうと心掛けるものは冷淡ではありません。冷淡で道に入れるものではありません。」成長期の和辻に漱石と並んで最も大きな人格的影響を与えた人物は、和辻の父瑞太郎であったが、大正六年［従ってこのことそれ自体は既に第二期に属することだが］の五月十六日に久しぶりに帰省した和辻に向かって父が次のような問いを発したと記し、続いてこう述べている。「お前の今やつてゐることは道のためにどれだけ役にたつのか、頽廢した世道人心を救ふのにどれだけ貢獻することが出來るのか。この問には返事が出來なかつた。五六年前ならイキナリ反撥したかも知れない。しかし今は、父がこの問を發する心持に對して、頭を下げないではゐられなかつた。父は道を守ることに強い情熱を持つた人である。醫は仁術なりといふ標語を片時も忘れず、その實行のために自己の福利と安逸とを捨てて顧みない人である。その不肖の子は絶えず生活をフラフラさせて、わき道ばかりにそれてゐる。此頃は自分ながらその動搖に愛想がつきかゝつてゐる時であるだけに、父の言葉はひどくこたへた。[*16]」父瑞太郎の言う「道」という言葉の意味は、それが「頽廃した世道人心」の反対語として用いられているだけに比較的明瞭である。それは世の中で人が守るべき道義的に正しい道というほどの意味であろう。それに反して、漱石の言う「道に入らうと心掛ける」という場合の「道」の意味はさほど明瞭ではない。もちろん根本的には瑞太郎の言う「道」と通ずるものではあろうが、ただ「道に入る」という言い方は独特である。それは超脱的な求道の立場へと態度変更し、己れの創作活動の活路を求めて今後は広い意味での道義的な世界に誠実に生きるというほどの意味であろうか。いずれにしても、和辻は漱石のこの「道」という言葉に強い感銘を受け、次のよう回顧している。「私が漱石から最初にもらった手紙のなかで、最も強い感銘を受けたのはこの言葉である。私にはこの言葉が、当時の漱石の創作活動を解く鍵のように思えた。[17]」

第二期についてのコメント

勝部真長氏は漱石のこの「道に入らうと心掛けてゐる」という言葉が「和辻の倫理志向への開眼のきっかけとなった[18]」と述べておられるが、それが少なくとも「一つのきっかけ」となったとは言えるであろう。その点はともあれ勝部真長氏が続けて次のように記しておられることは、まさにその通りであろう。「同時に、漱石の門下生の一人に加わり、木曜の定例面会日に通うようになって、そこで安倍能成・阿部次郎・小宮豊隆らと親しくなったことが、その後の和辻の運命に大きくかかわってくることになる。[19]」

勝部真長氏はまた、或る討論会で次のように語っておられる。「和辻さんは、西洋のものを、横のものを縦に直してさえいれば学者がつとまるというような空気に最初から反発していて、自分の好きなように、したいことをやるという生き方をとった。そういうエートスが［和辻さんと漱石とに］共通にあると思います。そういう意味では、［和辻さんは］漱石の最も正統な弟子じゃないかと思う。[20]」

漱石の特別の高弟としては和辻より十一歳年長の寺田寅彦がいる。しかし寺田は文学者でもあるが、本来は物理学者として理科系に属する。従って、寺田は漱石の高弟ではあるにしても、必ずしも文芸家としての「漱石の最も正統な弟子」だとは言えないであろう。和辻は人文系に属し、漱石の門下生となった時は、新進気鋭の創作家、劇作家として既にその名を知られており、漱石も和辻の才幹を或る程度尊重して応対していたと見てよいであろう。当時は和辻の多情多感、刺激を求めて自由奔放を志したシュトゥルム・ウント・ドラングの時期に当たると言われるが、その実相は不明である。しかし和辻には既に格別の愛妻照があり、その点だけからしても天野貞祐の次のような所感は正しいと思われる。「和辻君は美男子でもあり、宴會とか藝者とかいふやうな享樂的なことに興味があるかと思つてゐたところ、さつぱり興味がある風にも見えず、私生活の批判においては非常に嚴格であるやうに感ぜられた。これは和辻君と交はるやうになつて意外に感じたことの一つである。[21]」

ともあれ和辻自身が当時の自分の生き方について反省している言葉が案外彼のシュトゥルム・ウント・ドラングの時期の実相に近いと言えるかもしれない。すなわち、既に引用した『古寺巡禮』の一節で和辻は、父瑞太郎の「不肖の子は絶えず生活をフラフラさせて、わき道ばかりにそれてゐる。此頃は自分ながらその動揺に愛想がつきかゝつてゐる時であるだけに、父の言葉はひどくこたへた。」と述べていた。また和辻は、漱石から人格的にひきつけられるのを感じながら、しかし逢いに行こうとする勇気は、なかなか出て来なかった自分の生き方について、次のように回顧している。「私は夏目先生が気むずかしい疳癪持ちであることを知っていた。もとよりそれは単なる「わがまま」ではない。すべて自己の道義的気質に抵触するものに対する本能的な気短い怒りである。従って、自己の確かでない感傷的な青年であった私は、自分が道義的にフラフラしているゆえをもって無意識に先生を恐れた。そうして先生の方へ積極的に進んで行く代わりに、先生の冷たさを感じていた。[*22]」

しかし和辻は、漱石の門下生の一人となり、漱石の前にこのような怯懦を去るにつれて、やがてそのシュトゥルム・ウント・ドラングの時期を終えて、和辻本来の学者らしい生き方を志向するようになった。そのような和辻と今や「道に入ろうと心掛ける」漱石とには、確かに人格的・思想的に或る程度明確な同質性が認められる。その限り、上述の「[和辻さんは」漱石の最も正統な弟子じゃないかと思う」という勝部真長氏の意見にも相当な道理があろうかと思われる。

ともあれ漱石の門下生としての体験について、和辻は後年次のように回顧している。「応対は非常に柔らかで、気おきなく話せるように仕向けられた。[*23]」「木曜会で接した漱石は、良識に富んだ、穏やかな、円熟した紳士であった。[*24]」「相手の心持ちをいたわり、痛いところを避けるような心づかいを、行き届いてする人であった。だから私たちは非常に暖かい感じを受けた。[*25]」更に、和辻が漱石を三渓園の原邸へ案内した時の漱石の応対ぶりについて、和辻はこう回想している。「まことに穏やかな、何のきしみをも感じさせない応対ぶりで、そばで見ていても気持ちがよかった。世慣れた人のようによけいなお世辞などは一つも言わなかったが、しかし好意は素直に受け容れて感謝し、感嘆すべきものは素直に感嘆し、いかにも自然な態度であった。[*26]」

和辻は漱石の逝去後八日目に茫然とした気持ちで漱石を追憶する文章を認めており、和辻にしては珍しく気も動転した形の多少断片的な文章になっているが、それだけに門下生としての漱石体験が生々しく語られている。「先生を高等学校の廊下で毎日のように見たころは、ただ峻厳な近寄り難い感じがした。友人たちと夕方の散歩によく先生の千駄木の家に行ったが、中へはいって行く勇気はどうしても出なかった。しかし先生に紹介された時の印象はまるで反対であった。先生は優しくて人を吸いつけるようであった。そうしてこの印象は最後まで続いた。私はいかに峻厳な先生の表情に接する時にも、先生の温情を感じないではいられなかった。[*27]」「先生はむしろ情熱と感情の過冗に苦しむ人である。[*28]」「先生は相手の心の純不純をかなり鋭く直覚する。[*29]」「先生の温情と厭世観との結合。[*30]」「先生の愛には「私」がなかった。私はここに先生の人格の重心があるのではないかと思う。／正義に対する情熱、愛より「私」を去ろうとする努力、—これをほかにして先生の人格は考えられない。[*31]」「先生は、人間性の重大な暗黒面—利己主義—の鋭利な心理観察者として我々の前に現われた。[*32]」「ひいき眼なしに正直に言って、先生ほど常識に富んだ人間通はめったにない。また先生ほど人間のなすべき当然の行ないを尋常に行なっている人もまれである。ただ先生はその正義の情熱のために、信ずる所をまげる事ができなかった。徳義的脊骨があまりにも固かった。[*33]」「先生の重んずるのはただ道徳的心情である。[*34]」「公正の情熱によって「私」を去ろうとする努力の傍には、超脱の要求によって「天」に即こうとする熱望があるのであった。[*35]」「[先生の]諧謔の裏には絶えず厭世的な暗い中心の厳粛がひそんでいた。[*36]」「我々は先生の人格が諧謔を通じて柔らかく現われるのを見る時、むしろ一種の貴さを感じないではいられなかった。[*37]」「先生の芸術はかくのごとき人格の表現である。[*38]」「先生は眼の作家であるよりも心の作家であった。[この点は和辻の場合と一応正反対であると言えよう。]画家であるよりも心理家であった。見る人であるよりも考える人であった。小説家であるよりもむしろ哲人に近かった。[*39]」「私は先生の芸術に著しいイデエを認める。[*40]」「我々は先生の作物から単なる人生の報告を聞くのではない。一人の求道者の人間知と内的経路との告白を聞くのである。[*41]」「利己主義と正義、及びこの両者の争いは先生が最も力を入れて取り扱った問題であった。[*42]」「[『心』という]この作においては利己主義はついに純然たる自己内生の問題として取り扱われている。私は利己主義の悪と醜さとをかくまで力強く鮮明に描いた作を他に知らない。[*43]」「『明暗』においては利己主義の描写が辛辣をきわめているにかかわらず、作者は各人物を平等に憐れみいたわっている。そうして天真な心による利己主義の征服を暗示するのみならず、一歩一歩その征服の実現に近寄って行った。[*44]」「恋愛と正義の葛藤、利己主義による恋愛の悲劇なども、先生が熱心に押しつめて行った問題であった。ここに先生の人生に対する厭世的な気分が現われている。[*45]」「先生の厭世的な気分は恋愛を取り扱う態度に十分現われている。しかしそれがさらに明らかに現われているのは生死の問題についてである。ここに先生自身の超脱への道があったように思う。[*46]」「このような生死に対する無頓着が先生のはいって行こうとした世界であった。[*47]」「『心』において極度まで押しつめられた生死の問題は、右の無頓着が著しくなるにつれて、一種透徹な趣を帯びながら、静かに心の底に沈んだ。『硝子戸の中』がその消息を語っている。[*48]」

第三期についてのコメント

以上に引用した和辻の一連の「夏目先生の追憶」においては、和辻は漱石を自分自身の生き方や考え方に引き付けて解釈している傾向が相当に顕著であることは否めない。しかしそうであるだけに、和辻の漱石体験の第三期を考察するうえで示唆するところが大であると見てよいであろう。文学者としての漱石と倫理学者としての和辻とは、もちろんその類を異にしているけれども、両者共に性格的には生来の癇癪持ちであった点を初めとして、その根本的に倫理的な志向、人格主義的・教養主義的な文明批評的立場、日本と日本人との根源的なあり方に対する深い関心、さらには「尋常普通の人間」というものの運命を全体的に克明に描く必要に迫られて」[*49]その主要な著作を展開した点など、両者に共通に認められる要素も少なくないことを指摘しておくのが公正な立場であると思われる。最後にその些細な一例として、岩波書店が昭和十年に刊行を開始して書店としての基礎を固めた『漱石全集』についての和辻の推薦文を挙げておこう。[*50]「明治以来漱石先生の作品ほど多く売れたものはない。」「なぜこのように先生の作は歓迎せられるのであろうか。色々原因はあるに違いないが、その最も有力なのは、先生の毅然(きぜん)とした道義的人格が作品に滲み出ていることではないかと思う。」「文芸の作品をただ娯楽としてのみならず、更に心の糧として、己れを高め育てるために、求めているまじめな読者にとっては、このことは非常に有意義なのである。」「人の親がその子供たちに心の糧として文芸の作品を与えようとする場合、漱石先生の作品ならば安心して選び取ることが出来る。二十年の歳月はこのことを実証した。即ち漱石先生の作品は古典となったのである。」ここに述べられていることは、漱石の文芸作品というのを和辻の学術的な著作と讀み代えるならば、和辻自身にもほとんどそのまま妥当するであろう。最後にこのことを一般化して言えば、漱石の死後当然ながら漱石との直接的な接触が欠落するにつれて、漱石に対する和辻の敬慕の念はかえって内面的に深化し、従って漱石の人格や文芸のありようを和辻自身の人格や著作のありように引き付けて解釈する傾向が顕著になるのが、総じて漱石体験の第三期の徴表であると言うことが出来よう。

[注]

＊1　「漱石に逢うまで」『埋もれた日本』和辻哲郎全集第三巻（昭和三十七年）四〇九頁。
＊2　和辻哲郎著『自叙傳の試み』（昭和三十六年）三一三頁。
＊3　「漱石に逢うまで」『埋もれた日本』和辻哲郎全集第三巻（昭和三十七年）四一五頁。
＊4　「漱石の人物」『埋もれた日本』和辻哲郎全集第三巻（昭和三十七年）四一八頁。
＊5　和辻照著『和辻哲郎とともに』（昭和四十一年）九〇頁。
＊6　「漱石に逢うまで」『埋もれた日本』和辻哲郎全集第三巻（昭和三十七年）四一〇頁。
＊7＊8＊9　同右、四一一頁。
＊10　高坂正顯著『西田幾多郎と和辻哲郎』（昭和三十九年）一五七頁。
＊11　同右、一五八頁。
＊12　「漱石に逢うまで」『埋もれた日本』和辻哲郎全集第三巻（昭和三十七年）四一四―四一五頁。
＊13　『書簡』和辻哲郎全集第二十五巻（一九九二年）月報25。
＊14＊15　「漱石に逢うまで」『埋もれた日本』和辻哲郎全集第三巻（昭和三十七年）四一六頁。
＊16　『古寺巡禮』（改訂版昭和二十七年）一三一―一四頁。
＊17　「漱石に逢うまで」『埋もれた日本』和辻哲郎全集第三巻（昭和三十七年）四一七頁。
＊18＊19　勝部真長著『青春の和辻哲郎』（昭和六十二年）一五一頁。
＊20　「討論　和辻哲郎の学問と思想」湯浅泰雄編『人と思想　和辻哲郎』（一九七三年）二一一頁。
＊21　高坂正顯著『西田幾多郎と和辻哲郎』（昭和三十九年）一五二頁。
＊22　「夏目先生の追憶」『偶像再興』和辻哲郎全集第十七巻（昭和三十八年）八八頁。
＊23　「漱石の人物」『埋もれた日本』和辻哲郎全集第三巻（昭和三十七年）四二〇頁。
＊24＊25　同右、四二四頁。
＊26　同上、四三〇頁。
＊27　「夏目先生の追憶」『偶像再興』和辻哲郎全集第十七巻（昭和三十八年）八七―八八頁。

＊28＊29＊30　同右、八九頁。
＊31＊32　同右、九〇頁。
＊33＊34　同右、九一頁。
＊35　同右、九二頁。
＊36＊37＊38＊39＊40　同右、九三頁。
＊41＊42＊43　同右、九四頁。
＊44＊45　同右、九五頁。
＊46　同右、九六頁。
＊47＊48　同右、九七頁。
＊49　藤田健治著『漱石　その軌跡と系譜』（一九九一年）一四一頁。
＊50　「心の糧としての『漱石全集』」和辻哲郎全集第二十四巻（一九九一年）二一五頁。

漱石研究叢書
漱石を語る1
井上ひさし
安岡章太郎
津島佑子
小島信夫
筒井ともみ
江國　滋
奥本大三郎
古井由吉
阿刀田高

漱石研究叢書
漱石を語る2
柄谷行人
大岡　信
島田雅彦
芹沢俊介
水田宗子
蓮實重彦
『こころ』論争以後
漱石と進化論／富山太佳夫ほか

11月20日刊予定
小森陽一・石原千秋 編
各二五〇〇円＋税

〒101-0051 千代田区神田神保町1-46
☎03-3294-0588　FAX03-3294-0278
翰林書房
〈本体価格に消費税が加算されます〉
http://village.infoweb.ne.jp/~kanrin/

❖特集 漱石山脈

橋口五葉と津田青楓の漱石本

アール・ヌーヴォからプリミティズムへ

山田俊幸
Yamada Toshiyuki

橋口五葉とリアリズムの眼

小宮豊隆は「『三四郎』の材料」（『漱石全集　月報・第八号』岩波書店、昭和11年6月）の中で、「勿論原口さんの画室に這入つた時の感じは、正に橋口五葉の画室に這入つた時の感じと、そつくりそのままの感じである」と言っている。岩切信一郎は『橋口五葉の装釘本』（沖積舎、昭和55年12月）のなかで、この一節を手掛かりにしてそれを証明しようとした。例えば、「原口さん」の画室にあると書かれている骨董品の数々や、元禄小袖などについて、当時の五葉にも骨董趣味があったこと、あるいは、元禄小袖に対応するかのように「元禄婦人」という作品を五葉が描いていたことなどをあげて、そうした状況証拠から、原口さんのモデルが橋口五葉ではないかという推論を展開したのである。こうしたモデル探しに果たしてどれほどの意味があるのか、それはそれで問題ではあるだろうが、この「原口さん」＝「五葉」の場合には、作品の人物設定に「芸術家」が選び取られている点からして、漱石のもっていた「芸術観」とも大きくかかわってくるということになる。

画家の原口さんが美祢子にモデルを頼んだ理由を漱石は、「里見さんの心を写す積（つもり）で描いてゐるんぢやない。たゞ眼として描いてゐる。此（この）眼が気に入つたから描いてゐる」と言わせ、さらに「西洋画の女の顔を見ると、誰の描いた美人でも、屹度（きつと）大きな眼をしてゐる。所が日本では（略）悉く細い。（略）細い眼のうちで、理想が出来て仕舞つたのが、歌麿（うたまろ）になつたり、祐信（すけのぶ）になつたりして珍重がられてゐる。然しいくら日本的でも、西洋画には、あゝ細いのは盲目（めくら）を描いた様で見共（みとも）なくつて不可（いけ）ない。ラフアエルの聖母（マドンナ）の様なのは、天（てん）でありやしないし、有つた所が日本人とは云はれないから、其所で里見さんを煩はす事になつたのさ」と言わせている。これは、五葉のその後の美人画に描かれる女性たちの「眼」の表現の現代性をあらためて認識させるものだ。五葉は白馬会に油彩画を出していた洋画家であった。ところが、明治40年の日本装飾美術会への参加から、急激に装飾美術への傾斜を見せる。それは、明治44年に募集された、三越呉服店「千両額」第一位の石版刷りの絵びら（ポスター）「此美人」に結実する。この今様の石版画美人は、とうぜんのことだが浮世絵の理解なしには成り立たない作品だった。とすると、漱石が描いた「原口さん」は「五葉」の面影を宿していると仮定した上でだが、この洋画から浮世絵への五葉の転換を漱石は的確に見て取ったのだと言えなくはない。五葉が西洋の洋画表現と日本の浮世絵表現との間でとまどっていることを、この漱石の一文は教えてくれるといってもよいだろう。

今しばらくその「眼」について拘ってみると、この「浮世絵」に代表される日本と、「洋画」に代表される西洋との造形の違いが見えてくる。たしかに、漱石が『三四郎』で原口さんの口から言わせたように、橋口五葉の美人画の「眼」は、浮世絵美人の「眼」（例えば、歌麿など）とはあきらかに異なっているのだ。それは、五葉が写生に徹した美人画家であることに起因している。しばらく後の仕事になるが、浮世絵と同じ版式で行われた五葉の版画家としての出世作「浴場の女」（大正4年）は、版式は浮世絵と同様だが、はっきりと造形表現において江戸浮世絵との断絶を示している。このことは、多くの評者によって語られているので今更あらためていうまでもないだろう。現在の五葉評価が、装飾を中心としたイデアリストとしての五葉観だとすると、現在考えられている以上に五葉は、当時はリアリズムの画家として面が評価されていたのだ。その源が洋画時代の五葉にあったことは言うまでもない。漱石と五葉とは、この新時代の表現である「リアリズム」への指向をともにもっていた。もちろんそれは、表面だってあらわれるものではない。言うなら、リアリズムの眼を内在させていたと言ったほうがいいかもしれない。原口さんが五葉をモデルにしたとするなら、漱石は単に画家のモデルに五葉を選んだのではなく、リアリズムへの指向をもつ画家のモデルとして五葉を選んだのだろう。そのことは、漱石が画家の原口さんに、「日本の西洋画」を「眼」のデッサンからはじめさせていることで了解されよう。夏目漱石の橋口五葉評価はそのようなリアリズムへの共感にあったものだと考えられる。(こうした五葉の美人版画についての評価、また、五葉作品のリアリズムについては、『版画藝術』第一〇九号の「近代美人版画の成立」のなかで論述した)。

じっさい、漱石の五葉評価のはじまりが、ある意味ではリアリズムを内包した「スケッチ」にあったことは、明治37年8月27日付の漱石からの橋口貢(五葉の兄)宛のハガキが教えてくれる。漱石は水彩画絵ハガキの交換をしていた貢に用件を書いたあと、そのハガキの末尾に、「御舎弟の停車場のスケツチを寺田寅彦に見せたらターナーの色彩の様だとほめました」と書いた。これが漱石の積極的な五葉評価の始まりであった。この評価をきっかけに、五葉は『ほとゝぎす』の挿画を描くようになり、さらに『吾輩ハ猫デアル』の装幀をするようになる。それについての顚末は、岩切信一郎の『橋口五葉の装釘本』に詳しいからそちらの方にまかせよう。ただ、ここで確認しておかなくてはならないことは、『ほとゝぎす』の挿画から『吾輩ハ猫デアル』の装幀に至る道程に、すでに述べたリアリズムの眼が一貫して流れていただろうことなのだ。このことは改めて言っておく必要がある。水彩絵ハガキに内在するスケッチというリアリズム、『ほとゝぎす』の俳画風挿画(コマ絵)にあらわれる写生というリアリズム、さらには『吾輩ハ猫デアル』の装幀においても、写実を基礎とした大胆なデフォルメを五葉はしているのだ。これは、前時代のイデアリスムの画家(例えば中村不折の自足した絵画世界などを考えてもよい)とはまったく異なった立場であった。そうした新しい時代の若い画家として五葉は漱石の前に現れ、漱石本とともに歩みはじめたのであった。

橋口五葉装から津田青楓装へ

橋口五葉は、明治39年から「菊判堅表紙」の贅沢な美装本を漱石本において造り上げていく。この漱石本が、五葉の装幀本のイメージを定着させることになった。年代を追ってその代表的なものを書き抜いておこう。

『漾虚集』　大倉書店　明治39年5月　挿画・中村不折
『鶉籠』　春陽堂　明治40年1月
『虞美人草』　春陽堂　明治41年1月
『艸合』　春陽堂　明治41年9月
『文学評論』　春陽堂　明治42年3月
『三四郎』　春陽堂　明治42年5月
『それから』　春陽堂　明治43年1月
『漱石近什　四篇』　春陽堂　明治43年5月　カット・橋口五葉
『門』　春陽堂　明治44年1月

このほとんどが春陽堂での仕事である。春陽堂は『新小説』で早くから石版印刷の可能性を試みた書肆だが、単行本では、木版摺りの口絵をかなり遅くまで使っていた。五葉の漱石本はそうした木版摺りの意匠で中味がおおわれていたのだ。なかでも明治41年の『艸合』は、漆と木版を使った見事な装幀で、その工芸的ともいえる造形は明治の洋装本の生んだ逸品のひとつとなった。五葉のこの製本の後押しをしたものが、江戸から明治に受け継がれた浮世絵の技法である木版や漆といった職人の工芸技術であったことは忘れてはならない。五葉装幀は、日本でようやく完成に近づいた西洋本の製本術を、職人の伝統工芸技術を総動員して理解し、造り上げたものだったのだ。この五葉本にいたって、日本の洋装本はようやく、日本独自の様式を持つようになったと言えよう。

五葉の漱石本は、このように技術的には日本の伝統的な木版画（浮世絵）の技術を基礎としていたが、デザイン的には19世紀末のアール・ヌーヴォ・デザインに立脚するものだ。この五葉式とも呼ぶことのできるアール・ヌーヴォは、大胆なデフォルメと伝統技術を駆使した贅沢な造本とによって、長く漱石本を人々に印象づけていたのだ。同時代に『明星』系列の装幀を行っていた藤島武二、中沢弘光、和田英作、あるいは商業デザインの杉浦非水などのアール・ヌーヴォ・スタイルとともに、五葉もまた時代のスタイルを代表することとなった。だがこれが、日本が推し進めていた富国強兵の政策と連動した、帝国主義的な領土拡大の経済的バブルによって支えられた形式だったことは、しばしば忘れられている。五葉はじっさいに、装幀について語ったなかで言う。「製本装幀の最も美術的なる物は、装幀家が材料に支配されずに、むしろ材料を善用して其芸術的目的をよく表現した物にある、そ―して個人的の強い表現も出来る故に、装幀家は自分の趣味を表現する為めには製本の形、綴ぢ方、表背裏との関係や、それから材料即ち皮とかクロース紙等を使用する事や、製版印刷の関係等を注意して善用しなければならぬ」（「思ひ出した事ども」・『美術新報』第12巻第5号）と。一見、あたりまえの考え方のようだが、この発言を注意して読むと、材料も技術も最高級のものを用いて、最高の趣味を実現するという強い姿勢に貫かれていることが分かるだろう。五葉はけっして、初めに予算あり、という経済原理優先の装幀家ではなかったのだ。このような五葉の考えは、バブルの時期であれば正論であったろう。だが時代は、五葉の贅沢な、木版による「菊判堅表紙」の美装本の期間を長くは続かせなかった。明治末の数年間に、ほぼその短い輝きを見せながら、五葉装もやがて簡易な書籍に変わっていく。大正時代になると、五葉が主張していた「製本装幀の最も美術的なる物」を、という方向は、どれだけ廉価に書籍を装うかという方向に変わり始めたのだ。装幀事情が大きく変わった。時代が変化したのだ。

こうした時代の変化は、漱石が『それから』に描き込めた時代相を見ればよく分かる。日露戦争以後、どのような国内疲弊があったのか、あるいは、人々の間にどのような精神的恐慌があったのかが、ここにはみごとに描かれている。主人公代助以外の登場人物はすべて、この日露戦争という「仕組まれたバブル」の破産に突き動かされ、時代に流されている人物である。いや、代助そのものも、見まいとしていたバブルの破産の現場に、恋愛によって押し出されてしまった人物だったのだと言ってもよい。『それから』のなかで描かれた時代、この明治末という時代に、日本の帝国主義的領土拡大の夢のバブルは、みごとに挫折し、潰（つい）えてしまっていたのだった（時代の芸術のなかでのこのバブル崩壊の意味については、『創作版画の誕生展』渋谷区立松涛美術館・1999年、及び『モダン・デザインの先駆者　富本憲吉展』そごう美術館（横浜・奈良）・2000年、のカタログにも論じた）。五葉装とは、そうしたバブルの崩れつつある時代に咲いた、バブルのあだ花だったのだと言ってもいい。そして実際に、大正の時代となるとこの贅沢な五葉装幀は、「時代」の側からの異議申し立てを受けてしまうことになる。芸術もバブル的なアール・ヌーヴォの時代から、大きく変化をしはじめたのだ。五葉の造本は、時代の要請と齟齬を来たしはじめたのである。

大正二年の『美術新報』（第12巻）第五号の特集「装釘に就て」には、いくつかの五葉装批判を見ることができる。この特集の執筆者（あるいは談話者）は、和田英作、中沢弘光、島崎藤村、長原孝太郎、水野葉舟、橋本邦助、平福百穂、相馬御風、吉江孤雁、徳田秋声、橋口五葉といった、この時代を代表する著者と装幀家の十一名である。この当代の装幀評のなかに、こんな発言を見ることができるのだ。

○橋口五葉君も斯界の重鎮ではあるが、昨年あたりの成績は余り好い方では無いと云ふ衆評です。私の考へでは、象徴的なのも好いが、もう少し具象的に、複雑に賑やかにやつて貰ひたいのです。極端に抽象的では一般的の書物には何うかと思ひます。富本君や津田君のに見るやうな、象徴的に渋いのも面白いが、普通の雑誌や小説類は派出な方が俗悪にならない限は、宜しいかと思ひます。

（中沢弘光「時代の匂を要する」）

○永井荷風氏、森田草平氏、鈴木三重吉氏の著書は粉飾の有る者で、（略）不愉快である。装釘をする人では、橋口五葉氏のものが一番不愉快である。此人は看板画を描く人であると云ふ様な感がする。いつそ実用的の物のみを書いたらよいと思ふ。（略）自分で装釘したものの内で宜いのは『遠野物語』であらう、（略）其他では木下杢太郎氏の『和泉屋染物店』と武者小路実篤氏の『世間知らず』であらうと思ふ。

（水野葉舟「装釘に就ての私の感じ」）

○長原君や藤島君のは好い。橋口君のに中々好いのがある。鈴木三重吉君の『返らぬ日』の表紙は五葉君の装釘だが、僕は大変に好いと思つた。色が沈んでゐて、淋しくなく、線と構図と情調とが融合してゐる処に面白味がある（。）象徴的だ。

（相馬御風「想よりも調子」）

○富本氏の装幀になる『(和)泉屋染物店』の表紙や、籾山氏著『遅日』の表紙等は材料も善用され出来も面白く思ふ。

（橋口五葉「思ひ出した事ども」）

ここでは、中沢や水野によって五葉の装幀が批判にさらされている。おそらくそれは、鈴木三重吉『返らぬ日』（春陽堂、明治45年3月）の装幀か、あるいは夏目漱石『彼岸過迄』（春陽堂、大正元年9月）の装幀であろう。その装幀が、「成績は余り好い方では無い」（中沢弘光）と言われ、「橋口五葉氏のものが一番不愉快である」（水野葉舟）と非難される。もちろん、相馬御風のように「鈴木三重吉君の『返らぬ日』の表紙は五葉君の装釘だが、僕は大変に好いと思つた」というような好意的な評価もあるが、今までの五葉装幀に陰りが出始めたことは歴然としている。現在の眼で見るならば、この胡蝶本の『返らぬ日』、漱石の『彼岸過迄』の装幀はけっして低く評価されるものではない。だが、この大正の初めには、バブル的な装飾過多がはっきりと非難されるようになったのだ。

そして、そのなかで新時代の装幀芸術家が浮かび上がって来る。その一人が「富本憲吉」であり、いまひとりが「津田青楓」だった。富本は木下杢太郎の『和泉屋染物店』の装幀で、津田青楓はおそらく、野上臼川（豊一郎）の訳書『邦訳近代文学』（大正2年）か、あるいは鈴木三重吉の『女鳩』（大正2年）で、ようやく橋口五葉以後の新しい意匠を展開し始めたのである。

津田青楓装と新しい表現

『美術新報』の装幀特集でもっとも好評だった富本憲吉の『和泉屋染物店』（明治45年）の更紗装は、一時代を画した装幀だった。絵画の装幀から、スタンプと言ってもいい更紗の単純化された連続模様の装幀が、時代の装幀となって書籍の面（おもて）を変えたのである。これは、後に陶芸家となった、富本憲吉の最初期の仕事であった。津田青楓の装幀もまた、この富本の仕事と連動している。

津田青楓はもともと京都の図案家である。明治40年、農商務省の海外留学の派遣でフランスにわたり、留学から帰国した翌年、明治44年6月、青楓は茅野蕭々からもらった紹介状を持って小宮豊隆を尋ね、小宮に漱石山房へ連れていってもらう（津田青楓「自撰年譜」『墨美』第二二三号、墨美社・昭和47年8月18日）。帰国後の京都で起こした、日本画のアヴァンギャルド運動「黒猫会（シャ・ノワール）」が内部対立の結果、破産した直後のことである。東京に出てきての、最初の会見で漱石にすぐに気に入られたらしいことは、漱石と会った直後と思われる6月24日の青楓宛の漱石書簡が教えてくれる。漱石は青楓に、渋川玄耳に紹介したので挿画などの見本を送るようにと告げている。以来、青楓は、東京、大阪、京都と、漱石と頻繁に交わりを結ぶ。この漱石との出会いと、漱石山房の若い文学者にかこまれることが青楓に装幀を行わせるきっかけとなったのだろう。「漱石門下の森田草平、鈴木三重吉等を知り、森田君の小説の表紙装幀は私の装幀の第一号となった」と「自撰年譜」（前出）にはある。じっさい、青楓が京都の図案家だとはいっても、それは衣裳の図案家であり、書籍の図案家ではなかった。それが、京都から東京へと住居を変え、漱石周辺の文学者と交遊するなかで、書籍の図案家へと変わっていったのだ。大正二年の『美術新報』第五号の装幀特集は、そうした津田青楓の書籍の意匠家としてのひとつの成果を、時代が認めたものだといってよいだろう。

漱石本の五葉装から青楓装への移行については、こんな説が流布している。

先生は身辺にい、装幀家をもつて居られた。先には故橋口五葉氏、後には津田青楓氏で、丁度五葉氏の図案に行きつまつたかに見えた時、津田氏が現はれて腕を揮（ふる）つた形であるが、先生の生前津田氏は『道草』と若干の縮刷本を手がけたのみだつたのは、何にしても物足りない感がないでもない。

松岡譲「全集の装幀」（松岡譲『漱石先生』岩波書店／昭和9年11月20日）

この、五葉から青楓への移行は、表面だってはそうであったかもしれない。だがこれを、この時代の芸術の文脈のなかに置いてみると、けっして五葉の行き詰まりだけで説明するわけにはいかない。先に五葉装をバブル時代の産物としておいたが、青楓装はバブル以後の製品にあたる。五葉の装飾過多に比べると、青楓装はプリミティヴである。時代もプリミティヴなエクスプレッションを期待していたのだ。バブル以後の激しい社会変動を背景にしながら、芸術もまた変動を繰返していた。津田青楓は、その変動のなかに自身を置いていた若い芸術家のひとりだったのだ。漱石は時代に敏感に反応する。

ここで、三重県立美術館の《二〇世紀日本美術再見》①「一九一〇年代……光り耀く命の流れ」展（1995年10月）のカタログをもとに、この時代の芸術運動と青楓との関わりを見ていこう。

明治43年（1910）

12月21日　日本画と洋画の青年画家と批評家とで黒猫会（シャ・ノワール）結成。田中喜作、土田麦僊、秦テルヲ、黒田重太郎らとともに津田青楓参加。

明治44年（1911）

1月7日　黒猫会、伏見鳥末楼で開催。2月11日、3月10日にも開催。

4月　上田敏、深田康算らの発起で青楓画会が設けられる。油彩の頒布会。

5月3日　田中喜作と津田青楓が展覧会の作品発表に

ついて対立。黒猫会解散。
7月5日〜7月15日　神田の琅玕洞の「扇子団扇絵展覧会」に、リーチ、高村光太郎などと出品。
7月18日　東京へ出立。
10月3日〜10月10日　津田青楓作画展開催。
10月14日〜11月19日　第五回文部省美術展覧会（上野竹乃台陳列館）に「五月のインクライン」出品。（11月25日〜12月4日　京都・岡崎勧業館）
明治45年＝大正元年（１９１２）
3月15日〜3月31日　美術新報主催第三回美術展覧会（上野竹乃台陳列館）の新帰朝画家の個人別作品陳列に出品。
4月1日〜4月7日　早稲田文学社主催装飾美術展覧会（早稲田大学高等予科教室）に油彩を出品。
4月5日〜4月9日　津田青楓氏作品展覧会（京都・岡崎　京都府立図書館）。山下新太郎、富本憲吉らも出品。
5月28日〜6月3日　津田青楓作の絵団扇展覧会（大阪・吾八）。
5月　敬助青楓画会（青楓と柳敬助の頒布会）、黒田清輝、上田敏、高村光太郎により組織される。
6月5日〜6月12日　グリンハウス主催の小芸術品展覧会（京都岡崎・西川生花洋草店）に、長原止水、富本憲吉、斎藤与里、小川千甕らと出品。
10月15日〜11月3日　第一回ヒュウザン会（銀座・読売新聞社）。
大正2年（１９１３）
2月20日　現代大家小芸術品展覧会（日本橋・三越呉服店）に、富本憲吉らと、「盆」「埃及ダンス刺繍壁掛」「春草模様及藤模様刺繍壁掛」を出品。
5月1日〜5月6日　富本憲吉・津田青楓工芸品展覧会（大阪・三越呉服店ルイ室）を開催。刺繍、壁掛などを出品。二人は、「工芸美術界のポストアンプレショニスト」と称された。
5月　フュウザン会分裂、高村光太郎ら生活社を結成。
6月　お盆展覧会（吾楽）に、津田信夫、藤井達吉らと出品。

11月20日　第二回小芸術品展覧会（三越呉服店）に「羽子板」「壁掛」を出品。

11月22日　依頼によって制作した刺繡壁貼が完成。日比谷美術館で展覧。

12月17日　吾楽会会員による正月遊具の展覧会（京橋・吾楽）に出品。

分かりやすいように年表式の記載にしたが、この年表を読み解くならば、当時の青楓がどれだけ積極的に新芸術へコミットをしていたかがよくうかがえるだろう。明治末のアヴァンギャルド運動の京都の「黒猫会（シャ・ノワール）」から大正初期の小芸術運動まで、休むことなく青楓は動いている。これは、富本憲吉の当時の活動とよく似ている。そして、青楓の芸術は、けっして絵画のみではなく、工芸と称される作品にもわたっている。ここにも、装飾の、装飾過多（デコレーティヴ）と単純（プリミティヴ）の問題が横たわっている。

五葉から、青楓への装幀の移行というのは、プリミティヴという内的表現への道であった。新しい時代の芸術は、プリミティヴという自己の内的表現を選び取ったのだ。夏目漱石は芸術について、芸術は自己の表現にはじまって自己の表現に終わると、この時期に述べている（「文展と芸術」）。紙数も尽きたので煩わしい論証はしないが、この「自己の表現」の芸術化こそが、この時代のプリミティヴな模様表現が意味するものだった。青楓が与えられた「ポストアンプレショニスト（印象派―以後）」という名称も、印象派のあとに期待された、象徴主義から表現主義へという「内面」の芸術を意味していた。そのように、日本の近代が西洋と渡り合った大正初期に、漱石が新しい芸術に何を見ようとしていたかを、この青楓との交遊は教えてくれることになる。五葉装が青楓装に変わるとき、漱石は青楓の背後にある大正初期の文化そのものも受け入れたということになるだろう。

青楓と漱石の日本画談義や東洋復興のことなど、他に述べなくてはならないことも多い。だが、はるかに与えられた紙数をオーバーしている。五葉から青楓への移行は、決して五葉の枯渇（行き詰まり）が原因ではなく、大正初期の新しい芸術に内在していた「自己の表現」に漱石が興味をもったことが、青楓接近となったのだろうということを確認した上で、稿を終えるしかなさそうだ。

▶漱石は曲つた釘は叩き直し良寛ハ衣につゝむ

❖特集 漱石山脈

岩波茂雄と夏目漱石

山本芳明
Yamamoto Yoshiaki

岩波茂雄と夏目漱石が切っても切り離せない関係にあることは周知の事実である。『こゝろ』が漱石との共同出版だったことに象徴されるような夏目家からの資金援助、五度の漱石全集の発行などがすぐに想起される。しかし、晩年の茂雄には、こうした経緯からみて、不可解とも思われる言動があった。

例えば、昭和一七年一一月三日に大東亜会館（東京会館）で行われた岩波書店創立三十周年の感謝晩餐会での茂雄のスピーチには、漱石への言及が意外なほど少なかった。彼は「大正三年夏目先生の『こゝろ』を処女出版として、出版の方面にも力を致すやうになりました」、「既に故人となられました夏目漱石先生の知遇と、寺田寅彦先生の御懇情とは、この際特に忘れ難いものに存じます。」（岩波茂雄「回顧三十年感謝晩餐会の挨拶」「図書」昭17・12）と二か所でふれていただけだった。この会は、創立二五周年の際の記念会を支那事変の勃発であきらめた茂雄が「時勢のよくなるのを待っていた日には、そういう会は永久にすることが出来ないだろう。今度はどうしてもやるのだ。」と「断呼たる態度」（小林勇「昭和十七年」『惜櫟荘主人——一つの岩波茂雄伝——』昭38・3刊　以下、この著書から引用する場合、章題を示し小林とのみ記す）で行った、一世一代の晴れ舞台である。その挨拶で、漱石が寺田寅彦と同格というのは、今日の漱石評価からみて不思議というほかあるまい。[*1]

このスピーチでは他の「先生」についての言及の方が熱を帯びている。「私が不敏の身であり乍らも、高遠なる理想の方向に一歩なりとも近寄りたいと希ひ、及ばず乍ら自ら駑馬に鞭ち、今日まで一筋の途を歩み続けて来ることができましたことに就いては、至誠一貫道義の尊きを教へて戴いた杉浦重剛先生、人間としての高き境地を御教へ下さつたケーベル先生、永遠の事業の何ものなるかを御教へ下さつた内村鑑三先生、独立自尊の町人道を教へられた福沢諭吉先生、また公益の精神を以て全生涯を貫かれた青淵渋沢翁に、負ふところ多大であるのでございます」。

また、久米正雄が『風と月と』（昭22・4刊　引用は同年9月刊の再版による）で伝えるエピソードも我々を困惑させるだろう。「太平洋戦争がまだ、さう苛烈でない頃の事で」、久米が「文学報国会の、事務局長と云ふのを、やつてゐた頃」、久しぶりで会った松岡譲から、漱石山房が「或る銀行の抵当に入つて」いて「夏目家のために、戻してやりたい」し保存もしたいのだが、どうしたらよいだろうかという相談をうけた。久米は「僕が先づ小当りに、先づ、何と云つても金持だから、何かにつけて根本になりさうな、先づ岩波の主人にでも当つて見よう。あの人なら、色々事情もあり、六ケ敷い理屈も云ふだらうが、何しろ多少とも先生のお蔭で、今日の大をなしたと、云へば云へる人だからね。あれだけの人物なら、又いい智恵もあるかも知れない。」といって、茂雄のもとに赴き、基本的な賛同は得た。

しかし、茂雄は「只、僕ん所で、そのお話を聞いても、尠なからず当惑するのは、当然そこへ話は落ちて行くでせうが、その基金を寄付する点ですがね。其点に就ては、今迄、対夏目家の問題で大分苦労してゐる、支配人が居ますのでね。今、それを呼びますから、その支配人から、よく夏目家の経済事情も聞き、此方のそれに対して、執つた実績なぞも聞いて下すつて、それから改めて、お答えしたいと思ひますよ。」と応じている。そして支配人の答は「岩波の方の側から云へば、もう夏目家に対しては尽すべき事を尽したから、これ以上は、金の件だつたら何とも致し兼ねる、と云ふ事務的な返事だつた」。この「返事」に久米は意気阻喪して、そのまま計画は頓挫してしまった。

久米は「岩波対夏目家の関係」については「秘事」として語っていない。しかし、安倍能成は茂雄の追悼文で「漱石によつて岩波の得た利益は莫大であらうが、併し岩波が漱石遺族に捧げた利益、謀つた親切には及びがたいものがある。（中略）岩波の漱石先生に対する尊敬は、自分くらゐ夏目家の為に誠意を尽す者立派な全集を出す者、自分くらゐ誠意を以てはないとの信念に充ちて、そこに利害の動機のなかつたことは私の疑はぬ所である。漱石先生の文学は偏に遺族を湿してこれをスポイルするまでになつたが、遺族が岩波を単なる出入りの商人視して、岩波に対する感恩の念の薄いのは、私の遺憾とするところである。」（「岩波と私」「世界」昭21・6）と明言していた。このような屈折した関係は、晩年の夏目鏡子の発言[*2]からもうかがえる。

両者の間に、金銭問題から発展した感情的な行き違いが存在したことは確実である。しかし、それより重要なのは、久米の語るエピソードから、晩年の茂雄、或いは昭和一七年前後の岩波書店にとって、夏目家が経済的にお荷物だったこと、裏をかえせば、漱石の著作から得る利益が、岩波書店全体でいえば、相対的に低くなっていたこと、または、夏目家の要求と釣り合わないものになっていたと推測されることだ。それは、漱石の著作を重要な柱としていた大正期の岩波書店から茂雄晩年の岩波書店が大きく変貌していたことを暗示しているだろう。

以下、茂雄の活動を大正期と昭和期の二期に分けて、漱石の著作との関係を分析し、我々を困惑させる、茂雄の言動に迫っていくことにしたい。

2

岩波書店の創業期において、漱石とその著作が持っていた意味は大きかった。安倍能成の言葉を借りれば、「岩波が夏目漱石の知遇を得て、漱石との共同出版なる『こゝろ』を刊行した縁から、日本最大のポピュラーな作家漱石の死後、『漱石全集』を岩波生前五回に亘つて刊行したこと、漱石の諸作品を文庫その他で刊行したことが、岩波書店に幸したことはいふまでもな」い（「書店後記」『岩波茂雄伝』昭32・12刊　以下、この著書から引用する場合は、章題を示し安倍とのみ記す）。そうした関係は、夏目鏡子の『漱石の思ひ出』（昭4・10刊　引用は角川文庫昭53・2刊の改版12版による）で、茂雄が「大きな図書館」に収める注文を一手に引き受けた際の資金調達のために漱石に借金を申し込んだ時から始まったように語られていた。*3 漱石は茂雄に銀行の担保として株券「三千円」を貸している。鏡子は「近ごろでこそ岩波書店も押しも押されもせぬ堂々たる天下の大出版社でありますが、この創業当時は、そう申し上げては失礼ですが、まあまあ微々たるものでした。それで時々お金の融通を私どものところへ頼みにいらっしゃいました。」（「自費出版」）と語っていた。

自費出版について、鏡子は「最初の費用はいっさい私の方持ちで、その代わりだんだん儲かるにつれて、岩波のほうでそれを償却して行くという契約でして、それを年二期ずつに計算して、半期半期に儲けを折半して持って来るというずいぶんややこしい方法でした、が亡くなるまでこれを繰りかえしておりましたが、どうもめんどうでたまりませんので、亡くなってから普通出版に改めてしまいました。」（同前）と回想している。

自費出版という形で出版された漱石生前の『こゝろ』以下の単行本の発行部数について、松岡譲は「消息が不明」（「漱石の印税帳」『漱石の印税帳』昭30・8刊）としている。茂雄自身は『こゝろ』について「確か定価一円五十銭、二千部位出した」（「回顧三十年」「日本読書新聞」昭21・3～5『岩波茂雄　茂雄遺文抄』人間の記録67 平10・8刊）と回想していた。*4 無論、本稿にとっては、没後の売れ行きの方が重要なので、以下、松岡の「漱石の印税帳」（この文献を引用する場合、松岡とのみ記す）の「検印部数表」に基づく分析によりながらみていきたい。

岩波書店から出た単行本は、大正六年から一二年までに、『明暗』が三〇四二四部、『硝子戸の中』が一三四九六部、『こゝろ』が二三八八五部、『道草』が一九六〇〇部、『漱石俳句集』が五八〇〇部、『漱石詩集』が一三五二部ということになる。

単行本と並行して、全集の発行があったわけだが、松岡によれば、第一次（大6・12～8・11　全14巻）は「五千八百部から五千五百部の線でとまり、解約者がないといつてい丶程」で「十四冊本の初版全集の総数は大体七万七千部の検印をした事に帳面には記載されて居る」。第二次（大8・12～9・12　全14巻）は「最初が六千八百口で、最後の十二巻、別冊の十三巻あたりでさへ六千三百口を数へ」、「総計約九万一千巻の検印が記載されて居る」。第三次（大13・6～14・7　全14巻）の申し込みは「一万五千口」で、「この全集も解約者が実に少く」、「全部で二十一万冊弱が市に出た勘定」になるという。

夏目家が得た全集からの印税は、「第一回分は大略五万五千円、第二回分が九万円余り、（第一回、第二回共に税率は一様に二割五分）合はせて十四万五千円程」で、「第三回の全集」は「合計すると二十三万五千円程になつてくる」。当然、岩波書店の利益も大きいものと錯覚しがちであるが、ここで忘れてならないのは、「二割五分」という高率の印税である。漱石の場合、単行本についても印税は高率で、初版が一割五分、二版から五版までが二割、六版以上が三割だったことが知られている。

矢口進也は『漱石全集物語』（昭60・9刊）で全集について「ずいぶん高い印税率だが、直接購読制をとり、中間マージンのない出版形式では、この高率でも成り立ったようだ。」と述べているが、私は松岡の単行本に関する言及に注目しておきたい。彼は「発行者もそれを承知の上で出して居たのは、とにかく絶えず版を重ねる事と、仮令それによる直接の利益は少くても、彼の著者が店の看板になるので文句は言へなかつたものだらう。」と述べ、小林も「過去三回の漱石全集の出版は、読者の信頼を得たし、いろいろな意味で取次店および小売店に対して岩波書店の権威を認めさせる有力な武器となった。」（「昭和三年」）と同様なことを指摘している。漱石は販売部数が多く、宣伝効果はあったものの、出版社にとって経済的にはあまり効率のよい商品ではなかったようだ。

つまり、創業期の岩波書店であってもすべてが漱石の著作の販売による利益で支えられていたわけではないという極めて常識的な結論が浮かんでくる。小林は大正後期に岩波書店が獲得していた〈特権〉をこう説明していた。「岩波書店は、『哲学叢書』『漱石全集』或いは倉田の著作等、よく売れるものがあったし、先生が、支払いも全部月末にするのだからといって取次店とたたかって月末に全部集金することに成功した。しかし返品は期限付で受付けることになっていた。発行から六カ月間が有効で、それから一日でも過ぎると絶対に受付けなかった。（中略）岩波書店はまだ小規模の出版社であるが、取次業者からは特別扱いをされていたのだ」（「大正十一年」）。そしてこの〈特権〉も『漱石全集』の販売だけで獲得されたわけではなかった。

倉田百三の「岩波文庫に入れるまでに十五万近く売れた」（安倍「創業時代」）という『出家とその弟子』（大6・6刊）や『愛と認識との出発』（大10・3刊）、西田幾多郎の『善の研究』（大10・3刊）、鳩山秀夫の「昭和十六年までに九万三千冊売れた」（安倍　同前）『日本債権法（総論）』（大5・9刊）、河上肇の『近世経済思想史論』(大9・4刊　46版で絶版)等の著作があげられる。しかし、大正期の岩波書店にとってもっとも重要だったのは、「哲学叢書」全一二巻(大4・10～6・8刊)だろう。

小林は「岩波書店は哲学書と漱石で地歩を固めたといわれていたが、そういわれるのは不審ではないだろう。」(「大正十年」)と、安倍は「岩波書店に哲学書肆としての名を肆にさせたのも、元はこの叢書であり、又関東大震災以後、昭和初頭の不況、不景気に堪へる力を提供したのも、この叢書の売行が与かつて力があつた。」(「創業時代」)と述べていた。ちなみに、安倍によれば「全十二冊の為に用意しておいた紙が、二三冊分でなくなるといふ勢いであり、恐らく二十数年に亙つて広く読まれ、何百版を重ねるものが、その大半を占めるといふ有様であつた、中でも最も多く売れたのは、速水滉の『論理学』であつて、大正末までに七万五千冊、それから昭和十六年までには九万冊、岩波の生存中に十八万冊に及んで居る」(同前)。このように漱石からの利益の他にも、岩波書店は多くのヒット商品を握っていたのだ。これらの販売の好調さのおかげで、茂雄は大正一三年に「東京市の多額納税者の一人となった」(小林「大正十三年」)。

しかし、一三年の後半から出版界は返品ラッシュに見舞われて、不況に突入する。[*5] 岩波書店も例外ではなく、「大正十三年、十四年には返品が盛んに来て、今川小路に設けた大きな倉庫もそれで一ぱいにな」(安倍「関東震災前後」)った。大正一五年には「売上金額は四十五万余円」となるが、「結局この一年は二万七千三百七十二円の赤字となった」(小林「大正十五年」)。こうした出版不況のなかで経済的に行き詰まったすえに考え出されたのが、改造社の山本実彦による所謂円本だった。この起死回生を狙った企画が成功して、出版界は大量生産による新時代に突入することになった。その中で、岩波書店と漱石の著作の関係はどのように変化していくのだろうか。

3

昭和期の問題が二回の漱石全集の刊行に集約されるのはいうまでもない。最初は昭和三年三月から刊行が開始された、「円本」の普及版全集(～昭4・10　全20巻)である。[*6] 松岡によれば、「結局十万部となつて、しばらくの間十万の線を保持して居たが、やがて少しづつ落ちた。それでも最後二十巻目頃になつても七万二三千出たのだから、これは名前の如く実によく普及されたものと見てよからう。のべ総数百六十万から百七十万部の間であつたものらしい」。印税は「二割」で、「全二十巻を平均して毎巻八万から八万五千と見て大事ないやうであるから、内輪に八万と踏んで毎回一万六千円、二十回で二十二万円といふ数字が出るが、事実はそれよりやや多い目であらう。」と推測している。一見、漱石全集の売れ行きの良さを証明しているようにも思われるが、全集の宣伝を担当していた小林がいうように「約十万人の読者」は「他の円本の何十万にくらべると多いとはいえない」（「昭和三年」）。その「約十万」も小林の「第一巻の『吾輩は猫である』は前もって二十万部印刷したので、長く倉庫に残っていた。」（同前）という回想にあるように、当初の予想の半分だったことがわかる。

結局、普及版全集が岩波書店の経済的な苦境を救うことはなかった。小林は「去年勢よく発足した岩波文庫は今年になって漸く返品が多くなって来た。その数は約二十万冊であって、倉庫はこの返品で一杯になった。また芥川竜之介全集は結局赤字となり、岩波講座の『世界思潮』も損失になった。岩波書店のこの年の赤字は五万一千円を越した。」（同前）と述べていた。岩波書店はもはや普及版漱石全集の出版で救われる程度の弱小出版社ではなくなっていた。そのことは、普及版全集を募集している最中の昭和三年三月におこった岩波書店の労働争議によって証明されるだろう。

漱石全集の募集にも悪影響を与えたと思われる労働争議であるが、その焦点は「書店が小規模な経営から、中くらいの規模に移ってゆく過程としての問題」（小林「昭和四年」）にあった。文庫、講座、漱石全集などにより急速に拡大した事業のために、「小店員を除いては、ほとんど学校出」（小林「昭和三年」）という、八〇人以上にふくれあがった「やかましい選考もなく入って来た雑然とした急造部隊」（同前）は、茂雄の気心を知っている者たちには平気な丁稚制度・安い給料・サービス残業等に堪えられなかった。[*7] 同時に、従来の就業制度では、大量生産時代、例えば、文庫が「百頁を二十銭とし、一万部売れると二百円利益が出る」（小林「昭和二年」）といった薄利多売をしていかざるを得ない時代には対応できないことも事実である。岩波書店は否応無しに変貌せざるを得なかった。

したがって、昭和一〇年一〇月から刊行が始まった決定版全集（～昭12・10　全19巻）の意味が軽くなっていくのは致し方あるまい。予約者数が「初め二万部位あつたやうな話を聞いたと思ふが、それが最後まで続いたわけではなささうだ。一万部は切れなかつたと思ふ」（松岡）という程度では、重要な事業であることには変わりがなくとも、岩波書店にとっては一つの事業でしかない。その端的な証拠は、茂雄がこの年の五月から十二月にかけて欧米視察に出かけていることだ。小宮豊隆と編集部を信頼してのことだろうが、大正期の漱石全集の刊行時よりも比重が軽くなってしまったことがうかがえる。ここで昭和期の岩波書店の活動を確認していくことにしよう。

昭和二年は「出品」「約百万冊」という岩波文庫によって、「年間の売上は七十二万余円」となり、「二、三年続いた赤字はここで一応消えて二万三千円の黒字となった」（小林「昭和二年」）。しかし、この黒字も翌年には赤字に転換してしてしまうことは既に確認した。岩波書店を襲った不景気はこの後も続き、昭和四年は「改造社その他の書店が『文庫本』の出版を始めたので、その影響で岩波文庫の経営は益〻苦しくなった。この年、岩波は唯一の取引銀行である第一銀行に五万余円の預金しか無く借金は三十一万余円となった」（小林「昭和四年」）。昭和六年は「この年は上半期の売上は稍〻よかったが、下半期は不況で、岩波文庫のストックも増し単行本も売行が思わしくなかった。そして銀行からの借入は三十万円を越してしまった」（小林「昭和六年」）。この不景気から脱したことが確認できるのは、昭和九年のことである。

昭和九年について小林は「この年売上は上昇し、景気がよくなった。銀行からの借金も十万円程度に減少した。岩波文庫も他の競争者が退潮し出し、岩波書店では販売に新しい工夫をしたので安定し出した」（「昭和九年」）と述べていた。この指摘以外で重要なのは、一二月に発行した中等学校教科書『国語』全一〇巻だろう。新聞広告による販売という、例のない販売方法が大きな反響を呼び、「最初の版が昭和九年から十二年までで、巻一の六万八百から巻十の九千六百まで、合計三十一万五千、ずつと後まで通算すると三百九十三万五千に及ぶといふ盛況で」（安倍「昭和四年から日支事変まで」）、「全国語教科書中第2位の発行部数を示すに至った」（『岩波書店八十年』平8・12刊）のである。安倍によれば、「岩波書店は一時の不況を脱して、益〻好況に恵まれ、加ふるに昭和九年四月より十年三月までの、図書館協会推薦図書は全国第一位の多数に上り、年内の発刊書目は百に近かつた」。（「昭和四年から日支事変まで」）

小林は岩波書店の好調さを、「この年、営業の成績は大変良かった。単行本も、岩波全書、六法全書、辞書類も利益をあげた。岩波文庫も他の社の文庫本が振わないので安定し利益をあげた。借金を返し預金が五十万円近く出来た」（「昭和十二年」）、或いは「戦争の影響が顕著になって来た。物資の欠乏が激しくなり、出版資材は高騰した。同時に景気がよくなり、本はどんどん売れるようになった。倉庫にねむっていたものまで捌け、売上げ高は増して来た。本が足りなくなったので返品はほとんどなくなった。（中略）売行がのびて、借金は無くなり預金が七十万円以上になった。創業以来始めての好況であった。」（「昭和十四年」）としている。

興味深いのは、好調さを支える刊行物についての見解が安倍と小林とでは異なることである。安倍は昭和一三年の活動を述べた中で、「軍需インフレの景気によつて、又物質の欠乏と娯楽の制限とによつて、読書に向ふ人心の要求もあり、一般に書物の売行は次第に増し、殊に岩波書店の発刊した中国、日本に関する文献などは、岩波を排撃しようとする一派や組織も、これを顧みずには居られぬといふこともあつたらしく、かういふ種類の書物の売行が著しく殖えた。その上に哲学教養等の書物も、精神的栄養に渇する青年インテリに求められて、売行を増すに至り、岩波書店は次第に昭和初年以来続いた不景気から回復した。この傾向は年を追つて上昇し、昭和十五、十六年はその頂上であつたらう。」（「昭和四年から日支事変まで」）と論じた。[*8]

一方、小林は、「このころ紙その他の物資が次第に不足して来たのと労働力の不足などのために生産が落ちてきた。それに加えて戦争景気が出て来たために本の売行は猛烈によかった。ストックはどんどん出てしまい、倉庫は空になる勢であった。岩波書店はじまって以来の売行を挙げた。或るとき岩波は私に、半期の売上高が三百万円になったと驚いたように話した。次第に品切の書目が多くなった。言論統制は日毎にひどくなり、時勢に逆うものの存在を許さなくなったが、一方においては自然科学書、殊に工科関係のものは軍需生産に従事する連中、またその方面にゆく学生が増えたために需要が急に多くなった。岩波書店の出版物には自然科学のものも多かったので売上げは減ることはなかった。」（「昭和十五年」）と述べていた。この説明は「科学書肆」（安倍「関東震災前後」）の雄としての岩波書店を我々に教えてくれる。

私は小林の見解の重要性を指摘しておきたい。というのも、「科学書肆」としての岩波書店に注目することが、1章で紹介した、漱石が寺田寅彦と同格に扱われていた挨拶の謎を解く鍵となるからだ。

寺田と岩波書店との関係でいえば随筆の出版の方に目がい

ってしまうが、寺田は大正一〇年一二月から刊行が始まった「科学叢書」、「通俗科学叢書」を、石原純とともに編集して以来、岩波書店のよきアドバイザーであった。「科学知識の欠乏」が日本人の「著しい弱点」であり、「我国の文化を真に深く高く築くためには、科学知識愛求の念を強めることは、刻下の急務であり永遠の策」（「科学叢書」の広告）と考えていた茂雄にとって、寺田のアドバイスは必要不可欠だった。彼のアドバイスは、茂雄の信念を現実化することを可能にし、岩波書店を躍進させる大きな起爆剤ともなった。そうしたことに対する茂雄の深い感謝の念があの挨拶に表れていたのである。「回顧三十年」で茂雄は「常に私の仕事を御援助下さった寺田寅彦先生の御人格が忘れ難いものとして思い出される。／先生は科学者にして芸術家であり、才能豊に哲学を解し、文学を愛し、それのみならず非常に僕らの事業にも熱心な関心を寄せられ懇切な御指導を賜ったのである。」と述べていた。

そう考えれば、茂雄がスピーチで漱石を寺田と同格にしたのは、漱石を軽んじていたのではなく、大正期と昭和期の、それぞれの恩人への謝意として理解するべきなのだ。それを不可解と感じるとしたら、一つには我々のイメージしていた以上に、三〇年間に岩波書店が成長したということ――哲学を軸とした人文科学だけでなく、社会科学や自然科学にまで出版活動を展開する出版社になった歴史を十分に認識できていないためなのである。茂雄の「いつも世の中の必要に応じたい、我が国に欠けたものを補ひたいといふ念願」（「回顧三十年感謝晩餐会の挨拶」）は、晩年、大きく実を結んだのである。

同時に、現在の〈常識〉とは違う位相に、この時代の漱石の評価があったということも見逃すべきではない。茂雄の挨拶から見えてくる評価は現在のきわめて高い評価と比較すれば異なるものである。それは、単に茂雄だけの問題ではなかった。[*9] 茂雄が昭和二一年二月一一日に文化勲章を受けた際の新聞報道もその一例である。記事には漱石への言及がみられない。

「朝日新聞」では「三十年に亘る間、終始優良な図書の良心的出版をし、『岩波文庫』『岩波全書』『岩波新書』その他自然精神両科学の各領域に亘り既刊総部数三千五百余点、六千五百万冊に上つてゐる」、或いは「岩波茂雄氏への文化勲章贈授は異彩といへよう、徒手空拳、大正二年神田で古本屋を始め、殊にかつての『円本』氾濫時代に刊行を始めた『岩波文庫』は、レクラム文庫に範を求めながらレクラムを凌ぐほどの功績をおさめた」（昭21・2・11）とあった。昭和二一年の岩波文庫に始まるさまざまな活動こそが「文化の配達夫」としての茂雄と岩波書店を決定づけているのである。

漱石が「文化」の中心的な担い手として評価され、論ぜられ、そして一般化するのはいつなのだろうか。少なくとも、それが茂雄の没後であることは確実だが、その時、漱石と岩波書店とは新たな関係を形成していくことになるはずである。

［注］

＊1　小林によれば、「岩波は、故人となった自分が尊敬している先生たちの肖像を、額に入れて掛けていた。ケーベル、夏目漱石、寺田寅彦、杉浦重剛、そして孫中山がその中に入っていた。」（『昭和十三年』）という。ここでも漱石は寺田寅彦と同格である。

＊2　漱石の版権が切れ、「ほとんど無収入の状態」となった鏡子は「こんな年になって生活に不自由するとは思いませんでしたね。今では相当につらいですよ。毎月その心配で、こんな時は人情が身に沁むもんで、いつだったか小宮さんがお見えになって、これは先生のことを書いた本の印税の一部だとかいって、わざわざ金を届けて下さったことがありました。それでも河出書房とか新潮社とか角川書店とかは、何かが出版されると、いくらか持ってきて下さる。岩波も茂雄さんが元気だったら、と思いますよ」（「荆の冠をもてあます夏目漱石未亡人鏡子さん」野田宇太郎『六人の作家未亡人』昭31・10刊）と述べていた。勿論、漱石の書名の商標登録事件後の発言であり、茂雄の生前の岩波書店との関係に直接つながっていくわけではないが、両者の根深い行き違いを想像させる発言といってよいだろう。

＊3　鏡子は明言していないが、この出来事は大正三年末から翌年始めにかけて、茂雄が台湾総督府図書館の一万円の図書購入を一手に託されたことをさしているとすれば、安倍のように『こゝろ』出版以後と考えるべきだろう。

＊4　ただし、小林の「岩波茂雄年譜」には「『こゝろ』の定価は、一円五十銭で、三百部位作った。」とある。

＊5　大正後期から昭和初頭にかけての出版界の動向については、近刊の拙著『〈文学者〉はつくられる』（ひつじ書房）に所収の「大正九年、出版ビジネスは〈文学〉を自律させた――『読売新聞』コラム『読書界と出版界』から――」、「円本ブームを解読する――『早魃時』の新進作家たち――」等を参照されたい。

＊6　小林は、「たくさん出た円本には反感をもっていたが、このころしきりに漱石全集の普及版を出せという読者の要求があり、また夏目家には金が必要な事情があったので、とうとう普及版を出すことになった」、「この円本漱石全集は慌しい仕事であった。一月に相談をはじめ、二月のはじめに決定

し、第一巻『吾輩は猫である』の原稿をたちまち印刷所に入れた。」（「昭和三年」）と、出版の経過を説明していた。

*7 「東京朝日新聞」（昭3・3・14）によれば、三月一二日に「八十名が突然店主岩波茂雄氏の自宅を訪うて待遇改善その他封建的雇用法の改善十二項をあげて歎願書をだし、一蹴されるや、直にこれを『要求』に変へて怠業状態に（は）いつたもので十三日はつひに開店不能に陥」った。「要求項目」として「臨時雇用制の廃止」、「給料即時増給」、「寄宿舎の衛生設備改善」、「時間外勤務の手当支給」、「退職手当並に解雇手当の制定」などが報道されていた。

*8 ただし、小林によれば、昭和一七年が「売上は創業以来の最高」（「昭和十七年」）となった。また、茂雄は昭和一五年一一月に岩波書店の全財産に近い百万円を投じて財団法人「風樹会」を作る。しかし、二〇年一〇月の段階で、「岩波名義の預金その他二百二十万円余」、「岩波の亡長男その他の名義のもの百二十万円余」（安倍「太平洋戦争中及び降服後」）を所持していることが判明するので、一六年以降の岩波書店が如何に儲かっていたかがわかる。

*9 昭和期における漱石の文化的な位置づけの不安定さを何よりも象徴していたのは、決定版全集の発行にあわせた「思想」（昭10・11）の「特輯　漱石記念号」である。その特集では漱石のイメージ、評価が混沌としたまま投げ出されていた。「漱石はもう過去の作家である。」（「新聞小説家としての夏目漱石――覚書二三――」）という大熊信行、漱石の「生活的の、常識的の、江戸ッ子感覚」（「漱石と江戸ッ子文学」）を指摘する長谷川如是閑、「その潤達な想像欲の中には今日の偏狭な創作界に必要な創造に対する趣味を色々と指嗾するものがあるといふべきなのである。」（「漱石一面」）と述べる河上徹太郎、漱石の「鋭い知性」について「追跡狂といふ精神病は天才者の症状であると同時に、他面に小心者の症状でもあつた。代議士や中学生から人格者がられる症状であつた。」（「漱石における知性の悲劇――『それから』とそれから以後一瞥――」）と揶揄気味に限界を指摘した亀井勝一郎も掲載されるというありさまだった。こうした状態が解消されるのは、やはり決定版全集の小宮豊隆の解説が流布して権威をもってからと考えるべきだろう。その時期は引用した新聞記事から推測されるように茂雄の生前ではなかった。

『行人』における主体の希求と回避

あるいは解釈の振幅について

遠藤伸治・有元伸子
Endou Shinji　*Arimoto Nobuko*

はじめに　解釈における制度と個人

漱石の『行人』について、当初、知識人一郎の苦悩に焦点をあてて読まれていたが、二郎と直の間の「秘められた愛」を見る論が出、ついで、語り手としての二郎像に論者たちの関心が移っていった。最近、一郎と二郎の間の、あるいは一郎とHさん、二郎と三沢、一郎・二郎・父の長野家の三人など、男同士の「ホモソーシャル」（セジウィック）な関係を読み解く論が相次いで出されており、これを、本論の出発点としてもよいように思う。

では、『行人』における「ホモソーシャル」な関係とはどのようなものなのだろうか。例えば、佐々木英昭は「男の絆―『行人』の同性社会的世界」[*1]の中で、「お前はお父さんの子だけあつて、世渡りは己より旨いかも知れないが、士人の交はりは出来ない男だ。なんで今になつて直のことを御前の口などから聞かうとするものか。軽薄児め」という一郎の言葉を引用し、次のように説明する。

「士人の交はり」は男同士の絆であって、女はあくまでその外部に位置する。女との関係に問題があれば、女の意志を交えることなくむしろ男同士の談合で取り決め、女をやり取りしなくてはならない。妻の「スピリットを攫」もうとしてその貞操「試験」のために弟に暫時手渡す、という一郎の非常手段は、ここにおいて、女の「スピリット」など視野にないように見える佐野の求婚と通底する。一郎がもはや二郎の報告を聞こうとしないのは、兄弟間の「士人の交はり」がすでに破綻した以上、それを前提に試みられた「試験」も、もはや無意味と化しつつあるからである。

この説明に従い、一郎の求めるものが「女との関係に問題があれば、女の意志を交えることなくむしろ男同士の談合で取り決め、女をやり取りしなくてはならない」「男同士の絆」であるとするならば、『行人』とは、妻・直に対して二郎が秘かに欲望を抱いていると思った一郎が、直との関係よりも、二郎との「男同士の絆」を強化することを重視し、直を二郎に譲渡しようとしたにもかかわらず、二郎が直を受け取らず、一郎の思いを無視したために、一郎は怒り、二郎ではなく、Hさんを「男同士の絆」の対象とした作品だということになる。

あるいは、飯田祐子は、「二郎と一郎の対立」を生んだ「直を挟んだ三角関係」の原因は「一郎や直にあるのではなく、二郎にこそある」とし、「一郎が陥った悲劇は、二郎が仕組んだもの」で、長兄一郎に対する次男二郎の「密かな抵抗、一郎の直に対する欲望を模倣した二郎の欲望が三角形を捏造している」と述べた上で、「二郎と一郎のばらばらでしかも濃密な関係が、彼らとはまったく異質なものとされる直を挟んで、三角形のなかで語られるという物語である『行人』は、この〈ホモソーシャル〉という概念にぴったりと付合する」[*2]と結論づける。

佐々木英昭は一郎に重点を置き、飯田祐子は二郎に置くという違いはあるにせよ、問題は、このような解釈による限り、妻の「スピリットを攫」めないという一郎の苦悩、それから生じた直への貞操「試験」、一郎の代理として直の本心を探すという二郎の行為、そして、それらを通して窺える直の気持ち―こうしたものすべてが、「男同士の絆」や男たちの「濃密な関係」という深層の真実によって、単なる表層の見せかけや勘違い、あるいは「捏造」されたものとして「無意味」化されてしまわざるをえないという点にある。

「女の意志を交えることなくむしろ男同士の談合で取り決め、女をやり取り」するとは、結局のところ、家父長制下の結婚制度と言い換えられ、こうした解釈は、当時の社会制度から『行人』を解釈しているのであって、単にそれだけでは、一般的制度の中における個々の反応の違い、あるいは、制度から逸脱しようとする可能性（例えば「男同士の絆」で結ばれた男たちが、その絆の外部にいる女の内面を求めるといったこと）を見えにくくし、そして、こうした可能性を、家父長制から出ることができない男一般の意識といった形で閉じ込めてしまう結果に終わる。

先に佐々木英昭が引用している部分で、一郎は、男同士でありながら、「世渡り」が旨いという理由で父と二郎とを「士人の交はりは出来ない男だ」と決めつける。つまり、一郎が求める「士人の交はり」とは、むしろ、社会制度が要求する役割を「世渡り」上手に果たして行くといったこととは、まったく相いれないものではないのか。Hさんは、最後に一郎に慰謝（たとえ一時的なものにせよ）を与えてくれる人物として登場するが、Hさんと一郎との間には、家父長制下の長兄／次男のような、また、夫／妻のような上下関係・権力関係はなく、Hさんが一郎に寄せる「敬愛」（「塵労」四十六）の念は、役割によるものではない。だからこそ、Hさんとの関係が、一郎の求める「士人の交はり」に近いものだったのであり、一郎は、男である二郎に対しては「士人の交はり」という言葉を使いながらも、直との関係においても同様に、社会的に与えられた役割ではないものを求めたのではないのか。

Hさんからの手紙では、一郎が直の頭に「手を加へ」たこと、それが「何故一言でも云ひ争つて呉れなかつたと思ふ」（「塵労」三十七）と直の本心を見たいための手段であったことが明かされ、同様に一郎に打擲されたHさんはそれでも自分は「兄さんから愛想を尽かされてゐないといふ事を明言出来る」（「塵労」四十六）と述べる。しかし、一郎の打擲は、直にとっては、強者である家父長の暴力（ドメスティック・バイオレンス）としてしか受け取られず、「兄さんは妾に愛想を尽かしてゐるのよ」（「塵労」二十五）という言葉を引きだすだけに終わる。家父長制度下の夫／妻という権力関係の下位に置かれている直にとっては、家父長としての権威を放棄することのないままに、制度的役割以上の関係を求める一郎は、まったく受け入れがたいものであったのであり、だからこそ、二人はあれほどに徹底的にすれ違わざるをえなかったのではないのか。

一　「子供」を持つこと／持たないこと

「友達」の章は、一郎・直夫婦も登場せず、独立した短編としても読める構造になっている。と同時に、これまでも指摘されてきているように、岡田・兼夫婦や貞の結婚話などを通じて、お手軽な結婚（見合い結婚）への二郎の疑念が記され、語り手・観察者としての二郎の態度を読者に知らせる。その一方で、「あの女」や看護婦をめぐっての三沢との牽制を含めた精神的な争いは、一郎との直をめぐる葛藤の前兆であり解説となっており、「兄」以降、ストーリーの中心となってくるモチーフの予告となっている。その中から、「子供」について見ておきたい。

大阪の岡田の家にしばらく留まった二郎は、岡田・兼夫婦が仲がよいという感想をもらすが、岡田は「少時してから」「今迄の快豁な調子を急に失」い、「何か秘密でも打ち明けるやうな具合に声を落し」て、結婚してから五六年になるが子供が出来ないのが気掛かりだと打ち明ける。


　自分は何とも答へなかつた。自分は子供を生ます為に女房を貰ふ人は、天下に一人もある筈がないと、予てから思つてゐた。然し女房を貰つてから後で、子供が欲しくなるものかどうか、其処になると自分にも判断が付かなかつた。「結婚すると子供が欲しくなるものですかね」と聞いて見た。

「なに子供が可愛いかどうかまだ僕にも分りませんが、何しろ妻たるものが子供を生まなくつちや、丸で一人前の資格がない様な気がして……」

　岡田は単にわが女房を世間並にする為に子供を欲するのであつた。（略）すると岡田が「それに二人切ぢや淋しくつてね」と又つけ加へた。

「二人切だから仲が好いんでせう」

「子供が出来ると夫婦の愛は減るもんでせうか」

（「友達」四）


岡田には、女を男系長子の家督継承のための再生産の装置であると見なす家父長制が刻み込まれており、子供が欲しいという自身の欲求と区別がつかない。こうした岡田に対して、「子供を生ます為に女房を貰ふ人は、天下に一人もある筈がないと、予てから思つてゐた」二郎は、「岡田は単にわが女房を世間並にする為に子供を欲するのであつた」と、子供が欲しいという岡田の思いが、自然な欲求などではなく、「単に」「世間並み」に従っているに過ぎないとする。そして、女を再生産の装置であるとは見なしていないと自認する二郎は、「二人切ぢや淋しくつてね」という岡田の気持ちを岡田の妻・兼にぶつけ、女の気持ちを確かめようとする。


「左様でも御座いませんわ。私兄弟の多い家に生れて大変苦労して育つた所為か、子供程親を意地見るものはないと思つて居りますから」

「だつて一人や二人は可いでせう。岡田君は子供がないと淋しくつて不可ないツて云つてましたよ」

　お兼さんは何にも答へずに窓の外の方を眺めてゐた。顔を元へ戻しても、自分を見ずに、畳の上にある平野水の瓶を見てゐた。自分は何にも気が付かなかつた。それで又「奥さんは何故子供が出来ないんでせう」と聞いた。するとお兼さんは急に赤い顔をした。自分はたゞ心易だてで云つたことが、甚だ面白くない結果を引き起したのを後悔した。けれども何うする訳にも行かなかつた。其時はたゞお兼さんに気の毒をしたという心丈で、お兼さんの赤くなつた意味を知らう抔とは夢にも思はなかつた。（「友達」六）

二郎の問いかけに対して、兼は「子供程親を意地見るものはないと思つて居りますから」と、岡田とは違う意見を持っていることを示すものの、その心理はこれ以上明らかにされることはない。先にも述べたように、すでにここに、結果的に夫の代理として妻の気持ちを問う役割を担う二郎、夫とは異なる妻の考えの存在、しかし、それは十分に明かされずに終わる、という『行人』の基本構造が見てとれ、女が「子供」を持つこと／持たないこともまた、ここから後の小説のモチーフの一つとなることが予告される。

坂口曜子は、「結婚後数年も経つお兼が我子の自慢話をして飽きないお直を前に少しも劣等感を感じないばかりか、退屈しきっていること」などを根拠として、「岡田は子供を欲しがるがお兼は『子供が出来ると夫婦の愛は減る』と考え、夫に内緒で、避妊の処置を施しているらしい」と推測し、お兼は「必死の技巧」を行う「玄人はだしの女」[*3]だと解釈している。これに対して、木村功は、「当時子供を産まない女性がどれだけ世間的に肩身の狭い思いをするかは容易に推測できる」とし、「岡田の希望を伝えようとする二郎の『善意』の深層には、女性一般に対する男性側の『自然』な欲求が制度的に刻み込まれていたといえよう」と述べ、二郎が女性に対して「抑圧的な姿勢を『自然』に示している」[*4]と指摘する。たしかに、例えば坂口が根拠にしている、兼が直と対話する場面も、子供を身籠もらないことを内心で深く悩んでいる女性が、だからこそ必死に「まるで無頓着らしく」応対していたのだと、木村のように解釈することも可能であろう。

しかし、先にも見たように、この問題に関して岡田と二郎とは違う。家父長制が自然な欲求として刻み込まれているのは岡田であり、二郎はむしろ逆のことを思っている。にもかかわらず、木村のような解釈は、男の中の分裂や差異を見ず、岡田も二郎も同じ「男性側」であると見てしまう。また、岡田にしろ、「妻たるものが子供を生まなくつちや、丸で一人前の資格がない様な気がして…」と口ごもるのであり、子供が出来ないことは、妻を離縁する当然の理由となるような単純で自明の問題ではなく、「秘密でも打ち明けるやうな具合に声を落し」て語るべきデリケートな問題なのである。そのような微妙な要素を一般的制度の中に解体し、制度によって課せられた役割に過ぎないものを、男の全存在とイコールであるかのように見てしまうのはなぜなのか。

それは、このような見方が、抑圧された女性の目に映ったであろう他者としての二郎の姿を、男の内面を排除することによって、推測したものだからだ。避妊をしていたにせよ、不妊であったにせよ（不妊の原因は女性の側だけにあるのではないはずだが、岡田も二郎も、兼の問題だとしている）、子供を産むかどうかというのは、極めて個人的かつデリケートな問題である。二郎は、「心易だて」に不用意にこの問題に触れ、自らのセクシャル・ハラスメントに気づいた今日の男性のように「後悔」するが、「どうする訳にも」いかない。このような二郎の姿が、家父長制下に抑圧された女性一般という目を想定し、その目を通して、「子供を生ます為に女房を貰ふ人は、天下に一人もある筈がない」といった内面など窺い知れない他者として眺めた時に、「抑圧的な姿を『自然』に示している」男として対象化されるのだ。

そして、「妻たるものが子供を生まなくつちや、丸で一人前の資格がない」という制度こそ、男の内面に刻み込まれた「深層」の真実であり、「後悔」している様子や口ごもりなど、見せかけのうわべだけのごまかしにすぎない―このように解釈した時、表面的に果たした岡田の代理という役割と、「子供を生ます為に女房を貰う人は、天下に一人もある筈がない」という二郎自身の思いとが、見事に転倒させられ、二郎の内面の思いや岡田と二郎の差異は無意味化する（前掲の佐々木英昭「男の絆」で、直の「スピリットを攫」もうとする一郎が、女の「スピリット」など視野にないように見える佐野と「通底」するとされていたように）。そして同時に、兼が、単なる家父長制下に抑圧された女性一般ではなく、女性を再生産の装置と見なす家父長制下で、あえて子供を産まない生き方を自ら主体的・積極的に選択し、「まるで無頓着らしく」振る舞う女なのかもしれない、といった解釈の可能性もまた見失われるのである。

二　主体の希求と回避

女性を再生産の装置であると見なす家父長制について、上野千鶴子は、チョドロワを引用しつつ、次のように言う。

　再生産はたんに受胎し、生産するまでの生物学的なプロセスを意味しない。産んだ子供を一人前に育て上げる全プロセスが再生産であり、その再生産労働を女性が担っている。このプロセスをつうじて、家父長制に適合的な次の世代を育て上げるために女性の自発的な献身を動員すること—ここに家父長制の成功がかかっている。「家族」とはこの家父長制的再生産関係のことである。「家族」をつうじて、家父長制的再生産関係そのものが—ほかならぬ女性によって—再生産される。

女は自分から生まれた生きものを、自分を侮蔑するべく育てるのである。[*5]

つまり、女性は、自らの子供を、子供の性別にあわせて、また、誕生の順番にあわせ、家父長制社会に適合する存在に育てる〈再生産〉役目を果たさなければならない。それが「母」としての役割であり、一郎の母・綱はまさにその役割を果たしてきた。

飯田祐子は、「〈家〉の内部」で「個々の構成員」「それぞれにとって〈家〉のヒエラルキーが不合理に感じられるとき、『役割』におさまりきらない欲望や感情が顕在化」するが、「《母》がそれらを隠蔽し、再び制度に取り込んでいく」のであって、「〈長野家〉を維持し、再生成している中心が《母》である」と述べ、また、家父長になるべくその子供らしさを否定された一郎は、「正直なお父さん」を目標に、「『正直』でなおかつ〈子〉らしくない存在、つまり『家長』となる為の具体的な方途として、『学問』を志したのだ」[*6]と指摘する。確かに、これまで綱はそのように一郎を育て上げ、制度上の中心である「家長」とは別の、〈長野家〉のもう一つの中心として機能してきたと言えるだろう。しかし、学者になり、直と結婚した一郎に対して、綱はもはやうまく機能しえていない。「家長」を中心とする〈家〉制度とは異質だと言っても、結局は〈家〉制度を補完し、構成員を役割の中に取り込んでゆくようなものとは相いれないものを、一郎が求め、《母》はそれに応えられないからである。

綱は、一郎を、長男として家父長になるように、「我儘」が許されるように、「吾子の我を助け育てるやうにした結果として、今では何事によらず其我の前に跪坐く運命を甘んじなければならない位地」にある(「兄」六)。一郎が知識人であることは、長男としての彼の権威を高めると同時に、家族間における孤立をいっそう強める。一方、二郎は、綱から気の置けない「腹心の郎党」として扱われ、いつまでも「子供同様の待遇」を受ける(「兄」七)。

綱は、家父長・知識人としての一郎に跪き、どこまでも一郎を、その役割の中に閉じ込める。一郎は、「我儘」な家父長、気難しい知識人という役割を通してしか、綱に甘え、その愛情を確かめることができない。その結果、機嫌取りという一時的な慰謝は得られても、一郎と綱との距離はいっそう広がり、一郎と綱との関係は密になる。

このような一郎の心の奥底にあるのは、自分が本当に愛されているのかという不安であり、彼の欲するのは、長男であるとか家父長であるとかいう与えられた役割としてではなく、自分を一個の主体として肯定し、愛してくれている証である。したがって、一郎は、自分を愛してくれる相手も、自分と同様に主体的な存在として対象化しようとする。しかし、主体として主体的に愛する存在であってくれという一郎の欲求に、綱は応えてくれない。では、妻・直は、弟・二郎は、父は、一郎の求めに応えることができるのか。

この点に関し、直の示す態度は綱と同様である。直にとって、一郎は、どこまでも「我儘」な家父長、気難しい学者の夫でしかなく、時に直が一郎の機嫌をとることがあったとしても（作品の始めの方では、御世辞が嫌いなお直はそれをしないように見え、綱から批難されたりするのであるが、和歌山から帰った後、見事に一郎の機嫌を取った嫂の手腕に二郎は驚く）、二人の心理的な距離は縮まることはなく、結果的に、結婚以前からの面識があり、気の置けない二郎と直との心理的距離は近づく。

また、貞の縁談に関しても、二郎は、非主体的な、まさに子供の使いの役割しか果たさず、父が事実上隠居状態にある今、「お貞さんのために、沢山ない機会を逃すのは」損だという綱の「実際上に尤もな」意見に説得された一郎は、大阪まで来て縁談をまとめるという形で家父長としての役割を果たして見せるが、そのストレスは大きい（したがって、後に一郎は貞を呼んでまったく逆のことを言うことになる）。お重を可愛がる父は、「先づお重から片付るのが順だらう」という意見だが、「兄の見地に多少譲歩してゐる」ため、納得する（「帰つてから」十）。

尊重しながらも、敬して遠ざかること。それは、綱も、直も、二郎も、父も、一郎に対して取り続ける態度である。一郎は、そうした関係の中で傷つき続け、表面的には家父長としての、また、知識人としての高いプライドを保ちながら、そのような自己を心の底では肯定することができない。

その一郎に、二郎は、友人三沢の逸話として、不幸な結果におわった結婚と、気が狂うまで秘められつづけた恋愛の物語を語る。この物語が、後に語られる「パオロとフランチェスカの恋」のイメージと共に、一郎の抱いていた不安と欲求に、結婚制度と自由な恋愛の対立という具体的な物語の形を与える。直が、結婚という社会的制度を逸脱し、自分を決定的に裏切って、二郎と関係を持つ―それもまた、自分は愛されていないのではないかという不安から脱する道ではある。また、そのような状況に実際になった時、一郎自身のイメージを裏切って、直が二郎をはっきりと拒絶するようなことが、万が一つにでも起これば、それこそ一郎が願う事であろう。どちらの事態が起こっても、少なくとも、不安感からは解放され、直も一郎も狂気に陥らなくても、救われるはずである。

一郎は、自分には攫めない直の「内面」を探り出し、「内面」までも自分に従属させ、そして、二郎に贈与しようと欲しているのではない。一郎が願うのは、直が自分とは独立した主体として、直自身を根拠として自分を愛してくれること（あるいは、自分を拒絶し、二郎を選択してくれること）である。しかし、直も二郎も（母と同様に）、愛する主体であってくれという一郎の欲求に応えない。

直に対する先行論の視線は、さまざまな軸で描かれ、互いに矛盾し、容易に一つの像へと結びつかない。「嫁ぐ女の断念の結果」[*7]を直に見る浅田隆は、家父長制社会で抑圧された直像を出す。逆に、佐々木英昭は、『青鞜』と同時代にあった直が「『新しい女』たちに私かにエールを送っていた」ことも十分ありえるし、あるいは、一郎が直に考えさせようとしていたものは「おそらく未だ明確な形を取らないがゆえに直自身にも言い表わすことのできない、彼女のなかのフェミニズム的な意識に関わるものと見て問違いない」と述べ、新しい女としての直の可能性を提示する（前掲「男の絆」）。「お直も二郎にだけはその自然な心の美しさを開いて見せた」とし、二郎と直の「秘められた愛」[*8]を見る伊豆利彦。そうした純愛のヒロイン像や、逆に技巧的な悪女としてのお直像という二項対立的読みを退けて、「ただ、自らのセクシュアリティーが義弟との間に喚起する艶な緊張感と戯れ、遊んでみせたのにすぎない」とし、直が和歌山でとった行為は、「愛」でも「技巧」でもない、「純然たる『遊戯』」なのだとし、「何の目的も持たない女のセクシュアリティー」こそが「父権制がもっとも恐れるもの」[*9]だとする小谷野敦。さらに、〈法〉と〈自然〉の対立のない「見合い結婚」をした「お直の『本体』を知ろうとするのは不可能」であり、直は、「自分には『本体』がないという、まさにそのことを積極的にさししめす」「『行人』というテクストのアポリアそのものをさししめす存在」[*10]だとする水村美苗。

語り手である二郎によって、「自分はこの間に一人の嫂を色々に視た」（「塵労」六）と語られる以上、これらさまざまな直像が生み出されるのは、むしろ当然だ。しかし、直は、下宿に移った二郎を突然訪れた時、普段と違って「問題の真相を、向こうから積極的に此方へ吐き掛け」るように、次のように言う。

「男は厭になりさへすれば二郎さん見たいに何処へでも飛んで行けるけれども、女は左右は行きませんから。妾なんか丁度親の手で植付けられた鉢植のやうなもので一遍植られたが最後、誰か来て動かして呉れない以上、とても動けやしません。凝としてゐる丈です。立枯になる迄凝としてゐるより外に仕方がないんですもの」（「塵労」四）

女は決して主体になることはできない。したがって、男が勝手に女をやり取りするのだ。―これが直の表明する自己認識である（前掲の佐々木英昭が言うように）。水村が『行人』全体を通じて、まさに自分の主体性が問題になっているからこそ、おい直はさまざまな場面で、わざとのように主体性を欠いた言葉を発する（「妾は何うでも構ひません」、「何うでも好いわ」、「妾女だから何うして好いか解らないわ」）。それと同様、「魂」が問題になっているからこそ、自分のことを「魂の抜殻」だと規定する」（前掲）と述べるように、ふだんの直の言動は、男によってどうにでも解釈されうる曖昧さを常に保っているように見える。しかし、それら曖昧な言動に比べて、この言葉だけは、過剰なまでに明確に自らの主体性の無さを表明しているようにも思え、諦念を表明しているかに見えるこの言葉にこそ、逆に、家父長制という権力関係をそのままに、無理に女に主体であることを求める一郎（一郎を代行する二郎、そして重）に対する皮肉と抵抗の響きを聴き取ることが可能である。

家父長制社会において主体を引き受けること、権力関係の下位に置かれている現実の中で主体的に男を愛することを、直ははっきりと回避する。自らのセクシュアリティに、一郎に対する裏切りと二郎への秘められた愛というような物語の形を、どこまでも与えない。一郎は、直に主体であることを求めるからこそ、徹底的に主体を引き受けないお直によって、苦しめられる。その様子は、二郎の目に、直がまさに「敵打ち」（「帰ってから」三）をしているように見えるのである。

三 「母親役割」による抵抗と対立する女たち

一郎・直夫婦の間はしっくりといっていないが、二人には芳江という一人っ子がいる。

自分の平生から不思議に思つてゐたのは、この外見上冷静な嫂に、頑是ない芳江がよくあれ程に馴付得たものだといふ眼前の事実であつた。この眸の黒い髪の沢山ある、さうして母の血を受けて人並よりも蒼白い頬をした小女は、馴れ易からざる彼女の母の後を、奇蹟の如く追つて歩いた。

それを嫂は日本一の誇として、宅中の誰彼に見せびらかした。ことに己の夫に対しては見せびらかすといふ意味を通り越して、寧ろ残酷な敵打をする風にも取れた。

（「帰つてから」三）

一郎も「腹のうちで此小女を鍾愛」するのだが、書斎で思索にふける父親に「怖いから」と芳江はなつかない。娘になつかれた母としての直は「日本一の誇とし」、その姿が二郎の目には夫に対して「残酷な敵打をする風」に見える。また、別の箇所でも、一郎と二郎は、「芳江を傍に引き付けてゐる嫂を見出」す（「帰つてから」六）。食事中に不愉快な話題にまきこまれ、二郎によっても救われなかった直は、無言のまま立ち上がり、芳江を手招きして自分のあとを追わせるし、二郎の見合いの話がでたときにも、「嫂は全くの局外者らしい位地を守るためか何だか、始終芳江のおもりに気を取られ勝に」見える（「塵労」二十七）。

直が「母」として、芳江と強く密着していることを、次のように語る論者がいる。稲垣政行は、「長野家において唯一自分の血をひく芳江を引きつけておくことは、彼女が長野家の人々にとっても血を分けた親族であり、かつ子供であるだけに直の立場を強くする」と述べ、お直が「自分の居場所を作るために取った戦略[*11]」だとする。また、石原千秋は、「長野家の中での自分の不安定な地位を守るかのように、娘の芳江を自分一人に引き付けてもいる」と述べ、また、「そもそも直は、『嫁』として十分な役割を果していない。というのも、彼女はまだ女の子一人しか子供を生んでいないからである。長野家の跡取りはまだいないのである[*12]」と指摘する。

たしかに、長野家での自分の立場を強くするために芳江を自分に引きつけておく、といった側面もあろう。だが、直が芳江をかわいがるのは、そうした制度的「戦略」の意味しかなく、また、芳江が女児であることは、長野家の跡取りをまだ生んでいないといった、直にとって弱い立場をもたらすことでしかないのだろうか。

F・コントは、「女性が子供を占有しようとするのは、自己実現の可能性をすべて奪われているからであり、母性以外のところで自己を解放できないからである[*13]」と述べる。

そして、竹村和子は、クリステヴァを引用しつつ、次のように言う。

> 出産によって分離した娘を、降り注ぐ一次的な愛の関係を経過させたのちに象徴界の父に届ける母は、その慈母（＝慈父）のまなざしのなかに悲しみを背負っている。なぜなら娘の成熟とは、象徴界で「母」になること、原初的なお

ぞましきコーラになることであるからだ。象徴界のなかに「母」以外に「女」の位置はないゆえに。だから母は諦観と悲しみのまなざしで、娘を〈父の娘〉にする。（略）娘の成熟は母にとって、娘の主体性の断念と、母の対象関係の終焉を意味するものである。だからおそらく母は、心のなかで、一度は娘にこう叫んでいるのだろう――「〈父の娘〉にはなるな！」と。

　母と娘の癒着状態であると一枚岩的に見られているものは、じつは癒着状態ではなく、原記号界において唯一可能になった母の抵抗、母の報復、母の娘への願いではないだろうか。しかしその抵抗も、報復も、願いも、象徴界のなかでその成就をみることはない。[*14]

　このような立場から解釈すれば、直が芳江を「引きつけて」いるのは、「〈父の娘〉にはなるな！」という「母の抵抗、母の報復、母の娘への願い」ではないのか。二郎の目に「ことに己の夫に対しては見せびらかすといふ意味を通り越して、寧ろ残酷な敵打をする風にも取れた」と見えたのは、まさにそれが一郎という我が夫＝家父長への抵抗だったからではないのか。家父長制社会に対する、無力な存在（女）が唯一自己実現が許されている「母性」をたてにとっての抵抗。女性を「母親役割」の中に閉じ込める家父長制下で、「母親役割」の中に過剰に閉じこもることによる抵抗。母としての役割は果たすが、それ以上のものは決して与えないという抵抗。

　ただ、この抵抗も、一郎が、女を再生産のための単なる装置とみなし、妻を「母親役割」に閉じ込める家父長の権力に満足する男（そして、家の外に妾宅を構えるような男）であったならば、「残酷な敵打ち」としての意味を持ちえず、単に芳江の成熟を遅らせるだけのことにすぎない。一郎が、家父長という役割に閉じ込められることに矛盾と苦痛を感じ、そこから癒されるために、従属や迎合ではない主体的な愛情を欲する男だからこそ、直の抵抗は「残酷な敵打ち」として成立する。

　この時、一郎・直夫婦の〈一人っ子〉が、男児ではなく女児であることは、象徴的である。もし、男児であったならば、直は、いやおうなく、その子を家父長に育て上げねばならなかったはずだ。また、長野家の他の構成員（たとえば姑の綱）の干渉ももっと強かったであろう。石原のように、芳江が女児であることを家父長制によって意味づけ、嫡男を生んでいないということで『嫁』として十分な役割を果していない」と言うこともできる。だが、直が長野家で夫一郎と対立しつつ生きていく甲斐をもてたのは、芳江が娘であったからではないのか。芳江も、この家父長制社会で生きていく以上、いつまでも母の手元にひきつけておくわけにはいかず、長野家の娘・重が「母よりも寧ろ父に愛されてゐた」（「帰つてから」十）ように、〈父の娘〉としてこの社会にあわせて成熟させねばならない。だが、それまでのしばしの間の母子密着状態を、直は生きる。

　そして、直と敵対する小姑の重が、「嫂の居ない留守に限られてゐた」とはいえ、「不思議に」芳江を「愛した」のも、直と同じ理由によるだろう。

　小森陽一は、『行人』という物語が、「父の時代に家内に居たヒトが一人ずつ家の外へはじき出されていく物語」なのであり、「直が長野家に入ったことにより、家庭内労働力としてのお貞さんが不用になったと同じ意味でお重は不用であり」、「『他家』から来た女、家の外部から来た『他人』でしかないお直の、妻の座を安全なものにするために、最も『早く片付けて仕舞』うべき対象にされ、父や母、兄たちと離別させられてしまう自分の位置を察知していればこそ」[15]重は苛立つ、と指摘する。

　しかし、直と重とが敵対するのも、単にこのような嫂と小姑という制度上の立場だけが原因ではない。と言うよりも、重が最も腹を立てるのは、兄一郎に対する愛情ゆえに、兄を苦しめる直と対立しているにもかかわらず、それを、直や二郎から、単に嫁と小姑という制度上の問題として解釈され、早く嫁に行けと言われることなのだ。

　重は、貞の縁談の相手である佐野の人柄に関しても、「岡田が慥だつて保証するんだから、好いぢやないか」と男同士の絆に基づいて無関心に答える二郎と言い争い（「帰つてから」八）、二郎から「男女の愛が何うだのと囀る女」だと思われる（「帰つてから」九）。重もまた、二郎や一郎のように、結婚に際して男女の精神的交流が必須だと感じている。それにもかかわらず、一郎と直との、また、貞と佐野との結婚のように、精神的交流抜きに、「小姑」として家からはじき出されるのもそう遠いことではない。だからこそ、家父長制下の結婚の中に精神的交流—主体的愛情の生じる可能性を見出そうと、重は、貞と佐野の結婚について夢中になる。そして、主体であることを徹底的に回避し、〈男同士の絆に基づいて贈与される女〉、〈母親という役割に閉じ込められる女〉という役を徹底的に演じることによって「敵打ち」をする「嫂の態度を見破つて、かつ容赦の色を見せない」（「帰つてから」七）のだ。

　そして、それゆえに重も、芳江を愛する。芳江の姿に、誰にも邪魔されることなく、誰にも「冷かな」「ふんという顔付で眺められる」ことなく、実家で、「父母のゐる家で」「思ひ通りの子供らしさを精一杯に振り舞はす事が出来」（「帰つてから」十）ていた頃の自分を見るから。直も重も、幸福だったときの分身を芳江にみて、せめて今だけでもと、芳江を溺愛する。

家父長制度下の結婚に主体的愛情の可能性を期待する者と幻滅した者という生き方の違いによって反目する重と直は、また、制度を疑うことなく内面化して役割を果たしてきた綱も含めて、長野家の女たちは、「時々席に列つたものが、一度に声を出して笑ふ種になつたのは唯芳江ばかりであつた」（「帰つてから」二十三）と、芳江を軸にして繋がることがあるだけだ。言わば、芳江は、制度以前の、無垢の象徴として愛され、女たちを、しばし、過去の幸福な時間へ引き戻す。『行人』においては、女同士のシスターフッドな関係は、各女性と芳江が個別に結びつく以外に存在しない。

四　Hさんという増幅装置――〈機械仕掛けの神〉

一郎と二郎とは、家父長制度下において先に生まれた男子と次に生まれた男子という順序の差でしかないものによって、最初、まったく異なった人間のように見え、その二郎の眼を通して一郎が語られる。したがって、「友達」や「兄」においては、一郎の言動は外部から見られている。そのようにして見られた一郎の姿は、妻が愛しているのは自分ではなく、二郎ではないかと疑い、そして、それを確かめることを当の二郎に依頼し、その挙句、二郎に妻を寝取られたのではないかと疑う、嫉妬と妄想にかられた夫の姿である。それは、外部から眺められるかぎり、奇妙で、常軌を逸しているようにも見え、極めて滑稽ですらある。

しかし、一郎自身は、自らの内面の苦悩をそのような形では認識しないし、語らない。彼は、人は他人の心を理解することが可能なのかとか、社会制度としての結婚よりも自然の恋愛の方が神聖だとか、人間の不安は科学の発展からくるとか、近代的知識人としての権威を持って、倫理的・知的・美的に普遍の問題として苦悩する。

このような一郎の代行者として、直の気持ちを理解し、伝達するはずの二郎は、物語が進展するに従って、以前から面識のあった直を理解し直す以上に、むしろ次第に一郎に接近して行き（二郎自身の見合いの話が出たり、最後に、二郎が家を出て独立し、妻となる女性の決まった三沢によって、「もう一人の女」を紹介されるのは、象徴的である）、一郎の内面にある観念的・形而上学的不安を聞かされ、理解して行く。二郎は、一郎の苦悩を、嫉妬にかられた夫の妄想に過ぎないというように具体的な家庭の問題として相対化することも、見合い結婚の下での不安定な夫婦関係によるものだというように社会制度の問題として解体することもしない。そのような可能性が、物語の初めの方では、含まれているにもかかわらず。『行人』において、問われているのは直の内面であるにもかかわらず、それはどこまでも曖昧なままにとどまり、次第に明らかになって行くのは一郎の内面の方なのだ。

妻が弟を愛していると疑う兄を弟の視点から見るという当初の設定には、人間存在の不安といったものを、近代という時代の社会的問題として位置づけ、アイロニカルに相対化する可能性はあったと思われる。妻の愛を疑う夫という姿とそれを哲学的に苦悩する姿とのギャップは、まさに滑稽である。

しかし、そのような設定で出発しながら、『行人』自体は、逆の展開を見せる。最後の「塵労」において、二郎からHさんへと視点人物が変わることが決定的であり、Hさんは登場した瞬間から完全に一郎に同情している。二郎が一郎の苦悩を次第次第に伝えて行く人物だとすれば、Hさんは一郎の代弁者以上の、一郎のかすかなうめき声すら受け止め、増幅して伝える装置だと言える。

一方、直に目を向ければ、彼女にもあるはずの苦悩を叙述する装置は、『行人』の中にはない（したがって、彼女の苦悩を聞くためには、読者自身が増幅器と化す必要が生じる）。唯一彼女が心を開いている芳江は幼く、それ以外の長野家の女たちとは対立し、語り手である二郎は物語の進展に伴って一郎に接近し、最後に、一郎の苦悩だけを伝えるHさんに語り手が交代するために。したがって、一郎の苦悩と直の苦悩とはどこまでもすれ違い、一郎の苦悩は、直の苦悩によって相対化されることもなく、夫婦関係や家族関係、社会的制度を離れ、一方的に形而上化されていくことになる。

つまり、『行人』は、人間存在一般の苦悩をある時代の社会的制度や文化的装置へと解体するという構成ではなく、逆に、ある一つの家族の特殊な物語が人間存在一般の問題につながって行く、すなわち、明治末期の時代の一様相の中からより大きな普遍の問題が立現れてくるという構成が取られている。

漱石の他の作品に目を向けて見れば、この構想は、例えば『こゝろ』においても同様である。『こゝろ』においては、最初に「私」という一人の書生の眼を通して「先生」が語られ、そして、最後に「先生」自身によってその苦悩が語られる。漱石研究における、いわゆる『こゝろ』論争から現在に至るまで続く解釈の幅と揺れは、結局、普遍的なものに見える問題をある時代の社会的文化装置へと解体しようとする動きと、逆に、ある時代相の中から普遍の問題を立ち上げようとする動きという、漱石の作品が持つ二つの可能性の間で、そのどちらか一方を選択しようとした揺れ動きだったと思われる。

最後に、漱石自身の選択について言えば、『行人』や『こゝろ』の作品構成も、そして、『吾輩は猫である』で出発し『行人』や『こゝろ』に至る作家活動の推移を見ても、後者の側、つまり、自分自身にとっての現在の社会制度や文化装置の中で苦悩せざるを得ない人間に対して、それを相対化して眺めるよりも、そのように苦悩せざるをえない人間存在への共感とそこから普遍的なものを立ち上げようとする知識人としての倫理の方を選び取ったと言えるだろう。

[注]

＊1 『「新しい女」の到来—平塚らいてうと漱石』名古屋大学出版会、一九九四年→『日本文学研究資料集成27夏目漱石2』若草書房、一九九八年

＊2 『彼らの物語』名古屋大学出版会、一九九八年

＊3 『魔術としての文学—夏目漱石論』沖積舎、一九八七年

＊4 「『行人』論—一郎・お直の形象と二郎の〈語り〉について」『国語と国文学』一九九七年二月

＊5 『家父長制と資本制』第六章「再生産の政治」岩波書店、一九九〇年

＊6 「〈長野家〉の中心としての《母》—『行人』論のために—」『名古屋近代文学研究』7 一九八九年一二月

＊7 「夏目漱石『行人』論ノート」『奈良大学紀要』17、一九八九年三月

＊8 「『行人』論の前提」『日本文学』一九六九年三月→『漱石作品論集成9 行人』桜楓社、一九九一年

＊9 「『女の遊戯』とその消滅—夏目漱石『行人』をめぐって」『批評空間』9、一九九三年四月→前出『日本文学研究資料集成27夏目漱石2』

＊10 「見合いか恋愛か—夏目漱石『行人』」『批評空間』一・二、一九九一年四月・七月

＊11 「夏目漱石『行人』—その全体像—」『稿本近代文学』17、一九九二年一一月

＊12 『漱石の記号学』第三章・終章 講談社、一九九九年

＊13 『母親の役割という罠』藤原書店、一九九九年

＊14 「あなたを忘れない・上」『思想』一九九九年一〇月

＊15 「交通する人々—メディア小説としての『行人』」『日本の文学』8、有精堂、一九九〇年一二月

書評

神話の終焉と漱石の黄昏

生方智子（うぶかた・ともこ）

江藤淳著『漱石とその時代 第五部』

江藤淳のライフワークともいうべき『漱石とその時代』は、第一部、第二部が一九七〇年八月に刊行された後、約二十年という歳月を経て再開され、一九九一年一月から一九九八年十月までの長きにわたって雑誌『新潮』に発表されてきた。一九九三年十月に第三部が、一九九六年八月に第四部が刊行となり、その続編である本書は、一九九七年一月〜十二月、一九九八年四月〜十月の計十五回の『新潮』連載分がまとめられたものである。『漱石とその時代』の連載は一九九八年十月を最後に中断され、著者の死により未刊のまま終わった。したがって本書は、『漱石とその時代』の最終巻にあたる。

本書の章立ては、1〈大正元年九月〉、2〈孤独感〉、3〈ヴェロナールの眠り〉、4〈『銀の匙』〉、5〈『行人』の完結〉、6〈閑来放鶴図〉、7〈『心』と「先生の遺書」〉、8〈「欧州大動乱」〉、9〈自費出版〉、10〈「不愉快」と「不安」と「自己本位」〉、11〈「硝子戸」の内外〉、12〈京に病む〉、13〈「事業」の色〉、14〈『道草』の時空間〉、15〈「父なるもの」〉から成り、大正元年から大正四年までの出来事が綴られている。

第一部の「あとがき」で著者は次のように語っている。「十五年前に『夏目漱石』を書き出したときから、私はいつか漱石の伝記を書きたいと思っていた。それはひとつには評伝というジャンルへの興味のためであり、より以上に漱石と、彼がそのなかで生きた明治という時代への深い愛着のためである」。そのような意図のもとに書き始められた『漱石とその時代』は、いわゆる実証主義的な伝記研究とは異なっている。著者は既に『夏目漱石』（東京ライフ社、一九五六・十一）において、実証主義的伝記研究を「科学的決定論」に基づくものとして退け、「細かく織り上げられた事実とは、全く断絶された次元に作品は存在する。その中にこそ、作家の最もessentialな部分があるので、ここ以外に一人の人間に対してぼくらの感じ得る魅力の存する所はないのだ」と述べていた。『夏目漱石』で「決定論や形式化」に陥ることのない批評を目指していた著者が、自らの方法として選び取ったのが「評伝というジャンル」といえるだろう。そのとき著者の「評伝」は、様々な史料を同一地平上に並べて〝歴史的な事実〟を後付けていくものではなく、漱石の「作品」を頂点に置き、その〝読み方〟を問題にしていくものとなる。第三部の「あとがき」で、著者は「一切は、漱石の作品という一等史料がどこまで味読できるか、という己れの力量にかかっている」という言葉を披露しているが、ここからもまず「作品」を最優先に扱い、深く読み込んでいこうという著者の姿勢がうかがえる。

そのような著者が行う「作品」の読解は、ともすると「作品」を通じて「作家」像に到達しようとしたときに起こるような、「作家」神話の構築とは最も隔たったところにある。かつて『夏目漱石』において漱石の「則天去私」神話を粉砕した著者は、『漱石とその時代』で、漱石の一連の「作品」を「則天去私」の完成への道程とみなしていく、成長史観に基づいた「作品」解釈とは全く異なる読みを展開している。なかでも、本書『漱石とその時代』第五部には、著書の読解の特異性が顕著に現れているといえよう。

第五部で披露される「作家」漱石の姿は、きわめて偶像破壊的である。明治の終焉を体験し、新たな大正という時代を迎えた漱石は、心身ともに病み、急速に老いていく。第一章「大正元年九月」では、明治から大正へと変動する世の中で、持病の痔の悪化で一人入院を余儀なくされている漱石が描かれる。第二章「孤独感」では、『行人』の執筆が進まず、胃潰瘍と痔疾によって消耗した漱石を、さらに「一種異様な孤独感」が襲う。第三章「ヴエロナールの眠り」では、漱石の「狂気」は家族を追い込み、漱石は知らぬまに妻から薬物を投与され、眠らされることになる。第四章で漱石の胃潰瘍は「狂気」と同調して悪化し、『行人』の連載はとうとう中断へと追い込まれる。

　だが本書の圧巻は、『心』を論じた第七章と第八章、「私の個人主義」を論じた第十章、『硝子戸の中』を論じた第十一章であろう。第七、八章で、著者は『心』を完結した「作品」として始めから扱うことはせず、新聞連載小説という発表形態を「作品」を解釈の前提として考える。まず著者は、当時の漱石を取り巻いていた状況について考察を及ぼし、『心』が「無関心と無視に耐えながら書かれた」ことを明らかにする。かつて鳴り物入りで「小説記者」漱石を迎えた朝日新聞社は、『心』執筆当時になると漱石を冷遇していたという。その冷めた扱いを象徴するように、新聞紙上に掲載された『心』には致命的な誤植があったのである。その上で、著者は漱石自身もまた小説記者という立場に拘束されていたばかりでなく、「作品」自体もその影響を免れていないとみなす。漱石の胸の内を悩ませていたのは『『心』の芸術的完成などではなく、いつになったら次の連載小説の作者が見付かるか」ということだったし、『心』については、「その結末の三十回分にいたっては、作者の内的な必然というよりはあとの書き手が見当たらないという外的な要因によって、いつ終えたらよいか見通しの付け難い状況の下で書かれているのである」と断定する。このように、「小説記者」漱石の姿に着目することによって行われる『心』の読解は、『心』というテクストに長らく賦与されてきた神話性をラディカルに粉砕していくのである。この著者の急進的な姿勢が発揮されるのは『心』だけではない。日本近代批判としてこれまで高い評価を得てきた「私の個人主義」について、著者は『思想』というよりはむしろ病者の叫びである」と裁断している。また『硝子戸の中』に至っては、「東京朝日」に同時掲載されていた高浜虚子『柿二つ』と比較して、「明らかに文章の上で虚子に負けていた」と果敢にも判定を下したあげく、漱石を冷遇する朝日新聞社の態度について「全く正確かつ正当だったともいえるのである」と評価しているのである。

　『漱石とその時代』第五部で執拗に描き出されるのは、新たな時代の動きから取り残され、孤独にさいなまれる漱石の姿である。これまで語られたことのない、老い枯れていく漱石を描き出した「評伝」を前にして、読み手はある種のとまどいおぼえるかもしれない。しかし、『成熟』するとはなにかを獲得することではなくて、喪失を確認すること」（『成熟と喪失』河出書房新社、一九六七・四）という著者の名高い言葉を重ね合わせると、ここで語られているのは〈成長〉という価値規範を超えた、「成熟」した漱石の姿ともいえるかもしれない。

（一九九九年十二月　新潮社）

書評

モダニストとしての漱石像

押野武志（おしの・たけし）

丸谷才一著『闊歩する漱石』

このような自由気ままな漱石論を書ける丸谷氏を本当に羨ましいと思った。

漱石のテクストを闊歩するのは、丸谷氏本人である。比較文学的でもあり、雑学的でもある脱線の妙を楽しむことができた。漱石論にもかかわらず、漱石作品そのものについて言及した部分はわずかで、漱石文学の背景にある東西の文学的な伝統の宝庫を縦横無尽に引用することに費やされている。つまり、漱石を文学の伝統のなかに位置付けようとする試みといえよう。ただし、優れた先行研究を参照していれば、もっと発展していったのではと思われる箇所も散見するが、これは、大家の書いた漱石論として許される振る舞いであろう。羨ましいとはそういう意味である。だから、本書を読む読者の態度も、実証的、客観的にどうとかというのではなく、丸谷氏のつくり出した漱石をめぐる物語を面白いと思えるか、あるいはそのいかがわしさに共感できるかどうかにかかっている。

本書には、「忘れられない小説のために」「三四郎と東京と富士山」「あの有名な名前のない猫」の三篇が収められているが、それでは章毎に丸谷氏の解釈の間を私たちも闊歩することにしよう。

「忘れられない小説のために」の章では、『坊つちやん』の綽名の多さの指摘にはじまって、いろんな話題を提供しているのだが、フィールディングの長編小説『トム・ジョーンズ』が、無意識に影響を与えて『坊つちやん』を書かせたというのもそのひとつである。テーマや筋は両作品大きく異なっているのだが、共通性として指摘されているのが、人物の典型的な描き方であったり、「不対法」(『文学論』)という手法であったり、「擬英雄詩」的性格である。そもそも、『坊つちやん』の登場人物たちが、そんなに単純な性格なのかという疑問があるし、「擬英雄詩」のようなものは、丸谷氏も述べているように、イギリスの十八世紀趣味の横溢した文学形式であると同時に、似たような形式は日本の古典にもあったわけで、特定の作品との影響関係云々という問題ではなく、論旨がある意味で自己解体している。

だが、この章の圧巻は、坊つちやんの「ハイカラ野郎の、ペテン師の、イカサマ師の、猫被りの、香具師の、モ、ンガーの、岡つ引きの、…」といった罵り言葉の羅列から、話題は古今東西の「列記」や「物尽くし」へと飛躍し、次から次へと具体例をそれこそ列記していくところだ。何のためにこのような膨大な引用が必要なのかと思ってはいけない。『坊つちやん』の何行かを例に引いて何といふ大げさな話だと呆れる方もあるかもしれない。しかし、そのわづか二、三行の背後には、一方には人類全体の文学の長い伝統が控へてゐるし、他方には、ちようどそのころから世界的に盛んになつてゆく、そしてやがて二十世紀の文学全体を指導する、モダニズムが位置を占めている。」ということを言うための迂回なのであり、さらに漱石を横光利一らに先行するモダニストとみなしている点は興味深い。丸谷氏に言わせれば、萩原朔太郎らのいわゆる「日本への回帰」なるものも、モダニズムの一現象なのである。ジョイスやエリオットらを例に、モダニズムには、前衛的と伝統的の二面性があるという。また『坊つちやん』が差別小説であるという指摘は重要だ。ただ、「古来の、都と鄙といふ図式のパロディ」を利用しながら書かれた、この小説の政治性をもっと問えたのではないかと思う。

「三四郎と東京と富士山」では、『三四郎』における富士山の不在に注目する。冒頭部で、汽車の中で出会った、後に広田先生と知れる男が、三四郎に日本には天然自然の富士山しか誇れるものはなく、日本は亡びると言い、三四郎をおどろかす。丸谷氏はこのエピソードを重要視して、漱石が当時東京から見えたはずの富士と、なぜ三四郎を対面させなかったのかという疑問を提出している。どうでもいいと言えばそれまでだが、丸谷氏にかかるとこうした素朴な疑問が意味深長に思えてくる。漱石には富士山に対するアンビヴァレントな感情、つまり、自然をワーズワース風の人格主義的に見る態度と、江戸人の山岳信仰の心情があって、それらをうまく整理できなかったために、三四郎が東京で富士山を見る場面を描けなかったというのだ。誰もが思いつかない丸谷氏一流の空白部の物語化である。

また漱石の初期は、都市小説『三四郎』に代表されるように、モダニズムの傾向が強いという。漱石がロンドンに留学していた二十世紀の初頭が、モダニズム小説が形成される重大な時期で、漱石が重いノイローゼになった要因のひとつとして、その変革の形成が漱石の心に作用して引き起こされたのではないかと推測している。丸谷氏は以前、漱石が青年時代、北海道へ戸籍を移して徴兵忌避をし、その負い目が原因でノイローゼになったのではないかという仮説を立て、物議をかもしたことがあった。ロンドンでのノイローゼも、ボーア戦争の最中であったから、これも原因のひとつに挙げている。そして、『坊っちゃん』も『吾輩は猫である』も、ノイローゼに悩んでいる男がその療法として書いた小説なのだという。ノイローゼの原因から治療法まで、丸谷氏はあたかも精神分析医のごとくに、漱石を診断する。

「あの有名な名前のない猫」の章は、バフチンを援用しながら、『吾輩は猫である』が論じられている。要するに、この小説は、カーニヴァル文学、メニッペア（メニッポス的風刺）の系譜によって影響を受けたという。それも、実証的に影響を受けた作品を特定したいのではなく、「伝統的な仕組」が、この小説に作用して書かせたという。他方、直接的な影響として、ジェローム・K・ジェロームの『ボートの三人』が挙げられている。だが、この小説に登場する犬の代わりに、「猫の一人称による物語にした…といふのは私の空想である。信用してはいけない。」という、ダブルバインドを仕掛けてくる。

最後に「あゝ其猫が例のですか、中々肥つてるぢやありませんか、夫なら車屋の黒にだつて負けさうもありませんね、立派なものだ」といったメタフィクションの構造を指摘し、クンデラ、フラン・オブライエン、ジッドらのモダニズム文学と比較しているが、丸谷氏の主張自体も、メタフィクション的で本当か嘘かわからなくてくる。そのいかがわしさが逆にいいところではある。だが、漱石が日本のモダニストの祖だとして、それなら、昭和初期のモダニストたちとファシズムとの共犯性が指摘されているわけだから、「国民作家」としての漱石のモダニズムもまた同じく、そうした政治的な文脈の中で問われなければならないだろう。丸谷氏は、「伝統の力」や「文学の正統性」をこそ、「信用してはいけない」と言うべきである。

（二〇〇〇年七月　講談社）

歴史性と〈作者の死〉

松下浩幸（まつした・ひろゆき）

書評

石崎等著『夏目漱石　テクストの深層』

本書は『漱石の方法』（一九八九年）以来、約十年ぶりに出された石崎氏の漱石をめぐる論考である。「注のない書物を出してみたい」（後書き）という今回の筆者の希望は、前書に比べて努めて平易な言葉によって記述されたそのスタイルからも、充分に伺い知ることができる。また、求心的に作品の構造や方法的側面を明らかにしようとした前書との違いは、著者自らによって「窒息しそうな作品論の隆盛を横目ににらみながら」「漱石のテクストを広く社会的・歴史的ならびに文化的な関係領域の中に解き放ち、より豊饒なものにしていきたい」と説明され、その「願望」によって本書全体のモチーフは貫かれている。

ここで言う「豊饒」さとは、本書の言葉に倣うならば、「漱石文学の現代性と幅広さとその魅力」を発見していくことだと言えるだろう。そして、このような本書のねらいは、例えば漱石文学の「現代性」が、「〈しゃべる／書く〉という言語行為を日本で最初に方法的に実践した」とされる『吾輩は猫である』の猫を人工頭脳をもつ「AI猫」

に見立てることによって、また、「幅広さ」は『それから』に描かれた代助の〈記憶〉と〈匂い〉における感性革命とダヌンツィオの『死の勝利』『快楽』との関係や、『門』の物語に伊藤博文暗殺事件の隠れた影響を見いだしていくことなどによって具体的に展開されていく。そしてそれらの切り口が単なる思いつきに留まらず、厚みのある論として構成されていく要因が、石崎氏の漱石研究者としての長年のキャリアと、豊富な文学・文化史の知識にあることは言うまでもない。

そして、このような本書のねらいが最もスリリングに展開されているのが、私見によれば「『門』の奥に潜むもの―小説と外部」の章の、特に『門』というテクストの「深層」に伊藤博文暗殺事件を呼び込んで論じる「伊藤博文暗殺前後」と題される節ではないかと思われる。石崎氏はここで『満韓ところ〴〵』や当時の日記の記述から、『門』に潜む漱石の植民地支配に対する屈折した意識を読み取ろうとする。そして、明治四十二年九月二十九日の日記にある「飯を食つてゐると平壌日報社の社主白川正治氏がくる。此人は支那や朝鮮通で所々方々にゐたことがある。沖横川抔の一類ださうだ」という箇所に注目し、「沖横川」(沖禎介と横川省三／ともに日露戦争直後に満州を中心に諜報活動をしてロシア軍に捕らえられ銃殺された民間人)や白川のような人物がうごめく植民地支配を背景にして、漱石の満韓旅行中に影のように現れる伊藤幸次郎という正体不明の人物について考察する。満韓へ出発する前、漱石は日記に「伊藤幸次郎来書。満鉄に入つて新聞の方を担当す。中村(是公)からの話ありて、一応挨拶だか相談だか分からぬ手紙也。中村はどの位な話をし、伊藤はどの位な考で手紙を寄こしたものやら分からず。返事に困る。」(明治四十二年八月十三日)と記しているが、その後、是公の紹介で伊藤なる男が漱石宅を訪ねてきた時も、漱石はその人物像に詳しい説明を加えていない。石崎氏は、この男を直感的に漱石が「胡散臭い人物」と判断していたのではないかと推測し、その理由を考察していく。それが当時の情況下において行われていたと思われるジャーナリストの諜報活動であり、さらに初期の満鉄をめぐる政治の世界(政友会)との関係である。このように石崎氏は幾多の文献を駆使しながら、一見、旧友たちとの邂逅を楽しむだけの旅のような印象を与える漱石の満韓旅行の周囲にうごめく、同時代的な息遣いを探り当てようとする。それはまさに一編の推理小説を読むような趣さえ感じる。だが、本書の論考の典型的な特徴を示しているこのような論述の仕方は、面白さと同時に幾つかの問題点をも包含しているように思える。

このようにテクストの細部から問題を切り開き、歴史性や文化史的な文脈へと接続させいくような方法を石崎氏は本書の「後書き」において、「文化研究を志したわけではないが、結果的にそういう面が出ているかもしれない」と述べている。だが、例えば文化研究の目指すものが高橋修氏(『メディア・表象・イデオロギー』「あとがき」)の言うように、「文学の背景や周辺の研究」ではなく、「実証主義」のような「ある資料によって証明でき得る客観的〈事実〉があらかじめ存在するとして、それを探し出す／実証する」ものでもなく、むしろ「事実を〈事実〉として成り立たせている言説の秩序、〈事実〉たらしめている政治性を論じよう」とするものならば、本書のスタンスはそのような文化研究とは違うものになっているように思える。なぜなら、結果的に本書が明らかにしようとしているものは、言説の秩序形式(制度／イデオロギー)ではなく、作者・漱石の「意識」の深みであると思えるからだ。

本書において、「伊藤博文の暗殺は、一九一〇年代を覆う帝国主義日本の暗い影であり、国家と個人を考える隠喩として作用しているのである。そうした真相／深層に漱石が無知であったとはとても考えられないことである。」(二三九頁)と述べられるとき、テクストの「真相／深層」を論じることは、作者・漱石の見えざる「意識」を掘り当てる作業と同義になっているのではないだろうか。そして、さらにそのような「真相／深層」に漱石自身が「無知であったとはとても考えられないことである」と言うとき、その根拠はどこに見いだされているのだろうか。恐らくその根拠は、本書において終始一貫してみられる作者・漱石への絶対的な〈信頼〉にあるといえるだろう。だが、漱石への絶対的な〈信頼〉に身を寄せながら、漱石の「真相／深層」を論じたとき、皮肉にも本書で試みられている刺激的な方法と指摘が、急速に失速していくように感じられる。それは、テクストの空白を読むために見いだされた幾つかの開かれた通路が、いつしか逆に作者の「意識」(真相／深層)へと閉塞していくように思われるからである。

そのようなアポリアは、「代助の感性革命―『それから』における世紀末文化演習」の章にも指摘できるだろう。ここでは、アラン・コルバンの『においの歴史　嗅覚と社会的想像力』を援用しつつ、「嗅覚＝感覚的劣位、視覚・聴覚＝感覚的優位という固定化されていた近代的な価値観を転倒」させ、「『世紀末の児』である代助という鋭敏かつ繊細な神経の持ち主によって初めて近代小説の感覚革命は成功した」(一七〇頁)として『それから』が評価される。しかし、『煤煙』との比較を通して森田草平と漱石の「作家的問題」(一八〇頁)として問題が収束されていくとき、「女と花のサンボリズム、身体のにおいのメッセージの戯れは、民衆の悪臭を閉め出したブルジョアジーの内的空間、『私的生活の空間』の生成を前提にしている」(『においの歴史』訳者あとがき)という「社会的出来事」や「集団的感性」の成立というコルバンの提示した射程の長い問いが、逆に作者・漱石の個体の特権化として縮小化されているように思える。ここでもやはり漱石への〈信頼〉が、コルバンの問いかけた近代的感性の問題に対する本質的な通路を塞いでしまっていると言えるのではないだろうか。

やや批判めいた言辞が多くなってしまったが、無論、本書には漱石テクストと『ハガキ文学』という文学雑誌や『ポケット論語』の流行などとの関連といった興味深い指摘が随所にある。そのような材料を活かし切るためにも、我々は今更ながらもう一度、本書でも引用されているロラン・バルトの提示した〈作者の死〉という概念を、方法的な問題として吟味し直す必要があるのではないだろうか。

〈作者の死〉は決して〈文学〉研究の死ではないはずだ。〈作者の死〉によって〈文学〉研究のどのような側面が閉ざされ、そして同時にどのような可能性が開かれたのか。テクストの歴史性を問うために、今一度、我々はそのような〈作者の死〉について問う必要があるのかもしれない。

（二〇〇〇年七月一〇日　小沢書店）

❖投稿募集❖

『漱石研究』では、漱石にかかわる研究論文、評論、資料紹介などを募集します。

- 締切は特に設けませんが、第一四号の特集にかかわるものについては、二〇〇一年六月二〇日を締切といたします。
- 原稿は未発表の自作に限ります。
- 研究論文、評論は四〇〇字詰原稿用紙三〇枚程度の分量を原則とします。
- 原文の引用も含め、新字のあるものは新字でお書き下さい。
- 原稿には、住所、電話番号、年齢、職業も明記して下さい。
- 採否は決定次第お知らせいたします。
- 投稿原稿は返却いたしません。
- 掲載した場合には、規程の原稿料をお支払いいたします。
- 原稿は左記へお送り下さい。

〒101-0051　東京都千代田区神田神保町一―四六
翰林書房『漱石研究』編集部

つくられ消費される「人間漱石」

丸尾実子（まるお・じつこ）

書評

川島幸希著『英語教師　夏目漱石』

自らも英語教師であった経歴をもつ著者が、「文豪であったがゆえに英語の答案一枚でも大切に保存されてきた」漱石の英語の答案、試験問題、教科書等に、明治の英語教育を知る一級の資料としての価値を見出し、漱石の英語教師としての姿を求めるとともに、日本の現在の英語教育に関する問題を論じた著作である。漱石と英語教育との関わりを論じたものは少なく、これまであまり顧みられず全集にも収録されていなかった漱石の英作文等の資料を発掘・紹介している点が新しい。

第一章「漱石の英語力」では、漱石の英語力を学習歴に沿って具体的に検証する。成立学舎入学当初（十六才秋）に英検四級程度の英語力であったのがわずか二年半で英検一級程度に奇跡の進歩を遂げたという指摘には驚かされる。しかし帯にもある漱石の大学予備門時代の英作文を現在の現役東大生にも実際に書かせて英語力を測るという奇抜な試みは、当時の席次という相対的な形ではなく今日的な水準をより正確に知るために行ったとあるが、英作文そのものを分析するだけで充分であろう。

また、著者は漱石の留学中の言動が後世の人々に与えた「英会話が苦手」との印象を排して「会話力は立派」だったと断言する。記述された事実を否定したところで、それが記述されてあるという事実は残る。苦手意識を口にしているという、その事実ともう少し向き合うべきではなかったか。

第二章「漱石の英語教育論」では、明治の英語教育の主流であった「変則英語」（内容理解重視、音声面に目をつぶる漢文式訳読法、受験英語）ではなく、「正則英語」（音声面重視）の必要性を主張し、英語教育を人間教育の一つと捉える漱石の英語教育論が考察されている。明治期の英語教育をとりまく状況や、漱石の英語教育論のもつ先見性の分析は興味深い。しかし、ここでも著者は「英語を教えることは辟易」という漱石の言動から派生した「一般の印象」を排し、漱石の「良心」や「理想の高さ」から出た言葉であるととらえ、さらには自分に厳しく理想の教育を追い求める優れた教師「漱石」像を立ち上げる。どうも著者の描こうとする「漱石」像から外れるものは排除されてゆくふしがある。

第三章「松山・熊本時代」には、松山での漱石の英語教師ぶりや五高での入試改革が紹介され、実際の入試問題の分析による、五高で漱石が関わっていた期間のみ実用英語が入試に導入されていたという貴重な指摘がある。

第四章「帝大・一高時代」では、使用教科書、入試問題および漱石校訂の教科書の分析があり、一高で「語源学」重視の教授法をとった理由、帝大での「サイラス・マーナー」訳読における「英語の教科書も道徳教育に資するべき」という漱石の意図などが考察されている。

第五章「作家漱石と英語教育」では、朝日新聞に入社し教職を離れたのちの漱石と英語教育に関するエピソードを紹介する。しかし作品を、例えば作中に具体的記述がないにも関わらず『道草』の健三が「英語教師」で彼の書くノートが『文学論』『文学評論』の講義録であると断言してしまうあたりは、著者の参考とする研究文献の古さとも関係しているのだろうが感心できない。著者は作品を「英語教師夏目漱石を写し出す貴重な資料」とかみなしていないため、作品にあまり授業風景や登場人物の教師としての姿が描かれていないことを不服とする。むしろそのことによるフィクション性を考慮して「漱石」との混同を慎重に避けるべきところだが、著者は作品の中に伝記的事実を捜そうとする。第三章の松山時代の教師漱石と坊っちゃんの比較にも同様のことが言える。

「多読の効用」（第一章「漱石の英語力」）に書かれている、現代の英語教育が抱える問題についての意見が、本書の最も伝えたいことなのであろう。英語をコミュニケーションの手段として使いこなす能力が求められる今日、大学生の音声面での能力は向上したものの、読解、作文能力は著しく低下しており、著者はそれを「日本の英語教育における長い読解偏重時代に対する反動が皮肉にも招いたツケ」と捉える。「聞く・話す・読む・書く」の四技能が揃ってはじめてある言語を習得したと言えることが忘れ去られているという意味での、「漱石の英語学習方法＝多読」を英語教育で取り入れることが必要であるという著者の主張は示唆にみちている。「漱石」はオカズにしてむしろこうした現在の英語教育をとりまく状況改善の指針の提示や英語教育者としての著者自身の英語教育論に頁を割くと良かったのではないだろうか。

本書において著者が材料を取捨して構築した、理想が高く、良心的であたたかい教師（さらには人間）「漱石」像があまりに美しく、感動的につくられていることに、逆に素直に感動できない。著者が提示する「漱石」像も残された特定の材料によって導き出されたものである（そうするしかないのだが）点では従来と変わるものではない。

存在論的に固定された既成の漱石像を打破し、また新しい漱石像を立ち上げてそれこそが本質であると断言したところで、「本質」探しの闇のなかにいることに変わりなく、矛盾するものを切り捨てるのではなく、こうした試みも含めた多様なアプローチによって様々な矛盾の総体としての「漱石」の豊かさを読んで行きたいところである。

しかし一方で、本書によって構築された新たな「漱石」像が読者の感動を呼んでいる現象がある。テレビ番組「知ってるつもり」が高視聴率を上げていたのと無縁ではないだろう。裏表紙に田辺聖子が「私の漱石に対するイメージは、気鬱で、狷介な人という印象だったが、本書によれば、教師・漱石はよく生徒を誘掖し、また学生への対応はまことに暖く親切、面倒見が良かったという。新しい知見を得て私は、漱石の人間性を再認識した。」と書いている。感動的な「人間像」の構築が需要とされる大きな市場が存在しており、本書は結果としてそこに供給されるべく書かれ、消費されてゆくのだろう。

（二〇〇〇年四月　新潮社）

1997・7〜1998・6

漱石研究　文献目録

◉

五十嵐礼子
工藤京子
田中　愛

凡例

◉この目録の方法は、原則として書評、辞典、随筆、紀行文、市販されていない指導書等、漱石関係に言及されている部分の少ないものなどの類は、取りあげなかった。ただし、地方新聞、俳誌などには、充分眼が届いていないことを、お断りしておきたい。配列は月別（発行の日付順が原則）とし、さらに単行本・単行本一部所収、紀要・雑誌、新聞の部に分けた。また、紀要・雑誌の号数などは、奥付けのとおり表記することを心掛け、刊行月も奥付けに従ったが、表紙の刊行月と相違する場合は注記した。論文名は、すべて本文に従った。また論文名からは、内容が推測し難いものなどに関しては、注を施したものもある。

◉作成には、日本女子大学図書館参考係の御協力を得た。調査に際し、利用した機関は以下の通りである。国立国会図書館、国文学研究資料館、大宅壮一文庫、成城大学図書館、日本女子大学図書館、東横学園女子短期大学図書館。また、単行本文献については、山本勝正氏の文献目録に負う所が大きい。記して感謝申し上げる。

　限りある時間の中で厖大な文献をまとめたために、遺漏、誤りが多いことと思うが、今後の御教示を仰いで訂正していきたいと思っている。大方の御指摘を賜るようお願いする次第である。

　なお、今後も引き続き「漱石研究文献目録」を作成する予定なので、翰林書房宛てに文献を御送付、あるいは御教示をお寄せ下されば幸いである。

一九九七年七月

●単行本の部

森本哲郎　『月は東に―蕪村の夢　漱石の幻―』（一九九二年六月　新潮社刊の文庫化）　新潮文庫

加賀乙彦　鷗外と漱石の「猫の家」（既発表エッセイの再録）『鷗外と茂吉』所収　潮出版社

秦恒平　『こゝろ』の「先生」は何歳で自殺したのか（既発表エッセイの再録）『東工大「作家」教授の幸福』所収　平凡社

立川昭二　ばあや―家の中の異人（「坊っちゃん」に言及）（既発表エッセイの再録）『こころの「日本」』所収　文芸春秋

飛ヶ谷美穂子　ハイドリオタフヒア、あるいは偉大なる暗闇―サー・トマス・ブラウンと漱石―『日本近代文学と西欧　比較文学の諸相』所収　翰林書房

加藤二郎　漱石漢詩の「元是」―西欧への窓―　同前

木股知史　第1部　4　近代文学と文学理論に関する素描（「文学論」に言及）　上田博、木村一信、中川成美編『日本近代文学を学ぶ人のために』所収　世界思想社

浅野洋　第2部　4　テクストにヨロシク、そして……―漱石文学を学ぶ人のために　同前

高橋英夫　洋燈（ランプ）の孤影―照らされた漱石世界／ヘルメス的友情―漱石と子規のあいだ（既発表論文の再録）『持続する文学のいのち』所収　翰林書房

高橋巖　『草枕異聞　陸前の大梅寺―則天去私への軌跡』　近代文芸社

●紀要・雑誌の部

江藤淳　漱石とその時代　第五部（五）　新潮

清水一嘉　漱石のロンドン日記から…4「Hundred Pictures 来ル」　英語教育

高橋勲　［遺稿］　サカヒ・ヒラサカ（「夢十夜」第一夜を翻案）　北方文学　第四十七号

半藤一利　◉漱石俳句探偵帖◉　第七回「悪妻」について一言　俳句研究

石川正一　漱石の問題点　星稜論苑　第24号

村岡功　漱石と鷗外との世紀末　森鷗外記念会通信　No.119

李孝徳　夢語りの審級・夢語りの儀式―夏目漱石『夢十夜』と近代文体の地平―　超域文化科学紀要（東京大学大学院総合文化研究科超域文化科学専攻）　第2号―1997

山本勝正　夏目漱石参考文献目録Ⅶ　広島女学院大学日本文学　第7号

清水孝純　「笑い」の展開―『吾輩は猫である』「三」の世界―　福岡大学総合研究所報　第195号（人文・社会科学編　第128号）

林幸穂　夏目漱石『それから』試論―〈自然〉の実現と堕落―　岐阜女子大学国文学会誌　第二十六号

無署名　漱石の歩みを追って　ここは牛込、神楽坂（特集―漱石と神楽坂）（牛込倶楽部）　第10号　平成9年春・夏合併号

板橋晴彦　漱石の作品に見る神楽坂　同前

（正）　ある日、あるとき神楽坂で　漱石の日記、書簡に神楽坂はこう綴られていた　同前

（正）　「馬場下」から「神楽坂」へ　金之助少年の歩いた道を行く　同前

松永もうこ　MOKOのかぐらざかMAP　夏目漱石編　主に「硝子戸の中」をあるいてみました。　同前

無署名　街で集めた漱石のエピソード　同前

（正）　神楽坂は漱石のゆりかごだった!?

同前

（正）落語と漱石そして、神楽坂　同前

（正）漱石夫人が悪妻だったなんて　同前

中根眞太郎　大伯母鏡子のいるところは花が咲いたようでした　同前

大谷美禰子　漱石と鏡子　ハードボイルドな二人　同前

板橋晴彦　大島歌織　大谷峯子　松永もうこ　大方水玲　司会**立壁正子**　楽しく気軽に table talk　私は漱石をこう読んだ　同前

編集部　牛込に、漱石記念館を！　同前

◉新聞の部

大井浩一　吉本隆明氏、3時間半の講演　文学作品の女性像変遷について（「虞美人草」に言及）　毎日新聞夕刊　7・30

一九九七年八月

◉単行本の部

伊藤整　第五章　夏目漱石と中村是公―漱石が「門」を書く―修善寺の大患／第八章　夏目漱石の博士問題―幸田露伴が文学博士となる―漱石の博士問題の結末　『日本文壇史　17　転換点に立つ　回想の文学』（一九七九年二月　講談社刊『日本文壇史17　転換点に立つ』（新装版）を底本として文庫化）所収　講談社文芸文庫

陳明順　『漱石漢詩と禅の思想』　勉誠社

関川夏央　谷口ジロー　『アクションコミックス　『坊っちゃん』の時代　第五部　不機嫌亭漱石』　双葉社

◉紀要・雑誌の部

板坂元　書斎の海から③　漱石の引っ越し（ずいひつ波音の項）　潮

江藤淳　漱石とその時代　第五部（六）　新潮

清水一嘉　漱石のロンドン日記から……5「Earls Court ノ Exhibition ヲ見ニ行ク」　英語教育

谷口巖　『坊っちゃん』の月　図書

西垣勤　『満韓ところ〴〵』をどう評価するか　短歌誌『礫』

半藤一利　◉漱石俳句探偵帖◉　第八回　僧帰る竹の裡こそ寒からめ　俳句研究

佐藤裕子　『門』論―「語り」の機能と参禅の意味するところ―　玉藻（フェリス女学院大学国文学会）　第三十三号

柳生真矢子　夏目漱石『行人』論　同前

中島佐和子　『草枕』の成立―『高野聖』との比較から―　国文（お茶の水女子大学国語国文学会）　第八十七号

一海知義　漱石と高青邱　季刊「書画船」（二玄社）　№3

木村功　「虞美人草」論……小野の形象について　叙説XV

石井和夫　「憐れ」の様式……文学における反復　同前

清水久美子　夏目漱石論（三）―乳幼児期の軌跡をたどって―　文化論輯（神戸女学院大学大学院日本文化学専攻学友会）　第七号

◉新聞の部

無署名　牛込の地域誌まとめました　漱石、食糧難、地名の由来…街の歴史発掘　主婦ら　読売新聞朝刊　8・14

一九九七年九月

◉単行本の部

嵐山光三郎　なぜブンジンは温泉にはまったか／長いあとがき（漱石に言及）（既発表エッセイの再録）『温泉旅行記』所収　JTB

原子朗　III　3　文学者たちの筆跡　森鷗外、夏目漱石　『筆跡の文化史』（一九八二年

東京書籍刊『筆跡の美学』を大幅改稿、加筆し文庫化）所収　講談社学術文庫

榊原浩　漱石文庫（東北大学）●精読のあと残す書き込み多い貴重書　『文学館探索』（新潮選書）　新潮社

宮澤健太郎『漱石の文体』（既発表論文十三篇の再録と、新稿として「追章『こころ』の問題点」「作品中の子どもをめぐって」を収録）洋々社

平川祐弘　基調講演　小泉八雲と夏目漱石『世界と漱石　国際シンポジウム報告書』所収　編集発行「'96くまもと漱石博」推進100人委員会　世界と漱石　運営委員会　中村青史

村瀬士郎『虞美人草』論―受け継がれない「金時計」（研究発表会要旨）同前

奥野政元「思ひ出す事など」のアイロニーをめぐって（同前）同前

石井和夫　同一性と差異―「草枕」をめぐる作家たち（同前）同前

関口均　漱石と留学―揺れる自称詞（同前）同前

加茂章　漱石と熊本―『草枕』と『二百十日』を中心に（同前）同前

原武哲　英語教育者としての漱石―旧制五高時代の夏目金之介教授（同前）同前

藤田富士男　ラテン・アメリカにおける漱石文学（同前）同前

金子幸代　鴎外からみた漱石（同前）同前

猪飼隆明　夏目漱石における「独立」（同前）同前

平岡敏夫（コーディネーター）**清水孝純**　**ジェイ・ルービン**　**キム・レーホ**　**アレキサ小嶋**　**千種キムラ・スティーブン**　**呂元明**　**呉英珍**　**権赫建**（以上パネリスト）国際シンポジウム　地球的視野による夏目漱石　同前

◉紀要・雑誌の部

板坂元　書斎の海から④　熊楠と漱石のニアミス（ずいひつ波音の項）潮

江藤淳　漱石とその時代　第五部（七）新潮

岸規子『夢十夜』試論（二）解釈

加藤富一『二百十日』論　同前

佐々木啓『それから』試論―長井誠吾の存在　北見大学論集　第38号

清水一嘉　漱石のロンドン日記から……6「女ノ酔漢ヲ見ルハ珍シクナイ」英語教育

登尾豊「坊つちゃん」の反近代　国語と国文学

橋川俊樹『夢十夜』の第一夜を読む　共立国際文化（表紙に共立女子大学国際文化学部紀要）第12号

馬場彰　漱石とUniversity College London　英語青年

福田昇八　夏目教授五高最後の試験問題　同前

半藤一利　◉漱石俳句探偵帖◉　第九回「清和源氏」の末裔である　俳句研究

安宗伸郎　修善寺の大患から『彼岸過迄』の執筆まで　続河（「河」の会）二号

宮本盛太郎　神経衰弱と文明―夏目漱石とウィリアム・ジェイムズ―　政治経済史学

Olivier Jamet　Le thème de l'Edokko, (le natif de Tôkyô) et de l'individualité dans le roman "Botchan" de Natsume Sôseki（目次に夏目漱石の『坊ちゃん』における江戸っ子と個人性）（仏文。日本語の要旨あり）天理大学学報　第49巻第1号第186輯

Olivier Jamet　"Les fondements philosophiques des Belles-Lettres" Traduction annotée(1)（目次に夏目漱

石の「文芸の哲学的基礎」仏訳注1）（仏文。日本語の要旨あり） 同前

佐藤しのぶ 漱石絵画の女たち 東京女子大学日本文学 第八十八号

芳賀徹 漱石の実験工房—『永日小品』一篇の読みの試み 日本研究 第16集—国際日本文化研究センター紀要

宮前剛 夏目漱石『道草』『明暗』論—エゴイズムのかなたに在るもの— 帝京国文学 第四号

◉新聞の部

無署名 運慶 聖なるリアリズム㊤ 美の巨人たち 日本彫刻にルネサンス（「夢十夜」に言及） 日本経済新聞朝刊 9・7

一九九七年十月

◉単行本の部

伊藤整 第七章 伊藤左千夫の小説—長塚節の小説—「土」の執筆—「土」の評判と完結（漱石に言及）／第八章 漱石の「門」『日本文壇史 18 明治末期の文壇 回想の文学』（一九七九年二月 講談社刊『日本文壇史18 明治末期の文壇』（新装版）を底本として文庫化） 講談社文芸文庫

山口博 第二部 第五章 II 反自然主義作家の発想 夏目漱石 『近代の文学』所収 愛育社

内田道雄 百閒のなかの漱石／夏目漱石と内田百閒／夏目漱石と内田百閒2（既発表論文を一部改題し再録） 『内田百閒—『冥途』の周辺』所収 翰林書房

水谷昭夫 『水谷昭夫著作選集 第二巻 漱石の原風景』（既発表論文十四篇の再録と新稿として「絶筆原稿 夏目漱石・超克の文業」を収録） 新教出版社

小谷野敦 夏目漱石におけるファミリー・ロマンス／「女性の遊戯」とその消滅—夏目漱石『行人』をめぐって／姦通幻想のなかの男—『オセロウ』と『行人』（既発表論文を一部改題し再録） 『男であることの困難 恋愛・日本・ジェンダー』所収 新曜社

坂手洋二 太陽と月が出会うとき 『燐光群創立15周年記念公演 漱石とヘルン 作・演出 坂手洋二』（芝居のパンフレット）所収 燐光群

池田雅之 漱石と八雲の語られざる劇 同前

小泉凡 回帰の環～メッセージにかえて～ 同前

佐野史郎 夢幾夜 同前

山本平 『続々漱石往来—漾虚集の世界—』 ようこうプリント（私家本）

◉紀要・雑誌の部

江藤淳 漱石とその時代 第五部（八） 新潮

小森陽一×富岡多恵子×西成彦 鼎談 差別と文学 漱石『三四郎』を読み直す 週刊朝日別冊 小説TRIPPER（トリッパー）（特集 いま、なにが差別表現なのか） 秋季号

清水一嘉 漱石のロンドン日記から……7「下宿ノ飯ハ頗ルマズイ」 英語教育

林望 高島俊男 林あまり 座談会 漱石俳句を論ず 別冊文芸春秋 第221号

半藤一利 ◉漱石俳句探偵帖◉ 第十回『蒙求』はアイディアの宝庫 俳句研究

無署名 漱石・龍之介の俳句 俳句αあるふあ（特集漱石・龍之介の俳句）（毎日新聞社） 10—11月号 1997 No.25

無署名 夏目漱石俳句50句 同前

半藤一利 漱石俳句の愉しみ方 同前

無署名 漱石龍之介と出会う旅 同前

無署名 夏目漱石・芥川龍之介の生涯（年表）

同前

角田旅人　明治三九年の漱石・1「坊つちゃん」論―〈無鉄砲〉の発年台をめぐって―　いわき明星大学人文学部研究紀要　開学10周年記念特別号

栩沢健　大正五年の『坑夫』―宮嶋資夫『坑夫』論―　国文学研究（早稲田大学国文学会）第百二十三集

曽我理恵　『坑夫』考察　新樹（梅光女学院大学大学院文学研究科　日本文学専攻）第十二輯

一九九七年十一月

●単行本の部

出口保夫　ロンドンで漱石が見落としたもの『師弟が見た近代―漱石と寅彦の留学体験―』（図録）所収　高知県立文学館

加藤典洋　世界のはずれの風景―夏目漱石1／ひんやりした世界―夏目漱石2（『吾輩は猫である』『坊っちゃん』『三四郎』に言及）（既発表エッセイの再録）『少し長い文章』所収　五柳書院

加藤典洋　第三章　アンケート・質問への回答　夏目漱石『それから』不倫文学について（既発表エッセイの再録）『みじかい文章』所収　五柳書院

木村毅　明治・大正文学と経済意識　㊂夏目漱石の経済意識『文芸東西南北―明治・大正文学諸断面の新研究』（東洋文庫625）（一九二六年四月　新潮社刊の東洋文庫化）所収　平凡社

平川祐弘　小泉八雲と夏目漱石（講演）『漱石の四年三カ月　くまもとの青春』所収　'96くまもと漱石博推進100人委員会

夏目房之介　草枕の孫　とかくに人の世は……（既発表エッセイの再録）同前

井上ひさし　漱石という貯水池（講演）同前

半藤一利『草枕』の那美さん（同前）同前

大岡信　漱石の俳句（同前）同前

坪内稔典　漱石俳句の魅力（既発表エッセイの再録）同前

中野孝次　現代にも通じる生き方「自己本位」（同前）同前

渡辺京二　闇に灯るモラル（同前）同前

小森陽一　追求し続ける共生の可能性　二十世紀と個人主義（同前）同前

佐渡谷重信　画家としての漱石（同前）同前

上村希美雄『草枕』の女、その後（同前）同前

井上智重　漱石のいる風景　①東京・早稲田界わい　硝子戸の中／②東京・本郷界わい　三四郎／③愛媛・松山市　坊っちゃん／④久留米・高良山　草枕（上）／⑤玉名郡天水町　草枕（下）／⑥阿蘇郡　二百十日／⑦明午橋界わい（熊本市）道草／⑧渋川玄耳との出会い　入社の辞（同前）同前

松下純一郎「草枕」を生んだ英国体験　ロンドン（同前）同前

平岡敏夫（コーディネーター）　**清水孝純　ジェイ・ルービン　キム・レーホ　アレキサ小嶋　千種・キムラ・スティーブン　呂元明　呉英珍　権赫建**（以上パネラー）　国際シンポジウム「世界と漱石」　地球的視野による夏目漱石　同前

上村希美雄　漱石のアジア観（既発表論文の再録）同前

半藤末利子　漱石の書画　同前

平川祐弘　俳句のある師弟の風景　熊本時代（既発表論文の再録）同前

金原理　真人間にたちかへる　漢詩・漢文（同前）同前

北御門二郎　トルストイに通ずる理念　有縁

を大事に（同前）同前
甲斐弦　生涯通じ戦い「則天去私」へ（同前）同前
原武哲　弱点逆手に取り芸術に昇華　痘痕（同前）同前
小西昭夫　子規に魅かれ、怯えて「拙」（同前）同前
安永蕗子　背後にぼう大な学問の時間　巨大な水路（同前）同前
平岡敏夫　踏み込めば深まる共感　隠されたものの魅力（同前）同前
井上智重　恵比寿ビールのナゾ（同前）同前
村田由美　英国留学後　漱石は帰熊していた？（同前）同前
星永文夫　もう一人の「漱石」（同前）同前
半藤一利　作　夢・草枕―峠の茶屋の花吹雪（芝居脚本）同前
平野流香　夏目さんと熊本　同前
松元寛『増補改訂　漱石の実験―現代をどう生きるか』（一九九三年六月刊『漱石の実験』に「終章　漱石の実験」を追加）朝文社
上田閑照　夏目漱石―「『道草』から『明暗』へ」と仏教（既発表論文の再録）『ことばの実存　禅と文学』所収　筑摩書房
竹内洋　第5章　学士『三四郎』の実人生（既発表論文に加筆し再録）『立身出世主義　近代日本のロマンと欲望』（NHKライブラリー64）（一九九六年一～三月のNHK放送『NHK人間大学　立身出世と日本人』のテキストに大幅加筆）所収　日本放送出版協会
相原和邦　伝統文学と近代文学―「夢十夜」を軸として―　山根巴　横山邦治編『〔継承と展開　7〕近世・近代文学の形成と展開』所収　和泉書院
石原千秋『反転する漱石』（既発表論文十七篇を再録）青土社
鈴木史楼　九章　自画像としての書（漱石の書を論じる）『書のたのしみかた』（新潮選書）新潮社
野本寛一　第十一章　峠　峠の彼方と非日常―夏目漱石『草枕』『近代文学とフォークロア』（叢書L'ESPRIT NOUVEAU 15）所収　白地社

◉紀要・雑誌の部

勝又浩　漱石の昼寐（漱石の禅的思想や漢詩について言及）文学界
半藤一利　◉漱石俳句探偵帖◉　第十一回　シェイクスピアに張り合って　俳句研究
福田善之　漱石と私とミュージカルと　学鐙
村瀬士郎　変容する「金時計（プログラム）」―『虞美人草』論―　近代文学論集（日本近代文学会九州支部）第二十三号
松尾直昭　夏目漱石『夢十夜』再論―「第一夜」を繞って―　就実語文　第18号
加藤二郎　■近代―夏目漱石　文学・語学〈特集〉平成八年（自1月～至12月）国語国文学界の展望（II）第157号
〈鼎談〉**芹沢俊介　小森陽一　石原千秋**　ゆらぎの中の家族　漱石研究（◉特集◉漱石と家族）第9号1997［No.9］
水田宗子　夫婦の他者性と不幸―漱石の〈恋する男〉と〈家長〉　同前
山下悦子　夏目漱石と家族　同前
玉井敬之　漱石と「家」　同前
丸尾実子　民法制定下の『道草』　同前
生方智子　国民文学としての『坊っちゃん』同前
出原隆俊　子六という〈他者〉―御米と火鉢　同前
小仲信孝『こゝろ』の家族戦略　同前

中山和子　『行人』論—家族の解体から浮上するもの　同前

奥本大三郎（聞き手）**小森陽一　石原千秋**　◉インタビュー—◉文人夏目漱石　同前

松村茂樹　『漱石全集』の装幀から—漱石と呉昌碩そして長尾雨山—　同前

平野芳信　最初の夫の死ぬ物語—『ノルウェイの森』から『こゝろ』に架ける橋—　同前

五十嵐礼子　工藤京子　田中愛　漱石研究文献目録　1994・7〜1995・6　同前

北川扶生子　『道草』の構成　国文学研究ノート（神戸大学「研究ノート」の会）　第32号

一九九七年十二月

◉単行本の部

飯島英一　『吾輩ハ夏目家ノ猫デアル』　創造社

瀬沼茂樹　第七章　夏目漱石の講演旅行—長野・高田・諏訪—ケエベル訪問—関西講演—道楽と職業—現代日本の開化—中味と形式—文芸と道徳—胃潰瘍の再発／第八章　森田草平の『自叙伝』—『煤煙』の後日譚—平塚家との悶着—『自叙伝』の前篇と『未練』—朝日新聞社評議会の紛糾—池辺三山の退社—朝日文芸欄の廃止—漱石の辞意　『日本文壇史　19　白樺派の若人たち　回想の文学』（一九七九年三月　講談社刊『日本文壇史19　白樺派の若人たち』（新装版）を底本として文庫化）所収　講談社文芸文庫

高橋英夫　解説　文学者と「志」（漱石に言及）　二葉亭四迷著『平凡・私は懐疑派だ　小説・翻訳・評論集成』所収　講談社文芸文庫

李寧　『老舎と漱石』　新典社

古閑章　第二章　夏目漱石—「吾輩は猫である」への一視角—／第一一章　木下順二—「本郷」と夏目漱石「三四郎」—（既発表論文を改題し再録）『作家論への架橋—〝読みの共振運動〟序説』所収　日本図書センター

小谷野敦　むすび　『行人』を超えて　『〈男の恋〉の文学史』（朝日選書590）所収　朝日新聞社

◉紀要・雑誌の部

江藤淳　漱石とその時代　第五部（九）　新潮

河村民部　『三四郎』と『ハイドリオタフィア』　近畿大学文芸学部論集　文学・芸術・文化　第9巻第1号

武田勝彦　漱石の東京—『彼岸過迄』を中心に　教養諸学研究（早稲田大学政治経済学部教養諸学研究会）　第百二号

半藤一利　◉漱石俳句探偵帖◉　第十二回　食いしん坊という話　俳句研究

藤尾健剛　●明治時代の異国・異国人論—●●夏目漱石「日記・断片」「ノート」など—ロンドンの異文化と孤独—　解釈と鑑賞（特集＝続・日本人の見た異国・異国人—明治・大正期）

崔明淑　●明治時代の異国・異国人論—●●夏目漱石『満韓ところぐ〜』—明治知識人の限界と「朝鮮・中国人」像　同前

池田功　●研究のための手引き—●●「続・日本人の見た異国・異国人」文学作品目録抄—明治・大正期—　同前

池田功　●研究のための手引き—●●「続・日本人の見た異国・異国人」近代文学研究書目録抄—明治・大正期—　同前

山崎甲一　『永日小品』の「柿」について—母性の力、子供の心—（学灯の項）　東洋（東

洋大学通信教育部）

稲垣政行　英雄の死―『行人』の神話的造型―　稿本近代文学（筑波大学日本文学会近代部会）　第二三集

高橋龍夫　「秋」におけるアイロニー―「三四郎」美禰子の継承―　同前

佐藤泉　『「近代」と「日本近代」夏目漱石の／による再検証』　青山学院女子短期大学紀要　第五十一輯

高橋源一郎　退屈な読書⑭　夏目先生に「人間の描き方」を習う　週刊朝日　12月12日号（第102巻第62号通巻4239号）

岸規子　『それから』を巡る一考察　芸術至上主義文芸　23

青木正次　『鳥呑み男』の自己表出史　Ｖ現代映像人の自己像表現　アジア性の起克力　夏目漱石『文鳥』から宮沢賢治『よだかの星』へ　藤女子大学国文学雑誌　第59号

大西貢　高浜虚子と『続俳諧師』成立の前提―子規と漱石をめぐる青春群像㈢―　愛媛国文と教育　第三十号

小田島本有　漱石『野分』論―白井道也は〈文学者〉である―A study of Sōseki's “Nowaki”—Shirai Dōya is a “Writter”—　釧路工業高等専門学校「紀要」　第31号

相原和邦　漱石と植民地主義―「満韓ところどころ」と「小さな出来事」―〈研究余滴〉の項）　日本比較文学会会報　第149号

阿武正英　『こゝろ』から『道草』へ―対他的闘争から対自的闘争への転回―　文学と教育（文学と教育の会）　第34集

藤川隼人　夏目漱石の『文学論』（七）　試行　第七四号（終刊号）

呉川　コロケーションに見る「心」のイメージ―『こゝろ』における「心」の中国語訳を通して―　国際関係研究（国際文化編18）（日本大学国際関係学部国際関係研究所）第18巻第2号

大竹雅則　『彼岸過迄』について―W・ジェームズ『多元的宇宙』の影響を通して―　秋草学園短期大学紀要　第14号1997年

剣持武彦　志賀直哉「暗夜行路」論（「道草」との関連などに言及）　清泉女子大学紀要　第四十五号

坂上博一　《特別研究》阿部次郎のヨーロッパ美術紀行　明治大学人文科学研究所紀要　第四十二冊

加藤豊仭　漱石と良寛（一）　宮城教育大学国語国文　第25号

辻村敬三　『猫』の笑いを支える〈仕掛け〉―語り手＝「吾輩」を巡って―　京都教育大学国文学会誌　第二十七・二十八合併号

宮澤健太郎　「草枕」の文体論的考察　白百合女子大学研究所紀要　第三十三号

目黒雅也　BOTCHAN研究（その1）―『坊っちゃん』翻訳にあたっての工夫と難所―　同前

◉新聞の部

横田庄一郎　「草枕」の出会い　漱石とグレン・グールド1　聖書とともに　愛読の英訳本ベッド脇に　朝日新聞夕刊　12・8

一九九八年一月

◉単行本の部

石井和夫　『風呂で読む漱石の俳句』　世界思想社

佐伯順子　7　愛でも救えぬ孤独―夏目漱石『「色」と「愛」の比較文化史』所収　岩波書店

江藤淳　三山居士と漱石　『日本近代文学館創立35周年・開館30周年記念展　時を超

えて―漱石、芥川、川端』（図録）所収　日本近代文学館

小島信夫　現在に生きている人物　同前

中島国彦　解説　同前

◉紀要・雑誌の部

長山靖生　理想の奇人たち　第7回　漱石のトンデモ健康法「カピタン」（文芸春秋）

半藤一利　◉漱石俳句探偵帖◉　第十三回「厠半ばに」をめぐって　俳句研究

笛木美佳　〈非人情〉の世界を構築するもの―「草枕」における〈春〉―　学苑（昭和女子大学近代文化研究所）　六百九十四号

出原隆俊　鷗外と漱石　国文学（特集：森鷗外を読むための研究事典）

中江彬　漱石の『草枕』におけるミケランジェロ―超人的芸術論の歴史―　人文学論集（大阪府立大学　人文学会）　第16集

中村真一郎　漱石、芥川、川端展にのぞんで　日本近代文学館（❖創立三十五周年特集②）　第一六一号

十川信介　活字と肉筆のあいだ―『心』の「原稿」から―　文学　季刊　第九巻第一号

中村泰行　『こころ』・「大逆事件」・リアリズム(Ⅲ)　立命館言語文化研究　9巻3号

相沢朋美　夏目漱石『門』を読む―「愛の賚（たまもの）」と「愛の刑（けい）」―　日本文学ノート（佐佐木忠慧教授退休記念特集号）（宮城学院女子大学日本文学会）　第三十三号（通巻五十五号）

伊勢英明　夏目漱石『坊っちゃん』試論―反＝貴種流離譚的構造をめぐって―　仙台電波工業高等専門学校研究紀要　第27号

佐藤泰正　文学における近代と反近代・その一面―『こゝろ』評価の推移を軸として―　日本文学研究（梅光女学院大学日本文学会）　第三三号

曽我理恵　『行人』考察―二郎の〈いま〉―　同前

王成　『行人』・「塵労」論―〈修養〉の時代の文学として読む―　立教大学日本文学　第七十九号

一九九八年二月

◉単行本の部

加藤詔士　『夏目漱石と蘇格蘭』（緑の笛豆本・第88期第352集）　緑の笛豆本の会

人間おもしろ研究会（編）　第三章　賛否両論　他人の手によって完成された「未完成」　夏目漱石『明暗』死後七四年を経て完成された、近代小説の最高傑作　『夏目漱石、モーツァルトから、松田優作、ダ・ヴィンチまで「未完成」の謎学』（青春BEST文庫）所収　青春出版社

内田道雄　『夏目漱石―『明暗』まで』（既発表論文二十篇を一部改題し再録）　おうふう

瀬沼茂樹　『日本文壇史　20　漱石門下の文人たち　回想の文学』（一九七九年三月　講談社刊『日本文壇史20　漱石門下の文人たち』（新装版）を底本として文庫化）　講談社文芸文庫

佐藤彰　『名作解読最前線　漱石はどうやって先生を殺したか？』　新風舎

硲香文　『夏目漱石初期作品攷―奔流の水脈―』（既発表論文六篇の再録と新稿として「「草枕」論―那美の物語としての〈長良乙女伝説〉―」を収録）　和泉書院

北村三子　第三章　自己実現という理想（「野分」に言及）／第五章　意識の不幸（「三四郎」「こゝろ」「道草」などに言及）　『青年と近代』所収　世織書房

後藤明生　『漱石を書く』を読む／漱石と二葉亭（既発表エッセイの再録）　『小説の快楽』

所収　講談社

坪内稔典　『子規のココア・漱石のカステラ』（既発表エッセイ四十八篇を再録）　NHK出版

◉紀要・雑誌の部

板坂元　書斎の海から⑨漱石とピーナッツ（ずいひつ波音の項）　潮

半藤一利　◉漱石俳句探偵帖◉　第十四回　是は謡曲好きのものにて候　俳句研究

記録者**堀内正規**　大橋健三郎先生に聞く―アメリカ・フォークナー・漱石―（例会での談話会の記録）　ほらいずん（早稲田大学英米文学研究会）　第三〇号

松尾直昭　夏目漱石『夢十夜』論―「第二夜」論の前提　就実論叢　第27号

石井和夫　「それから」前後……「ピーターとアレキシス」の影　敍説（特集◎三部作というテクスト）　XVI

川島幸希　古書歴訪②漱石「単行本書誌」　日本古書通信　第六十三巻第二号通巻823号

水川景三　『心』論の前提―送籍・徴兵忌避をめぐって―　国語年誌（神戸大学国語教育学会）　第16号

小長井晃子　紙面のなかの『三四郎』　国文目白　第三十七号

祝振媛　漱石漢詩から見たその人と文学の諸相　大学院研究年報文学研究科篇（中央大学）　第27号

中村泰行　『こころ』・「大逆事件」・リアリズム（Ⅳ）　立命館言語文化研究　9巻4号

寺島実郎　一九〇〇年への旅―21世紀を見つめて　一九〇〇年ロンドン（その一）　二十世紀を持ち帰った夏目漱石　フォーサイト（新潮社）

長尾剛　『吾輩は猫である』誕生のいきさつ　こんにゃく座機関誌おぺら小屋（オペラ「吾輩は猫である」パンフレット）　第59号

上田正行　『文学論』の前提㈠―功利主義からの解放―　金沢大学国語国文　第二十三号

Olivier Jamet　"Ma conception de l'individualisme" de Natsume Sôseki : discours d'apprentissage et testament（目次夏目漱石「私の個人主義」における教訓と遺言）（仏文。日本語の要旨あり）　天理大学学報　第49巻第2号第187輯

Olivier Jamet　"Les fondements philosophiques des Belles-Lettres" de Natsume Sôseki : Traduction annoteé (2)（目次夏目漱石「文芸の哲学的基礎」仏訳注2）（仏文。日本語による要旨あり）　同前

金英順　『三四郎』論　東洋大学大学院紀要　文学研究科〈国文学・英文学・日本史学・教育学〉　第三十四集

倉持泰子　個人レポート「三四郎」にみる〈白〉と〈黒〉　研究ノート（日本女子大学国語国文学会）　第二十六号

清水孝純　「笑い」の展開―『吾輩は猫である』「四」の世界―　福岡大学総合研究所報　第202号（人文・社会科学編　第134号）

一九九八年三月

◉単行本の部

井山弘幸　III部　文学者の見たサイエンス・イメージ　37　夏目漱石　情緒の欠如した分析の世界（既発表エッセイに加筆し再録）『鏡のなかのアインシュタイン―つくられる科学のイメージ』所収　化学同人

柴市郎　夏目漱石　こゝろ　解説　ジェンダー・イデオロギーの修辞学　中山和子　江

種満子　藤森清編『ジェンダーの日本近代文学』所収　翰林書房

高橋康雄　『吾輩は猫である・伝』　北宋社

金子明雄　17　夢みる読者はいかにして小説の主人公になるのか―感情移入のひみつ―（「それから」に言及）　金井景子　金子明雄　紅野謙介　小森陽一　島村輝著『文学がもっと面白くなる　近代日本文学を読み解く33の扉』所収　ダイヤモンド社

小森陽一　27　近代文学と自然科学―「どうも物理学者は自然派じゃ駄目の様だね（『三四郎』）」―　同前

小山田義文　『漱石のなぞ……『道草』と『思い出』との間』（既発表論文の再録）　平河出版社

尾崎秀樹　**井代恵子**　夏目漱石『虞美人草』『時代を生きる―文学作品にみる人間像―』所収　おうふう

門谷建蔵　夏目漱石の七冊　『岩波文庫の黄帯と緑帯を読む』所収　青弓社

木谷喜美枝　◆漱石と明治の終焉　麻原美子（編集委員代表）『日本文学はいかに生まれいかに読まれたか　日本の文学とことば』所収　東京堂出版

江藤淳　三山居士と漱石　『夏目漱石・芥川龍之介展』（図録）所収　姫路文学館

小島信夫　現在にも生きている人物　同前

中島国彦　解説　同前

◉紀要・雑誌の部

小倉脩三　漱石、もう一人の女性　成城大学短期大学部紀要　第29号（成城学園創立80周年記念号）

近藤春絵　漱石『一夜』論―カラーからモノクロームへ―　金城国文　通巻第74号

佐藤裕子　『虞美人草』論―〈喜劇〉の果ての〈悲劇〉―　フェリス女学院大学文学部紀要　第三十三号

半藤一利　◉漱石俳句探偵帖◉　第十五回　米山天然居士の「墓」　俳句研究

八木良夫　『こゝろ』をめぐって　甲子園短期大学紀要　第16号

横田庄一郎　漱石のオフェーリア（ESSAYの項）　言語

中島佐和子　『草枕』の〈美〉―『高野聖』をひとつの視座として―　人間文化研究年報（お茶の水女子大学大学院人間文化研究科）第21号

崔明姫　夏目漱石研究序説（お茶の水女子大学審査学位論文要旨）（英文も掲載）　人間文化研究年報（お茶の水女子大学人間文化研究科）　第21号別冊

野谷士　Pitlochryの秋をめぐって―漱石『永日小品』の旅―　追手門学院大学英文学会論集（追手門学院大学英文学会）　第七号

水川景三　夏目漱石『行人』論―自我と愛のリアリズム―　日本文芸研究（関西学院大学日本文学会）　第四十九巻第四号

猪熊理恵　『行人』論　文研論集（専修大学大学院学友会）　第31号

坂本育雄　「それから」講読（四）　鶴見大学紀要　第一部国語・国文学篇　第三十五号

朱敏　漱石の満韓旅行とその紀行文―その本質をめぐって―　実践国文学　第五十三号

添谷陽子　留学時の漱石を取り巻くヨーロッパの人種観　日本女子大学附属高等学校研究紀要　第20号

崔明淑　『こゝろ』論―「人間らしさ」の可能性に開かれる「私」の物語―　「学芸　国語国文学」　第三十号

金井三朗　「こころ」の私をめぐって　同前

平岡敏夫　漱石のさまざまな〈夕暮れ〉　群馬県立女子大学国文学研究　第十八号

細江光　近代文学と絵画―西洋的宗教性の浸透―　甲南国文　第四十五号

増満圭子　漱石序論―「意識」とは何か、その概念の抽出―　東洋女子短期大学紀要　No.30

光永武志　ミルトンと漱石（1）　熊本大学英語英文学　41

欒殿武　漱石と魯迅の比較研究の試み―『坊っちゃん』と『阿Q正伝』の接点を中心に―　語文論叢（千葉大学文学部国語国文学会）　第25号

稲垣広和　「琴のそら音」論　中京国文学　第十七号

小田乗子　夏目漱石論『行人』についての一考察　樟蔭国文学　第三十五号

佐々木亜紀子　『二百十日』覚え書き―文学的話題をめぐって―　愛知淑徳大学国語国文　第二十一号

李平　夏目漱石の『倫敦塔』　日本文学論集（大東文化大学大学院日本文学専攻院生会）　第二十二号

永井里佳　夏目漱石『道草』論―「淋しい」感情について―　同前

秋山和夫　漱石とフランス　武蔵大学人文学会雑誌　第二十九巻第三・四号

生方智子　「新しい男」の身体―『それから』の可能性―　成城国文学　第十四号

福井慎二　『文学論』から作品へ―漱石〈写生文〉論―　弘前大学国語国文学　第二十号

山口博　夏目漱石論II―「門」から「行人」までの軌跡―　鎌倉女子大学紀要　第5号

安藤文人　「海鼠のような文章」とは何か―『吾輩は猫である』と〈アナトミー〉―（英文のアブストラクト付）　比較文学年誌（早稲田大学比較文学研究室）　第三十四号

武田勝彦　漱石ロンドン生活の基底（四）（英文のアブストラクト付）　同前

河村民部　漱石『こころ』とアンドレーエフ『ゲダンゲ』との比較文学的研究　近畿大学文芸学部論集　文学・芸術・文化（第9巻第2号）

申賢周　夏目漱石『明暗』続編考―大岡昇平系譜の作品をめぐり―　湘南文学（東海大学日本文学会）　第三十二号

鳥井正晴　明暗評釈　七　第六章（続き）～第九章　相愛国文　第十一号

相原和邦　漱石とナショナリズム―「満韓ところどころ」と「小さな出来事」―　広島大学日本語教育学科紀要　第8号

倉田稔　夏目漱石の社会思想―とくに『草枕』の場合―　小樽商科大学人文研究　第95輯

国分明美　夏目漱石「虞美人草」論　繡　Volume10

佐々木雅發　『門』評釈―一、二、三章をめぐって―　同前

佐野正人　漱石の小説的転向―『草枕』執筆と美的ナショナリズムの帰趨をめぐって―　文芸研究（日本文芸研究会）　第一四五集

沢英彦　漱石と寅彦―新体詩「水底の感」を巡って―　日本文学研究（高知日本文学研究会）　第三十五号記念特集

高橋康雄　風景の倒立もしくは心的現象―漱石の『坑夫』他にみる不可視を見る「眼」―　札幌大学総合論叢　第5号

谷口巌　坊つちゃんの履歴書（三）―四国の日々―　紀要（岐阜女子大学）（第27号）

中江彬　漱石の『吾輩は猫である』とミケランジェロ　大阪府立大学紀要（人文・社会科学）　第46巻

無署名　所蔵資料紹介　夏目漱石「明暗」反故草稿（二）　館報駒場野（東京都近代文学博物館）　第47号

萩原桂子　『草枕』論―浮遊する魂　九州女子大学紀要　第34巻3号

一九九八年四月

◉単行本の部

小山慶太　『漱石とあたたかな科学』（一九九五年一月　文芸春秋刊の文庫化）　講談社学術文庫

瀬沼茂樹　第四章　野上弥生子の転機―漱石の来訪／第十二章　明治天皇の崩御―夏目漱石の日記　『日本文壇史　21　「新しき女」の群　回想の文学』（一九七九年四月　講談社刊『日本文壇史21　「新しき女」の群』（新装版）を底本とし文庫化）所収　講談社文芸文庫

片岡豊　『こゝろ』を読むということ―秦恒平の『こゝろ』理解への疑問（既発表論文の再録）　藤井淑禎編『日本文学研究論文集成26　夏目漱石Ⅰ』所収　若草書房

石原千秋　テクストはまちがわない（同前）　同前

浅田隆　「テクストはまちがわない」か？（同前）　同前

木股知史　「こゝろ」―〈私〉の物語（同前）　同前

中島国彦　漱石・美術・ドラマ（同前）　同前

黒木章　『門』の冒頭部分の表現について―表現距離にみられる作者の小説技法と態度―（同前）　同前

石井和夫　「憐れ」の諸相―漱石写生小史―（同前）　同前

山下浩　印刷工程に起因する本文異同―『吾輩は猫である』『坊っちゃん』を通して―（同前）　同前

一柳廣孝　〈科学〉の行方―漱石と心霊学をめぐって―（同前）　同前

藤尾健剛　漱石・クロージャー・マルクス（同前）　同前

武田勝彦　虞美人草（同前）　同前

富山太佳夫　漱石の読まなかった本　英文学の成立（同前）　同前

松下浩幸　『三四郎』論―「独身者」共同体と「読書」のテクノロジー（同前）　同前

岩井克人　序　夏目漱石と「開発と文化」　『岩波講座　開発と文化7　人類の未来と開発』所収　岩波書店

小池三枝　第五章　(二)　『吾輩は猫である』の服飾描写（既発表論文の再録）　『服飾文化論―服飾のみかた・読みかた―』所収　光生館

島田裕巳　4　イニシエーションの変容（「4　個室と漱石文学」の章題あり）　島薗進・越智貢編『情報社会の文化4　心情の変容』所収　東京大学出版会

山口博　第三部　第三章　近代化の中の実存Ⅰ　苦渋の五十年、夏目漱石　『近代化の中の文学者たち―その青春と実存―』所収　愛育社

山本健吉　夏目漱石　『定本　現代俳句』（一九九〇年四月　角川書店刊　選書版『新版　現代俳句　上巻』、一九九〇年七月　同書店刊　選書版『新版　現代俳句　下巻』に一部加筆）（角川選書292）所収　角川書店

◉紀要・雑誌の部

江藤淳　漱石とその時代　第五部（十）　新潮

北郷聖　漱石『夢十夜』第九夜と『宝物集』宗貞出家譚―或る日の教室風景―　解釈

谷口基　戦争と愛と―横溝正史と夏目漱石―　文学研究（日本文学研究会）　第八十六号

橋本治　天使のウインク⑨　子供という伴走者（「坊っちゃん」に言及）　中央公論

半藤一利　◉漱石俳句探偵帖◉　第十六回

早稲田「漱石公園」にて　俳句研究

William N. Ridgeway　Natsume Sôseki and Male Identity Crisis（英文。LITERATUREの項）　JAPAN QUARTERLY (Asahi Shimbun)　45巻2号、通巻175号

一九九八年五月

◉**単行本の部**

武田勝彦　漱石倫敦知人の遺書―ノット夫人とノット令嬢　長谷川泉編『〈現代のエスプリ〉別冊　文学に現れた遺書・遺言』所収　至文堂

小澤勝美　透谷と漱石をつなぐもの―「春」・戸川秋骨・「三四郎」―　透谷研究会　桶谷秀昭　平岡敏夫　佐藤泰正編『透谷と現代　21世紀へのアプローチ』所収　翰林書房

天理大学附属天理図書館（編）『天理ギャラリー第109回展　漱石とその時代の作家』（図録）　天理ギャラリー

関谷由美子『漱石・藤村〈主人公〉の影』（既発表の漱石論文六篇を一部改題、加筆修正し再録）　愛育社

横田庄一郎『「草枕」変奏曲　夏目漱石とグレン・グールド』朔北社

紀田順一郎　吾輩は商標ではない……『漱石全集』盛衰記（既発表論文の再録）『紀田順一郎著作集　第8巻　二十世紀を騒がせた本・内容見本にみる出版昭和史・活字メディアと電子メディア』所収　三一書房

◉**紀要・雑誌の部**

江藤淳　漱石とその時代　第五部（十一）　新潮

清水一嘉　漱石のロンドン日記から…9「目暗ガオルガンヲ弾テ…」　英語教育

半藤一利　◉漱石俳句探偵帖◉　第十七回　性病専門の診療所に入院して　俳句研究

吉村明彦　**中川博樹**（取材・文）　金峰山・阿蘇山と夏目漱石　サライ（●特集名作の舞台となった名峰14　文士が愛した山）5／7

矢沢真人・橋本修　近代語の語法の変化―『坊ちゃん』の表現を題材に―　日本語学（特集　近代語から現代語へ）

朴裕河「インデペンデント」の陥穽―漱石における戦争・文明・帝国主義―　日本近代文学　第58集

一九九八年六月

◉**単行本の部**

阿辻哲次　第2章　故宮にて石鼓を見る『漱石全集』の装丁『〈あじあブックス〉中国漢字紀行』所収　大修館書店

半田淳子　夏目漱石の異文化体験と小説に描かれた外国人―〈マージナル・マン〉としての視点から―　内田道雄編『文学のこゝろとことば』所収　発行『論集　文学のこゝろとことば』刊行会　発売元　七月堂

吉川豊子　漱石の風呂―銭湯／温泉の文化と漱石の物語―（既発表論文に加筆、訂正し再録）　同前

丸尾実子　新聞連載小説『三四郎』／『三四郎』に吹く〈風〉―明治四〇年の事物と経済―（改訂版）（同前）　同前

光宗宏和　教材としての『こゝろ』の可能性―〈語り手〉と〈話法〉からの考察―（同前）　同前

宇佐美毅　イギリス留学体験記（漱石に言及）　同前

三浦叶　下篇　第五章　二、夏目漱石と漢文学（既発表論文の再録）『明治漢文學史』

所収　汲古書院

新関公子　『「漱石の美術愛」推理ノート』（既発表論文を修正し再録）平凡社

高城修三　二章　二　小説の誕生（「吾輩は猫である」に言及）『小説の方法』所収　昭和堂

飯田祐子　第二章　「作家」という職業　女性読者の抽象的排除（「道草」を論じる）／第四章　『虞美人草』藤尾と悲恋／第五章　『三四郎』美禰子と〈謎〉／第六章　『行人』二郎と一郎／第七章　『こゝろ』の三角形の再生産／第八章　逆転した『こゝろ』的三角形／第九章　『こゝろ』レトリックとしての「恋」／第十章　『明暗』〈嘘〉の物語・三角形の変異体（第四章、九章は書き下ろし。その他は、既発表論文を全面的に加筆、修正、改題し再録）『彼らの物語』所収　名古屋大学出版会

蒲生芳郎　『鷗外・漱石・芥川』（既発表の漱石論文二篇の再録と新稿として「『明暗』のリアリズム―その人物造型の特質について」を収録）洋々社

◉紀要・雑誌の部

内田道雄　太宰治と夏目漱石（●太宰治と前代）解釈と鑑賞（特集＝太宰治没後五〇年）

江藤淳　漱石とその時代　第五部（十二）　新潮

清水一嘉　漱石のロンドン日記から……10「ワレ住ム処ハEpson街道ニテ」　英語教育

半藤一利　◉漱石俳句探偵帖◉　第十八回　まったく無能な教師なり　俳句研究

関谷由美子　『夢十夜』の構造―〈意識〉の寓話―　日本文学

宮薗美佳　夏目漱石「幻影の盾」論―作品構造における時間の意義―　日本文芸研究（関西学院大学日本文学会）第五十巻第一号

永野宏志　ナチュラリストは《外》へ出る―夏目漱石『草枕』／『坑夫』における冒険をめぐって―　国文学研究（早稲田大学国文学会）第百二十五集

田中信子　『それから』論―代助の自己本位―　女子大国文（京都女子大学国文学会）第百二十三号

笹田和子　『薤露行』論―「鏡」の崩壊―　同前

中村美子　夏目漱石における「素人」性―「素人と黒人」を中心として―　同前

小池滋　「坊っちゃん」はなぜ〝街鉄〟に勤めたか？（ｂｏｏｋｓの項）ウインズ（日本航空機内誌）

深津謙一郎　『門』―「山の手の奥」の心象地理　明治大学日本文学　第二十六号

補遺

◉単行本の部

一九九二年四月

小山慶太　5　シミュレーションの遊戯（「漱石の『明暗』」「残された手掛かり」「『明暗』の結末」の小見出しあり）『書斎のワンダーランド』（丸善ライブラリー044）所収　丸善

一九九六年七月

山蔦恒　その30　〃追い風〃の謎とロマン……『趣味の遺伝』〈夏目漱石〉／その31　香りの人間批評……『虞美人草』〈夏目漱石〉／その32　偽善の香に迷う青春……『三四郎』〈夏目漱石〉（既発表論文の再録）『文学に見る化粧考』所収　週刊粧業

一九九六年八月

大河内昭爾　夏目漱石『三四郎』／夏目漱石『こころ』（既発表論文の再録）『本の旅』所収　紀伊国屋書店

一九九六年十一月

西谷啓次　夏目漱石『明暗』について（既発表論文の再録）『宗教と非宗教の間』（同時代ライブラリー285）所収　岩波書店

一九九六年十二月

大久保喬樹　三　内化する自然—明治三十、四十年代（「『三四郎』、『それから』—心理化する自然」の小見出しあり）『森羅変容　近代日本文学と自然』所収　小沢書店

一九九七年一月

澁川驍　第3部　国立国会図書館　夏目漱石と帝国図書館（既発表論文の再録）『書庫のキャレル』所収　星雲社

山下武　本の窓　新「漱石全集」は大丈夫か（既発表論文の再録）『古書を旅する』所収　青弓社

一九九七年四月

倉橋羊村　意外な漱石（既発表論文の再録）『人間虚子』所収　新潮社

一九九七年六月

中村都史子　第三章　二　イプセンの三つの顔—夏目漱石の押さえ方『日本のイプセン現象　一九〇六—一九一六年』所収　九州大学出版会

阿部正路　拙を守る—子規漢詩と漱石（既発表エッセイの再録）『子規庵追想』所収　創樹社

◉紀要・雑誌の部

一九九七年一月

小宮彰　「寒月君」と寺田寅彦—西洋文明としての近代科学—　東京女子大学比較文化研究所紀要　第58巻

編集後記

「漱石山脈」と言っても、どこまでをその範囲と考えるかは頭を悩ませられる問題である。それと同時に、何時までをその山脈の人々の影響があった時期と考えるかも難しい問題である。

山脈の何人かが、いわゆる大正教養派とよばれる高学歴（もっとはっきり言えば東大閥）に支えられた穏健なリベラリズムを形成したことを考えると、この山脈を全面的に肯定する気にはなれない。岩波書店と東大閥との密接な関係の基礎もこの時期に作られたわけで、今回は特集に組み入れなかったが、白樺派的感性がその後の日本の近代文学とその研究に与えた影響をも考え合わせて、そこに漱石の一面を見ないわけにはゆかないのだ。

また、残された記録から人間漱石を想像してみると、この人とは文通はしてみたいが、実際に会って見たくはないとも思わされる。それが生きた人間というもののありようなのだろうが、どれほどの人がその両面を引き受けたのかということも考えさせられる。どうやら、私たちは現在も「漱石山脈」的世界に生きている。

さて、以上はこの特集を読む前の感想だ。寄せられた論考は、「漱石山脈」をテーマとしながら、「漱石山脈」を越える志向によって貫かれている。「漱石山脈」と言う鏡に映った新たな漱石像が浮かび上がったと思う

（石原千秋）

「漱石山脈」とか「漱石山房の人々」といった言葉を、私は自分の書いた文章の中で、使用したことがない。なぜなら、いかにも漱石という権威を頂点とした、ピラミッド型のヒエラルキーが感じられてならなかったからだ。それに、小宮豊隆をはじめとする漱石の弟子たちの言説は、「即天去私」神話をはじめとして、偉大なる思想家として漱石をまつりあげる役割を果たし、庶民的感覚から漱石文学の魅力を切り離してきたことも、彼らに対する否定的な印象をぬぐえない理由になっていた。今回、関口安義さんとの鼎談の中で、関口さんから、あなた方も結局漱石山脈に連なっているんですよ、という旨の指摘を受けて、一瞬虚と衝かれた思いにとらわれた。なるほど、漱石について語ったり論じたりしている以上、どんなに自分は距離を置いているつもりでも、「漱石山脈」の人間関係に巻きこまれていることになる。誰が一番弟子か、という、羨望と嫉妬、ねたみやそねみの入り混じった競争関係に、そうと意識せぬまま組みこまれてしまうのである。逆に「漱石山脈」という特集を組むことで、その意識されない装置に対して自己言及的になれたようだ。特集に参加してくださったすべての著者のみなさんに心から感謝している、知的競争関係に加わらず、人間漱石を独占するには、性的に誘惑するしかあるまい。自分にその決意があるのかどうかを、試されているような妄想にかられている。

（小森陽一）

芥川龍之介作品論集成

全6巻 別巻1 〈監修 宮坂覺〉

●芥川龍之介研究の決定版●

いよいよ完結！

第1巻 羅生門 今昔物語の世界 浅野 洋【編】

第2巻 地獄変 歴史・王朝物の世界 海老井英次【編】

第3巻 西方の人 キリスト教・切支丹物の世界 石割 透【編】

第4巻 舞踏会 開化期・現代物の世界 清水康次【編】

第5巻 蜘蛛の糸 児童文学の世界 関口安義【編】

第6巻 河童・歯車 晩年の作品世界 宮坂 覺【編】

別巻 資料編 芥川文学の周辺 宮坂 覺【編】

【体裁】 A5判・上製・カバー装・平均三〇〇頁

【定価】 1〜6巻：各四〇〇〇円＋税 別巻：六〇〇〇円＋税

［全巻揃定価：三〇〇〇〇円＋税］

〒101-0051 千代田区神田神保町1-46

☎03-3294-0588 FAX03-3294-0278

KANRIN 翰林書房

〈本体価格に消費税が加算されます〉

http://village.infoweb.ne.jp/~kanrin/

執・筆・者・一・覧

安倍オースタッド玲子　一九五六年東京生。オスロ大学準教授。*Rereading Sōseki* (Harrassowitz) "Nakano Shigeharu's 'Goshaku no sake'" (*Journal of Japanese Studies*, 近刊)〈日本近代文学〉

有元伸子　一九六〇年岡山生。鈴峯女子短期大学助教授。「『豊饒の海』における「沈黙」の六十年」(『日本近代文学』第53集)「小町変奏―近代文学にみる小野小町像の継承と展開」(『継承と展開8』和泉書院)〈日本近代文学〉

飯田祐子　一九六六年愛知生。神戸女学院大学助教授。『彼らの物語』(名古屋大学出版会)、『ジェンダーの日本近代文学』(共著、翰林書房)、「〈告白〉を微分する」(『現代思想』27―1)〈日本近代文学〉

五十嵐礼子　一九六六年東京生。日本女子大学大学院研究生。「『薤露行』―乖離する男と女の風景―」(『会誌』第16号)「『幻影の盾』―クララに〈Drverie〉はあったのか―」(同前第17号)〈〉

石原千秋　一九五五年東京生。成城大学教授。『反転する漱石』(青土社)『漱石の記号学』(講談社)『読むための理論』(共著、世織書房)〈日本近代文学〉

石割透　一九四五年京都生。駒澤短期大学教授。『芥川龍之介―初期作品の展開』(有精堂出版)『〈芥川〉とよばれた芸術家　中期作品の世界』(有精堂出版)『芥川龍之介全集』(共同編集、岩波書店)〈日本近代文学〉

内田道雄　一九三四年新潟生。東京学芸大学名誉教授、鶴見大学教授。『内田百閒―冥途の周辺』(翰林書房)『夏目漱石―『明暗』まで』(おうふう)〈日本近代文学〉

生方智子　一九六七年東京生。成城大学大学院。「国民文学としての『坊っちゃん』」(『漱石研究』第九号)、「『ヰタ・セクスアリス』と男色の問題点」(『日本文学』一九九八年十一月号)〈日本近代文学〉

遠藤伸治　一九五七年鳥取生。広島県立大学助教授。「『浮雲』の〈母と息子〉、あるいは〈母と娘〉」(共著、『日本文学』46巻1号)「村上春樹『ノルウェイの森』論」(『村上春樹スタディーズ03』若草書房)〈日本近代文学〉

押野武志　一九六五年山形生。北海道大学助教授。『総力討論　漱石の『こゝろ』』(共著、翰林書房)『宮沢賢治の美学』(翰林書房)〈日本近代文学〉

工藤京子　一九六五年兵庫生。調布学園短期大学、東横学園女子短期大学非常勤講師。「変容する聴き手―『彼岸過迄』の敬太郎―」(『日本近代文学』第46集)〈日本近代文学〉

小森陽一　一九五三年東京生。東京大学教授。『構造としての語り』(新曜社)『文体としての物語』(筑摩書房)『世紀末の予言者・夏目漱石』(講談社)〈日本近代文学〉

小山慶太　一九四八年神奈川生。早稲田大学教授理学博士。『漱石が見た物理学』(中公新書)、『漱石とあたたかな科学』(講談社学術文庫)、『肖像画の中の科学者』(文春新書)〈科学史〉

佐藤伸宏　一九五四年宮城生。東北大学教授。「蒲原有明とマラルメ」(『日本近代文学』第58集)、「蒲原有明に於ける『海潮音』」(『比較文学』第41巻)〈日本近代文学・比較文学〉

鈴木章弘　一九七二年神奈川生。中央大学杉並高等学校教諭。「商標としての『写生文』」(『漱石研究』第七号)、「子規の小さな『日本』」(『日本文学』第46巻第11号)、「不純な『写実』」(『成城文藝』第165号)〈日本近代文学〉

関川夏央　一九四九年新潟生。『『坊っちゃん』の時代』(双葉社)『司馬遼太郎の「かたち」』(文芸春秋)〈作家〉

関口安義　一九三五年埼玉生。都留文科大学教授。『評伝豊島与志雄』(未来社)、『芥川龍之介』(岩波新書)、『特派員芥川龍之介』(毎日新聞社)、『芥川龍之介とその時代』(筑摩書房)〈日本近代文学〉

高橋英夫　一九三〇年東京生。文芸評論家。『異郷に死す　正宗白鳥論』(福武書店)『花から花へ　引用の神話引用の現在』(新潮社)『ドイツを読む愉しみ』(講談社)〈文芸評論・ドイツ文学〉

田中愛(ゆき)　一九六三年島根生。信州豊南短期大学専任講師。『彼岸過迄』論―「雨の降る日」の悲劇と

千代子との関わりを中心に（『迷羊のゆくえ』所収・翰林書房）〈日本近代文学〉

坪内稔典　一九四四年愛媛生。京都教育大学教授。『子規山脈』（NHKライブラリー）『子規のココア・漱石のカステラ』（NHK出版）『俳句的人間短歌的人間』（岩波書店）〈日本近代文学〉

十川信介　一九三六年北海道生。学習院大学教授。『増補二葉亭四迷論』（筑摩書房）、『島崎藤村』（筑摩書房）、『「銀の匙」を読む』（岩波書店）〈日本近代文学〉

中野記偉　一九二八年北海道生。上智大学名誉教授。『G・K・チェスタトンの世界』（共編、研究社）『新カトリック大事典』（第一巻、第二巻分担執筆、研究社）〈英文学〉

半田淳子　一九六一年東京生。東京学芸大学専任講師。『永遠の童話作家　鈴木三重吉』（高文堂出版）『夏目漱石の異文化体験と小説に描かれた外国人』（文学のこころとことば』七月堂）〈日本近代文学・日本語教育〉

松下浩幸　一九六〇年大阪生。常葉学園短期大学専任講師。『夏目漱石　Xなる人生』（NHK出版）『『道草』再考―〈家庭〉嫌悪者の憂鬱」（『漱石研究』第四号）〈日本近代文学〉

丸尾実子　一九六八年熊本生。「軋みはじめた〈鳥籠〉―『明暗』」、「『三四郎』に吹く〈風〉」（『漱石研究』）、「「漱石」を読み解くキーワード50」（『AERAMOOK　漱石がわかる』）〈日本近代文学〉

山田俊幸　一九四七年新潟生。帝塚山学院大学文学部助教授。「橋口五葉とブック・デザイン」（『アート・トップ』第一四六号）「棟方志功の時代を読む」（町田市立国際版画美術館『棟方志功展』カタログ）「創作版画の揺籃期」（千葉市立美術館『日本の版画II一九一一九／一九二〇展』カタログ）〈日本近代文学〉

山本芳明　一九五五年千葉生。学習院大学教授。『〈文学者〉はつくられる』（ひつじ書房近刊予定）、『成島柳北　読売雑譚集』（ぺりかん社）解説「ジャーナリスト成島柳北」〈日本近代文学〉

吉沢伝三郎　一九二四年大阪生。都立大学名誉教授。『散パスカルとニーチェ』（勁草書房）『ニーチェ『ツァラトゥストラ』』（理想社）『生活世界の現象学』（サイエンス社）『和辻哲郎の面目』（筑摩書房）〈倫理学〉

漱石研究

soseki kenkyu 2000 no.13

第十三号

『漱石研究第14号予告』
2001年10月刊行
『特集』

吾輩は猫である

[編集]
小森陽一・石原千秋

[装幀]
石原亮

[発行日]
2000年10月20日

[発行人]
今井肇

[発行所]
翰林書房
〒101-0051 東京都千代田区神田神保町1-46
電話(03)3294-0588
FAX(03)3294-0278
http://village.infoweb.ne.jp/~kanrin/
振替口座 00140-0-5942

[印刷・製本]
アジプロ

■漱石研究バックナンバー

創刊号　特集●漱石と世紀末

【鼎談】　柄谷行人

漱石と『象徴主義の文学運動』　吉田凞夫／歴史に背を向けて―漱石と歴史学　富山太佳夫／二○世紀の最前線にある漱石―『永日小品』の可能性　芳賀　徹／博覧会の世紀へ『虞美人草』　石原千秋／夏目漱石と二○世紀　小森陽一

▼インタビュー／岩波書店編集部　新「漱石全集」について

▼**漱石研究の現在**　相原和邦／石井和夫／石崎　等／伊豆利彦／内田道雄／遠藤祐／小倉脩三／加藤二郎／小泉浩一郎／酒井英行／佐々木充／佐々木雅發／佐藤泰正／清水孝純／高木文雄／玉井敬之／十川信介／中島国彦／平岡敏夫／村松定孝　▼**全集未収録資料**　漱石「文話」紹介／堀部功夫　（'93・10）

第2号　特集●『三四郎』

【鼎談】　島田雅彦

『三四郎』と東京帝国大学　大学の独立と文芸の独立　三谷太一郎／『三四郎』の東京帝国大学　一柳廣孝／『三四郎』と寺田寅彦　高田誠二／**本郷文学圏**　藁屋根とヌーボー式と　中島国彦／『三』と『四』の図像学　村瀬士朗／『三四郎』とイプセン　毛利三彌／**新しい女たち**「商売結婚」と新しい女たち　中山和子／女の顔と美禰子の服　飯田祐子／**バフチン　ラカンから**　あてにならない観察者　千種・キムラ・スチーブン／語りうることのあかるみのうちに　佐藤泉／婚姻・鏡・父の名　芳川泰久／**『三四郎』論ベスト50**　村田好哉

▼**インタビュー**／江國　滋　（'94・5）

第3号　特集●漱石とセクシャリティ

【鼎談】　津島佑子

恋愛の政治学　漱石文学のセクシュアル・ポリスティックス　織田元子／悲恋小説としての『こゝろ』　戸松　泉／男になれない男たち　小森陽一／**性差の系譜学**　倫敦漱石猟色考　内田道雄／悲劇としての身体　伊藤　博／『道草』の妊娠・出産をめぐって　江種満子／**隠喩としての性**　「装い」のセクシュアリティ　関　礼子／青春小説の性＝政治的無意識　藤森　清／軋みはじめた〈鳥籠〉　丸尾実子／神経衰弱の記号学　石原千秋／**関連文献ベスト30**　飯田祐子

▼**インタビュー**／山下　浩　『漱石全集をめぐって』／▼小倉脩三　東北大学所蔵『文学論』関係資料について／▼**倫敦消息**　恒松郁生　（'94・11）

第4号　特集●『硝子戸の中』『道草』

【鼎談】　安岡章太郎

開かれる言葉　『硝子戸の中』の一面　玉井敬之／『硝子戸の中』、その可能性　柴　市郎／「硝子戸の中」の「漱石」　村瀬士朗／〈硝子戸〉の中からの返書　島村　輝／**記号としての家庭**　『道草』論―血の隠喩　関谷由美子／『道草』再考　松下浩幸／**差異化する言葉**　三人称回想小説としての『道草』　金子明雄／愛と差異に生きるわたし　立川健二／**『硝子戸の中』『道草』論ベスト30**　工藤京子

▼**座談会**／漱石と退化論　石原千秋＋小倉脩三＋小森陽一＋富山太佳夫

▼〈自由な死〉をめぐって　松沢和宏／▼漱石秀句愚評　林　望／▼**文献目録**'88・7〜'90／▼**倫敦消息**　恒松郁生／▼**書評**　（'95・5）

第5号　特集●漱石と明治

【鼎談】　小島信夫

漱石と帝国主義　「帝国」の漱石　川村　湊／漱石と帝国主義・植民地主義　中川浩一／ボディビルダーたちの帝国主義　谷内田浩正／ロンドン体験としての「草枕」平岡敏夫／**漱石と明治メディア**　明治末期の新聞メディアと漱石　有山輝雄／「史論」の言説　紅野謙介／速度の都市　吉見俊哉／明治の「漱石」　青木稔弥／**漱石と制度**　教養知識人の運命　竹内　洋／『三四郎』に吹く〈風〉　丸尾実子／長男の記号学　石原千秋

▼**インタビュー**／大岡　信

▼**文献目録**　'90・7〜'92・6／▼**書評**　（'95・11）

第6号　特集●『こゝろ』

【鼎談】　蓮實重彦

女と男の政治学　〈他者〉としての妻：先生の自殺と静の不幸　水田宗子／クイアー・ファーザーの夢、クイアー・ネイションの夢　大橋洋一／静の一面　硲　香文／**関係としての『こゝろ』**　こころの場所、家の場所　石崎　等／『こゝろ』の現象学　田口律男／定番を求める心　高橋広満／**『こゝろ』のエリクチュール**　始源の反語　佐藤　泉／闘争する表象空間　中山昭彦／テクストはまちがわない　石原千秋

▼**座談会**／『こゝろ』論争以後　飯田祐子＋石原千秋＋小森陽一＋関　礼子＋平岡敏夫

▼**漱石俳句異見**　林　望　▼**倫敦消息**　恒松郁生

▼**文献目録**　'92・7〜'93・6／▼**書評**　（'96・5）

第7号　特集●漱石と子規

【鼎談】　井上ひさし

生きられた関係　ヘルメス的友情　高橋英夫／俳句と散文の間で　小森陽一／カステラを懐いて徘徊す　坪内稔典／**ジャンルの記憶**　漱石と子規の写生　安森敏隆／商標としての「写生文」　鈴木章弘／**子規の視座から**　子規と漱石の日本　松井利彦／子規と漱石の「西郷隆盛」　中野一夫／子規と漱石　和田克司

▼**インタビュー**／子規を歩く　森まゆみ

文字からの文学論　常石史子／「調査」漱石と接触があった人のこと　上杉伸夫／「テクストはまちがわない」か？　浅田　隆／それでも「テ

クストはまちがわない」 石原千秋／▼文献目録 '93・7〜'94・6／▼書評 ('96・11)

第8号 特集●『夢十夜』

【鼎談】 古井由吉

第一夜二つの夜—クリンガーと漱石 高桑法子／**第二夜**パトス的身体の露出 笠原伸夫／**第三夜**開かれたテクスト 大浦康介／**第四夜**夢の幾何学 高山 宏／**第五夜**篝火と蹄 小林康夫／**第六夜**物語のファンタジー構造 中村三春／**第七夜**ながく、はてしない待機 有田英也／**第八夜**停滞と循環 芳川泰久／**第九夜**闇からのメッセージ 清水孝純／**第十夜**豚・パナマ・帝国の修辞学 山本真司／**『夢十夜』論ベスト30** 生方智子

▼インタビュー／「夢ではない夢」のはなし 阿刀田高

「第一夜」の構造と主題—非「ハッピー・エンド」の説 須田千里／言説はいかに理解されるか—第一夜 西田谷洋／「集合意識」と「明治の精神」—漱石のボールドウィン受容 藤尾健剛

▼漱石俳句異見(二) 林 望 **▼倫敦消息** 恒松郁生 **▼書評** ('97・5)

第9号 特集●漱石と家族

【鼎談】 芹沢俊介

家族のディスクール 夫婦の他者性と不幸 水田宗子／夏目漱石と家族 山下悦子／漱石と「家」 玉井敬之／**歴史の中の家族** 民法制定下の『道草』 丸尾実子／国民文学としての『坊っちゃん』 生方智子／**物語と家族** 小六という〈他者〉 出原隆俊／『こゝろ』の家族戦略 小仲信孝／『行人』論 中山和子

▼インタビュー／文人夏目漱石 奥本大三郎

『漱石全集』の装幀から 松村茂樹／最初の夫の死ぬ物語 平野芳信

▼文献目録 '94・7〜'95・6／**▼書評** ('97・11)

第10号 特集●『漱石と家族』

【鼎談】 水田宗子

言説のクリティック 特権化される「神経」 一柳廣孝／『それから』の感覚描写 藤井淑禎／『それから』に記述された画家と、表現上の視覚的イメージ操作について 田中日佐夫／**横断するテクスト** 代助と新聞 小森陽一／オートポイエシスする文学 仲正昌樹／『それから』再読 佐藤泰正／**性の境界** 姦通文学としての『それから』 千種キムラ・スティーブン／妾の存在意義 小谷野敦／**『それから』論ベスト30** 生方智子

▼インタビュー／『それから』を撮る 筒井ともみ

『倫敦塔』をめぐる記憶・知覚・時間 鈴木敦子／『三四郎』をめぐる女たち 藤原尚昭／『三四郎』遡行 杉田智美

▼書評 ('98・5)

第11号 特集●『彼岸過迄』

【鼎談】 姜 尚中

帝国の青年 「東京朝日新聞」から見た『彼岸過迄』 安藤恭子／〈浪漫趣味〉の地平 押野武志／**都市の中のテクスト** あかり・探偵・欲望 柴市郎／「都市」と「都会」 田口律男／『彼岸過迄』 宮内淳子／**『彼岸過迄』をめぐる言説** 漱石の探偵小説 伊藤秀雄／『彼岸過迄』から『須永の話』まで 山本芳明／**『彼岸過迄』論ベスト21** 松下浩幸

▼インタビュー／不景気の時代 関川夏央

漱石と渋川玄耳 青柳達雄／新資料「太陽」の「漱石」 青木稔弥

▼文献目録 '95・7〜'96・6／**▼書評** ('98・11)

第12号 特集●『坊っちゃん』

【鼎談】 半藤一利

『坊っちゃん』の明治 〈戦争＝報道〉小説としての『坊っちゃん』 芳川泰久／矛盾としての『坊っちゃん』 小森陽一／**書くことと語ること** 街鉄の技手はなぜこの手記を書いたか 高原和政・五味渕典嗣・大高知児／『坊っちゃん』と標準語雄弁術の時代 松元季久代／**読むことの神話学** 『坊っちゃん』を〈読むこと〉 菅 聡子／大事な手紙の読み方 城殿智行／『坊っちゃん』を性転換すれば 西川祐子／**関係の中の『坊っちゃん』** 聖母を囲む男性同盟 佐伯順子／穢の波動 小林正明／『坊っちゃん』を読むベスト21 丸尾実子

▼インタビュー／坊っちゃんのサイコロジー 河合隼雄

▼文献目録 '96・7〜'97・6／**▼書評** ('99・10)

◉定期購読のおすすめ

漱石研究は、11号より年一回(10月)の刊行となりました。**漱石研究**は、すべての書店に配本されるものではありませんので、定期購読のお申し込みをいただくのが最も確実にお届けできる方法です。お申し込みは、なるべく最寄りの書店をご利用下さい。

直接小社から郵送をご希望される場合は、愛読者ハガキまたは電話でお申し込み下さい。刊行のつど郵便振替用紙を同封のうえお送り致します。

(送料＝310円)

■新刊案内〈価格は税別〉

小説は玻璃の輝き

高橋英夫［著］

◉表現様式としての書評。三六〇冊に及ぶ

阿川弘之・阿部昭・有吉佐和子・李良枝・池田満寿夫・石川淳・石和鷹・伊藤桂一・吉村昭・井上ふみ・井上光晴・井上靖・伊吹和子・井伏鱒二・色川武大・岩阪恵子・岩橋邦枝上田三四二・臼井吉見・宇野千代・梅原稜子・円地文子・遠藤周作・大江健三郎・大岡昇平・大岡玲・大城立裕・大庭みな子・大原富枝・岡松和夫・小川国夫・尾崎一雄・長部日出雄・大仏次郎・尾辻克彦・小沼丹・開高健・加賀乙彦・柏原兵三・加藤幸子・辻邦生・神山圭介・唐十郎・川崎長太郎・川路重之・上林暁・北杜夫・清岡卓行・金石範・倉橋由美子・黒井千次・耕治人・郷正文・幸田文・河野多恵子・小島政二郎・小島信夫・後藤明生・小林信彦・小檜山博・五味康祐・佐伯一麦・三枝和子・坂上弘・阪田寛夫・佐多稲子・沢木耕太郎・椎名麟三・他

四六判・五三三頁・四五〇〇円

宮沢賢治の美学

押野武志［著］

宮沢賢治の「受容史」では殆ど無視されているが、賢治作品に対しては、昭和一〇年代の保田与重郎・立原道造から最近の荒川洋治・柄谷行人まで、厳しい批判や否定的意見があるこれまでの賢治研究はそれらを、まるで存在せぬかのように扱ってきた。押野氏の本書は逆に、それら賢治批判や賢治研究批判をむしろバネとして、一層、《宮沢賢治》の内奥に踏み込もうとする画期的な試みである。

天沢退二郎

目次

序章 文学にとって美とは何か
第一章 戦前の言説空間
第二章 ナンセンスへの回路
第三章 〈宮沢賢治〉の伝記
第四章 ロマン主義文学の機構
第五章 「風の又三郎」の構造
第六章 賢治とファシズム
第七章 流通する身体／文体
終章 賢治から遠く離れて

四六判・三四四頁・三二〇〇円

梶井基次郎論

濱川勝彦［著］

◉確かな鏤刻と曖昧さの融合している梶井基次郎の世界は、暗鬱な魂と健康な感性というアンビヴァランスを内蔵している。その作品の内奥を見極めようとする試みが、この論考である。

◎目次より

I
1 『檸檬』
2 『城のある町にて』
3 『Kの昇天――或はKの溺死』
4 『冬の日』
5 『筧の話』
6 梶井基次郎における「闇」
　―「闇の書」から「闇の絵巻」へ―
7 『のんきな患者』

II
1 梶井基次郎と音楽との出会い
2 梶井基次郎
　―その自我意識と身体―
3 梶井基次郎における「影」と「二重身」
4 梶井基次郎と伊勢志摩

四六判・二五六頁・三六〇〇円

佐藤泰正著作集【全12巻 別巻1】

❶漱石以後I……2718円
②漱石以後II
❸透谷以後……3883円
❹芥川龍之介論……3800円
❺太宰治論……3689円
❻宮沢賢治論……2336円
❼遠藤周作と椎名麟三……2718円
❽近代文学遠近I 4200円
❾近代文学遠近II 4200円
❿日本近代詩とキリスト教……4800円
⓫初期評論二面……4077円
⑫文林逍遙
㊖シンポジウム 日本近代文学の軌跡

＊白ヌキ数字は既刊

10回配本
芥川龍之介論 3800円

次回配本 漱石以後II

文学・思想懇話会［編］

近代の夢と知性

文学・思想の昭和一〇年前後

文学的国際主義とディアスポラの運命 佐野正人／中井正一と和辻哲郎と「主体」 畑中健二／昭和十年代における「浪漫主義的言明」の諸相 柳瀬善治／萩原朔太郎に於ける〈家郷〉 佐藤伸宏／The Fragmental Literature 中村三春／太宰治「人魚の海」の方法 跡上史郎／芸と故郷 森岡卓司／中河與一の偶然論と「愛戀無限」 山﨑義光／一九三〇年代の恋愛 加藤達彦／開戦前夜の南洋幻想 土屋忍／林房雄研究の一九三〇年代 神谷忠孝／杢太郎と太田教授のあいだ 畠中美菜子／九鬼周造「流行の存在論的形態」に関する一考察 池上隆史／保田與重郎とカント 野坂昭雄／昭和期における大川周明のアジア観 昆野伸幸／日本帝国主義の戦争への抵抗 郁達夫／ナショナリティによる近代の超克 ケヴィン・M・ドーク 伊藤正範・訳／転向と近代日本文学史という物語の成立 マイケル・ボーダッシュ

A5判・三六八頁・五八〇〇円

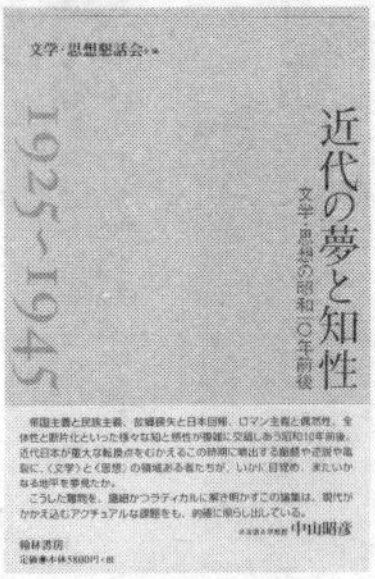

真銅正宏［著］

ベストセラーのゆくえ

明治大正の流行小説

序 明治大正の流行小説 なぜ流行し、なぜ忘れ去られたのか

I
一 歌舞伎や新派、新劇など演劇との関係から
二 講談・人情噺・浪花節など寄席芸との関係から
三 読者層との往復関係から
四 その他の要因から

II **「日本近世大悲劇名作全集」所収諸作品**
一 流行と文学性について——尾崎紅葉『金色夜叉』
二 通俗性の問題——小杉天外『魔風恋風』
三 家庭小説というジャンル——菊池幽芳『己が罪』
四 小説における偶然——村井弦斎『小猫』
五 継子物の系譜——柳川春葉『生さぬ仲』
六 議論の効用——小栗風葉『青春』
七 演劇性と音楽性——泉鏡花『婦系図』
八 江戸、明治大正、そして現代——渡辺霞亭『渦巻』

A5判・二三〇頁・四二〇〇円

西田谷洋［著］

語り 寓意 イデオロギー

◉政治小説研究／物語論の認知的転回に向けて

I **物語能力と物語運用**
1 物語文法
2 物語構造
3 認知的推論とレトリック
4 発話態度とアイロニー
5 時制と視点
6 言説戦略
7 物語の会話

II **文学コミュニケーションにおける寓意**
1 政治小説の解釈戦略
2 時間意識の政治性
3 〈日本〉イメージの自明化
4 『自由新聞』の言説空間
5 自由民権運動におけるデュマ

A5判・二五六頁・四五〇〇円

玉井敬之［編］

漱石から漱石へ

漱石からのメッセージ 高阪薫／「坊っちゃん」論 木村功／『草枕』論 森本智子／「野分」論 太田登／「虞美人草」と〈美文〉の時代 北川扶生子／ことばの位相 杉田智美／「それから」断想 笠井秋生／「期待」のゆくえ 小川直美／「満韓ところ〴〵」論 黒田大河／「行人」私議 浅田隆／『道草』の語り手 田中邦夫／健三の「記憶」・漱石の「記憶」 中川成美／「明暗」論の前提 鳥井正晴／天理図書館蔵漱石自筆資料書誌 宮嶋一郎／漱石「単行本書誌」覚書 清水康次／〈落ち雷を〉の周辺 堀部功夫／「新聞小説」作家としての漱石 真銅正宏／愚陀仏庵復元と『坊っちゃん』のトポス たつみ都志／漱石と近江 北川秋雄／郵便の近代 諸岡知徳／夏目漱石と泉鏡花 田中励儀／高橋彦太郎のその後 上田博／江口渙の「児を殺す話」と「ある女の犯罪」 浦西和彦／周作人の漱石受容 于耀明／福永武彦における漱石文学の影響 倉西聡／高橋和巳「黄昏の橋」論 槇山朋子

A5判・四〇七頁・八〇〇〇円

■新刊案内〈価格は税別〉

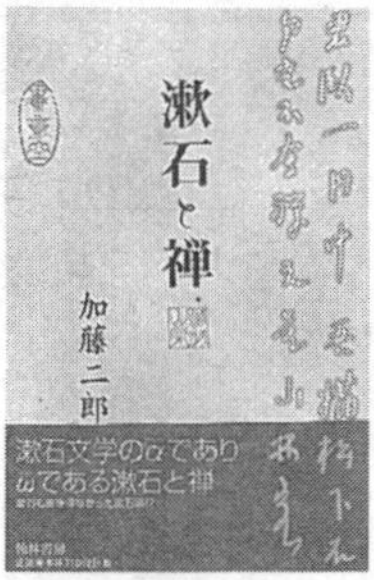

漱石と禅

加藤二郎［著］

◉漱石文学の基調をなす東洋思想を禅の観点から究明する

一 達　磨
二 歩　行
三 『禅林句集』
四 『一　夜』
五 婆子焼庵
六 漱石と禅—「明暗」の語に即して—
七 「明　暗」考
八 『明　暗』論—津田と清子—
九 生死の超越—漱石の「父母未生以前」—
十 漱石の水脈—前田利鎌論—

A5判・二七二頁・三八〇〇円

手塚治虫〈変容〉と〈異形〉

大野晃［著］

一 〈変容〉のカタログ
1 手塚作品は〈変容譚〉の宝庫
2 神話の再構築と〈変容〉の思考実験
3 手塚作品における〈変容〉

二 少年の女性観
1 〈変容〉する女性、〈異形〉の女性
2 昆虫と女性
3 不死と死

三 マンガ表現としての〈不定型〉
1 〈変容〉の原体験
2 はじまりと終わり
3 手塚治虫の〈ソラリスの海〉
4 描かれない輪郭

四 シュマリの右腕

五 アトムはなぜ捨てられたか

六 されど偽りの日々
1 〈偽者〉の主役たち
2 家族は作られる
3 偽者と家族

七 相対主義と変容
1 〈概念の玉葱状態〉
2 徹底した〈相対主義〉
3 〈相対主義〉の視覚化

終章 〈異形〉から〈変容〉へ
1 人間と〈異形〉のはざまで
2 〈異形〉のはじまり
3 「メトロポリス」から「アトム」へ
4 〈異形〉の宣告
5 人間とは何か

A5判・一九二頁・二〇〇〇円

憂鬱なる季節

玉井敬之［著］

スケッチを添えた珠玉のエッセイ集

I　墨をする／文鳥／忘れえぬ人／憂鬱なる季節／思いつくままに／祝婚歌／「黄落」連想／ワルシャワ郷愁

II　北京から／一九九四年北京・春から夏へ／初夏の西安／延安行／北京雑記

III　安永武人先生を悼む／ある女子学生の死／ある日の小野十三郎さん／森上多郎さん／内田朝雄／中村幸彦先生／忘弟記

B6変型・二八七頁＋カラー一六頁　二四〇〇円

細見綾子秀句

林　徹［著］

◉現代を代表する女流俳人の名句を鑑賞。

四六判・二二三頁・一八〇〇円

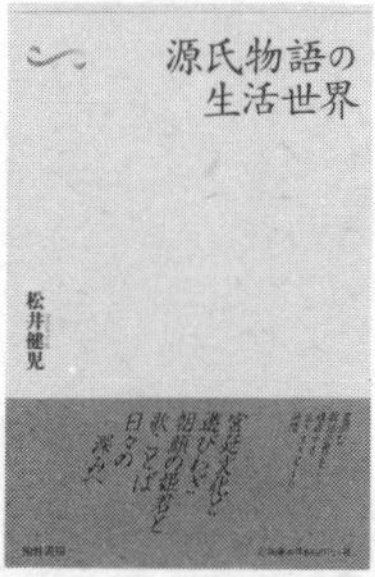

源氏物語の生活世界

松井健児［著］

◎目次より

I　**源氏物語の王朝**
1 贈与と饗宴
2 蹴鞠の庭
3 碁を打つ女たち
4 朱雀院行幸と青海波
5 歴史への参入

II　**源氏物語の生活内界**
1 生活内界の射程
2 小児と筍
3 受苦の深みへ
4 みやびと身体
5 身体の表意

III　**源氏物語の儀式と宴**
1 光源氏と五節の舞姫
2 光源氏の御陵参拝
3 酒宴と権勢
4 藤の宴
5 宮廷文化と遊びわざ

IV　**源氏物語の歌と生活**
1 新春と寿歌
2 贈答歌の方法
3 朝顔の姫君と歌ことば
4 光源氏の望郷歌
5 薫独詠歌の詠出背景

A5判・三八四頁・六八〇〇円

古き良き時代の日本人の登場する映像
懐かしい余韻の残る語彙のちりばめられた文章
不滅の輝きを残す向田邦子の世界

向田邦子の脚本・エッセイ・小説を読むための一冊

向田邦子鑑賞事典

井上謙
神谷忠孝
編

四六判・上製カバー装
445頁＋カラー口絵

向田邦子が亡くなって十八年余、今なおその人気は衰えない。毎年関係記事が出る、雑誌特集から資料紹介など内容は多彩である。研究会も盛んだ。向田作品のTVドラマをはじめ、放送台本の小説化や作品の映画化など、その関心は年々高まっている。事故死の早世を惜しむ思いも強いが、その人気は決してそのような心情的なものだけではない。もっと存在感のある本質的な魅力が彼女の生き方と遺産にあるからである。

本書はその魅力を多面的に捉えた最初のガイドブックである。「向田邦子への誘い」から「人生」「作品」「言葉」をキーワードとして、作品鑑賞と用語注解、年譜の充実を主要部分として編集したのもそのためである。もちろん、これが全てではないので、基礎研究を進める上で必要な資料と最新の情報を出来る限り収集整理して、その主要文献を提示した。

癒しを求める現今、向田邦子の繊細な感性と温かい眼差しは、世紀を越えて読者の心をとらえるに違いない。また本格的な研究もこれからである。本書が多少ともそれらの道案内の一助となれば幸いである。

目　次

向田邦子への誘い
向田邦子全作品鑑賞
向田邦子語彙ワールド
向田邦子年譜
著書目録
「向田邦子全集」について
ラジオ・テレビ・映画・舞台一覧
主要参考文献目録

翰林書房■定価◎本体3200円＋税